老少爷们儿

潮吧 著

重庆出版集团 重庆出版社

图书在版编目（CIP）数据

老少爷们儿拿起枪 / 潮吧 著；– 重庆：重庆出版社，2008.6
ISBN 978–7–5366–9878–9

Ⅰ.老… Ⅱ.潮… Ⅲ.长篇小说－中国－当代

Ⅳ. I247.5

中国版本图书馆 CIP 数据核字（2008）第 091072 号

老少爷们儿拿起枪

LAO SHAO YEMENER NAQIQIANG

潮吧 著

出 版 人：罗小卫
策　　划：华章同人
责任编辑：陈建军
特约编辑：闫　超
封面设计：棱角工作室

重庆出版集团
重庆出版社　出版

（重庆长江二路 205 号）

三河市宏达印刷有限公司　印刷
重庆出版集团图书发行公司　发行
邮购电话：010–85869375/76/77 转 810
E–MAIL：sales@alphabooks.com
全国新华书店经销

开本：787mm×1092mm　1/16　印张：18.5　字数：300千
2008年7月第1版　2008年7月第1次印刷
定价：29.80元

如有印装质量问题，请致电023–68809955转8005

目 录

下卷　热血男儿

上卷　忍无可忍

　　那天，朱七终于也没能见他娘最后一面。

　　他提着朱老大送过来的撸子枪，硬硬地站在高粱地尽头的风口上，眼睛瞪得生疼。他看见如血的残阳下，朱老六孤单地挥舞镐头在刨一个坑，疯了的张金锭跪在坑沿上，咿咿呀呀地唱歌："八月十五中秋节，南天上飞来了一群雀，我的娘就是那领头的雀儿，雀儿飞到了云彩上……"恍惚中朱七仿佛看到，鬼子把明晃晃的刺刀捅进了娘的身体，还有四哥，从远处歪歪扭扭地走来，身上的血直往出冒……

第一章　狼狈不堪的朱七

民国三十一年的冬天出奇的冷，北满这块儿的天像是用冰做成的，日头仿佛从来就没有出现过。

白天没有日头，月亮出来得就早，天不黑它就出来了，明晃晃一直吊在冰里。

连滚带爬地从山上下来的时候，朱七看了看天，起先的圆月已经变成了一弯镰刀的模样。

唉，总算是下来了……朱七将屁股贴到一棵红松上，耷拉下脑袋，两手撑住膝盖，长长地吁了一口粗气。这口气白雾一般很快便凝成了霜，一粒一粒粘在他的胡子和眉毛上，风一吹，簌簌地抖。朱七抬起头，用力搓一把脸，狼狈地扫了四周一眼，闭上眼睛稳稳神，伸手来摸汗淋淋的裤腰。裤腰上本来掖着的一把撸子枪，不知什么时候竟然掉进了裤裆。朱七费了好大的劲才把它扯出来，怜惜地摩挲一下，一笑，张口叼在嘴里。汗淋淋的裤腰一会儿就冻得挺硬，像是围了一圈儿牛皮。熊包，朱七嘟囔出了声，这还是我朱老七吗？

借着月光，朱七用一块带尖的石头在树下刨了一个坑儿，将撸子枪仔细地埋了进去。跪在地上嘟囔几句，朱七站起身，拍打两下冻得有些僵硬的手，用脚将坑边上的积雪拢到上面，咔嚓咔嚓几脚踩瓷实了，紧紧裤腰，说声"我怕个鸟"，歪歪扭扭荡下山去。

朱七是从熊定山的堂口上下来的，熊定山的堂口在掌子窝最里头，离山下得有十几里的路程。

下山的时候，山上还睡着四五个弟兄，他们卧在草堂子里，呼噜打得野猪般响亮。

朱七和叔伯哥哥朱老六是前年秋上来东北的，刚来的时候"不摸潮水"（不懂行），跟几个山东老乡在长白山上挖棒槌（人参）。哪知道人多棒槌少，干了几个月，连根棒槌毛儿也没见着，倒把带来的一点盘缠就着西北风吃没了。没辙了，朱老六就对朱七说，老天爷饿不死没眼的家雀，咱哥儿俩不如去山崖子放木头吧，那活计总归有碗热乎饭吃。放木头的时候，老羊皮帽子把整个脑袋捂得溜溜严，那些不通人气的西北风还是小刀子样卷着米碴子似的雪直刺人脸，躲都没处躲。熊定山就是被风吹掉了耳朵的，是连根吹下来的，血都没出，也不结痂，总烂。

熊定山是三年前从山东过来的，谁也不知道他是个什么来历。只知道他刚来的时候在海林到柴河沟那一带下煤窑，后来突然就不干了，开始在锅盔山那块儿"跑三行"（收买猪鬃、马尾、猫狗皮）。有人去海林警察所告发他，说他帮胡子（土匪）联络"插签"（要绑票的目标），警察所派人到处抓他，告示都贴到了柴河沟。无奈，他独身一人跟着归化城的一个驼队奔了外蒙。听说他跟驼队里的几个兄弟专在库仑至恰克图那条商路上剪径。有一年突然被老毛子抓了，不知怎么折腾的，前年顶着个缺了一只耳朵的脑袋，来这里拉起了"杆子"。

放木头的人住的树皮厦子就"拉"在半山坡上，月光映照下的厦子顶泛着白呼啦的光，让朱七联想到了掌子窑上埋"溜子"（匪徒）的茔。

不管咋样，老子还是囫囵着回来了……朱七闭了一会儿眼，回头看了看，除了漫天打着旋儿的砂雪，连个野物的叫声都没有。

将帽耳朵拉下来，朱七屏住呼吸，一撑大腿，翻身跳进栅栏，猫着腰，轻轻拍打了两下门沿："六哥，六哥。"

"哪个？"朱老六好像还没睡沉，在厦子里闷闷地回了一声。

"是我，六哥。"朱七压低声音，心忽然就空得厉害。

"亲娘哎……"朱老六敞开门，木头一般愣在门后。

"怕什么？"朱七回头瞄了一眼，嗖地闪进门来，一股凉气把朱老六晃了个趔趄。

"嘘——"朱老六把一根手指横在嘴上，颤声问，"你怎么下来了？为了个啥？"

"没啥。"朱七不看他，兀自脱下棉袄，蹲在火盆边慢慢地烤。

火盆里的火苗忽闪忽闪，把朱七的影子投在墙上，影子软呼啦地粘在那里，忽大忽小，像个一扑一扑的野兽。朱老六蹲在墙角的一个木墩子上，直溜溜地看朱七。他发现朱七的棉袄上有斑斑血迹，这些血迹是新鲜的。山上莫非又跟哪股"绺子"（匪帮）火拼了？去年朱七刚上山的时候，朱老六就听"逛山"的猎户说熊定山的堂口经常有人去"摸"，野狗有时会拖下一条人腿来，不多时就啃成了白花花的骨头。

朱老六看着看着，心就慌起来，摸出烟荷包一下一下地揉捏，眼睛像是长在了朱七的身上。

朱七斜他六哥一眼，使劲晃了一下烤出一股腥味的棉袄："咋了？傻看着我干啥？"

朱老六打个激灵，把烟荷包揣进怀里，小声说："你可得告诉我，好端端的你下来做啥？"

朱七把烤热乎的棉袄披在身上，一笑："三江好郭殿臣那帮王八犊子打上山去了，山上散了。"

"我担心熊定山呢，"朱老六悻悻地咽了一口唾沫，"三江好的人抓不着你，定山也得抓跑下来的伙计呢。"

"三江好的人认识我个球？再说，是定山先跑的，他抓我个鸟。"朱七这话说得很是没有底气。

"抓你的鸟也抓得住……"朱老六埋下头，一下一下地拽裤裆里露出的棉花，"你还别嘴硬，吃啥饭操啥心，你吃的是……拉倒吧，不刺挠你了。知道不？定山抓人都抓疯了，前些天在这里抓了刘贵，差点儿没被他给打死。"

朱七斜眼瞄着朱老六鸡啄米一样拽裤裆的手，蔫蔫地想，瞎拽什么呀，我就不信你还能拽出个金鸡巴来。哧一下鼻子，把棉裤托在手上均匀地烤着火："这事儿我知道，刘贵那是活该，定山还没走他就想跑？找打嘛。"朱老六吧唧一下嘴，木呆呆地站起来，轻声嘟囔："找打找打，他不当胡子人家谁打他嘛。还有，前些年你跟着那个姓卫的，也不知道都鼓捣了些啥，整天有人去家里找你，没把我和三婶子给吓死，幸亏咱大哥……算了，俺不管，你自己看着办。"

朱七不理他，把鼻子凑到棉裤上来回地嗅："真臊啊……六哥，别害怕，我在这里住几天就走，家去过年。"

朱老六蔫蔫地说："家去好。你应该跟咱四哥学呢，人家顾家，你老是让我担……窝心。"

朱七嘬嘬嘴巴，坏笑一声："别窝心，上炕睡你的吧，我知道你是害怕熊定山。"

去年比这早些的时候，朱七他们正在胯子坡那边放木头，长得像个山贼似的熊定山腰上别着根烧火棍一样的"捣打木子"（土枪），一步三晃地来了。没等大家直起腰，熊定山就冲天放了一枪，硝烟跟掀开的热锅盖似的："老少爷们儿都给我听好了，从今往后这片山林就归我熊定山管啦，一个月一结账，把'孝敬'派人给我送到三瓦窑子去！不多，一人一块现大洋，外加一个烟泡儿。不送，老少爷们儿就别怪我不讲江湖义气啦！"这通咋呼把整个山都吓晕了，树上的雪碴子扑棱棱往下直掉，一个野物也没敢叫唤。熊定山走的时候，朱七偷偷瞄了一眼他的背影，登时出了一身冷汗，啧啧，敢情这家伙是个神仙，脊梁闪闪发光，越走越亮。

三瓦窑子就在胯子坡西北方向的山坳下，算是这一带最大的一个有窑姐儿的马车店。这个马车店夏天倒跟别处没啥两样，到了冬天可就热闹大了。那些打短工蹲店的，跑三行落脚的，要饭的，躲债的，散居的胡子，唱二人转的，抬大木头的，倒套子的（单马拉原木），都来这里投宿，这里也就成了胡子们联络"插签"、"捎叶子"（递信件）的最好去处。那年腊月，轮到朱七去三瓦窑子给熊定山送"孝敬"，这份"孝敬"是熊定山"堂口"上新入伙的老乡刘贵去接的。因为刘贵家跟朱七是邻村，两人打小就认识，完事儿以后，朱七就拉他吃了碗酒，问他在山上过得可好。刘贵摸着三根鼠须，说好，好着呢，大碗喝酒大块吃肉，都是咱山东闯过来的硬汉爷们儿。朱七立马动了心思："好，这样的饭我喜欢吃！"没怎么多想，他就跟刘贵上了山。见他机灵，熊定山分派给他一个好活儿——"上托"（望风），一干就到现在。

你说我这是何苦来呢？朱七开始埋怨自己，当了一年多胡子，银子没捞着几个，到头来弄了这么个下场。

这里不能再待了，得走人。朱七打好了谱儿，歇息几天就回老家躲躲，他害怕郭殿臣抓住他给枪毙了。

朱七心里明白得很，三江好的人有靠山，听说人家投奔了抗日联军，归杨靖宇将军管辖。

老林子深处，有零星的枪声响起来，刺溜刺溜，像撒尿。

黎明时分，朱七做了一个五彩斑斓的梦。梦里他来到一处所在，那里栽满槐树，风一吹，漫天槐花。西天边飘起一道彩虹，那道彩虹渐移渐近，光彩夺目。彩虹下站着一位美貌女子，彩虹飘在她娇柔的头顶上，让朱七联想到了菩萨头顶上的那圈儿金光。朱七冲她咳嗽，那女子听见了，幽幽地转过头来望他，不说话，只是半偏着脸淡淡地笑，洁白的牙齿在彩虹映照下闪着细碎的光。这个女人是谁？她这样看我是不是对我有点儿意思？朱七醒来，蔫蔫地想，我应该有个女人在身边呢，缝补浆洗离不开女人，我娘也需要有人照顾呢。

这一夜，朱老六也没睡着，眼睛瞪着漆黑的厦子顶发呆。那上面有动静，吱吱扭扭响，朱老六知道那是风把盛干粮的篓子刮转了。篓子转着，朱老六的眼睛就变成了猫眼，他看见一条干柴似的胳膊在摘那个篓子，是朱七他娘。朱七他娘站在离篓子很远的地方，她好像饿了，胳膊一探一探地撞篓子。朱老六想说话，可他的嗓子像是被人捏住了，发不出声音来。

朱七睁开眼睛的时候，东方微明，厦子里一个人也没有，呼号着的风将窗口的积雪砸进来，摔得到处都是。

朱七围着被子闷坐了一气，一捶炕沿，腾地跳下炕来，火盆里的灰烬被踩得弹起老高，扬了个满天飞。

没有日头的天空蓝幽幽的，又高又远，一只老鹰在远天盘旋。

一起放过木头的伙计见朱七老远晃过来，低下头喊起了号子："嗨哟！嗨哟！嗨哟！"

朱七笑笑，不搭话，抿两把裤腰，挽挽袖子搭上了手。

天擦黑的时候，把头陈大脖子拉起正在坐着歇息的伙计们说："哥儿几个打起精神来，紧撺一步，加把劲儿把胯子坡上冰溜子快要溜倒的那棵红松放倒就收工，完了都上我家吃狍子肉去。"大伙儿一听，登时来了精神，一个个眼睛贼亮，像下煤窑用的瓦斯灯。陈大脖子率先动了手，大家互相打量一眼，发声喊，三五下放倒那棵红松，呼啦一下涌到红松两边，自找位置，穿好了大攀（抬木头用的扁状绳子）。

"伙计们呐——哈腰挂呀！"陈大脖子长长地吼了一声。大伙儿两脚在地上蹬瓷实了，肩膀头拱到杠子底下，绷得紧紧的绳子嘎吱嘎吱响，就像猪啃萝卜。"伙计们呐，嗨哟！稳住步啊，嗨哟！挣了大钱，嗨哟，打壶醋哇，嗨哟嗨哟！向前走哎，嗨哟！迈小步哇，嗨哟！迈着小步上大路哇，嗨哟嗨哟！炕上有个小媳妇啊，嗨哟！叫声媳妇啊，嗨哟，你别吃醋哇，嗨哟嗨哟！一掀门帘啊，嗨哟！上了炕啊，嗨哟！半夜我给你焐小肚啊，嗨哟嗨哟……"陈大脖子领着号子，大伙儿卖力地应着。身上用着力气，心里想着陈大脖子他老婆炖的狍子肉，几个人麻利地把最后这根木头码上了窠子，屁都没来得及放一个。这时候，伙计们已经互相看不清楚了，最瘦的张九儿隔三步远看，就像一只身披黑祆站在那儿的野狗。陈大脖子一声令下："老少爷们儿吃饭喽！"伙计们搁下家伙，乐颠颠地跟着他往山下的木棚里跑。

朱老六回头扫了朱七一眼，瓮声道："看样子老把头没想撺你呢。到了他家要紧规矩点儿，叫你喝酒你就喝，不叫你喝你千万自己有数，喝多了埋汰……人家老把头媳妇是大户人家出来的，见不得咱们这些粗人撒野呢。"看着不吭声闷头疾走的朱七，朱老六怏怏地叹了一口气：唉，听说我这个兄弟上山这年儿半载好上女人这口儿了，可千万别出洋相。一路走，朱老六一路闷闷地想，昨夜我梦见三婶子是怎么个意思？得有个年儿半载没梦见她了，是不是家里真的没饭吃了？老七这个混蛋可真够让人操心的。朱老六想起他跟朱七两年前从村里出来时的情景，那天下着很大的雪，天跟没睡醒似的阴。三婶子抹着眼泪送他们到村口，拐过村东二道沟的时候，三婶子被大雪淹没了，只看见一个孤零零的黑点儿。朱老六三岁上没了爹娘，朱七的爹把他接到了家里。十几岁的时候，朱七他爹走了，是让痨病给憋死的。三婶子没拿他当外人，朱老大有时候戗他几句，三婶子还扇老大的脖颈子。一路走，朱老六一路叹息，他最担心的还是四哥……八年前在老家，朱四惹了一场祸害。那天乡公所的人逼着朱家"交出荷"（纳粮），把三婶子的头打破了，朱四提着一把斧头就把那个人给劈死了。

朱老六想，以后见了四哥可得嘱咐嘱咐他，兵荒马乱的，在外面千万藏好，朱家没几个整劳力了。

朱七横着身子呼啦呼啦地赶在前面，朱老六哼了一声，胸口蓦地就是一堵。

大伙儿跟在陈大脖子身后进棚子的时候，陈大脖子的媳妇正站在灶前，用腰上的碎花围裙擦着手细细地笑。这是一个娇小秀气的女人，年纪跟朱七不相上下，也是二十郎当岁的样子。朱七一看见她就愣住了，乖乖，这不是个天仙还是什么？心麻麻地一阵忽悠……昨晚我做的那个梦好像应验了，梦里的那个女人跟眼前这个不相上下，也是这样的身条，这样的眉眼儿。大伙儿闹嚷着去掀锅盖的时候，朱七就这样站在门口直愣愣地瞅她，脑子恍惚得像是喝了蒙汗药。朱老六猛拽了朱七的袄袖一把，朱七打个趔趄，几步扑到里间，回头一望，小媳妇正用眼角瞟他。朱七的心一麻，像是被麦芒狠刺了一下，站都站不稳当了……这个小娘儿们长得可真俊俏，画儿上画的似的，娘的。

里间的炕桌上摆着早已烫好的老刀子酒，几盘自家腌的咸菜也摆了满满一圈儿。

陈大脖子坐在窗台上，招呼大家上了炕，挨个酒盅斟酒："桂芬，桂芬，上肉啦。"

小媳妇名叫桂芬！朱七一下子记住了，他觉得自己一辈子也不会把这个名字忘掉了。

桂芬应声端着一只盛满狍子肉的瓦盆进来，张九儿探手抓了一块，烫得来回倒腾手。

朱七不敢抬头看她，心慌得像一只中了枪的兔子。陈大脖子啜口酒，咳嗽一声，拉朱七一把，貌似无意地问："这次回来就不走了？"朱七一哆嗦，魂儿好似又回到了身上："往哪儿走？"这随口一说，把陈大脖子的脖子说得陡然变粗了："你是不打谱再走了？"朱七这才反应过来，迅速扫了桂芬一眼："不打谱走了。"陈大脖子的嗓子眼发出"咯"的一声，垂下头捏捏嗓子，不言语了。朱七歪歪嘴，无端地笑了，感觉自己刚才这话说得有些无赖，吓唬人家干什么？哪能就不走了呢？这当口，我不走也得走了，犯不着把命丢在这儿，老子家里还有一个七十多岁的老娘等着伺候呢。刺骨的寒风越来越猛地从窗缝往里灌，陈大脖子感觉自己的后腰冷得厉害，反手扯扯棉袄，让棉袄下摆遮挡住露出半截的腰，还是冷。挪挪屁股，转过身子对朱七说："冷啊，怕是又要下雪了呢。"

朱七不接茬儿，快快地想，下雪怕啥？爷们儿现在什么都不怕，咱不玩胡子行了，回家伺候老娘……哎，回家干啥？是不是快了点儿？朱七的脑子又开始犯迷糊，他觉得自己原先打好的谱儿，此刻忽然有些乱，总觉得还有一件事情在刺挠着他的心，让他六神不得安宁，眼睛不由自主地又来瞟桂芬。桂芬方才还垂着脑袋，这时正好抬起来，双眼一下子撞在朱七的眼睛上。朱七的心猛地抽了一下，像突然被小猫挠了一爪子，眼睛一下子泛出了绿光。桂芬没想到自己抬一下眼皮就能碰上朱七的眼睛，心一慌，扭身闪出门去。

陈大脖子瞧出了端倪，拍拍正在咿咿呀呀唱戏的朱老六，闷声道："吃饱了就回吧，明儿一早还得进山呢。"

朱老六喝口酒漱漱口，一把一把地推身旁的伙计："都走啦，都走啦，老七，走啦……哎，老七呢？"

陈大脖子打摆子似的一哆嗦，眼珠子像受了惊吓的鱼，一个狗爬蹿下炕去："七！"

朱七正在灶间跟桂芬"练武"。桂芬的"武艺"似乎不如朱七，退在锅台旁，撑出两只手护住胸口，嘴里嘶啦嘶啦地学小猫叫，脸红得像涂满了胭脂。朱七一只手揽着桂芬的腰，一只手就来扒拉桂芬的胳膊，脸涨得关公一样红。

陈大脖子撞到门口，"啊唷"一声呆住了，歪脖咧嘴说不出话来，像个被孙悟空使了定身法的妖精。

朱老六一下子醒了酒，回身抄起炕沿儿里的一只鞋，劈手朝朱七打去："还不住手！"

朱七的脑袋上冷不丁挨了一鞋底，见鬼似的愣住了："咋了？"

朱老六的嘴唇哆嗦得不成样子："你说咋了，你说咋了？你……你以为这是你的女人？"

陈大脖子伸出两根指头，戏台上生了气的老生那样点着朱七，簌簌地抖个不停："你，你你你……唉！"

桂芬幽怨地剜了朱七一眼，扯开陈大脖子，嘤咛一声钻进了里间。

外面的风已经停了，月光如水，天地银白，整个世界死了一般寂静。

朱七大踏步地往厦子那边赶，心跳得怦怦响，脸也烫得像火烤。

朱老六在后面喊："你不要回厦子了，这就走！走得远远的，爱哪去哪去，我不管你了。"

第二章　力夺不义财

朱七的脑子乱成了一锅粥，闷着头一路疾走。刚拐过山崖子，就听见一个酸叽溜的嗓子在唱歌：

西北连天一片云，

天下要钱一家人。

清钱耍的赵太祖，

混钱耍的十八尊……

这不是熊定山他们经常唱的"逛山调"吗？是谁这么大胆，这种时候还敢明目张胆地号丧？朱七停住脚步，仔细来听歌声的出处，他娘的，是哪个王八羔子在厦子口耍酒疯呢。朱七横着脖子冲黑影里嚷了一嗓子："西北连天一块云，乌鸦落在凤凰群，不知是君还是臣？"那边顿了顿，声音陡然高了起来："西北连天一块云，君是君来臣是臣，不是黑云是白云！"声音来自厦子里头。哈，原来是刘贵这个没心没肺的半彪子，朱七缩回脖子，骂声娘，一脚蹬开栅栏门，木着脑袋扎了进去。

"嘿嘿！本来想吓唬吓唬你，你进得倒是挺快。"炕上的被窝里忽地钻出刘贵草鞋底一样的脑袋来。

"你怎么来了这里？"朱七随手关了门，一股酒臭将他顶了一个趔趄，"呕……

妈了个巴子，你是不是又喝酒了？"

"多少'咪'了点儿，"刘贵摇晃着脑袋，下炕穿好"蒲袜"（一种棉鞋），拖着朱七就走，"定山让我来找你。"

"别老是定山定山的，"朱七挣回身子，猛地打断了刘贵，"说，定山还安乐着？哦……反正我是不干胡子行啦。"

"不干这个你干啥？定山说过，入了胡子行就算是吃定这碗饭啦，没个回头。"刘贵的小眼睛眯得像针鼻。

"拉倒吧你，"朱七的心有些乱，犹豫片刻，把心一横，使劲地往外推他，"走你的走你的，我要睡觉。"

"我知道你是咋想的，"刘贵扒住门框放赖，"那也得去看看定山呀，人家待你不薄，再说他不是还受了伤嘛。"

"受了伤？让谁打的？"朱七松开了手，这一刻，他的心软了下来。

"这不是大伙儿都以为熊大当家的'滑了'（逃跑）吗？人家没'滑'，他是联络谢文东去了，想给咱们这帮兄弟找个好东家，刚去'挂了柱'（投靠）呢……"刘贵薅一把胸口，挥舞双手，说得唾沫横飞，"三江好的人投奔了抗日联军，咱们跟着熊定山又得罪过他们，往后哪有舒坦日子过？唯一的办法是投靠国军。谢文东脱离抗联了，听说现在他归顺了中央军……定山说，宁给好汉牵马坠镫，不给孬种当祖宗，谢文东就是一条好汉！蝎子，你不明白，昨晚你跑了，定山他不知道。趁着天黑，他就回去想拉弟兄们一起去找谢文东，结果正碰上三江好的人在绑咱那帮弟兄，定山就躲在石头后面朝他们开了枪，结果人家一梭子扫过来把他的腿给打断了。幸亏定山路熟，再加上天黑，这才跑了。当时我'窝'在雪凹子里打盹儿，看见定山往山下滚，背起他就跑，他说别落下你。还有，人家孙铁子也在到处找他呢……"

"别说啦！这阵子他在哪儿？"朱七的心一阵热乎，两条腿竟然有些打颤，定山这当口还惦记着我，好人啊。

"在三瓦窑子张大腚……不是不是，我二表姐，他在我二表姐那儿躺着呢。"刘贵憨实地笑了，满嘴酒臭。

"那还不赶紧走？"朱七拽起刘贵就跑，"让郭殿臣找到他就没命了。"

"那就赶紧的，"刘贵缩起脖子跟着跑，"我表姐刚才还念叨你呢，她说她要跟着你回山东老家。"

刘贵的表姐张金锭屁股大得赛碾盘，这一带的爷们儿都喊她叫张大腚，是三瓦窑子里的窑姐儿，从山东过来有些年头了。打从朱七恋上张金锭的那铺大炕，她就动了心思，经常"黏糊"着他，说要跟他回去过正经日子。朱七也有这个想法，他想，别看张二姐的屁股大了点儿，模样可俊秀着呢，一笑俩酒窝。大我个两三岁算什么？再说人家这些年还攒了不少钱，先这么耍着，指不定哪天还真的娶了她家去呢。

或许是因为酒力的缘故，朱七的脚步飞快，从胯子坡到三瓦窑子三里地的路程，朱七走了不到一炷香的工夫。这是一个木栅栏围住的大院子，院内车马喧闹，东西厢房外加七间大筒子屋，灯火辉煌，门头灯笼高挑，灯笼下挂着一个破筐子做的幌子，在雪夜里悠悠摇晃。

朱七蹲在一个黑着灯的窗户下喊张金锭的时候，刘贵才刚刚转出山坳。一个女人在屋里咿咿呀呀地唱戏："十来个月，飘清雪，新褥子新被包着我……"朱七刚喊了两声"二姐"，唱戏声就停了，屋里掌上灯，有个人影在灯光里一晃，朱七笑了，呵，这娘儿们够麻利的。

"年顺，是你吗？"张金锭挑着一只火苗小得像萤火虫屁股似的灯笼转到后窗，冲暗处嚷了一嗓子。

"别喊。"朱七一雪球砸灭灯笼，猛扑过来，一把将张金锭搂进怀里，伸嘴就来咬她的耳垂。

"亲爹亲娘……"张金锭胡乱推挡两下，直接把灯笼丢了，盘腿上了朱七的腰。

朱七把手挪下来插进她的棉裤，扳着她的两片肥屁股，黑瞎子也似的倒退着撞开了后门。满身脂粉香的张金锭在朱七的腰上直打晃，屁股一顶一顶地拱朱七的裤裆。朱七的心一阵麻痒，张口咬定她伸在嘴唇外的舌头，反脚蹬关了门。旁边屋子弥漫进来的烤胶皮鞋、毡疙瘩的脚臭气、抽山烟的辣味、熏天的烧酒气与这屋的脂粉香混杂在一起，让朱七有种憋气的感觉。

"亲兄弟，你可想死我了，快，快来……"张金锭把舌头拽回嘴里，从朱七的腰里弹到炕上，三两把扯下了棉裤。

"想我的啥？"朱七抽两下鼻子，坏笑着站在炕下，借着月光，探头来瞅张金锭敞开的大腿根，呼吸蓦然急促。

"你管我想啥呢，快上来。"张金锭等不及了，抓过朱七的手直接按了自己的胯下，那里一片湿润。

朱七解开裤带翻身上炕，刚把张金锭的两个脚腕子攥在手里，猛地就停下了："熊定山在哪间？"

张金锭一把将朱七的脑袋搂在自己的奶子上，娇喘连连："不管他不管他，快来……"

朱七砰地将她的两条肥腿丢在炕上，闷声道："定山呢？"

张金锭把脑袋拱在朱七的怀里，抽抽嗒嗒地哭上了："你倒好，人家想跟你先来来，你啥也不管。"

朱七抬手给她擦了一把眼泪："别难过，回老家的时候我一准儿带上你。定山呢？"

张金锭把脑袋挪开，一偏脸，冲窗外翻了一串白眼："那个死鬼死了才好呢，咋留也留不住，刚刚走了。年顺，咱不等了，这就走。你看，我的钱全在这儿呢……"张金锭回转身子，撅着大屁股扑棱扑棱地掀炕席。看着她王八翻盖似的忙，朱七的心一下子乱了，怎么办？我真的要带一个卖大炕的窑姐儿回家吗？不行，听说这样的女人以后不会生小孩儿呢，我朱七还想留下自己的后代呢，这样的女人要要还可以，不能娶回家当老婆的。脑子里忽然就闪出桂芬桃花一样的脸来，这张娇媚的脸在冲他柔柔地笑，一双杏眼也在冲他闪着眼波……咳！我怎么冷不丁就想起她来了呢？朱七使劲地搓了搓眼皮。刚才在陈大脖子家，那个小娘儿们分明对我有那么点儿意思呢，不然她老是用眼角瞟我干啥？要不等两天再走？摸着下巴正想着，张金锭哗啦一声将一个小包袱丢在了他的跟前："年顺，这都是我自己积攒的钱。"

包袱的这声哗啦刚响完，外面就传来刘贵的粗门大嗓："蝎子，你绑上兔子脚了？开门，累死我了。"

朱七一皱眉头，拉开门，将脑袋伸出去四下看了看，猛地回过身来："你吆喝个球？"

刘贵闪身进来，瞪着懵懂的眼睛问："咋了？"

朱七反手将张金锭扯进被窝，一拍炕沿："你说咋了？熊定山又跑啦！"

刘贵说声"我知道"，一缩脖子，将脑袋靠到了后窗："铁，进来吧。"

猴子一样瘦的孙铁子直接从后窗钻了进来，站稳，冲朱七一抱拳："老兄弟，又见面儿啦。"

朱七打下他的手，急急地问："定山咋样了？"

孙铁子凑到炕前，伸手摸了张金锭的胸脯一把："还能咋样？快要上西天了……先别打听了，走，我这就带你们去见他。"

朱七俯下身子，亲了张金锭的额头一下，沉声道："二姐，你老实在这儿等我，见过定山，我一准儿回来接你。"

张金锭坐起来打个晃，伸出胳膊圈住朱七的脑袋，在自己的胸脯上按两下，幽幽地扭过头去。

朱七突然感到一阵难过，挣出脑袋，说声"保重"，转身就走。

三个人冲出门去的时候，身后传来张金锭野猫般的哭声。

雪还真的下来了，因为没有风，雪片是直溜溜地掉下来的，大得像树叶，叫人的眼前一片模糊。

很远的地方传来一两声蝗虫飞过的声音，像是在打枪。

走了一气，朱七将帽檐支在额头上挡住雪，借着月光拉拉身边的孙铁子，问："这几天你一直跟定山在一起？"孙铁子回头瞄了雪幕里咔嚓咔嚓疾走的刘贵一眼，低声道："是。你感觉熊定山这个人咋样？说实话。"朱七说："挺好。真的，是实话。"脑子里忽然就冒出这么一个影像：冰天雪地里，孙铁子一丝不挂地跪在草堂子外面的风口上，熊定山拿着一根胳膊粗的棍子，开山似的劈他。定山边劈边嚷，吃老子的，喝老子的，偷着日老子的女人！朱七知道铁子这是犯了定山的大忌。那时候定山还没玩够张金锭，方圆百里的人谁都不敢碰她。孙铁子有一天打熬不住，送给张金锭一个金镏子，钻了她的被窝。也该当铁子出事儿，嘴碎，喝醉了就乱说，这事儿被一个兄弟给"戳"（告发）了。不过打那以后，山上的兄弟就开心了，熊定山不知发了哪门子善心，不管这事儿了。孙铁子落了个皮开肉绽，朱七遂了自己的心愿。铁子"戒"了张金锭以后，没事儿总爱在黑影里瞪着两只锥子似的眼睛瞅定山，不时冷笑两声，看上去挺瘆人。

见朱七笑，孙铁子唔了一声，拉着朱七躲到一棵树后："让刘贵先过去，我有话对你说。"刘贵的嘴里呼呼地往外冒棉絮一样的热气，一路走一路唱："闯关东，好悲伤，一根扁担俩箩筐。前头行李卷，后头小儿郎。左手牵妻女，右手扶爹娘。一路风雨一路盼，到了关东有钱粮。吃饱饭，找新娘，找到新娘上了床……"歌声伴着喘气声，呼哧呼哧从树边赶了过去。

"蝎子兄弟，跟着熊定山你没攒下多少钱是吧？"孙铁子拉着朱七转出来，迎着雪继续走。

"啥钱不钱的？我就是图个热闹罢了，攒钱干啥？"朱七有一搭没一搭地应道。

"你不喜欢钱？当年你跟着卫澄海……"孙铁子咳出一口痰，想啐到地上，瞥一眼朱七，又蔫蔫地咽了回去。

"别瞎说啊，跟着卫澄海咋了？那叫劫富济贫，"朱七打个哈哈道，"跟现在咱们干的这个不一样呢。呵，反正我不图钱。"

"不图钱你撇家舍业地出来闯什么关东？"孙铁子翻个白眼，接着哼了一声。

"你啥意思？"朱七胡乱一问。"啥意思你明白。"孙铁子说。朱七的心里一阵不痛快，一件往事悠悠冒上心坎。大概是在去年的这个时候，朱七奉熊定山的命令带了几个人去闯一个大户人家的"窑堂"，得了三匹马，一百多块现大洋。回山的路上，朱七偷偷掖了十块现大洋在靴子里，心想，我好长时间没下山去看看我六哥了，我得把这钱给他送去，让他抽时间回老家一趟，我娘这些年还不知道能不能吃上饭呢。晚上喝庆功酒的时候，定山笑眯眯地坐了过来，捏着朱七的腮帮子说，兄弟，知道"截绳子"该怎么处置吗？朱七二话没说，拿了钱搁在桌子上，说，大哥，我错了。定山说，你走吧，我不处置你。朱七刚走出草堂子就被几个兄弟给"捂"在雪地里了……死狗一样地被拖回草堂子时，朱七连嘴都张不开了，整个脸像是用沙子做的，一碰就掉血碴子。想起这件事儿，朱七的心就像被狗牙撕咬着，没着没落地难受。

朱七想，铁子这小子莫不是跟我一样记仇，想去杀了熊定山？这种事情不能做，不管有多大的冤仇，杀人是万万不能的。不管你孙铁子想要干什么，我不掺和就是了，当初我受那次折腾也不能全怪熊定山，入了胡子行就得守胡子行的规矩。这次见了熊定山，我安慰他几句就走人，咱也没打谱继续跟他干胡子，这营生不是能干一辈子的。"年顺，别犯傻，"孙铁子放慢了脚步，"实话告诉你吧，熊定山的身上带了不少金银珠宝，那可都是咱爷们儿的玩命钱。""你早说呀，"朱七站住了，"你是不是想说，咱哥儿俩从他的身上'顺'（偷）点儿银子？"

"什么叫'顺'？那本来就是咱爷们儿的。"孙铁子拉着他继续走，"想干就给个痛快话，不想干算我没说。"

"属狗的就别惦记狼嘴里的肉，老实吃自己的屎。"朱七说。

"我还是那句话，想干就给个痛快话，不想干算我没说。"孙铁子没回头，闷着头继续往前拱。

"这雪咋就越下越大了呢？"朱七扑拉两下帽檐，帽檐上的积雪像洒落的白面，纷纷扬扬遮住了他的视线。

"它大它的，关你屁事儿？"孙铁子一把将朱七拉离了那团白面，"人为财死，鸟为食亡，何况……"

"这雪下得是越来越大了。"朱七倒退两步，这种事情坚决不能掺和，姓熊的吃人呢。

"日！"孙铁子陡然提高了声音，"你痴了还是傻了？熊定山现在躺在炕上像个死人，咱就是明抢，他也不会打个'吭哧'的。""这雪是越下越大了啊。"朱七越走越慢。孙铁子一把薅住朱七的袄领，俩眼瞪得像鸡蛋："七，你就听我的吧，咱哥儿俩稳稳当当地干他一票。""你自己干不了吗？"朱七拉下他的手，侧过脸，隔着道道雪线斜斜地盯着他看。孙铁子用手捋下胡子上的冰坠，叹口气，无奈地摊了摊手："兄弟，说好听的是我想帮你发个财，难听的是我一个人不敢干这事儿。"朱七弯下腰抓了一把雪，在手里慢慢地搓："你是怎么见着他的？"孙铁子有点儿不耐烦了，说话像兔子吃草："我跟瞎山鸡去找张金锭的时候碰上他的……我就够义气了，怕他出事儿，一口气背了他八里地。你猜咋了？他一躺到他三舅家的炕上就跟我玩'尿泥'！他说，铁，你是我的好兄弟，从包袱里拿俩'大头'（银圆）走吧……你说他这不是操人吗？一包袱的金银财宝，就俩大头就打发我了？我说，大哥，我以后还跟着你干。他说，以后再说吧，谢文东那里不需要那么多人。你说我就是个废物吗？我越想越来气，钱也没拿就走了。走到半路碰上刘贵了，后来我这么一想……"朱七猛地将帽檐推了上去："干。"

熊定山他三舅家的街门敞开着，定山他三舅披着件羊皮袍子站在门口打晃，见有人过来，连忙上前打量。

孙铁子叫声三舅，拉着朱七挤进门去，熊定山他三舅的嘴里直嘟囔，这是俩啥玩意儿？一个猴子一个狼。

定山躺在西间的一铺土炕上，听见人声，猛地支起身子，将一把乌黑的匣子枪对准了门口："谁？"

朱七一步抢进门来，见定山这个样子，蔫蔫地将双手举过了头顶："大当家的，是我，你兄弟朱七。"

熊定山放下枪，嘎一下牙花子笑道："娘的，是朱蝎子呀。过来，让我好好看看你。"

朱七回身推了刚进门的刘贵一把："你出去看着人，我跟大当家的说会儿话。"

熊定山掌上灯，斜眼乜着朱七，冷冷地一哼："我刚下山没两天你就窜没影儿了。"朱七摘下被雪粘成一坨棉花的帽子，在炕沿上扑哧扑哧地摔："咱俩想到两茬头去了，我还以为你扔下三老四少一个人'滑'了呢。"熊定山咧咧嘴，将一口浓痰射到墙上，吧嗒着厚嘴唇说："胡来嘛，'拔香头子'（脱离匪帮）也得有个规矩。说，这些天你都去了哪里？"孙铁子就着油灯点上一锅烟，诡秘地斜了朱七一眼："这小子贼精，跑到朱老六那里放起木头来了。"熊定山猛地把枪拍到窗台上："朱老六早晚得死！我怀疑是他报告的郭殿臣，要不三江好的人怎么会知道我藏在三瓦窑子里？""你可千万别这么说，我跟我六哥他们干了一天活儿，他们一个人也没出去。"朱七说着，殷勤地给他掖了掖被子。"鸡巴毛！"定山的眼睛闪出狼一般的光，"老子是说他早就跟三江好那帮王八犊子有联系呢，三江好的'溜子'都他妈乱七八糟不照路子来，要不他们连我藏在哪里都知道？""那……那我就不好说什么了。"朱七心想，杂种你还想让朱老六死？那是我哥哥，你算什么东西。

胡乱说了一阵，定山摸出一个包袱，一抖："知道这是什么吗？钱！好好跟着我，早晚我让弟兄们过上好日子。"

孙铁子的眼睛刷的亮了："就是，跟着大当家的一定会有好日子过。"

定山说声"那是"，侧耳听了听外面的动静，压低声音说："外面'走溜子'（刮风），当心隔墙有耳。你真心想要继续跟着我？"

朱七说："咱哥儿几个前有缘后有故，落在一窝草边，能有啥回头路？这事儿定了。"

定山瞅瞅一旁闷声不响的孙铁子，声音低沉如铁："不要有二心，不然老子'认圆不认扁'（对事不对人）。"

孙铁子知道这话是说给自己听到，刚要说句什么，朱七接口道："谁要'反水'（背叛），自己'看天'（屁股插棍子直穿头顶）。"

定山笑笑，反着眼皮瞄了朱七一会儿，轻咳一声："有人说青岛黑道上的卫澄海来了东北，你见着他了吗？"

朱七一怔，卫澄海来这里干什么？茫然地摇了摇头："没见着。"

定山打个哈欠躺下了："估计他是来找你的，罗五爷跟了赵尚志赵大把子，他不会是来找罗五爷的。"

朱七说："我跟他早就不'搭咯'了，管他是来找谁的呢，反正我不想见他，我就跟着你。"

熊定山满意地闭上了眼睛："这话我爱听。"

孙铁子的眼睛在黑暗处闪着幽蓝色的光，盯着熊定山枕头下面的包袱一言不发。

刘贵搓着耳朵进来，站在门口看着一声不吭的朱七，直愣愣地问："咋了？哑巴了？"

孙铁子回过神来，拧着他的耳朵把他往里拖："睡你的觉去，你这个半彪子。"

夜深了，雪停了，外面开始刮起风来，嗷嗷叫，像一群野兽在当空疯跑。屋里，孙铁子悄没声息地支起半边身子，扭着狼一般的脑袋看躺在炕里头的熊定山。熊定山翻了一下身子，孙铁子嗖的缩了回去。朱七把一只手从被子里伸出来，轻轻捏了捏孙铁子的大腿，冲他一摆头。孙铁子领悟，闷着嗓子咳嗽了一声。熊定山憋痰似的咕噜道："要过年了，大伙儿打起精神来，去了谢司令那里都给我瞪起眼来……谢司令，咱们是先杀鬼子还是先闯它几把窑堂？不杀鬼子？那好，那咱爷们儿就去闯它几把窑堂……"

朱七冷笑着点点头，悄悄下炕，站在地上，身子对着炕旮旯里的一只尿罐，眼睛瞥向了还在说着梦话的熊定山。

孙铁子蛇一样地拧着身子从被窝里扭出来，一条胳膊撑着炕面，一条胳膊蛇游似的探到了熊定山的枕头底下。

朱七的呼吸一下子变得不顺畅起来，心脏好似堵在他的嗓子眼里，眼睛都闷出了绿光。

随着熊定山的呼噜声，熊定山枕头下面的那个包袱已经到了孙铁子的手上。

朱七的嗓子眼儿猛地透开了，一口气吸进去，仿佛爽到了脚底，一抬手接过了孙铁子递过来的包袱。

孙铁子慢慢又躺了回去，闷了半晌，冲朱七一点头，两个人的手一齐伸向了睡得如同死猪的刘贵。

外面的风声越来越大，轰隆轰隆响，就像前年日本鬼子的飞机轰炸抗日联军的阵地一样。

轰隆轰隆的风声里，朱七和孙铁子架着五花大绑的刘贵，蹑手蹑脚地出了熊定山他三舅家的街门。

"哥儿俩，你们这是干啥？"刚扯下塞在嘴巴里的破布，刘贵就大声嚷嚷起来，嗓子都破了。孙铁子扑上来，一把捂住了刘贵的嘴："闭嘴，再穷嚷嚷，我他妈'插'（杀）了你！""别害怕，"朱七拉刘贵蹲到一处黑影里，悄声说，"刚才你睡着了，我和铁子两个人偷了熊定山的钱。本来不想告诉你，可我觉得你这伙计还算不错，就绑你一起出来了。知道为什么？这钱是咱们大伙儿的，不能让他一个人独吞了。别担心，这样的事情我以前跟着卫老大的时候就干过。高兴了？哈，怎么样？找个地儿咱哥儿仨分了它，然后回老家过舒坦日子去。我估摸着，只要咱们先别急着花这钱，等上它个年儿半载的，熊定山被郭殿臣给'拾猴儿'（收拾）了，谁也不知道这钱是打哪儿来的！到时候咱爷们儿就是响当当的财主。置地，娶媳妇儿，养崽子……嘿嘿，好日子你就安安稳稳地过吧。"

"事儿倒是不错，可是……定山不会追回老家去吧？"一阵风把刘贵的笑容冻在了脸上。

"这……"朱七蓦地愣了一下，他还真没想过这事儿呢。

"他娘的，我太慌张了，怎么没连他的枪一遭儿偷来呢？"孙铁子一顿，横一下脖子，拔腿钻入了胡同深处。

"铁子咋又回去了？"刘贵紧张得要哭，"坏了，坏了，熊定山警醒着呢，他这是回去找死！坏了，坏了……"

"不怕，刚才我们偷包袱的时候，他睡得像头死猪。"话虽这么说，朱七还是拉起刘贵，疾步出了胡同。

两个人刚拐进另一条胡同，耳边就炸开了两声沉闷的枪响。完了，熊定山醒了，孙铁子完蛋了……不管了，逃命吧！朱七三两下扯下刘贵身上的绳索，拖着他，撒腿就跑。地上的雪很厚，几乎让二人拔不出腿来。越急越糟糕，刘贵脚上的两只蒲袜只剩下了一只。刘贵发觉掉了一只蒲袜，踮着脚刚要回头去找，当头就挨了朱七一巴掌："还顾得上找鞋？"刘贵一怔，索性不要那只蒲袜了，赤着一只脚，拽着朱七的裤腰向前冲，样子就像拖在朱七屁股上的一溜鼻涕。砰砰！身后又响了两枪。朱七的心变得冰凉，完了，孙铁子的脑袋变成蜂窝了……脑子里一下子浮现出当年卫澄海用枪横扫一个盐警时的景况。

"站住！"两个人刚窜上大路，正想拐进一个牲口棚里喘口气，便被一个黑影挡住了去路。

"快跑！"朱七拽了瘫作烂泥的刘贵一把，没拽动，干脆蹲在了刘贵的身后，"大当家的，别开枪，你听我说。"

那条黑影慢慢走过来，一下子把枪顶上了朱七的脑袋："朱七啊朱七，没想到我扒开胸膛给你看，你竟然跟我玩'二八毛'！说，你是不是想吃独食？"听这口话不像是熊定山呀？朱七小心翼翼地把头抬了起来："铁！老天，怎么是你？"孙铁子把枪管在朱七的脑门上簌簌转了两下，似乎是在犹豫什么。朱七一下子明白过来，左手往西边一指，趁孙铁子愣神的工夫，右手猛地攥住了他的手腕："把枪拿开，你想吓死我呀！我怎么知道刚才是咋回事儿？我还以为你被熊定山给收拾了呢。难道是你把定山给'插'了？"

孙铁子被朱七抓住手腕，一时动弹不得，索性叹口气松了手，匣子枪"吧嗒"一声掉在了地下。

朱七一把将枪抓在手里，掉转枪口，刷地顶上了孙铁子的脑门："小子，刚才你在犹豫什么？想连我也杀了吗？"

孙铁子漠然哧了一下鼻子，一跺脚，扭头就走："既然你这么想，你先杀了我吧，钱我不要了。"

朱七把枪掖进裤腰，紧撵两步拽住了孙铁子："又要小心眼儿了不是？开个玩笑嘛。"

刘贵像个受惊的兔子，猛扑过来，一下子将两人撞成了陀螺："快跑吧，再'黏糊'就出不了村啦。"

朱七瞄一眼牲口棚，疾步赶过去解开了马缰绳："刘贵，套上爬犁，走人！"

坐在爬犁上，朱七问孙铁子刚才发生了什么，孙铁子说："我摸进门，刚抓起定山枕头下面的匣子枪，定山就醒了，一骨碌爬了起来，当时我一下子懵了，直接就是一枪，定山一声没吭就趴那儿了。我揣起枪刚想出门，定山他三舅就过来拦我，结果也被我撂倒了。我跑出门来找你们，谁知道定山他娇子拿着一根棍子在后面撵，我就又打了她一枪，不对，应该是两枪吧？"耳边全是刚才的枪声，朱七的心抽得像是有根线在勒着，说话都有些不利索了："铁，铁子，铁子哎……这下子麻烦大了，你身上背了人命啦。"孙铁子一怔，呱嗒一下拉下脸来："少跟爷们儿来这套，不是我身上，是咱们身上。"朱七说，不管是谁身上，反正咱们这把算是彻底完蛋了。孙铁子说，完什么蛋？咱们这叫为民除害。朱七凄然一笑："合着你杀了人还成英雄了？拉倒吧你就。"风飕飕地掠过耳畔，爬犁上的三个人都没有感觉到冷。

爬犁穿过山崖子的时候，朱七看见朱老六站在一堆雪后面撒尿，雪堆上腾起好大的一团白雾。

朱七看见朱老六的后面站着两个模糊的人影，心不由得一颤，这两个人是谁？

"七，刚才站在那堆雪后面撒尿的人是朱老六吧？"孙铁子用胳膊肘拐了拐朱七。朱七快快地哼了一声："是他，他生我的气了，为了个娘儿们。"孙铁子笑了："张大腚？"朱七哧了一下鼻子："你的心里没有别的女人。"孙铁子嘿嘿地笑："在老六的眼里，张大腚比天仙还美呢……可也是，张二姐喜欢唱戏，你六哥是个戏迷，那还不得让她给'拿'死？我听说你大哥和你四哥也喜欢听戏呢。哎，我问你，你跟你四哥再联系过没有？"朱七的心冷不丁抽了一下："唉，我得有五六年没见着他了。逢年过节他给家里捎钱，只是见不着人。"孙铁子神秘兮兮地往这边凑了凑："我听说朱四也入了胡子行，笼山孙愧胜拉杆子专打日本人，你四哥跟他好多年了。我听'四海'一个山东过来的溜子说，他年前见过朱四，老跑青岛，有一次他看见你四哥穿着一身警备队衣裳押着一条汉子走，半路就给结果了，后来听说那是个汉奸……"

"咱们还是别谈这些了，日本人坏，但是他们没招惹我，我不想拿脑袋跟石头碰，我四哥归我四哥。"

"就是就是，不关咱的事儿，"孙铁子摸一把朱七的肩头，"东西到手了，咱们下一步怎么办？"

"我想好了，"朱七让刘贵停了爬犁，"先把东西分了，然后各走各的，爱上哪上哪。"

"暂时就这么着吧。"孙铁子从朱七的怀里一把搋出了那个沉甸甸的包袱。

月光映照下，地上码着的全是稀罕货色：珠子、耳环、扳指、银圆、烟泡、花花绿绿的金圆券……朱七将包袱撕成三块，铺在地上，一把一把地往上面抓这些东西。孙铁子的眼睛都直了，猴子一般团坐在地上，嘴巴嚼草似的吧唧："他娘的，熊定山这个混蛋可真能'划拉'哦，你瞧瞧这都是什么。我日他二大爷的，弟兄们跟着他九死一生，除了能吃顿饱饭还见过什么？当年他在小湾码头扛大包的时候就不干正经营生，码头上混饭吃的哥们儿没有不被他欺负的，后来他惹到日本人的头上去了，用石头砸死了一个日本兵。那时候我在丰德烟厂干把头，侦缉队的人招集我们去抓他，他上了崂山，这小子'底子潮'（经常被抓），跟着他没什么好处……"突然打住，抓起一块瓦片似的东西，拿到眼前来回瞄，"咦？这是什么？上面还有字儿呢，"伸手一戳朱七，"七，你看这是什么玩意儿？"

朱七此时的心思全放在那些金灿灿的玩意儿上，看都不看，一把推开他，继续分："爱什么什么，反正都是值钱玩意儿。"

刘贵抢过那块东西，放在一堆小一点的包袱上，哈喇子顺着嘴角直往下掉："不管它，反正是个稀罕物，都是咱爷们儿的。"

孙铁子抓起铁瓦在手上掂几下，扑哧丢到刘贵跟前的那个包袱上："归你了，这事儿就数你出力多。"

刘贵知道孙铁子不喜欢那玩意儿，自己更不高兴，翻个白眼道："你娘，就你精神？"

孙铁子死皮赖脸地哈哈："论功行赏啊，论功行赏啊……是不是老七？"

朱七不言语，将那堆大的推给孙铁子，自己包了有铁瓦的那包，舒一口气道："就这样？"

刘贵忙不迭地包好自己的那包，三两下掖到裤腰里："就这样。"

孙铁子揣起自己的包袱，喘口气，伸出手从上往下捋了一把脸，将手张到朱七的眼前，一翻眼皮："枪。"

朱七横他一眼，从裤腰上抽出熊定山的那把匣子枪，将枪匣子拆下来卸出子弹，反手递给了孙铁子。

"啥意思，连我都防着？"孙铁子揣起枪，悻悻地摇了摇枣核一样尖的脑袋。

"没啥意思，这都是熊定山教的。"朱七推了他一把，"走你的道儿吧。"

"兄弟，好好活着！"孙铁子用脸贴了朱七的脸一下，扯身往老林子奔去。

看着孙铁子的身影渐渐消失在大雪深处，朱七回头拍了拍刘贵的肩膀："你呢？"

刘贵的眼睛亮得像猫："跟你一起回家！兴许天亮之前能赶上回山东的火车呢。这就走？"

朱七伸手按了按刘贵的肩头："慢着，我去把撸子枪取回来。"跳下爬犁疾步钻进了山坳。

少顷，朱七拍着两手雪水回来，笑呵呵地上了爬犁。

刚跑了两步，朱七掐刘贵的胳膊一把，沉声道："等等，这阵子'飘花子'（下雪），不一定赶上车，我先去办个事儿。"

刘贵拉住缰绳，口气有些急躁："又要干啥？赶紧回来呀，我害怕熊定山'醒魂'过来，一枪崩了我……"

朱七没有搭话，抽出撸子枪，直奔陈大脖子的棚子而去。

第三章　心猿意马

朱七像条野猫那样，一弓身子，嗖地跳进陈大脖子家的栅栏，脚下的雪砸开两个大坑，雪溅到他的肩膀上，让他看上去像是一个围着白狐围脖的娘儿们。朱七提着气蹲在原地，抬眼往窗户上看去，窗户里亮着灯，烛光一抖一抖映出一个娇小的剪影在窗纸上。小女子莫不是有什么心事？这般时候，她至少也应该躺在被窝里啊……一阵风从朱七的脚下卷过，令他蓦然打了一个激灵，我来这里干什么？看她最后一眼？那管个屁用。打个招呼说我要走了？人家管你走不走呢。那么我来这里干什么？朱七的脑子一阵阵地发热……豁出去了，我要带她回山东，我要让她给我生上一大群孩子！

风很劲，结了冰的树杈"喀啦、喀啦"一阵紧似一阵地响。

朱七屏住呼吸，慢慢挪动脚步，将身子凑到了窗根底下。

屋里传出一阵嗡嗡嘤嘤的说话声。

朱七听不清楚里面在说什么，用手把两只耳朵扯得老长也不管用，索性站起来，将耳朵贴紧了窗户。

屋里的声音逐渐清晰，痒痒地直往朱七的耳膜里钻。

"你就别难过了，人死了又不能复生，想那么多干啥？"是陈大脖子不耐烦的声音。

"……"桂芬在啜泣，"都怨我的命硬，是我把我爹克死的，这些天老做梦，梦见爹被那些人绑着，满脸是血……"

"你还是别乱说话了，这年头，有些事情是说不得的。"

桂芬不说话了，勾下身子接着哭。时断时续的哭声，听得朱七心里阵阵发麻，忍不住就想掉眼泪。停了好长时间，陈大脖子又开腔了："躺下睡你的吧。这年头谁家不死个把人？我为什么放着好端端的日子不过，跑到这里来出大力？还不是被日本人给逼的？我原来的家就那么被他们给……给灭门了。日本鬼子到处杀人，你爹又把药卖给抗日民主联军……唉，我说你这算个啥？我娶个媳妇来家不是整天听她哭的。"

桂芬止住哭声，屋里随即传出一阵窸窸窣窣的声响。朱七扭头一看，窗户上没了桂芬的身影，她好像是躺下了。怎么办？直接进去拉她走人？陈大脖子能让我拉吗？万一他拼死不让走，我咋办？"插"了他？凭什么？他与我又没有什么冤仇，跪下求他？管个屁用，谁家的媳妇也不会让你这么一跪就送给你的……就这么着吧，绑了他丢到窖子里头，背上桂芬走人！打定主意，朱七蹑手蹑脚地转到了门口。刚蹲下身子来提门板，屋里突然响起桂芬凄惨的叫声："大哥，你就饶了俺吧！"

朱七愣住了，桂芬怎么突然就发毛了呢？连忙猫回了窗下。

屋里撕扯的声音很大，像两只哑巴猫在打架。

朱七站起来，用舌头舔破窗纸，把眼睛凑过去，一下子呆住了。

桂芬脸朝下趴在炕上，陈大脖子赤条条地骑在她的身上，一手掐住桂芬的后脖颈，一手用力抠在她的屁股下面，嘴巴里发出蛇那样嘶嘶的声音。桂芬挣扎着，不停地哀求陈大脖子撒手，两条腿在下面扭成了麻花，一下一下地蹬铺在身下的褥子，褥子被她蹬得卷起来，露出一层黑糊糊的棉花。陈大脖子像是发了疯，哼哧哼哧将那只手在桂芬的下身拉锯般抽动。渐渐地，桂芬不哀求也不动弹了，两腿伸直，犹如两根剥了皮的木头。顾不得多想，朱七忽地站起来，贴着墙根往房门冲去。刚冲到房门前，忽觉脑后一阵冷风袭来，朱七的心咯噔一下，来不及回头，借着前冲的力道，腾身蹿上了房顶。一条黑影大鸟一般跟着蹿了上来。朱七双手一扒瓦楞，反手亮出了撸子枪。一扣扳机才知道保险没有打开，朱七在墙上一滚，打开保险，刚一甩手，枪就脱了手，手腕上赫然多了一条绳索！朱七知道这是遇到了高手，猛力一拽绳索，借着这股力道，反身跳到了栅栏外面的一棵红松上。没等抱稳树杈，朱七突然感觉手腕猛地一紧，一声"不好"刚念出来，整个人就被拽离了树杈。朱七抖一下手腕，将绳子缠几下，旋身盘住树干，稳住精神，贴到背向院子的那面，促声问："蘑菇溜哪路（哪个匪帮的人）？"

"是我，卫澄海！"那个看上去十分高大的黑影已经跳到地上，站在栅栏边低声喊。

"卫澄海？"朱七下意识地捂住了嘴巴，他果然来了这里！难道他真的是来找我的？家里出什么事情了吧？

"是我，"卫澄海冲墙根黑暗处打了一个呼哨，仰头道，"下来说话。"

黑影里站起一个人，那个人也不搭话，猛一抖手，朱七手腕子上的绳索立时不见了。

朱七从树上跳下来，拉着卫澄海贴到了一堆木头旁边："卫哥，你咋来了？"

卫澄海不回答，用手点着旁边的那条汉子笑道："和尚，没想到你小子还有这么一手。刚才不是你及时出手，我这条命今晚怕是就搁在这里了，"回过头来，手里掂着朱七的撸子枪，借着月光来回地瞄，"嗯，不错不错，是条不错的家伙，可惜小巧了点儿，"反手将撸子枪递给傻站在跟前的朱七，慢慢收起了笑容，"兄弟，找到你可真不容易啊……"朱七回过神来，打断他道："你还没回我的话呢，你咋来了？"卫澄海扳着朱七的肩膀，慢慢蹲下了："我在青岛犯了点事儿，没办法，先来你这儿躲一躲……别插话，这事儿以后我再慢慢对你说。刚才你在人家屋子外面鬼鬼祟祟地听什么？不是我拦着你，你小子又要搞什么鬼吧？"

朱七的脸红了一下："没什么，我来找个人。"

"找人？哈哈，找人还用那么神秘？别糊弄我了，我都知道了，"卫澄海笑道，"你六哥都告诉我了，你小子啊。"

"胡咧咧，"朱七明白了刚才站在朱老六后面的两个人是谁，脸上有些挂不住，岔话道，"你不会是杀了人吧？"

"比那个厉害，我惹了日本人。"卫澄海说得心不在焉。

"我就知道你早晚会有这么一出，"朱七把脸转向旁边站着的那条汉子，"这位大哥是？"

"郑沂，外号山和尚，以前跟着熊定山跑码头（混江湖），"卫澄海拉起了朱七，"别在这儿藏猫了，先找个地方住下。"

朱七不敢提熊定山这个名字，故作没听见，站起来，快快地说："这位大哥好利落的手段，我第一次见识还有这么使绳子的，"贴着墙根边走边说，"对不住你们了，我也没地方住。要不这样，你们去我六哥那里先凑合一宿，我明天再过去找你们，咱们一起想想办法。"卫澄海拉了他一把："你小子呀……哈，想回山东是吧？"朱七回了回头："有这个打算。"卫澄海赶到朱七的前面，倒退着走："看来你已经打算好了，那我就不麻烦你了。刚才我们找过老六，老六的意思也是让你先回去。小七，有件事情我得告诉你……你四哥，你四哥他死了。"

朱七的身子猛地打了一个晃，脚下一软，差点儿跪到地上："这是什么时候的事情？"

卫澄海站住，尽力让自己的声音显得平稳一些："别慌，你听我慢慢对你说……"

朱七把双手摸到脖子上，使劲咽了一口唾沫："你说你说，不许糊弄我，不然我杀了你。"

卫澄海用力攥着朱七的手，说："你得理解，如果咱们离得近便，我早就通知你了。还记得三年前你跟我一起在盐滩晒盐的时候，经常有个白面书生去找我吗？""记得，他叫巴光龙，是龙虎会的人，是他害了我四哥？"朱七反手扣住了卫澄海的手腕子。卫澄海就势将朱七的身子带到自己的怀里，轻轻一搂："不是他。你听我好好对你讲……半个月前，巴光龙找到我，说日本人运了一批军火在山西会馆里。他认识一个叫滕风华的浙江人，懂日本话。滕风华有个学生叫谢家春，是个女的，两个人正在谈恋爱。我明白了，当天下午，就把谢家春弄到了我的住处，然后要挟滕风华跟我们一起去……你四哥就是在这个过程中被鬼子给打死的。把你四哥送到龙虎会以后，我跟和尚就找你来了。"

风蓦然大了起来，山洼处腾起一堆砂雪，没头没脸地砸了过来，朱七打个哆嗦，抱着膝盖蹲下了。

卫澄海用双手按住朱七的肩膀，沉声道："我知道你很难过，可这也是没有办法的事情。我们先走了。"

风停了，雪又飘飘摇摇地下了起来，月亮被雪花包围着，碾盘一样大。

第四章 卫澄海

"你怎么不劝朱七跟咱们一起走？"转过山坳，郑沂从腰上摸出酒葫芦，灌了一口，问卫澄海。

"目前他还没有那个心思，我不强求他。"卫澄海说。

"朱七'别'了熊定山，这事儿办得可不太敞亮。"郑沂嘟囔道。

"没什么敞亮不敞亮，熊定山是个什么人物你又不是不清楚。"

"话倒是这么个理儿，这家伙太'独'了……可是，那也不应该图财害命啊。"

"害命？谈不上，"卫澄海摸着下巴笑了，"他死不了的。"

"刚才咱们在熊定山他三舅村里，我看见有几个人抬着他跑呢，看样子……"

"样子我也看见了，估计那一枪没伤着他的要害。唉，他也太大意了。"

风停了，远处有火车驶过的声音，像是老牛大喘气。

卫澄海停下脚步，喃喃地说："我爹就是从这里被日本鬼子的火车拉走的，都十多年了。"

卫澄海十几岁的时候就随他父亲闯了关东，他父亲被日本人拉了劳工，一去就再也没有音信。据说那批劳工是去了日本的加计町，那里的冬天非常寒冷，卫澄海他父亲和难友们光着脚走过冻僵的雪地去上工……打那以后，卫澄海就铁了心要跟日本人拼命，先是在吉林濛江三道崴子那一带"放单"（一个人混），后来入了罗井林的"压东洋"。罗井林投靠赵尚志以后，绺子们就艰苦了，整天在大山里转悠，仗没少打，可总不是那么自由。卫澄海心气高，拉了一伙人自己干，没几天就被日本人给"扫荡"散了。卫澄海没脸回去，一个人跑回老家干了盐帮。干来干去不顺心，卫澄海索性拉拢了朱七他们这一帮穷哥们儿干了"接财神"（绑票）的勾当，那些平日里欺压百姓的大户们没少挨他的折腾。后来青岛保安大队成立了，大户们有了保护，卫澄海也觉得这样下去没什么前途，撇了弟兄们，一个人进了城。刚开始在大窑沟那边拉黄包车，没几天巴光龙就联系上了他，卫澄海以前就经常听一些闲人念叨巴光龙，说这个人仗义疏财，起点很高，将来在黑道上一定称雄。

尽管这些年卫澄海一直跟巴光龙互相帮衬着吃饭，可是这一次终于出事儿了，事情没办成，好兄弟朱四把命留在了那里。

见卫澄海闷闷不乐，郑沂拉了他一把："大哥还是不要去想那些烦心事儿了，以后该怎么做你知道。"

卫澄海回过神来，尴尬地拍了拍脑门："对……呵，这阵子我的脑子有点儿乱。"

走了一阵，郑沂闷声道："我把朱四扛到巴老大那里，彭福没跟老巴说实话。"

卫澄海问："他是怎么说的？"

郑沂说："他说朱四在外面的时候就被鬼子给打死了。"

卫澄海闷了一阵，漠然点了点头："应该这样说，不然巴光龙容易瞧不起咱们。"

郑沂笑道："是啊，福子很机灵。"

刚拐过一片桦树林子，前面突然有人影一晃，接着传来一阵咿咿呀呀的唱歌声："刘光嘴坐上房忽然伤心，想起了早死的二老双亲，俺的二老没生下姐和弟，只生下光嘴儿俺自己，众乡亲都说俺傻了吧唧没出息……"卫澄海拉一把郑沂，停下了脚步。那边继续唱："听罢此言心里气，一生气俺就出门扛活儿去，扛活儿扛了十年整，俺在外面攒体己，回家来盖了几间房子买了几亩地，日子过得是滋扭扭儿的，可就是夜里缺一个暖被窝的……"卫澄海正听得起劲，歌声戛然止住，取而代之的是一声二人转道白："前面的是溜子还是空子（奸细）？"

"不是溜子也不是空子，不知道门槛在哪里，兄弟来给挑门帘（引见）？"卫澄海料定这是个"野鸡"（流寇），心下一惊，连忙回话。

"哟嗬？看来兄弟是个溜子。蘑菇溜哪路，什么价（要去哪儿）？"树后面蓦然闪出一个倒提着七九汉阳步枪的人来。

"东面连山火烧云，孩子没了娘，找他的妗子（黑话）。"卫澄海把一根指头在耳朵边一摆。

"嚄，原来是罗五爷的人，失礼，失礼。怎么，哥儿俩走散了这是？"那个人把提着的枪抱在怀里，摇晃着走了过来。这时卫澄海才看清楚，对面的这个人是个比扒了皮的蝎虎还瘦的家伙，眉眼看不分明，一只眼睛瘪着，好像是个独眼。

卫澄海抱了抱拳："哈达（正是），哈达，兄弟打了'溜边'，刚跟五爷的人分手，没地方去，正找饭辙呢。敢问上方老大是哪个绺子的？"独眼不回答，冲后面摆了一下脑袋："铁，出来吧，是俩溜子。"树后一阵窸窣，孙铁子提着一把柴禾似的汉阳造，慢悠悠从一棵树后晃了出来："听口音是山东老乡？"

卫澄海点了点头："小弟即墨地界的，"双手抱拳举过左肩，向后一倾，"敢问老大贵乡何处？"

孙铁子不说话，斜着肩膀将上半身倚到独眼的脑袋旁，轻轻一蹭。

独眼猛然叱道："招子（眼睛）不亮，问哪个！"

卫澄海微微一笑，左胳膊在胸前一横，右手架到左胳膊肘下，悠然一晃。独眼点头："没错，是罗五爷的人。"

孙铁子冷眼瞅了卫澄海半晌，方才开口："既然是罗五爷的人，不知当前君是哪位？臣是哪位？"

"乡里乡亲的，咱们还是别整这套麻烦事儿了，"卫澄海笑道，"罗大把子是抗联的臣了，兄弟哪能不知道？"说着，跷起大拇指按在鼻子上，从右往左一别，硬硬地施了个坎子礼，"兄弟不知道二位老大正'当道儿'，多有得罪，这就赔个不是。麻烦二位老大开个面儿，让兄弟过去。"孙铁子将肩膀从独眼的脑袋旁挪开，脸上露出了笑容："刚才还忘了回兄弟的话……哈嗒哈嗒。兄弟也是山东即墨人，大号孙铁子。既然是老乡，那更是自己人了。我'观算'着（观察估计），你们两个不是走散了，是刚从关内过来的吧？"卫澄海点点头："守着明人不说暗话，当着观音不提菩萨，兄弟确实是从关里刚过来的，先前在罗五爷那里'饭食'，后来'裂边'（偷跑）了，兄弟吃不惯正经饭。"孙铁子嗯了一声："打从绺子们入了抗联，有心气儿的兄弟都想单飞呢。二位兄弟这是要去哪里找饭辙？"卫澄海笑道："没标靶，正'晃'着。"

"不假，马跑三十六，大山里七沟八梁，能晃去哪里？你以前在绺子里是干什么的？大号呢？"孙铁子问得有些不屑。

"打个下手。兄弟自己取了个诨名，叫'小李广'。"卫澄海随口应道。

"哎呀！小弟真是有眼不识泰山，原来是卫大哥，"孙铁子一拉独眼，双双施了个大礼，"小弟见过大哥！"

"不必多礼，"卫澄海上前一步，拉起了孙铁子和独眼，"都是混江湖的，没有那么多礼道儿。"

　　"老大你是前辈啊，"孙铁子的目光满是崇敬，"刚来关东的时候我就听说过你，了不得啊，你当年走的时候……"

　　"不值一提。"卫澄海想起当年临走"顺"了几颗日本脑袋的事情，不觉一笑。

　　孙铁子是个急性子，反手拉着卫澄海就走："走，咱们先去见一个兄弟，没准儿你见了他还能认识呢。大家都知道，你名义上当胡子，其实是个讲究江湖道义的人。很早以前我就听大家说过，你因为不跟着绺子下山'闯窑堂'（绑架勒索），罗大把子找你的麻烦，说你明明知道江湖规矩，还把筷子搁在饭碗上，咒他吃炮子儿，要处置你，你差点儿'插'了他呢……"回头冲郑沂咧了咧嘴，"哈，光忙着跟卫大哥说话了，还忘记跟这位兄弟过过码头了。"卫澄海嗡声道："这伙计叫郑沂，是个实在人，也是咱们老乡，以前没来过关东，这次是想出来混碗饭吃的，"边走边扯了独眼一把，"这位兄弟是？"独眼谦卑地哈了哈腰："瞎山鸡，兄弟这个绰号不是自己起的，是弟兄们喊出来的……"

　　瞎山鸡一开口就闲不住了，一缩脖子，尖声嚷道："瞎山鸡瞎山鸡，瞎了眼的山鸡也是好山鸡！大哥你先别笑话，咱这眼以前不是这样，兄弟眼睛好的时候也是方圆百里出名的'小俊把儿'呢。那时候，大姑娘小媳妇跟在我后面一大溜，哈喇子流得跟小河似的……可惜家里穷啊，没敢想这事儿。日本人成立了满洲国我就更吃不上饭了，跟村里的几个要好的兄弟出来入了胡子行，咱也'吃打饭'试试……"孙铁子接口道："瞎山鸡是海林人，我们早就相识，他的眼是被日本人给打瞎的。哈，其实这也怨不得人家日本人，他起初在老北风那里'打食儿'，日本人拉拢他，这土八犊子脑子乱，就当了一把汉奸。""还不是让那儿个洋钱给闹的？"瞎山鸡摊了摊手，"结果情报不准确，日本鬼子光火了，拿我的眼睛撒气……我操他二大爷的，小日本儿不得好死。"卫澄海笑道："后来还是感觉不能上鬼子的当吧？"

　　"那可不，"瞎山鸡忿忿地说，"打从瞎了这只眼，老子就发了毒誓，继续混胡子，我不杀他几个小鬼子……"

　　"拉倒吧你，"孙铁子打断他道，"你干过那档子事儿，没有哪路绺子稀得要你。"

　　孙铁子说，瞎山鸡从日本人那里逃出来之后，直接就投奔了熊定山。后来定山知道了瞎山鸡的来由，坚决不要他了。瞎山鸡没办法就投奔了罗井林，人家罗井林想干大事儿，拉着手下的人入了抗联，瞎山鸡不敢跟着去，一直流浪着"放单"。

　　"哎，我想起来了，"孙铁子蓦地站住了，冷冷地盯着卫澄海，"大哥，你是知道的，罗井林一直跟熊定山不和，你在罗井林那边，应该听说过熊定山的啊。"
卫澄海微微一笑，敷衍道："我听说过他，可惜没有机会见面儿，见面了我可得说说他，他就不该那么狂气，'别'了郭殿臣的货不说，连罗五爷都不放在眼里，"话锋一转，"熊定山这阵子'靠'谁的'傍'？"

"这个……"孙铁子张张嘴，眼睛眯得像一对葵花子，"听说他不在抗联了，前一阵就说要去谢文东那里'挂柱'。"

"谢文东不是就在抗联当军长的吗？"

"早拉出来了，'三不靠'，干自己的，谁都打……打的是国军的旗号。"

孙铁子遮遮掩掩地说，他跟熊定山被郭殿臣打散了，好久没有联系了，定山一定是投奔谢文东去了。

一路走着，东南天边就开始放出了亮光，风也彻底停了，一行四人转出了阴森森的大树甸子。

卫澄海停住脚步，问孙铁子："你说的那位兄弟住在哪里，咱们这个时候去了方便吗？"

孙铁子似乎有什么心事，没有回头："方便，方便……"猛地打住，回头看着卫澄海，面相有些尴尬，"咳，其实我多少知道点儿你跟朱七的关系。这么说吧，我知道你回老家以后跟朱七在一起呆过一阵……朱七曾经对我说起过这些事儿。大哥，如果我跟朱七做过一些不江湖的事情，大哥不会笑话吧？"卫澄海淡然一笑："都是江湖上行走的哥们儿，谈不上谁笑话谁。有什么话你就说，天是圆的，地是方的，江湖人之间没有什么大不了的事情。"孙铁子眯着眼继续看卫澄海，憋了足有一袋烟的工夫，方才冲天叹了一口气："我觉得大哥是个值得交往的人才这么实在的……唉，反正这事儿早晚得传出来。大哥目前跟我在一条道儿上走，以后还得指望大哥照应着，干脆对你说了这事儿吧。"卫澄海在心里笑了一声，你不说我也知道，朱七还不是跟着你才干的那桩傻事儿？冷眼看着他，没有说话。

"其实这事儿也怨不得我们，"孙铁子提一把裤腿，蹲到一堆雪后，愤然说道，"熊定山太'独'了。"

"铁子把熊定山给'插'了！"瞎山鸡高声亮了一嗓子，"他不好意思说，我来替他说。"

"好实在的兄弟，"卫澄海抬手拍了瞎山鸡的肩膀一把，"不用说了，这事儿我知道。"

"什么?"孙铁子忽地站起来,下意识地捏紧了枪把子,"是哪个告诉你的?"

卫澄海拍拍孙铁子拿枪的手,微微摇了摇头:"你这么紧张干什么?"孙铁子慢慢松开手,没趣地咧了一下嘴:"能不紧张嘛。你小李广是个什么身手?万一那什么……哦,可也是,要是你真的想要兄弟的命,在大树甸子我就死了几个来回了。兄弟是弄不明白你怎么这么快就知道了这件事情,心里紧张啊。"孙铁子有些后悔刚才跟卫澄海的相识,眼中满是沮丧。

卫澄海笑笑,拉了孙铁子一把:"走吧兄弟,熊定山没死,这小子命大着呢。"

一听这话,孙铁子的腿都软了:"大哥,这到底是咋回事儿啊?"

卫澄海使劲搡了他一把,手上立马多了一件家伙——匣子枪:"这件家什儿我见过。"

一直在旁边看着卫澄海的瞎山鸡满脸都是疑惑,不知道卫澄海此刻想要干什么,靠前也不是后退也不是,脚下像是装了滑轮,来回忽悠。郑沂的脸上没有表情,一只手貌似无意地攥着瞎山鸡的手腕子。孙铁子丢了汉阳造,两眼直勾勾地盯着匣子枪,两条胳膊抡搲得像推车,脸红一阵黄一阵,跟走过日头的云彩似的:"这,这的确是熊定山的枪……大哥,事情你不是都已经知道了吗?"

卫澄海把枪掉个头,一下子给孙铁子插进了腰里:"你刚才想多了,我卫澄海不做不江湖的事情。"

孙铁子长吁了一口气,心说,刚才你这个动作像是要找我的麻烦呢……嘴上说:"兄弟知道大哥的为人。"

卫澄海冷冷地说:"你别打我的黑枪就行。走吧,先去你兄弟那里住下。"

孙铁子快快地紧了一把裤腰,冲瞎山鸡一摆头:"傻了?带路走着!"

"铁子,知道我刚才为什么下了你的枪吗?"卫澄海不屑地瞥了孙铁子一眼。

"知道,敲山镇虎。"

"你不是虎,我是,"卫澄海仰起头,畅快地笑了,"不过意思算你说对了,我怕你瞎'毛楞'。"

"你是谁,我哪敢?"孙铁子的心里很不是滋味,转话道,"大哥不打算去投奔杨靖宇?"

"这事儿以后再说,"卫澄海顿了顿,"先住下,过几天我带你去见熊定山。"

第五章　我的女人我说了算

朱七这当口没有走，他撇下刘贵，提着枪，独自一人返回了陈大脖子的家。

屋里的油灯依然亮着，屋里传出的声音让朱七的心像针扎一样难受，这两口子究竟在干些什么勾当？

桂芬还在呻吟，这种呻吟跟朱七和张金锭做那事儿时候的呻吟不一样，是哭。

他妈的，陈大脖子这是在欺负人呢……朱七忍不住了，呼啦一下跳到门口，一脚踩开了门扇。

屋里一下子安静下来，陈大脖子在忙着穿衣服，声音软得像棉花："谁呀？"

朱七单手挺着枪，一个箭步闯进了里间："别动！"

陈大脖子蹿下炕来，与朱七刚一照面，便画儿似的贴到墙根愣住了："年顺兄弟，你咋来了？"

朱七将枪筒顶到陈大脖子的脑袋上，厉声喝问："你想要把桂芬怎么样？"

桂芬坐起来，用被子遮住胸口，呆呆地望着朱七，嘴巴张成了一只酒盅。

"年顺，把枪放下，你听我说……"陈大脖子吓得脸色焦黄，刚提到腰间的裤子噗地掉到了脚面子上。

"朱兄弟，"桂芬缓过劲来，跪过来拉朱七拿枪的手，"你听我说……"

"不听！我在外面已经听够了！"朱七猛地打开桂芬的手，枪管直接戳进了陈大脖子的嘴巴，脸上的刀疤涨得通红。

"你管得着吗？"桂芬怔了片刻，尖叫一声，赤条条地跳过来，叉开五指直奔朱七的面门，朱七慌忙跳到了墙角。

桂芬坐回炕里，恨恨地瞪着朱七，泪光闪闪，牙齿咬得格格响。朱七看看陈大脖子，再看看桂芬，满腹狐疑，这俩人搞的什么名堂？慢慢退到房门边，傻愣在了那里。陈大脖子趁机提上裤子，拎挲着双手坐到炕沿上，声音又干又涩："年顺，不是当大哥的说你，常言道，夫妻床上事，难与外人言……再说，这外人也看不得不是？你说俺两口子过夜过得好好的，你来打的什么岔嘛。"

是啊，人家两口子过夜我来打什么岔？朱七糊涂了，不由自主地把枪垂下了："那……那你也不好折腾人嘛。"

桂芬把双手抱在胸前，眼泪盈满了眼眶："大兄弟，你不知道……刚才你别怪我，别伤害老把头。"

陈大脖子沉下心来，伸手给朱七挖了一袋烟，递过烟袋，怏怏地说："唉，有些事情说不得呢。"

窗缝里灌进一缕轻风，柜上的烛火悠悠晃了两下。朱七挡开陈大脖子的手，突然感觉一阵恍惚，斜眼瞄了瞄桂芬，桂芬正爬到炕角，扭着身子找衣裳。她的动作缓慢极了，肩头一耸一耸地哆嗦，被子从她的肩头慢慢滑落，雪白丰腴的一抹肩头赫然刺了朱七的眼睛一下，险些让他张倒。他娘的，这是我的女人！我管你什么床不床上事呢，老子是来抢人的！这么好的女人早就应该归我，归我朱年顺！朱七倒退着走到炕边，猛地把枪别进腰里，顺手捞过搁在柜上的一根小捎绳。陈大脖子一愣，眼睛看着绳子，嘴巴张得像要吃人："七兄弟，你这是干啥？"

朱七板住脸，将陈大脖子反身摁在炕沿上，三两下捆成了粽子。

桂芬转过身来，看着朱七铁青的脸，抓着小褂的手护住前胸，大睁双眼一句话也说不出来。

朱七用脚勾开炕旮旯下面的窖子板，提溜着陈大脖子的袄领，一把将他塞了进去。

"你老实在里面呆着，放木头的兄弟见不着你自然会来救你的，桂芬就交给我了。"朱七一脚跺严了窖子板。

"你……我不能跟你走……你这是要带我去哪儿？怎么走？"桂芬的嗓子颤抖成了羊羔，脸上全是泪水。

"听我的，"朱七的心一松，坐到炕沿上，反手拍拍自己的后背，"上来，我这就背你走。"

"不，我不能就这么不明不白地跟你走。"桂芬的口气突然变得硬戗起来，睁大双眼瞪着朱七。

"不走也得走！"朱七啪地一拍腰里的撸子枪，陡然提高了嗓音。

"那你就打死我吧。"桂芬猛地将脖子往前一伸，闭上了眼睛。

这是怎么搞的？这样的结果，让朱七顿时有点儿不知所措，她刚才不是有些动心了嘛。

朱七扬起手，想要扇她一巴掌，犹豫一下又忍住了："你咋了？"

桂芬扭过头去，用双手捂住脸，嘤嘤地哭："我不能做昧良心的事情，老把头他对我好。"

　　"好个屁！"朱七好歹找准了话茬儿，"刚才他是怎么欺负你的？""我……天呐，"桂芬抽泣两下，一下子放了声，"老天爷呀，我到底是做了什么孽哟……""别哭了，"这一刻，朱七的心突然软得像刚出锅的年糕，颤着嗓子说，"今天晚上我们在你家吃饭的时候，你不是说你有个兄弟在潍县，你要去找他的吗？"一听这话，桂芬停止了哭泣，转过脸来，茫然地看着朱七："你要带我去山东？""对，我要带你回山东，"朱七的声音不容置否，"跟着我，我会让你过上好日子的。你跟着陈大脖子有什么好？这个王八犊子又老又丑，还拿你不当人待……好了好了，你不要抽抽搭搭的了，我听着心烦。听我说，你跟我回山东老家的时候正好路过潍县，我可以先不回家，先带你去见你的兄弟。如果你兄弟不同意你跟着我，我情愿放弃，让你们姐弟俩搭伴儿回来。到时候你愿意继续跟着陈大脖子遭罪就跟着他遭罪，你愿意干什么就干什么……"

　　"你别说了……"桂芬猛地把头抬了起来，眼里放出坚定的光，口气也硬朗起来，"走，我这就跟你走。"

　　"这就对了嘛，"朱七的心像是被一根细线猛地拽了一下，呼吸都不顺畅了，"桂芬，我会好好待你的。"

　　"让我跟大哥说几句话，"见朱七拦她，桂芬的泪水又涌出了眼眶，"求求你，你让我跟他道声别。"

　　"大脖子，家产都归你了，桂芬不要！"朱七冲地窖嚷了一声，把脊梁重新转向桂芬，柔声道，"上来。"

　　就在朱七带着桂芬回家的当口，卫澄海和郑沂也踏上了返乡的路程。

　　两天后的清晨，二人在即墨城南下了火车。

　　郑沂伸个懒腰，瞄了一眼薄雾氤氲的田野，歪着头对卫澄海说："朱七应该回来了吧，要不咱们再去找找他？"

　　卫澄海道："先不去管他，这小子现在的脑子不在杀鬼子上。"

　　郑沂哑了一声："他的亲哥哥死了，他竟然无动于衷！"

　　卫澄海说："这个人我了解，他不会像你想的那么简单，走着瞧吧。"

　　并肩走了一气，卫澄海停住了脚步："和尚，咱们跟孙铁子分手的时候，我听他跟你唠叨什么熊定山也想回老家？"

郑沂嗯了一声："有这事儿。铁子说瞎山鸡看见他拖拉着一条残腿坐在爬犁上，样子像是要跑远路。"

卫澄海点了点头："那就是了。呵，这小子好大的胆子，青岛侦缉队的乔虾米一直在抓他呢。"

郑沂说："他怕过谁? 有胆量回来，他就打好了不正经活的谱儿。"

卫澄海咧开嘴笑了："那好啊，我正需要这样的人。"

郑沂撇了一下嘴巴："他会听你的'了了'(使唤)? 那种人……他以为他是只老虎呢。"

卫澄海摇摇手，想说句什么又憋了回去，鼻孔里冲出一股雾一样的气流。

闷了片刻，郑沂开口道："要不我先去接触他一下? 以前我跟过他，有这个条件。"

卫澄海望着天边的一个黑点没有说话，那个黑点越来越大，掠过头顶才发现，那是一只爬犁大的鹞子。

日子已经进了腊月门，朱七一直没有出过门。村里人都说出门不好，日本人疯了，到处抓八路，听说国民革命军从即墨地界撤退以后，八路军领导的游击队经常袭击日本炮楼，这阵子日本兵蝗虫一样到处乱撞，碰上年轻点的男人都要抓去宪兵队审问。朱七不出门倒不是怕日本兵抓他，他是没空儿出去，在家里谱料打算呢，他的心气儿高，要做个响当当的财主。

来家的那天是个晴朗的上午。辞别刘贵，朱七让桂芬裹紧头巾跟在他的后面，两个人一前一后进了村西头朱七的家。朱七他娘正坐在炕上铰窗花，猛抬头看见朱七，一下子哭了。朱七抱着娘的脑袋，一句话也说不出来。桂芬的一声娘把朱七他娘给叫糊涂了，眨巴着老眼躲到朱七的身后，一个劲地吧嗒嘴："顺儿，顺儿啊，哪来这么个好看的大闺女?"朱七说，这是我在东北给你娶的儿媳妇，这次来家就是专门伺候你的。娘当时就变成了一只刚下完蛋的老母鸡，歪着脑袋端详了桂芬好一阵，跳下炕来，格格笑着奔同胡同对门朱老大的家。

朱七他娘领着朱老大进门的时候，朱七牵着桂芬的手正在炕上对眼儿。

瘦瘦高高的朱老大踱进来，矜持地咳嗽了一声："咳咳，老七来家了?"

朱七连忙下来给朱老大打躬："老大，俺来家了。"

打过躬，朱老大这才放下脸来："来家就好，"转动眼泡乜桂芬，"这位是弟妹?"

桂芬也学朱七那样冲朱老大弯了一下腰："桂芬见过大哥。"

朱老大眯着眼睛笑了笑："哦，好，好好好，弟妹见过些世面。"

三个人这边唠着，朱七他娘就去了灶下生火烧水。朱七冲桂芬使个眼色，桂芬连忙下去帮忙。看着桂芬玲珑的腰身，朱七的心麻麻地痛了一下……那天半夜在刘贵家，朱七的心就像被一只爪子给掏空了似的，整个人都虚脱了，他万万没有想到桂芬竟然是个石女。冒着一身冷汗从桂芬身上下来，朱七蜷在炕上跟死了一般，刘贵想进来跟他说几句话，看到这番景象，晕着脑袋回了东间。桂芬不说话，嘤嘤地哭，哭到最后，背过气似的没了声息。刘贵他娘在那屋喊，他七哥，下来给他嫂子倒碗水喝，他嫂子那是累着了呢。朱七懵懂着下了炕，刚打开门，刘贵他娘就把他拉到了一边，问他是不是欺负桂芬了？朱七说不出话来，一屁股坐在灶前的蒲团上，心空得像一把撑开了的油纸伞。

刘贵他娘不依不饶，非要问个明白，说朱七年纪小，不懂得女人心思，说出来让婶子给拿个主意。

朱七的心又痛又麻又恍惚，期期艾艾就说了刚才在炕上扒桂芬裤子的事情，末了说："婶子，她那个疤还新鲜着。"

刘贵他娘把嘴巴张得像是能塞进一个猪食槽子去："亲爹亲娘，这是咋了？前世造孽呀。"

朱七迷糊了好久方才沉下心来，沉吟片刻，愁眉苦脸地说，"婶子，你说摊上这事儿我还能怎么办？我总不能大老远把人家背回来再送回去吧？"刘贵他娘说，那得看你有没有菩萨心了，你要是有菩萨心就先让她去你家住着，如果人家非要回去，你送人家回去也不是不好。朱七的心像是着了火一般难受，摸着刘贵他娘的手乱摇晃："我有菩萨心，我有菩萨心……"

朱七这边正回忆着，外面忽然杀猪般闹嚷起来，朱七习惯性地摸了一把裤腰，手空了，枪没在里面。朱七猛醒，慌忙抬眼瞥了朱老大一眼，掩饰道："看起来咱这边也不怎么太平呢，外面这又是咋了？"朱老大对这种事情似乎有些司空见惯，头都没抬地哼了一声："没咋，日本人又在抓人呢……谁知道呢？反正不关咱的事儿，哪朝哪代也折腾不着咱老百姓。"

这话让朱七很是不爽，大哥你这是说了些什么？什么叫哪朝哪代也折腾不着老百姓？亏你还识字断文呢，你的眼睛是瞎的？打从日本鬼子来了，哪家百姓没被折腾过？鬼子没折腾过你，可也不是你的亲戚吧？胸口一堵，蓦地想起死去的四哥，突然就不想说话了。朱老大拿着架子，慢条斯理地掸了掸马褂上的一点灰尘，摇头晃脑地说："小七呀，做人要本分，只要牢记自己乃是一介凡人，不忘祖训，便可以活得洒脱，从容，放松。虽说人不能成佛，也不可入仙，但只要心平身正行端，便可以心在魏阙之下，心游圹埌之原。身虽在枯鱼之肆，意却可以如鲲似鹏，水击三千里，绝云气，负青天啊……"

"大哥，我不在家多亏你照应咱娘。"朱七巴不得朱老大赶紧打住这套天书，接口道。

"那还不是应该的？"朱老大悠然吐了个烟圈，转话道，"听说共产党的抗日联军占了整个东三省？"

"不大清楚，我走的时候，杨靖宇的抗联正忙着……"朱七猛地打住了，"别的咱也不知道。"

吃饭的时候，朱老大没心没肺地数落朱四，说朱四的心里没有老娘，这么多年也不来家看看自己的娘。说着说着，朱七他娘就开始抹眼泪，把两只眼睛抹得像两个烂桃子。朱七的心里不好受，又不敢将朱四已经"躺桥"（死）的实情说出来，只得一次次地往外岔话。朱老大以为朱七是在含沙射影地埋怨他不孝顺，憋了好长时间竟然憋出这么一番话来："唉，树欲静而风不止，子欲养而亲不待啊，这话用在老四的身上或许是早了点儿，可是，难道他非要等到这一天吗？老七你听着，我朱老大再怎么说也一直守在老娘的身边……所谓为人师表，传道，授业，解惑也。当今世风日下，人心不古，吾等责无旁贷，本应著书立说，大声疾呼，以正世风。可是谁能理解我的心思？"说着说着，眼圈红了，"现而今，我朱年富身为国家栋梁，竟然是自暴自弃，浑浑噩噩，梦死醉生……滚滚红尘，谁知我心？呜呼，哀哉。""大哥不是读书读'愚'了，就是喝酒喝多了，"朱七打断他道，"你这都说了些什么呀。"朱老大瞥朱七一眼，快快地笑了："燕雀安知鸿鹄之志哉？"

"你鸿鹄，我燕雀。"朱七说。

"我说这些话的意思你一时半会儿也琢磨不透，"朱老大讪笑道，"道不同，不相为谋啊。"

"那咱就不'谋'了，"朱七说，"你兄弟现在就想'谋'着过点儿安生日子。"

"哪儿也安生不得，"朱老大说，"年头不济啊……咱这边还好些，崂山那边堪称民不聊生，遍地饿殍。"

"崂山那边挺乱，这我知道……"朱七打住话头，"胡子"两个字呼啦一下掠过脑际。

"那边胡子闹得厉害，"朱老大慢条斯理地说，"听说崂山义勇军司令董传德打家劫舍……"

"咱不认得，"朱七拦住话头道，"我把兄弟丁老三认识他，几年没见，恐怕也早就不联系了。"

"不能吧，都干过胡子的……"朱老大貌似无意地笑了笑，"所谓禀性难易啊，呵呵。"

"大先生，有人找。"外面有个童子在喊，朱老大打个激灵，一屁股偎下了炕。

第六章　热血男儿

腊月二十四日一大早，朱七就起了床，匆匆洗一把脸，拐上夹篓出了大门。这是一个晴朗的日子，绚丽的晨曦照到村口的牌楼上，似乎要将牌楼融化。从牌楼顶上垂下来的冰坠儿，闪着五彩的光；远处的田野被皑皑白雪覆盖着，偶尔露出的几棵麦苗，在风中簌簌地抖，天空里有几只纸样的鸽子悠悠飞过，明净又高远。朱七抖擞精神走出朱家营的时候，心情爽快，感觉自己跟一个财主没什么两样。

路上看见一个人的背影很像朱四，朱七的心不由得一抽，赶上去倒头一看，哭的心都有了，那不是他的哥哥。

我一定要给四哥报仇，至少应该杀他八个鬼子，朱七想，我哥哥的命值这个价钱，我要让我哥哥在那世闭上眼睛。

给老娘和桂芬扯好了袄面，又买了一夹篓年货，天忽然就阴了下来，云层厚实，挂了铅似的往下坠。

朱七将自己新买的狗皮帽子的帽耳朵放下来，打个活扣在下巴上勒好，抄着手转到了丁记铁匠铺门口。铁匠铺的掌柜丁老三是朱七的把兄弟。朱七进门的时候，丁老三正埋头跟一块通红的铁叶子较着劲，好像要打一张铁锨。朱七看着他，心头一热，我得有将近三年没见着他了，也不知道这几年他过得怎么样。提口气，把夹篓放在脚跟，一声不响地蹲到了门口。

"兄弟来家了?"丁老三似乎早就看见朱七了，头不抬眼不睁，继续打铁。

"来家了。"朱七挖了一锅烟，拿出火镰打火，没来由地有些紧张。

丁老三用火钳夹着一块烧红了的铁递给朱七，朱七凑过来点着了烟锅："三哥，过得咋样?"

丁老三走回去接着打铁："还那样。"

朱七嘬嘬嘴，心不在焉地问："崂山那边还去?"

"不去了，董传德不照架子来，我不喜欢跟他掺和。"丁老三噗噗地砸那块软得像鼻涕的铁叶子，专心致志。

"那就好啊，听说董传德的那帮人后来当了八路的'绺子'。"

"你别跟我说这些胡子话好不好? 什么绺子不绺子的? 人家现在叫抗日义勇军，名头大着呢。"

"好好，义勇军义勇军，"朱七的心情好，嘴上也没脾气，"三哥是不是参加共产党了?"

丁老三砰地丢下锤子，脖子没动，眼珠子悠悠转向了朱七："你走吧，我不跟胡子随便说话的。"

朱七的脸突然涨得通红，话说得有些语无伦次："怎么说话的这是? 难道你以前不是……你说，谁是胡子?"

丁老三一噎，摇着脖子笑了："说你呢。去东北之前你不是还跟着卫澄海吃过大户嘛。"

朱七跟着笑了两声："这你是知道的，我不干丧良心的事情。"

丁老三将铁叶子戳进一旁的洋铁桶里，洋铁桶噗地冒出一团白雾："总之，做人要有个底线，过了就不好。"

"三哥，"朱七在鞋底上磕灭烟，缠着烟荷包凑近了丁老三，"三哥我问你，谁告诉你我做了胡子?"

"七，"丁老三有点不耐烦，丢下手里的活计，拉朱七坐到了风箱后面，"熊定山到了崂山。"

"啊?!"朱七一下子愣住了，脸色陡然变得蜡黄，"你是怎么知道的?"

"这个你就别问了，"丁老三拿过朱七的手，用力攥了两下，"傍年根了，防备着他点儿好。"

朱七的脑子胀得斗一般大，终于还是出事儿了! 当初他就怀疑熊定山不一定是死了，他知道熊定山的底细，熊定山是不会那么轻易就让孙铁子打死的，极有可能他挨了一枪，然后装死，孙铁子一慌之下丢下他就跑出门来……可是他万没料到熊定山这么快就回来了。怎么办? 这事儿不见到熊定山的面儿根本就没法解释清楚。

朱七的腿开始发软，心也像门口的积水一样嘎巴嘎巴地结冰，怎么办？继续跟熊定山纠缠下去？怎么跟他纠缠？那还有个头？我四哥的仇还没来得及报呢。

风箱没人拉，火苗就不扑腾了，屋里渐渐冷了起来。这时候，风也开始往里嘶溜嘶溜地钻，门框上挂的棉帘子，被风吹得忽悠忽悠乱晃，像是一张婆娘手上翻腾着的煎饼。集市上嘈杂的声音犹如一个巨大的漩涡，嗡嗡嘤嘤兜头而来，搅得朱七六神不安心烦意乱……熊定山是个杀人不眨眼的主儿，我现在还不想跟他交手。这次他大难不死，他活着回来了，他回来了就要报仇，说不定孙铁子已经被他杀死在关东了。这个时候我首先应该安顿好老娘和桂芬，然后再去考虑如何对付熊定山。此刻的朱七感觉自己轻得像一片纸，身上没有一丝力气，仿佛一阵清风就可以将他吹到天上，飘得无影无踪。

"你还是别在我这里黏糊了，回去好好想想吧，外财是发不了家的。"丁老三喘口气，站起来走到风箱旁坐下了。

"反正我没杀熊定山，"朱七站起来，瓮声道，"抽空你跟他联系联系，问他想咋办，不行我直接去找他。"

"我没法跟他联系，崂山那边不好走，到处都是日本兵。"

"你怎么这样？"朱七知道自己的两只眼睛加起来也没人家丁老三的一个大，瞪也没用，索性不瞪了，忿忿地往外走，"不联系拉倒，我朱年顺不做亏心事不怕鬼叫门。"走出门来的时候，丁老三在门里大声说："这几天少出门！"朱七装作没听见，大步往前走，风从他的耳畔飕飕掠过，他浑然不觉。集市上的鞭炮声在朱七听来，就像东北老林子里凌乱的枪响。

朱七一出门，丁老三就停下手里的活计，挖一锅烟坐到了墩子上。外面的声音很嘈杂，像暴风雨来临前的山林子。丁老三垂着脑袋抽了一锅烟，起身进了杂物间，三两下从一堆破铁下面掏出一把匣子枪，放在手里掂两下，一掀棉袄插到腰上，紧紧棉袄，站在门帘后面吁了一口气，转身来到外间。用洋铁桶里的半桶水浇灭了炉火，丁老三快步走出门来。

天很阴，有零散的雪花飘下来。灰蒙蒙的夕阳软呼啦地往镇西头的麦地里落去，把那里装饰了一层薄雾。

一群人跟在一个五花大绑的汉子后面呼啦啦涌过铁匠铺，直奔东面的法场而去。

小鬼子这是又想杀人呢……丁老三皱着眉头进了对面的一条清冷的胡同。

刚推开一户人家的大门，身后就传来几声枪响，接着锣声大作，有人驴鸣般地喊："抓游击队啦——"

丁老三下意识地躲到门垛后面，侧耳静听外面的动静，难道是有人劫了法场？

"日你娘的丁老三，藏什么藏？"房门开了，熊定山佝偻着身子站在门口，捏着下巴冷笑，"没见过鬼子杀人是吧？"

"哈，你这个杂种，"丁老三走出来，冲野鸡般矍铄的熊定山一笑，"是你的人在外面整事儿吧？"

"是又怎么样？"定山整理一下挂在残缺的耳朵边的鼠毛套儿，上前一步，一把将丁老三拽进了院子。

关上门，熊定山将身子贴到门后，侧着耳朵听了一阵，鼻子漠然一紧："日他奶奶的，人家都吃饱喝足了你们才开始找？妈的，吃屎都赶不上一泡热的，"直接拉开了街门，"不是老子腿脚不灵便，都'突突'了你们这些狗日的。"刚想出门，郑沂拉着刚才被绑着的那条汉子，忽地闯了进来："山哥，人我抢回来了，果然是东北来的'溜子'。"定山乜了那汉子一眼，扯身便走："好险啊兄弟。"郑沂不说话，三两下给汉子松了绑，推着他进门，回头望几眼，反手关了门。

熊定山一屁股坐上炕，冲那汉子抱拳一拱："乡亲，蘑菇溜哪路？"

汉子吃了一惊，跷起大拇指按在鼻子上，从右往左一别，施了个坎子礼："吃天吃地不吃人。"

熊定山说声"妈了个巴子"，微微仰了仰下巴："原来是许大把子的人。兄弟怎么个称呼？"

"贱号史青云，'绺子'里的兄弟都叫小弟爬山虎，老家吉林濛江。"

"踩盘子（探风声）来了？"熊定山这话问得很是不屑。

"打花达了（散了），正紧滑着（流窜），小弟没有咒念了（没办法），么哈么哈（一个人单干）。"

"马丢了，来找马（来找同伙）？"见史青云点头，熊定山笑道，"怎么，听说这阵子老许的人全跟了赵尚志赵大把子？"

"不是，是跟了杨靖宇杨司令……老大，何时能见天王山（见到头领）？"

"这里没有什么天王山，就咱。"熊定山闭了一下眼睛。

一见熊定山闭眼，史青云明白了，慌忙冲熊定山施礼，丁老三拉起他："没什么，咱们都是中国人。我问你，你怎么从东北来了这里？"史青云冲站在一旁的郑沂伸了伸手："兄弟有烟吗？"郑沂摸出一包烟递给了他。定山冲郑沂使了个眼色，郑沂抓起炕上的一把匣子枪，转身出门。外面没有异常声音，零星的爆竹声不时传来。"刚才大哥不是问了吗，许三爷的绺子跟了杨司令，"史青云点上烟，仿佛陷入了沉思，"起初我们去投的就是赵大把子，赵大把子的第三军也归抗联指挥，可是赵大把子的脾气很古怪，不要我们。后来杨司令派人……"话刚说到这里，郑沂一步闯了进来："胡同口来了不少二鬼子！"熊定山嗖地从腰里抽出一把带着长匣子的手枪，拽了门后的丁老三一把："这里没你什么事儿了。朱七的事情你先别着急掺和，这事儿我自己的心里有数，总有一天我会去找他的。你赶紧走，别暴露了，以后兄弟还要靠你办事儿呢。一分钟以后咱们在永乐家会面，快走！"丁老三略一迟疑，冲熊定山抱了抱拳，一扒后窗台，纵身跳了出去。郑沂冲进里间，丢给史青云一把王八盒子，沉声道："兄弟帮个忙，完事儿跟我们一起走。"史青云握紧枪，疾步冲了出来，此时屋里已经没了熊定山。

一阵枪响横空而起，院子里的硝烟处腾起了挥舞双枪的熊定山："来呀！你们这些吃里爬外的杂种！"

郑沂看都没看，甩手冲门口扫了一梭子，血光溅处，扑通扑通躺倒了几个穿灰色军装的人，门口一下子清净了。

熊定山的腿似乎就在刹那之间好利索了，风一般越过墙头，叫声在墙外响起："扯呼（撤退）！"

郑沂拉着史青云撒腿往墙那边跑，后面一声惨叫，西面墙头上刚探出来的一颗脑袋被史青云的枪打爆了。

镇南头一个破败的院落里，丁老三蹲在院子中央的一块石板上，静静地听外面的声音，听着听着就笑了。一个脸上长着一块红色胎痣的中年汉子提着两瓶烧酒进来了："笑什么笑？是不是惦记上我这顿酒了？"丁老三冲他咧了咧嘴："永乐，你不知道，今天爷们儿高兴啊，不是一般的高兴。刚才小鬼子又吃亏了，想杀人没杀成，反倒折了几条哈巴狗。"永乐把酒在眼前晃了两晃："得，我在家里又住不清闲了。"丁老三坏笑道："这是没有办法的事情，谁让你结拜熊定山这么个兄弟的？""我这辈子该当着欠他的……"永乐边往屋里走边嘟囔。

"老小子，又在发什么牢骚？"熊定山鬼魂一样飘到永乐的身后，猛拍了他一把。

"我日！这么快？"永乐回身捅了他一酒瓶子，"来的时候没人看见？"

"谁看我打碎谁的脑袋，"定山哈哈一笑，"刚才这一阵子乱折腾，街上哪里还有个人？没人看见。"

"我来了，"郑沂拉了拉跟在后面的史青云，"山哥，这伙计'管儿直'（好枪法），是个'炮头'（神枪手）。"

　　熊定山回头冲史青云笑了笑："咱们关东来的'溜子'都有一手，妈了个巴子的。"

　　史青云舔了舔干裂的嘴唇："老大，本来我想找这边的游击队，现在我不想找了，我想跟着你干，我敬重你的血性。"

　　熊定山矜持地摸一把史青云的肩膀，歪嘴一笑，没有说话。

　　永乐边给定山添酒边说："兄弟，别怪我小气，你还是别在我这里住了，吃了饭就走，傍晚有辆运煤的火车。"

　　熊定山的脸上闪过一丝不快，沉默片刻，开口问丁老三："上午去你家找你的那个秀才是干啥的？"丁老三说："什么秀才，张铁嘴，城里的一个兄弟，以前是个算卦先生，现在跟着龙虎会的巴光龙混事儿呢。"定山问："他好像很精明，来找你做什么？"丁老三说："没什么，想让我投奔巴光龙。"熊定山瞪大了眼睛："明白了！那个秀才出门的时候跟彭福在一起嘛，原来他就是张铁嘴。彭福怎么没进你的门？"

　　丁老三说："他没脸来见我。上个月有天晚上去崂山'别'来百川的烟土，差点儿全部完蛋，幸亏老董插了一杠子。"

　　熊定山一瞪眼："出什么事儿了？"

　　丁老三说："没弄明白，他们那帮人跟鬼子打起来了……好像是出了内奸。"

　　定山张了张嘴："董传德这个驴操的也打鬼子？我日！妈了个巴子的，原来他们里面也挺乱的啊。"

　　丁老三说："所以我不愿意过去跟他们掺和。"

　　定山拉丁老三的袖口一把，腆着脸说："你不愿意掺和我愿意掺和。三哥，看样子你跟他们很熟，给兄弟挑个门帘？"

　　丁老三说："没意思，他会拿你当枪使唤的，使唤完了就完了。"

　　"明白了，"定山使劲咬了咬牙，"那老子就自己立个山头，该吃大户吃大户，该杀东洋杀东洋！"

　　"别这么狂气，"丁老三正色道，"你杀初善友那事儿还没完，乔虾米一直在找你。"

　　"没用！万一碰上，老子先'插'了他祭祖！"

　　"没法跟你说了，"丁老三把脸转向了一旁闷头猛吃的郑沂，"你不是跟老卫在一起的吗？"

"没错。"郑沂停下了咀嚼。"他留在东北了？"丁老三有些诧异。"回来了，"郑沂抬手擦了一下嘴巴，"这事儿你还是问山哥吧。"没等丁老三开口，熊定山闷声道："卫澄海失踪了。"丁老三咦了一声："那他回来干啥？"定山皱了皱眉头："人家心气儿高，想当英雄，回来杀鬼子呗……"咽口唾沫接着说，"在东北我们差点儿接触上。那天我去找张金锭，张金锭帮我找了一户人家住着，刚安顿好，卫澄海就去了，我躲了他。"丁老三说声"你这个犟种"，问熊定山："你还真的在谢文东那里干过一阵子？"定山的脸红了："别提了，想起来就窝囊……妈的，老混蛋以前还吹牛说'宁可中华遍地坟，也要消灭日本人'，现在倒好，他竟然投靠了小日本儿！"脸色一变，抬手拍了拍桌子上的匣子枪，嗖地将枪身下面的那个一尺多长的梭子抽下来，轻轻一弹，"看见了吧？这家伙能装三十六发子弹呢，顶把冲锋枪使唤。"

丁老三撇撇嘴，给他将梭子插回枪身，就势拍拍他的手背："今天先这样吧，改天我再找你。"

没等熊定山回话，丁老三就退到了门后，他没有走正门，推开后窗，纵身跳了出去。

熊定山一瞥后窗，啪地摔了枪："妈了个巴子，跟我装呢！老子又怎么得罪他了？"

永乐给面色狰狞的熊定山添了一盅酒，正色道："你打算什么时候走？"

"走？往哪儿走？我还想在你这里好好跟你住几天呢。你没看见？这边的鬼子汉奸都'疯'（泛滥）了，需要清理……"话还没说完，外面就响起一阵嘈杂的脚步声。永乐一口吹灭了灯，一掀炕席，嗖地抽出一把捷克冲锋枪："估计是二鬼子找过来了！哥儿几个，你们赶快从后窗走，我去照应他们。"熊定山一把拉回了冲出门口的永乐："没你什么事儿，这儿有我！"翻身蹿到门口，两支匣子枪已经挺在了手上。

"还没过够瘾？"永乐快步堵在门口，脖子胀得像墩子，"留得青山在，不怕没柴烧！要死别死到一块儿去。"

"死什么死？"郑沂悠然灌了一口酒，一句话顺着一串酒嗝喷了出来，"在咱们家里，死的应该是外人。"

"这话对头，"熊定山一把将耳套揪下来，那只残耳朵发出通红的光，"妈的，老子想杀人了！"

"山哥，你跟青云先走，我和永乐掩护你们，"郑沂丢下酒碗，刷地亮出了枪，"永乐哥，完事儿咱们在哪里集合？"

"不要跟着我，"永乐猛吸了一口气，"你们从后窗出去，翻过小学堂的院子，后面有条胡同可以直接上火车道……"

"是爷们儿的，拿起枪，跟我来！"熊定山一蹲身子，野狼一般冲出了门。

外面响起一阵哒哒哒的枪响，不用分辨也知道那是从熊定山的枪管里发出来的，屋里的三个人呼啦一下冲了出去。胡同口，火光闪处，熊定山鹞子一般翻身跳了出来："来呀！老子是八路军！专杀你们这些汉奸来啦！"哒哒哒又是一梭子。永乐的冲锋枪也响了，郑沂和史青云的枪几乎在同时喷出了红色的火焰……胡同口静了片刻，突然爆出一声狼一般的嚎叫："八格牙鲁！"好！熊定山一阵狂喜，小鬼子，你终于来了！就地一滚，哒哒哒又是一梭子。郑沂跟过来，面色从容地跳到一块石头后面，抬枪，一个鬼子兵应声倒地。郑沂又抬起手来。

史青云横眉立目，举枪瞄准一个刚把大盖枪端起来的鬼子……鬼子扑倒的同时，又有几个鬼子冲了过来。

史青云的枪卡壳了，搂动扳机，没有反应。

史青云惊恐，对正在狞笑着射击的熊定山喊："老大，我没有子弹啦！给我枪！"

熊定山不回头："给你个鸡巴你要不要？妈的，废物！老子枪里的子弹也不多啦！你先走！"

史青云抓起一块石头。一个鬼子面门上中了一石头，捂着脸跪到地上。

熊定山的枪又一次狂响起来……停了片刻，一个汉奸驴鸣般的喊："那边的兄弟，乡里乡亲的，还是别打啦，你们走不了的，赶快出来投降吧，皇军优待俘虏！"枪声稍停，鬼子兵狰狞的面孔在一点一点地靠近胡同这边。永乐有些纳闷，鬼子们不是都去莱州扫荡了吗，这阵子怎么突然冒出来了？来不及多想，永乐猛推了身边的史青云一把："快走！"跳出来冲喊话处就是一梭子。横空倒地的鬼子兵。硝烟弥漫。

熊定山跳出来，打倒一个鬼子，一骨碌滚到墙根，刚一起身就被冲过来的史青云抱住了："赶紧走！"

熊定山搂一下扳机，子弹没了，纵身跃上墙头，回头对永乐声嘶力竭地喊："爷们儿，多保重！"

永乐腾出一只手冲熊定山摆了摆，另一只手将枪托顶在肚子上，正面对着一个站起来的日本兵，一扣扳机——砰！

那个日本兵一声没吭，扑通倒下了。永乐将两只手合在一起，笑眯眯地端起了枪，来回扫描。

熊定山他们箭一般消失在茫茫黑夜里，身后是一片硝烟。

轰！一声巨大的鸣响在胡同里炸开，血肉模糊的永乐歪躺在地上，冲天搂了一下扳机："哈，这么快？我日。"

第七章　烫手的银子

"初三姥娘初四姑，初五初六看丈母"，这是当地的风俗。大年初四那天，朱七带着桂芬去了一趟他姑家。朱七他姑跟刘贵是邻村的，要路过焦大户家那片最好的熟地。刚下过雪的麦地与村后的土路连成一片，白花花地透着一股厚实劲儿。这番景象，让朱七忍不住站下了。雪地里闪着蓝绿色的光带，光带之上仿佛出现了一座五彩缤纷的琼阁，朱七的心跳蓦然加快，抬腿走进了麦地。桂芬在后面喊他，他听不见，脚下咔嚓咔嚓响着，额头上已经冒出了雾气腾腾的热汗。一群乌鸦呱呱叫着掠过他的头顶，像疾飞而过的子弹。朱七望着变成一条黑线的乌鸦群，眼睛也跟着眯成了一条线。哈，老天爷眷顾着我呢……朱七紧着胸口将气息喘匀和了，张口就唱："一根担子光溜光哎，听俺铜匠表家乡，大哥在京城做买卖，二哥在山西开染房，剩下俺老三没事儿干，学会了铜盆铜碗铜大缸。见一位大嫂上前来，拿着个铁锅站东厢，问一声大嫂美娇娘，你的窟窿眼儿有多大，你的那个缝儿有多长……"瞥一眼嗔怪地望着他的桂芬，朱七快快地打住了歌声。

朱七带着热血男儿的感觉，极目远眺。远处河沿上的那溜树木，在阳光下泛出五彩的光芒，树枝上覆盖着厚厚的积雪，犹如一排排摄魂夺魄的银圆。开了春，雪也就化了，麦苗就长成韭菜一般的模样了，大忙的时刻也就快要到来了。朱七仿佛看到自己的长短工们都来了，他们在这片肥沃的土地里欢快地忙碌着。暖风掠过天空，远处飞翔着一队队的大雁。天是蓝的，地是绿的，自己站在天地之间，浑身散发出金色的光芒。这时候，桂芬搀扶着红光满面的老娘来了，老娘笑得合不拢嘴，笑声将天上的大雁惊得扑棱棱直往田地里扎。朱七惬意地闭上了眼睛，眼前突然就变得通红，红光里走出了熊定山，定山的脸像狼，嗓音也像狼，定山说，兄弟，你过得不错嘛。

朱七猛地睁开了眼睛："定山，你别乱来，你先听我对你解释……"

桂芬挎着走亲的夹篓，站在田垄上大声喊："年顺，你在那里胡乱跑啥？"

我跑了吗？朱七的心咯噔一下，嚓地站住了，回头看看，雪地里脚步狼藉。

朱七的心头像是压了一块石头，话都说不出来了，闷头往前走着，眼前的光景一下子就变了，原野上整个儿是黑色的。冒出积雪的麦苗是黑的，河滩上的那溜树是黑的，连天上的阳光也是黑的。朱七的心一点一点地往下凉，一直凉到了脚后跟。熊定山到底是个什么想法？难道我真的跟他势不两立了？朱七的腿发软，心也开始跳得慢了起来，呼吸声几乎变成了一锅正在吸着的水烟袋，咕噜咕噜响。眼前一阵恍惚，他几乎走不动了。桂芬还在喊他，他转过身去，慢慢解开裤带，一泡黄黄的尿，将脚下的积雪豁开一道很深的口子，一点儿热气没冒。定山那双老鹰一样的眼睛紧紧跟着他，让他心跳不已。

前几天，朱七去刘家村找到了刘贵，问他："熊定山要是回来了，你害不害怕？"

刘贵爱理不理地应道："听蝼蛄叫还不种豆子了呢。他早死了，提他干啥。"

朱七套他的话说："万一他没死，找上门来了，你打谱怎么办？"

这时候的刘贵已经把他村西头的三十亩地买下了，心境自然豪气，朗声道："跟他干！爷们儿也不是吃素的。"

本来朱七想跟他照实了讲，听他这么一说，当下改变了主意。朱七想，人家在暗处，咱们在明处，你怎么跟人家干？人家想收拾你，冷不丁从黑影里跳出来，一把捏断你的嗓子……这不还是个半彪子嘛，朱七脸上的刀疤都气成了黄色。娘的，当初咋办了这么件蠢事呢？一想，又嘿嘿笑了，瞟刘贵一眼，随口道："那倒也是，咱爷们儿也没干什么呀，你说是不是？"刘贵愣了愣，盯着朱七看了大半天，一咧大嘴："就是！不是咱俩一直在山里挖棒槌的吗？什么事儿也没干，咱是正儿八经的庄稼人。"朱七摸着他的肩头笑："嗯，咱爷们儿不欠他的。"

借着酒劲，朱七对刘贵说，你不是有亲戚在城阳吗？抽空儿去城阳武工队找个熟人，买他几条好枪，防备着别人眼馋，一红眼，"别"咱们的"梁子"。刘贵说，这事儿你是得这么办，万一碰上个"吃生米"的，咱爷们儿也好互相有个照应。朱七想，还照应个屁？首先日本鬼子"别"你，你就不敢叨叨。我还是别那么做了，先安生过一阵好日子吧。刘贵喝着喝着就哭了，哭自己的命好，哭到最后干脆就唱了起来，惹得刘贵他娘也跟着哼唧——大雪飘飘年除夕，奉母命到俺岳父家里借年去……唱得朱七晕头转向，恨不得一把掐死这娘儿俩。

从他姑父家回来，朱七躺在炕上，冷不丁就出了一身冷汗，眼前不时有身影闪过，一会儿是朱四，一会儿是熊定山。

我不能就这么等下去，我一定要跟熊定山见上一面，把话跟他说透了，该打该杀由他来，但是钱我不能给他。

出门的时候，桂芬正跟朱七他娘在灶间剥花生，朱七连招呼没打，斜着身子出了大门。

在门口犹豫了半晌，朱七也不知道自己这是要去哪里，心空得厉害，胡同里玩耍的孩子在他的眼里像一个个皮影。

娘的，刘贵这小子可真是一头记吃不记打的猪，出了胡同，朱七蔫蔫地想，你忘了熊定山是个什么样的人了？不讲是在他身上办了这么大的事情，就是再小的事儿，他曾经放过你，还是你曾经敢跟他犟过嘴？朱七记得在东北的时候，定山吩咐刘贵下山去三瓦窑子取"孝敬"，送"孝敬"的伙计请刘贵喝了几碗酒。也该当刘贵倒霉，被孙铁子看见了。那时节孙铁子整天挨定山的呵斥，正郁闷着，逮着刘贵就一顿乱棍，然后五花大绑地押上了山。结果，定山让孙铁子往尿罐里撒尿，刘贵捧着尿罐喝，喝了一泡，没了。定山让孙铁子拼命喝水，喝完就山上山下地跑，回来接着撒，把个刘贵几乎灌成了一只大尿脬。这还没完，喝完尿，刘贵还得给孙铁子磕头，口称"谢赏"。

我可不能当刘贵……朱七捏紧了拳头，见了熊定山，我就直接问他想要怎么样，不行直接跟那小子拼命！

也不知道孙铁子是死是活，万一他还活着，我就跟他联合起来跟熊定山干，不信治不了他。

此念一起，朱七笑了，拉倒吧，那事儿还不是孙铁子撺掇着干的？我不学刘贵，我记吃也记打。

天上的云彩被即将落山的太阳渲染得五彩斑斓，大片的云朵像是绽放的棉桃儿，层层叠叠的群山，全然模糊，像是被一块紫褐色的幕布遮掩着。走在这块巨大幕布下面的朱七就像一只蹒跚爬行的蚂蚁，小得实在可怜。唉，朱七蔫蔫地想，这可真是人为财死鸟为食亡，当初我要是不跟孙铁子掺和这事儿，现在还用这么难受？可是话又说回来了，我不这样干哪辈子能过上好日子？熊定山把弟兄们的卖命钱搂在自己一个人的怀里，我不去拿，有的是人去拿……就这么着吧，大不了我跟他拼了。这样想着，朱七的脚步开始坚定起来，腿上也有了力气，胸脯也挺了起来。对，就这样！去找丁老三，把话挑明了拉倒。

第八章　勇劫法场

朱七刚走到镇西口，就听见有刺耳的锣声响，有人在喊话，朱七听不清楚，抄起手，寻着锣声跟了过去。

镇中心的大路上稀稀拉拉走着一群人，朱七看清楚了，是一队日本兵押着几个五花大绑的人往东走。

朱七紧跟几步，问后面的一个二鬼子："老总，皇军这又是抓了哪里的人？"

那个二鬼子横横地用枪托隔了他一下："还有哪里的？游击队！"

朱七不敢再问了，退后两步，打眼看去，眼睛一下子直了，那个脑袋上缠满绷带的不就是镇南头卖肉的永乐嘛。

被鬼子押着的这帮人大概有五六个，全都被五花大绑着。永乐昂首阔步走在最前面，他的破棉袄上全是绽开的棉花，黑洞洞的，像是被火烧过，一条胳膊脱离了肩膀，像是背在身上一般。他不时冷笑一声，惹得旁边的鬼子一跳一跳地用枪托捣他的脊背，他似乎感觉不到疼痛，一仰头，大声唱起了歌："朔风怒吼，大雪飞扬，征马蹒跚，冷风侵人夜难眠。火烤胸前暖，风吹背后寒，壮士们，精诚奋发横扫嫩江原……"

朱七吃了一惊，永乐怎么会唱东北抗日联军的歌？连我都没学会呢……不禁喝了一声彩："唱得好啊！"

永乐动作缓慢地转回头，冲人群哈哈大笑："都醒醒吧！小日本儿欺负到咱家炕头上啦！"

一个日本兵哇啦一声跳起来，举起刺刀，扑哧一声戳进了永乐的左肋，永乐踉跄一下，蓦地站住了。

日本兵倒退一步还要上前，永乐冲他微微一笑："小鬼子，老子要操你八辈子祖宗。"

一个军曹模样的鬼子拉了刚要上火的鬼子一把,冲永乐一晃枪刺:"开路!"

永乐用左胳膊夹紧左肋,扬起头继续前行,残阳将他的身影照成了紫褐色。一行人缓缓地往关帝庙那边挪。朱七知道鬼子又要杀人了,心一丝一丝地抽紧了,血液似乎也在刹那之间凝固了,眼前忽悠悠悠地晃着四哥模糊的影像。我四哥在那世过得还好吗?朱七发觉自己的眼睛模糊了。过了关帝庙,前面是一个用来唱戏的土台子,永乐轻车熟路地跨过戏台旁边的碾子,稳稳地上了台子,身后留下一溜鲜血。棉裤像是刚从染缸里捞出来似的,湿漉漉的全是血。那几个被绑着的人也跟着他上了台子,立成一排。朱七的血开始热了,热得他全身被火烘烤着一般。鬼子军曹转身冲旁边站着的一个像是翻译模样的人嘀咕了几句,那个长相如野狗的翻译就向围观的百姓做开了演讲:"父老乡亲们,大日本皇军是来保护我们这些穷苦百姓的!我们这一带的百姓深受土匪游击队的残害,尤其是最近从满洲那边流窜到我们这里来的抗联红胡子,他们在满洲折腾够了就跑到我们这里来烧杀抢掠。大日本皇军决不答应他们破坏共荣,妖言惑众,胡作非为,残害一方百姓……"

"对!"一个龇着黄牙的二鬼子大声嚷嚷,"皇军对待我们辖区的百姓那可真够意思,不然全得'连坐'!"

"说的是啊,"翻译接口道,"大家也许不知道,在所谓的根据地,一旦发现游击队,全部都得,啊,那什么……"

"三光!"大黄牙边用枪往后隔看热闹的人边说,"就是烧光、杀光、抢光!咱们这是占了大便宜啦!"

"对,占了大便宜了,"翻译继续挥舞他干巴巴的胳膊,"咱们这里出了共匪的游击队,我们应该坚决消灭他!"

"我操你姥姥,"永乐的嗓音沙哑,他似乎没有力气说话了,"老子是中国人……"

"你不要煽动,"翻译一指永乐,"乡亲们看好了,这个叫孙永乐的家伙是一个隐藏在我们丰庆乡的共产党游击队,他一直跟东北的抗联有联系,刚才他唱的歌就是证明!二十四日大集那天发生的事情大家都看到了吧?他胆敢带着抗联的人劫了皇协军的法场!这还不说,皇军围剿的时候,他竟然掩护共匪的游击队跑了,打死……不,被英勇的皇军当场抓获!好了,不跟大家啰嗦了,记住,跟皇军作对,这就是下场!"演讲完毕,低声对鬼子军曹说了一句什么,鬼子军曹冲旁边的鬼子猛一挥手,鬼子们哗啦一声将子弹推上枪膛。

永乐微微一笑，慢慢将身子掉转过去，悠然撅起了屁股："小鬼子，闻闻这是什么味道吧。"吱扭放了一个屁。

就在鬼子的子弹即将出膛时，一个佝偻着身子的老人踉跄着在众人的注视下一步一步走近了永乐。

刚刚转回身子的永乐双腿一软，扑通跪下了："爹，我先走了……"

老人的眼睛似乎有毛病，他不看永乐，仰着头伸出一只手摩挲着永乐的脸，没有说一句话。

朱七认得这个老人是永乐的爹，一下子想起自己的娘，全身的血液在刹那之间变凉了。

我去给我哥哥报仇杀鬼子，我娘能安安生生地过下去么？心跟着凉了半截……

"砰！"一声沉闷的枪响不知从哪里传了过来，鬼子军曹一声没吭，轰然倒地。

"怎么回事儿？哎呀，娘……"这声娘没等喊利索，翻译也倒在了血泊中，眉心开了一朵鲜艳的梅花。

"砰！砰砰砰！"身边的几个鬼子来不及反应就扑倒了一大片，身子下面的积雪顷刻变成了血泥。

"八路来啦！"大黄牙驴鸣般叫了一声，撒腿就跑，朱七瞅准时机一伸腿，大黄牙一个嘴啃泥栽到了地下。

人群在一瞬间散开了，有限的几个二鬼子也不见了踪影。凭经验，朱七判断出枪声来自关帝庙的屋顶，打眼望去，丁老三赫然立在瓦楞上，夕阳将他剪纸一样的轮廓照得金光四射。朱七刚要喊，丁老三甩手就是一枪，随着一个鬼子呱唧一声倒地，大雁般落到了地上。来不及多想，朱七迎着他跑了过去："三哥，你不要命了……"丁老三挺着胸脯，一把推开他，提着枪对准瘫在地上的大黄牙扣动了扳机，大黄牙虫子似的蠕动几下，没气了。丁老三箭步跳到戏台上，单腿跪地扶起了永乐："兄弟，我来晚了。你咋了？说话呀！"永乐夹了夹左肋，冲丁老三无力地摇了一下头："三哥，我不行了……你去找盖文博，你的关系在他那里，他在潍县……"丁老三猛一回头："朱七，还不快走！"朱七猛地打了一个激灵，拖着永乐他爹撒腿就跑。永乐开始倒气，脖子一软，松松地歪在丁老三的臂弯里。丁老三丢下永乐，单手举着枪，一跃上了碾盘，再一纵身蹿上关帝庙的墙头，眨眼之间消失，留下一片晃眼的夕阳。街西口突然枪声大作，子弹带着刺耳的啸叫，惊起西北林子里的一群鸟儿，扬尘一般撒向天际。大街上开锅一般沸腾，枪声，喊话声乱作一团，一个声音裂帛般响起："果然是丁铁匠！"

朱七半拖半抱地拥着永乐他爹刚窜进关帝庙后面的那条胡同，忽地从一个门口闪出一个人来："跟我来！"

听话口儿，这个人没有恶意，朱七看都没看，随着他闪身进了大门。

那个人回头望了一眼，不慌不忙地关严街门，拉着朱七进了堂屋，一顿："看看我是谁？"

朱七刚才就觉得这个人的背影有些面熟，猛一抬头："卫大哥？"

卫澄海一身商人打扮，显得十分文雅，拉拉朱七的衣袖进了里间："小七哥，最近过得还好吗？"看看木呆呆地佝偻在身边的永乐爹，朱七来不及回答，扯身往外走。卫澄海拉回了他："放心，这户人家的户主是维持会的人。"略一迟疑，冲朱七使了个眼色，出门对一个蹲在炕旮旯里的人说："你去门口照应着点儿，该怎么做你明白。"那个人说话像哭："大哥，你可千万别动我家里的人，我全听你的就是。"卫澄海揪着袄领一把提溜起了他："去吧，要是出了一点儿问题，你们全家都得死。"那个人哭丧着脸走到门口，回头说："大哥你放心，出了一点儿毛病，天上打雷劈了我……可是，可是等日本人过去了，你得把我爹娘和我的老婆孩子放了。"卫澄海一笑："我跟中国人没仇。"

卫澄海拉永乐他爹坐到炕上，把朱七喊了出来："一会儿咱们说完了事情，你就回家。"

朱七说："那就赶紧说事儿。"

卫澄海斜眼看着朱七，微微一笑："你还没回答我你过得怎么样呢。"

朱七敷衍道："还好，庄户人的日子该怎么过还怎么过。"

卫澄海皱了一下眉头："这话说的……见过熊定山没有？"

朱七顿了顿，索性说了实话："没有。我听丁老三说他回来了，打谱找我呢。"

卫澄海又笑了："我在东北见着孙铁子了，你们干过的事情我也知道了。说实话，在这之前我还不太相信，这回全明白了。哥哥没有责怪你的意思，这事儿应该这么办，熊定山那小子在钱财这个问题上太不仗义……你不要担心定山会找你的麻烦，我不会让他动你一根毫毛的，"说着，神情诡秘地瞥了朱七一眼，"我不知道你是怎么想的，说来我听？"朱七尴尬地咳嗽了一声，期期艾艾地说："我还能有什么想法？反正事情已经出了，我也分了不少钱……卫哥，我知道你的脾气，你是有什么事情想让我帮你办吧？"

卫澄海收起笑容，沉吟片刻，开口道："我想'别'警备总队的几件古物，需要人手。"卫澄海说，前几天他得到一个确切消息，崂山下清宫里藏着几件战国时期的古物，来历还不清楚，日本人想把它运回日本，让警备队派人去取货，据说是一个叫唐明清的教官负责押运，送到流亭机场，机场那边有日本鬼子的飞机等着。什么时候开始行动还不太清楚，但是可以肯定的是就在这几天。

"我的意思是，找几个精干的兄弟，半路上'别'了它，"卫澄海咽一口唾沫，接着说，"咱们中国人的宝物不能让鬼子抢了去！现在的问题是，谁认识那个叫唐明清的。""我认识，"朱七一下子想起来了，刚回家那天，唐明清派一个童子去找过朱老大，"尽管我跟他没见过面，可是我有办法接触到他。"接着，朱七对卫澄海说了那天唐明清打发一个童子去朱七家喊朱老大的事情。卫澄海瞪大了眼睛："这么巧？你大哥是干什么的？"朱七说，这你不用打听，听说唐明清他爹是个有名的财主，几年前马保三在平度成立抗日义勇军的时候没有经费，绑架了他爹，他爹没有答应马保三的条件，马保三手下的一个弟兄就把他给杀了。当时唐明清在保定上军校，听到这个消息以后，拉着一伙人去找马保三报仇，结果又死了几个兄弟，据说全是军校的学生。就在这个节骨眼上，日本人去平度扫荡，抓了不少义勇军的人，其中就有杀唐明清他爹的那个人，日本人把那伙计交给了唐明清。打那以后，唐明清就当了汉奸。"我大哥说唐明清在他的面前是个小字辈。"朱七最后说。

卫澄海沉吟半晌，一撇嘴笑了："明白了，也许你大哥对古物有些研究，他这是想去咨询一下高人啊。"

朱七蓦地想起自己包袱里的那块铁瓦，不禁喊出了声："对呀，我大哥对古董有些研究。"

卫澄海刚想说话，外面就传来一阵嘈杂的脚步声，卫澄海抽出他的镜面匣子枪，蔽到门后听了听，回身将匣子枪别回裤腰，沉声道："就这么定了。一定要抓紧时间，不然容易出毛病，我估计有不少耳朵灵便的人知道这事儿，都惦记着呢。"

话音刚落，外面响起一声锣响，一个破锣嗓子高声叫道："各家各户都听好了啊，除了不能动弹的，全都去关帝庙听皇军训话啦——"锣声刚过，门就被轻轻打开了，那个户主缩着脖子回来了："大哥，你们赶紧走吧。"卫澄海反手贴了贴他的脸："干得不赖。记住，你是个中国人，中国人就应该有个中国人的样子，该干什么不该干什么你应该清楚。"户主点头哈腰地说："我明白我明白……大哥，可以把我家里的人放了吧？"卫澄海点了点头："我走以后，你去地窖里放他们出来就是了。另外，"一指炕上躺着的老人，"把这个大爷送到一个安全的地方，一日三餐给我供好了，以后会有人接他走的。""大哥，这……"户主又咧开了哭腔，"你让我把他送到哪里去啊，一个大活人。"

"你会有办法的，"卫澄海抽出枪，用枪筒戳了戳他的腮帮子，"我也有办法'孝敬'你的父母。"

"那好那好，"户主巴不得他赶快走，一把拉开了门，"大哥，暂时胡同里没人，你从后面走，我都安排好了。"

"别着急，"卫澄海用枪指着朱七，"这个人你一定认识，但是你要管得住自己的嘴巴。"

户主咳了一声，脖子陡然变粗了："大哥你还想让我说什么？赶快走吧！"

卫澄海一下子晃开他，箭步冲出门去，一纵身蹿上墙头，眨眼不见。

第九章　热血沸腾

离开东北前的一天晚上，卫澄海对孙铁子说，我刚去见了熊定山，熊定山对你们做的这件事情很是不满，你还是找个地方躲起来吧。孙铁子说，本来我想去投奔罗五爷，后来听说罗五爷跟着抗联的队伍被鬼子打散了，现在没地方去，我想自己先放"单"，以后有机会再拉几个兄弟继续干。卫澄海说，不如回山东吧，有那份爱国心就参加游击队，没那份心就好好在家种地，人家朱七都回去了呢。孙铁子不以为然："我要是个种地的命，还不来这里呢。朱七那是没有脑子，既然熊定山还活着，他是过不安稳的，不如回来在大山里'刨食儿'上算。"

卫澄海本来就对孙铁子没什么好印象，便不再跟他唠叨，和衣躺下了，孙铁子没趣，抓起枪走了。

郑沂在一旁喝酒，酒味很冲，闻着闻着，卫澄海就迷糊了过去。

外面很冷，北风呼啸的声音跟野兽嗥叫一般，卫澄海睡不着了，打开门走了出去。

外面全是被狂风卷起来的雪，山朦胧得像是一堆堆面口袋。卫澄海走在雪地里，一脚一个一尺深的窝子。他漫无目的地走，自己也不知道自己这是要去哪里。眼前的景色在不断地变化，一会儿灯火通明，一会儿漆黑一片。风停了一阵，雪就在不经意的时候下来了，纷纷扬扬，顷刻就将卫澄海淹没在一片模糊里。黑漆漆的夜空里突然伸出了无数爪子，这些爪子或干枯或丰腴，鲜血淋漓……有枪炮声从四面八方隆隆地响了起来，这些爪子一下子就不见了，漆黑的夜空被一片火光代替。火光下面，卫澄海看见自己提着一把卡宾枪，豹子一般穿山越岭，所到之处全是日本鬼子的尸体。郑沂从后面追了上来，他的全身被鲜血湿透了，他在喊，大哥，别丢下我……卫澄海大叫一声，忽地坐了起来。

郑沂正在专心致志地啃一块骨头，卫澄海的这一声喊叫让他猛地丢下骨头，一把抄起了横在腿上的大刀："咋了？"

卫澄海大汗淋漓，颓然抹了一把脸："没什么，刚才做梦了……"

郑沂丢了刀，重新抓起了骨头："你太累了。"

卫澄海喃喃地说："我不累……我要振作精神，拉起一帮兄弟杀鬼子。"

郑沂打了一个酒嗝："这话你以前就说过，还说要拉着朱七一起干呢。怎么，这次下定决心了？"

卫澄海不回答，冷眼看着雪花纷飞的窗外，刀削斧劈般的脸庞犹如雕塑。

山西会馆的那件事情似乎压根就没发生过，卫澄海回来以后，几乎没有听街面上的人谈起过这事儿。

抽空去了巴光龙那里一趟，巴光龙告诉卫澄海，日本人怀疑会馆那事儿是董传德带人干的，根本没怀疑到他们身上。

卫澄海担心朱四的死会连累到朱七和他娘，问："他们也没追查打死的那个人是谁吗？"

巴光龙笑道："你们出来的时候，对方没有一个活口，打听个屁。"

闲聊了一阵，卫澄海嘱咐他办事儿稳妥着点儿，过几天他带朱七来"挂柱"，说完就走了。

好长时间，卫澄海都被拉一帮兄弟杀鬼子这个念头激荡得热血澎湃，他没命地喝酒，喝多了就唱，逮什么唱什么，直到邻居们过来拍门，方才罢休。这期间，卫澄海加紧了跟华中和彭福等兄弟的联络，现在，这几个兄弟几乎离不开他了。

在青岛跟熊定山见面的时候已经是腊八以后了，两个人言语不和，谈崩了以后就再也没有接触过。也就是在腊八前后，卫澄海出门打酒的时候突然遇见了一起拉过洋车的纪三儿，纪三儿非拉着他去饭店喝一场不可，卫澄海就去了，喝酒过程中便得到了警备队要押运古董去流亭机场的消息。我一定要夺了这批古董，我们家祖宗留下的财宝不能让别人抢了去！

此刻的卫澄海躺在劈柴院自己的家里闭目养神，一阵暗哑的歌声传了进来：

> 工农兵学商，一齐来救亡，
> 拿起我们的铁锤刀枪，到前线去吧，
> 走上民族解放的战场！
> 脚步合着脚步，臂膀扣着臂膀，
> 我们的队伍是广大强壮，
> 全世界被压迫兄弟的斗争，
> 是朝着一个方向。

这个唱歌的声音好生熟悉！卫澄海忽地坐了起来，脑海里蓦然出现这样一幅场景，似梦似真：清晨，卫澄海孤单地行走在德山路通往劈柴院的街道上，街道上行人稀少，几乎没有汽车；卫澄海继续孤单地走，路边的建筑、店铺像是码在传送带上似的，簌簌地滚过身边，他一刻不停地大步向前；卫澄海终于走完了这一段路程，在路的尽头，他轻车熟路地走进了一个破败的大院，那里面飞舞着灰色的雪花。一队学生横穿马路，他们在高呼口号："还我河山！日本侵略者滚出青岛！团结起来，赶走日本鬼子！"街口站着一个衣衫褴褛，面色苍白的年轻人，他在唱着悲怆的歌，嗓音时而暗哑，时而高亢："我的家在东北松花江上，那里有森林煤矿，还有那漫山遍野的大豆高粱，我的家在东北松花江上，那里有我的同胞，还有那衰老的爹娘，九一八，九一八，从那个悲惨的时候，脱离了我的家乡，抛弃那无尽的宝藏，流浪，流浪……"

唱歌的年轻人在哪里？卫澄海站在大院的门口来回寻找。大街上有稀稀拉拉的一队罢工游行的队伍走过，街口几乎没有什么人，也没有他曾经看到过的那个衣衫褴褛，面色苍白的年轻人。卫澄海摇了摇沉重的脑袋，悻悻地回了屋。

卫澄海突然感觉很孤单，孤单得让他感到整个人似乎变成了一具空壳……郑沂走得还顺利吗？

卫澄海记得，郑沂离开他的时候哭了，一个大男人哭得肩膀乱抖，声音像野猫叫。

郑沂说，他不得不走，他的老娘大概有三年多没有见过他了，他要回家看看自己的娘。

在这之前，卫澄海对郑沂说自己要成立一支抗日武装，问郑沂有没有兴趣跟他一起干？郑沂说，我早就有这个打算了，我跟小日本儿有不共戴天之仇。卫澄海知道，几年前日本鬼子在临沂扫荡的时候杀了他全家，幸亏他娘那天去了临村他姥姥家，不然他在这个世上就没有一个亲人了。卫澄海说，跟了我以后，你的脑袋就算是拴在裤腰上了，不定哪天就掉到土里去了，你可得想好了。郑沂想了一阵就哭了，他说他要回家安顿一下老娘，安顿好了就回来，回来砍日本人的脑袋。送走郑沂后，卫澄海欹歔了半晌，冷不丁就想起了自己失踪多年的爹，感觉自己像是一片风中的枯叶，连自己是从哪棵树上刮下来的都不知道。狂风还在拼命刮着，从窗户缝隙里钻进来的风，刀子似的直刺卫澄海的脖颈，卫澄海禁不住打了一个寒战。

在床头孤单地坐了一阵，卫澄海掀开褥子摸出没有子弹的两把撸子枪，仔细地将它插进靴子里，用裹腿使劲勒了几下，从桌子上将镜面大匣子拿在手上，狠狠地在袄袖上蹭了几下，一把别到裤腰上，站在门后屏了一下呼吸，迈步走了出来。

傍晚的街道很清静，除了不时呼啸而过的日本摩托，几乎没有几个行人，空气中充斥着死亡般的气息。卫澄海站在环城电车德山路站等车的时候，几个纱厂的女工低眉顺眼地从眼前走过，卫澄海突然就想起了几年前在东北"绺子"里听一个兄弟说过的事情。那个兄弟绘声绘色地说，日本人有个癖好，专吃女孩子的肉，放到火上烤着吃。他说，有一次日本人进山讨伐抗日联军，那时候抗联有个女兵连，她们不知道鬼子来了，还在密营里睡觉呢。等抗联的男哥们儿闻讯打过来，女兵的密营已经不在了，所有的女兵全都被打死了，大部分人被鬼子肢解，有个最小的被鬼子烤着吃掉了，只剩下一副骨架。

眼前的大东纱厂是日本人开的，卫澄海瞪着巨兽大嘴般的大门，闷闷地想，妈的，总有一天，老子放火给你们烧了。

据说纱厂有一条地下通道，日本把头从地上走，中国工人从下面走，无论男女，下班出通道时都要搜身。

这还是在中国人自己的土地上吗？巨大的愤怒几乎让卫澄海窒息。

坐在摇摇晃晃的电车上，卫澄海陷入了沉思……从东北回来以后，卫澄海在家里闷睡了好几天，脑子一阵迷糊一阵清醒，总不安宁。那些天，外面一直乱纷纷的，先是大港五号码头工人举行游行示威，反日罢工，被鬼子镇压了，马路、胡同、厂房到处都是死难者的鲜血，后又听说即墨鳌山卫遭了日本海军的两架飞机轰炸，整个村子变成了一片焦土。更让卫澄海坐卧不宁的是，街面上传言，崂山义勇军司令董传德不打鬼子了，前几天带人袭击了马保三的抗日义勇军，打死了十几个人……老子一定要"收编"了这个杂种，我来领导那帮穷哥们儿。

卫澄海的心逐渐坚定，就这么办！先把那批国宝夺了，然后培植自己的势力，最终带着老少爷们儿杀上崂山。

下车的时候，天已经黑透了，圣爱弥尔教堂的大钟声沉重而悠远，仿佛来自天外。

第十章　摸岗哨

卫澄海空着心走近永新洗染店的后门，稳一下精神，刚要抬手敲门，门就被打开了。大胡子华中笑眯眯地站在门口，迎着卫澄海张开了双臂："好家伙，卫哥你终于来了。"卫澄海抱他一把，闪身进了院子。院子里黑洞洞的，像是一个煤厂。华中紧撵两步赶到卫澄海的前面，伸出胳膊一挡："卫哥，你先别进去，光龙在里面跟人谈事儿呢，你见了那个人不太好看。"

"谁?"卫澄海站住了。

"卢天豹，"华中腆着脸笑，"你以前揍过他，他一直记恨着你呢，我怕你跟他……"

"是他呀，我还以为是哪路神仙呢。"卫澄海晃开华中，一步跨进了门。

门开了，巴光龙的表情有些尴尬。卫澄海也了他一眼："谁在里面，让他出来给老子磕头。"巴光龙说："没谁，你先别生气……"卫澄海刚推开他，五大三粗的卢天豹就站在了门口："龙哥你别拦，让他冲我来。"卫澄海咦了一声："哈，你小子还挺冲啊，怎么，皮又痒痒了?"卢天豹一摸裤腰，嗖地抽出一把枪来，猛地顶上了卫澄海的眉心："姓卫的，你来呀。"卫澄海轻蔑地摊了摊手："呵，几天不见，你小子的脾气见长啊……"将脑袋往前蹭了蹭，"开枪，别发抖。"巴光龙隔了卢天豹的胳膊一下："你还是把'烧鸡'掖起来吧，人家卫哥这是不稀得跟你玩呢，要不他还等你抽出家伙来? 这么三个你也死没影儿了，"冲卫澄海一笑，"消消气，进来说话。"

卢天豹的枪管已经被巴光龙隔偏了，神情有些慌乱，进也不是退也不是，单手举着枪愣在那里。

卫澄海伸出一根指头冲卢天豹勾两下："进来，我跟你聊聊。"

卢天豹扯身往里走："聊聊就聊聊，谁怕谁呀。"

屋里点着一只昏黄的煤油灯，火苗儿被风扇得一晃一晃，像是要倒下的样子。卫澄海拿起桌子上的一把镊子，轻轻一拨灯芯，灯竟然灭了，外面的星光立时照了进来，星光照不出多少光亮，屋里的人影影绰绰像是鬼魂。卫澄海掏出火柴重新点灯，划了好几下也没能把火柴划着，心里莫名地有些烦躁，这是怎么了？冷不丁瞅了团在炕上的卢天豹一眼，没有看清楚他的表情，却看到他眼睛里的亮光一闪一闪，像鬼火在晃动。日你奶奶的，老子不是惦记着自己的事情，今天我就再抽你一顿，你这个小混混。

巴光龙走过来打着了打火机，屋里一亮，卢天豹愤然将脑袋别向了窗外。

点上灯，屋里蓦然亮堂起来，人脸上就像涂了一层黄漆。

巴光龙丢给卫澄海一根烟，笑道："卫哥这么晚了还来找我，一定有什么急事儿吧？"

卫澄海点上烟，猛吸了两口："你们先说你们的事情。"

巴光龙微微一笑："你这么一插杠子，我跟天豹还怎么谈？"脸一正，"其实也没什么，我不办背着哥们儿的事情。刚才不让你进来，主要是怕你跟天豹闹起来……哈，看来卫哥的肚量没那么小。那我就当着卫哥的面说事儿了啊，"冷眼一瞥卢天豹，无奈地摇了摇头，"你也别这么小性子，咱们的事情守着卫哥说没什么，卫哥的为人我知道，他不会主动伤害你的。"

卢天豹的脸烫了一下，灯光太暗，映得他的脸就像一个紫茄子。卫澄海顺手拍了卢天豹的肩膀一下："兄弟的心眼别跟个娘儿们似的，当初我打你那一次也是出于义愤，谁让你打纪三儿的？他是我拉洋车时候结识的哥们儿，那伙计人品还算不错……""不错？"卢天豹猛地跳起来，"你问问巴老大，他都干了些什么！"卫澄海一怔："什么意思？"巴光龙冲卢天豹使了个眼色，转向卫澄海道："没什么，纪三儿是个财迷。这不，你没来之前，我跟天豹正谈这事儿呢。"

卫澄海开始担心起来，他害怕纪三儿告诉他的那件事情是假的，万一贸然出手，弄不好要出大乱子。纪三儿到底干了什么？卫澄海等不及了，一把拽了巴光龙一个趔趄："别卖关子啦，说！"巴光龙笑笑，用胳膊肘拐了拐卢天豹："说话。"

卢天豹说，去年年底的时候，来百川在海上"别"了城防司令张云之的一批烟土。本来以为是一般烟贩子的货，后来一打听是张云之的，来百川害怕了，没敢声张，直接将这批烟土藏到了崂山紫云观他的一个师兄弟那里。这事儿非常保密，连卢天豹都不知道这批烟土藏在那里。纪三儿通过来百川的一个身边弟兄知道了这件事情，就跟彭福挂上了钩，将消息卖给了彭福。"是我让彭福办这事儿的，"巴光龙插话说，"当初我知道来百川办了这么一件事情以后，觉得可以利用这件事情要挟来百川一下，让他跟我联手，将来在青岛黑道上吃得'溜道'一些，谁知道张铁嘴跟他接触了一次，他竟然一口否决。所以我就想'别'了他的这批货……说起来这事有点儿意思。我们去了以后，竟然碰上了日本人，打起来了，幸亏董传德的义勇军凭空插了一杠子。当时我就纳闷，怎么会这么巧？我前脚刚把货拿到手，后脚日本人就来了？更巧的是，董传德的人怎么会在那个节骨眼上出现了？这里面肯定有什么猫腻。最可气的是，我们提着脑袋拿到的竟然还不到三十斤大烟。"

"这事儿我听彭福说过……你们怀疑这是纪三儿干的？"卫澄海皱起了眉头，"他有那么大的胆量吗？"

"怎么没有？"卢天豹陡然涨粗了脖子，"他是个什么人我还不清楚？当初我为什么打他？他……"

"你打他好像不是因为这样的事情吧？"卫澄海拉他坐下，"我记得你打他是因为他接触乔虾米。"

"那不过是个引子！"卢天豹快快地抓起桌子上的烟，掂出一根点上，继续说，"那天龙哥他们去紫云观之前，我看见纪三儿去了和兴里来百川住的地方。当初我就纳闷，纪三儿去来百川那里干什么？我就跟着他，直到他从来百川那里出来，整整三个小时！当天夜里，来百川派人来找我，说那批烟土被董传德的人给抢了，让我带几个弟兄去他家保护着他，他怕董传德的人来他家里杀他。我没怎么多想，就带着我的那帮哥们儿去了。第二天，我才听弟兄们风言风语地传，说是日本鬼子在崂山跟崂山义勇军打起来了，我这才想起来这事儿蹊跷，就去找来百川，问他，崂山那边到底是怎么回事儿？你猜这个老小子说什么？他说，天豹啊，不该问的你少打听，你不过是我的一个'小立本儿'（伙计）。我忍住火，问他，纪三儿来找过你？他竟然抽了我一巴掌！这几天，我越琢磨越不是个事儿，就来找龙哥。"

"明白了，"卫澄海咳嗽一声，摇手道，"纪三儿也是被人利用的，他没有这个胆量。"

"卫哥你说，这事儿除了纪三儿，还有谁最有嫌疑？"华中插话道。

"你还是少说两句吧，"巴光龙说，"又想冤枉人家福子是吧？不可能。"

"我没一口咬定就是他，"华中皱紧了眉头，"可是这事儿的关键人物就他俩，如果不是他……"

"打住打住，"巴光龙摇了摇手，"事情已经明白了。"

"卫哥，我来这里干什么你也知道了，"卢天豹起身道，"你们要谈事情，我不方便听，我走？"

"走？"卫澄海蓦然色变，"坐下！"

卢天豹一怔，下意识地又来摸枪，卫澄海迅速出脚，卢天豹倒地的同时，那把油漉漉的自来得手枪已经到了卫澄海的手上："小子，你以后最好别惦记这玩意儿了，你使不顺手的。"把枪转一个圈儿，嗖地插到了自己的腰里。巴光龙有些不解，茫然地望着卫澄海。卫澄海微微一笑："我想起一件事情来，"把脸一正，转向卢天豹道，"告诉我，你跟了来百川这么多年，为这么点小事儿就跟他翻脸，不会是在里面玩什么把戏吧？"卢天豹好歹站利索，晃开挡着他的华中，一步冲到卫澄海的面前，鼻子几乎戳到了卫澄海的脸上："你再打我一下试试？"

话音刚落，卢天豹就捂着肚子蹲在了地上，整个人急速地蜷成了一只刺猬。

卫澄海冷笑一声："我这是警告你，以后在我的面前永远要把尾巴给我夹好了，你没有跟我叫板的资质。"

卢天豹爬起来，犹豫着往前挪了两步，突然一扭身子，风一般冲出门去，一句话在院里暴起："走着瞧！"

华中出门关上街门，回来笑道："这小子其实有些能力，不然来百川也不会那么器重他。"

卫澄海不屑地一笑，把脸转向了巴光龙："今天我来找你，是想从你这里借几个兄弟用一用。"

巴光龙说："你想办什么事情我不打听，人我给你，几个？"

卫澄海沉声道："把彭福和华中给我。"

女姑口火车站在青岛市区的北边，很荒凉，四周是一片开阔地，往西走不多远就是大片的浅海滩涂，月光下的大海朦胧得像下着大雾的天空。卫澄海一行三人下了火车没停脚，沿着铁轨继续往北走，海风空洞地刮过来，带着一股咸咸的海腥气味。铁轨的西侧稀稀拉拉长着一片芦苇，卫澄海不说话，迈步下了铁轨，一闪身进了黑漆漆的芦苇荡。

铁轨上有一列甲虫似的日本炮车铿铿驶过，探照灯晃得芦苇像是一排排林立的矛。

卫澄海定定神，冲猫着腰钻过来的彭福道："你以前来过这里没有？"

彭福的眼睛绿得像猫："不瞒哥哥说，我早就惦记着小日本儿的枪了，去年来了不下三趟。"

卫澄海哦了一声："晚上也来过？"

彭福连连点头："来过，有一次我在泥地里趴了将近一宿呢，可惜那时候没有好帮手。"

卫澄海示意靠过来的华中注意点儿动向，开口问："鬼子一般什么时候过一次哨？"

"不一定，"彭福使劲地咽唾沫，手里攥着的几把刀子咔咔作响，"杂碎们有时候半天不出来，有时候几分钟就过来一队，手电筒到处乱晃……去年秋天我来那次，没被他们给吓死。几个来货场上偷焦炭的伙计被他们发现了，杂碎们撵都不撵，一个手雷丢过去，当场炸飞了三四个人，一条胳膊当空砸在我的脑袋上，血呼啦的……我操他二大爷的，如果当时我要有把枪，不跟狗日的拼了才怪！你猜咋了？小鬼子炸完了人，连个屁都没放，撅达撅达地走了。"卫澄海面无表情地望了一眼繁星密布的天，喃喃自语："人作孽，不可活。"

"鬼子的巡逻哨过来了，趴好！"华中低沉的声音像是从泥里钻出来似的。

"还趴什么？"彭福边往地下趴边说，"卫哥，直接上去摸了狗日的拉倒啊。"

"别着急，让过这一拨去。"卫澄海的眼睛老鹰似的一眨不眨，直直地盯紧了铁轨上面的一溜黑影。

"一个，两个，三个，四……卫哥，我说得没错，跟去年一样，一队鬼子还是三个。"

"很好，"卫澄海的脸上泛出了笑容，"福子，你的枪有着落了。"

远处传来一阵轰轰隆隆的声音，火车的灯光由弱变强，一路亮过来。铁轨上的三个鬼子跳下路基，横着长枪继续往北走。车灯豁然大亮，巨兽般的火车迎头一闪，一路呼啸，渐渐远去。鬼子又上了铁轨，用一只手电胡乱扫了一阵，迈步拐上了另一条铁轨。卫澄海站起来伸个懒腰，使劲眨巴了两下眼睛，瞪眼往东面看去，东面有一座座小山似的货物堆，几根木头杆子上挂着几盏闪着蓝光的瓦斯灯，货物的西侧漆黑一片。卫澄海转眼往北看，北边黑得像一个巨人张大的嘴巴，什么也没有。好，很理想的地方，卫澄海拧一下嘴巴，心硬如铁。

"卫哥，从这里爬到货场那边用不了多长时间，"彭福拉了拉卫澄海，"我估计下一拨鬼子很快就要来了。"

"别慌，"卫澄海嗑起嘴巴学了两声青蛙叫，华中钻了过来，卫澄海冲货场那边一努嘴，"你先过去。"

"慢着！"彭福等不及了，一拉刚要往外钻的华中，身子已经斜了出去，"你不熟悉地形，我去。"

"听我的，"卫澄海一把拽回了彭福，"你不如华中快，让他去。华中，如果不好，马上回来。"

华中那边一直没有动静，刚才过去的那队巡逻兵又从黑影里面冒了出来。卫澄海左右看了一眼，低吼道："亮出家伙！"一纵身蹿出芦苇，快步贴到了铁轨下面的一条壕沟的沟沿上。彭福猛地打了一个激灵，左手攥着几把匕首，右手已经掴出一把，一抖手腕，攥紧匕首的前端，一晃蹿上了壕沟，就地趴下了。那几个日本兵似乎觉察到了什么异常，呼啦一下散开来，手电筒同时扫了过来。一阵刺目的亮光当头闪过，接着灭了。日本兵嘟囔了一句，转身向货场那边走去。卫澄海一探身子，鹞子一般翻上了铁轨，冰冷的月光下，犹如一尊雕塑："小日本儿，爷爷取你的命来啦！"声音低沉，充满煞气。没等三个日本兵反应过来，两支枪一把匕首同时出手——啪！啪！噗！

华中像一只刚刚离弦的箭，嗖地射向躺在地上的三个鬼子，几乎同时，彭福的手也摸上了鬼子的腰部。

卫澄海用一只手托着另一只手的肘，枪口冒着青烟，抬脚将几个鬼子翻了个个儿，沉声问："妥了？"

华中和彭福慢慢从地上站了起来："妥了。"

卫澄海的右脚一勾，左手上立马多了一颗手雷，两只手往后一背："走吧，去朱七家。"

一阵隆隆的火车声自南向北传了过来，滚滚的白气淹没了躺在地上的鬼子，也淹没了钻进芦苇荡的三条好汉。

第十一章　张金锭还乡

谛语说，"二月二，龙抬头，蝎子蜈蚣都露头"。每逢农历二月初二，是天上主管云雨的龙王睡足了觉抬起头来的日子。朱家营的小孩儿在这之前就满大街追逐着念叨："二月二，龙抬头，大仓满，小仓流。"传说，古时候久旱不雨，玉皇大帝命令东海小龙前去播雨。小龙贪玩，一头钻进河里不再出来。有个小伙子到悬崖上采来"降龙水"，搅浑了河水。小龙恼怒，从河中露出头来与小伙子较量，最终小龙被小伙子打败了，只好乖乖地播雨。传说归传说，二月二以后还真的下了不少雨，墨水河涨得满满的，水真的深成了墨水。朱七不敢出门，倒不是怕大雨淋他，他是害怕碰上张金锭。张金锭是前天回来的，来家那天打扮得花枝招展，跟戏台子上的花旦一般，笑起来都带着唱戏腔调。

那天朱七去找刘贵，刚走上河南沿，沙土路上就传来一阵马蹄的嘚嘚声，朱七抬眼望去，一架三匹马拉着的马车呱嗒呱嗒由北往南撒疯般的跑，到了村口的那条岔路，咣当一声停下，随即，一个再熟悉不过的声音传了过来："银子，你先家去，过两天我就来接你。"

六哥？莫不是我六哥来家了？朱七猛一抬头，首先映入眼帘的竟然是穿一身大红棉袄的张金锭！

朱七想到河沿下面的芦苇里，一稳神又打消了这个念头，我怕个张金锭干啥？我又没欠她什么。

朱七蹲下，将脸往西面侧了侧，把支在膝盖上的一条胳膊竖起来，张开手遮住了半边脸。

乌蒙蒙的日头已经升到了村东的树梢上，有细雨飘洒，麦地上面一片烟。从指头缝里，朱七看见，马车旁热闹得厉害，车老大一会儿马前一会儿马后地往车下堆东西。张金锭也没闲着，先是掏出一面小圆镜在眼前晃了两下，接着弯下腰从一个包袱里拽出一件阔太太才穿的粉红色长棉袍，在身上比量几下，直接套在了身上，看上去像是一只吃饱了的槐树虫。张金锭拎着棉袍一角，滴溜溜打了个旋儿，一屁股坐到一个包裹上面，揪下脚上的桐油鞋，随手丢进路边的沟底，冲忙着帮车老大搬东西的一个锅腰子嚷了一嗓子："九儿，给姐姐把皮靴拿来。"朱七这才看清楚，原来一直在忙碌着搬东西的那个锅腰子是张九儿，心里不禁打了一个愣，他不是住在东庄的吗，怎么也在这里下车？再一看车上冒出一个脑袋的朱老六，朱七快快地笑了，我六哥可是越长越"出挑"了，脸黄得像蚂蚱，两只蛤蟆眼更凸了，跟螃蟹不相上下。朱老六冲张金锭挥了挥干巴巴的手："银子，我先家去，你不用心事我，该做什么还做什么，改天我来接你，小七那边你不用管，我跟他说。"

张金锭已经穿上了张九儿递给他的那双雪白的皮靴，噗噗在地上踩了两脚："你回吧，我知道。"

朱老六恋恋不舍地缩回脑袋，冲车老大一歪头："麻烦爷们儿了，咱们去朱家营。"

车老大一甩鞭子，随着横空一声炸响，马车呱嗒呱嗒蹿了出去。

张金锭若有所思地瞄着远去的马车怔了一会儿，扑拉两下棉袍，问张九儿："九儿，车子拿下来没有？"

张九儿一拍脑门："你瞧我这脑子，刚才就应该先把东西装到车子上。"转身从旁边拉出了一辆手推车。

三两下将东西装到车子的一面，张金锭一扭碾盘大的屁股，扑哧一声坐到了车子的另一面。

张九儿在手心里吐了一口唾沫，弯下腰将"车攀"搭到肩膀上，道声"姐姐，上路啦"，呼啦呼啦地走。

朱七在河南沿蹲不住了，我六哥跟张金锭说那些话干啥？听这意思，两个人好像有"景儿"呢……朱七一下子就想起了去年"别"熊定山的路上，刘贵说过的话，"我表姐就是能勾住人，朱老六偷着给了她不少钱呢，我表姐说，朱老六除了家伙不好使以外，还真是个好人呢"，难道我六哥早就跟张金锭有一腿？我六哥裤裆里的家伙无能，他怎么会跟她"轧伙"（姘）上了呢？朱七一头雾水，搞不清楚这里面到底有什么道道儿。张九儿不先回自己的家看老娘，跑到张金锭面前献什么殷勤？朱七记得他刚跟那帮放木头的伙计凑到一起的时候，伙计们都说，张九儿是个色鬼托生的，没钱去三瓦窑子就自己藏在树后面"撸管儿"（手淫）过干瘾。朱七问，他放了好几年木头，应该有个把逛窑子的钱吧？丁麻子说，这孩子挺孝顺的，钱都攒着，想回家把老娘养起来，他娘七十好几了，还给财主们浆洗衣裳养活着他的几个兄弟。

想到这里，朱七忍不住笑了，你才赚了几个银子？老子伸出一根脚指头就够你们娘儿几个啃大半年的。

张九儿在河对岸吭哧吭哧地推车子，张金锭用一根烧过的火柴杆在照着镜子画眉毛，一颤一颤的。

朱七忽然就觉得自己有些对不住张金锭，人家当初把心都给我了，我做了些什么？临走连招呼都不打一声。

"当个啷叮当，"张九儿咳嗽一声，咧着嘴巴唱上了，"看看人家看看咱，看看东屋你大妈，哎嗨哟，人家你大妈是出外发的家……"瞧这意思，这小子也攒了不少银子，朱七不由得想起当年他硬拉着张九儿去三瓦窑子的事。那天朱七领了工钱，拖着张九儿就往三瓦窑子赶。张九儿嘟囔说他没钱去，朱七糊弄他说，你就老实跟着我吧，我跟张大腚商量商量，让你白摸一把奶子。张九儿半信半疑地跟着去了。进了张金锭的门，张九儿说声"七哥好人啊"，箭一般射进了里间。没等朱七在外面放个屁，张九儿就顶着一脸血杠子出来了，一句话不说，撒腿就奔了回程。回到厦子，朱七说，九儿你是不是给人家下了"肉针"，人家不乐意了？张九儿就说了一个字，呸。一些尚还清晰的往事蜂拥而至，朱七笑也不是哭也不是。他奶奶那条大腿的，张九儿这么勤快，也想拐个仨瓜俩枣呢……朱七的心里莫名地有些酸溜。

张九儿一路唱着一路小跑，眨眼拐进了一条胡同，这条胡同就在刘贵家那条胡同的左边，窄得像嗓子眼儿。

朱七闷闷地晃一下脑袋，撑着双膝站了起来，腿麻麻的，一迈步一哆嗦。

河对岸刘贵家的朱红大门招摇不羁地红着，墙头亮绿的藤蔓在高处向空中招展，肆无忌惮。

朱七的心蓦地一阵烦乱，跨过小石桥，加快步伐，一头撞进了刘贵家的院子。

刘贵正捏着把笤帚扫院子，一见朱七，丢了笤帚就上来拉他："你猜我刚才看见谁了？"

"还有谁，你表姐呗，"朱七甩开他，迈步往堂屋走，"别大惊小怪的，我也看见了。"刘贵啊了一声："我表姐回来了？我咋没看见呢？"抻着脖子冲里间喊，"娘，娘，我二表姐从东北回来啦！"刘贵他娘赤着脚就出来了："大银子来家了？"来不及跟朱七打招呼，颠着小脚就要往外奔。刘贵拉他娘一把，回身拣起地上的鞋，噗地丢在他娘的脚下："年顺，我看见铁子了。"刘贵他娘穿好鞋，一扭一扭地出了院子。

孙铁子也回来了？朱七一愣，忽然感觉自己的胸口堵得厉害："贵儿，你说什么铁子……他在哪里？"

刘贵脱下他的破夹袄，边换绸棉袄边说："今天一大早，天还没亮，我就在俺村土地庙那里碰上他了。"

朱七不动声色地说："你不睡懒觉了，起那么早。"

刘贵一瞪眼："那是以前，现在我还睡个鸡巴懒觉，几十亩地催着我呢。"

朱七的心很乱，站也不是坐也不是。刘贵搡了他一把："你紧张个啥？"抓起炕桌上的一把茶壶，对着嘴儿嘬了一口，"他跟一个瘦得像柴火的伙计从土地庙里出来，身上灰土土的，我估计这小子是在庙里睡了一宿，没准儿没干正经营生。我想绕开，谁知道他看见了我。他丢了一块坷垃打我的脑袋，我就迎了上去。他对那个干柴一样的独眼儿说，山鸡，这就是我常跟你说的那个半彪子，叫刘贵，你上去揍他一顿。我火了，我说你凭什么打我？铁子说，凭什么？凭你私下跟熊定山联络……我连定山的毛都没见着，我跟他联络个蛋？我说，你别胡说八道，我根本就没见着什么熊定山，他早就被你杀了。铁子说，我跟你开玩笑呢。接着又说，定山没死，已经回来了，我怕他来杀你，特意来告诉你一声。我问他，你是什么时候回来的？这小子不说正经话，说他出事儿当天夜里就回来了，这不是胡说八道是什么？"

"你可真够啰嗦的，"朱七白了他一眼，"后来呢？后来他就跟那个独眼儿一起走了？"

"他要是那么痛快还好呢，"刘贵忿忿地说，"他说他要住到我家里，他自己没有地方住。"

"你答应他了？"

"我那是往家里招贼！我说，你爱住哪里住哪里，我家的庙小，住不开你这个大和尚。"

"对，不应该招应这个混蛋，招应了他，你以后麻烦就来了，应该让他滚蛋。"

"他也没怎么跟我啰嗦，他说他要去崂山，要我防备着点儿熊定山，有什么麻烦就去崂山找他。"

"他没说去崂山投靠哪路'绺子'？"

"没说，沿着河沿的苇子往东去了……吓了我一身冷汗，我以为他想'别'我几个银子呢。"

朱七松了一口气，笑道："他还不至于那样。不过防备着他点儿也好，这小子上来一阵挺混账的。"

刘贵摸摸脑袋，跟着干笑了几声："其实他也不算怎么混账，没有他，咱们发不了财。"

话音刚落，外面就响起了张金锭唱戏般的声音："哟，我还真没料想到呢，俺家七兄弟在我大姑家抱窝。"

朱七感觉自己的脸有些发烫，想往刘贵的身后躲，刘贵绷着面皮，一声不响地往外推他，朱七下力拧了他的裤裆一把。张金锭一步跨了进来，手里的一根红手绢被她舞得像水袖："哟，啧啧，俺家七兄弟阔气大啦，穿马褂了？"格格格地笑了一通，一扭屁股晃开想要上来拉他的刘贵，用眼角一瞥朱七，"听说七兄弟拐了个媳妇来家？啥时候让姐姐上回眼？"朱七一个劲地咽干唾沫，闷哧了半天，方才憋出一句话来："二姐，当初我走得急促，没来得及跟你打招呼，对不住了啊。"

"这叫啥话？"张金锭矜持地一甩手绢，手腕子上的银镯子在朱七的眼前一晃，"我又不是你家亲戚。"

"这……"朱七的脑子哗地闪过张金锭白花花的两片大屁股，心猛地一抽，"二姐，那什么，我……"

"你什么？"张金锭屁股一扭，横着身子进了里间，"你是有了白面馒头就忘了苞米饼子。"

"姐姐真能刺挠我，"朱七想走，拽一把刘贵道，"我家里还有点儿事情，我得回家去了，以后再来看你。"

刘贵沉不住气了，一胳膊肘拐了朱七一个趔趄，横一下脖子，咳嗽一声走到了院子当间。

张金锭幽幽地瞟了朱七一眼，声音小得像鸟叫："年顺，你安稳着就好……"猛一哆嗦，"我更安稳！"

朱七吓了一跳，慌乱地提了一把裤子："二姐，我真的有事儿，改天我再来看你。"

张金锭的脸色忽然变得煞白，想来抓朱七的手，手伸到半道儿又停下了："你不用来看我，改天我去看你。"

朱七的心慌得要命，她去看我？她要是见了桂芬，伶牙俐齿的不把桂芬欺负死才怪呢。桂芬说不过她，打更打不过她，只有哭的份儿了……朱七害怕桂芬哭，她一哭，朱七的魂儿就掉了。正趔摸着想要找句合适的话来说，院子里就响起张九儿叫驴般的声音："蝎子在这里？想死我啦！"朱七如逢大赦，转身出了门："呦，九儿！"张九儿倒退两步，定睛一看朱七，咧开大嘴笑了："蝎子发财了，穿得像个财主。"朱七的心小小地别扭了一下，装什么近乎的？你想我？在东北的时候你巴不得我赶紧滚蛋呢，皱下眉头哼了一声："穿件好衣裳就是发财了？"

张九儿似乎知道朱七的心里想的是什么，讪讪地笑了笑："我是来跟二姐打个招呼的，这就走。"

朱七犹豫一下，回头喊："二姐，张九儿要回去了！我也走，顺道儿跟他唠两句。"

张金锭没出来，声音从屋里传出来，跟青衣出场时的叫板一样："走啊，都走啊。"

朱七拔腿就走，走到门口站住了，冲张九儿一摆头："你先走，我跟贵儿说点事儿。"

张九儿恋恋不舍地瞥了东间一眼，说话像个太监："二姐，你好生歇息着，过几天我再来看你。"等了一阵，里面没有动静，张九儿薅两把胸口，脸红得像茄子，犹豫着还是不走，眼睛一个劲地往东间瞟，仿佛那边有一锭亮闪闪的大元宝。刘贵赶鸡似的张开手往外扇乎："走吧走吧，没见人家不理你嘛。"张九儿回过神来，嘴里像是含着一口浓痰："这伙计不认识我了……"刘贵忍不住上来推了他一把："赶紧走赶紧走，没见这儿忙着？"张九儿倒退着走到门口，扯开嗓子嚷了一声："二姐，老六那边能不去就不去，家里有什么体力活儿有我呢！"

刘贵彻底光火，一把将张九儿推了出去："滚蛋！你这个八辈子没见过女人的'逼迷'。"

张九儿跟跄着走到朱七的身边，闷声道："你也别心事儿了，你六哥'挂'上张大腔了。"

朱七不说话，就地蹲下了。张九儿还想啰嗦，刘贵提着笤帚撵了过来："还不快滚？"

张九儿撒腿冲出了胡同，泥浆在屁股后面扬场般地甩。

朱七拉刘贵蹲下，小声说："我看见定山了。"刘贵不屑地晃了一下脑袋："看见他怎么了？"朱七说，不怎么了，枪买到了？刘贵说，买到了，长家伙，两杆，用两亩山癞地跟东村老宫换的，老宫进苇子打游击去了，地是换给他兄弟的。朱七说："这我就放心了。"刘贵说，定山回来这么长时间也不来找麻烦，不定是咋想的呢，不用怕他。朱七说："我估计他现在还忙不过来，等他消停了，应该来找咱们。"

"也许会吧，"刘贵没心没肺地说，"找来更好，我先请他吃酒席，说好的咱听，说不好的，我'插'了狗日的。"

"你行。"朱七笑了，这个混蛋的脑子可真够简单的，就那么容易？

"你还别笑，"刘贵撑着腿站了起来，"现在我的腰杆子很硬，咱有钱有地有枪有人啊，怕他个屌。"

"他七哥，你还没走？"刘贵他娘颠着小脚从张金锭家的那条胡同扭了过来，"晌午别走了，在家吃。"

朱七慌忙站了起来："不麻烦婶子了，我六哥来家了，我得先回家见见他。"刘贵他娘的脸红扑扑的，像是抹了不少胭脂，乐颠颠地往门里扭："那也好，那也好，我听大银子说，你六哥是个好人呢，快家去吧，别让他等急了。"朱七起身就走："婶子，好好跟银子唠唠，她这么多年没回来……""你哪那么多心事？"张金锭的大嗓门猛地在院子里炸开了，"爽给我滚！你给我听好了，这几天你给我好好活着，不定哪天我去撕了你这个鳖羔子！"朱七头也没敢回，跟张九儿一个姿势蹿出了胡同，脚后跟甩起的泥浆打在他的屁股上，呱唧呱唧响。娘的，你这个卖炕的骚娘儿们，你敢撕我？我废了你吃饭的家伙！

怂怂地拐上前街，朱七猛抬头看见失魂般坐在手推车车把上的张九儿。

朱七想绕过他，刚背转身子，张九儿就咳嗽了一声："蝎子，你要回家？"

朱七闷声应道："是啊，回家。你还不走？"

张九儿的脸色蜡黄，倒着拉起了车子："这就走。蝎……年顺，朱老六想把张金锭娶回家呢。"

朱七说，不行吗？

张九儿的嗓子有些哆嗦："我没说不行，我的意思是……那什么，张金锭是个卖大炕的，不大合适。"

朱七说，谁合适，你？

张九儿噎了一下，脸忽然红了："朱老六的家伙不大好使。""你的家伙好使？"朱七乜了他一眼，"别胡思乱想，张大腔就是'旱'死，也没你什么事儿，你自己看看你那杆'篓子把儿'腰。""我的腰咋啦？"张九儿用力挺了挺腰，结果腰没挺起来，反倒把屁股挺没了，"我的腰是难看了点儿，可是咱不耽误做营生啊，啥都干得来。"见朱七呆着脸不说话，张九儿叹了一口气，望着河面上飞来飞去的蜻蜓，话也乱了，"这日子过得可真难啊，日本鬼子'挖挲'起来了。抗日联军没有了。日本鬼子跟疯了一样，见着年轻一点儿的中国人就杀，不管三七二十一。丁麻子去榆树屯走亲戚，让鬼子给挑了肚子，连尸都不让咱收。幸亏你走得早，不然可就麻烦了，鬼子要是抓了你这个当过胡子的……""谁当过胡子？"朱七大吼一声，"别他妈胡咧咧，老子在东北是个放木头的！"张九儿吐了一下舌头："哦，我错了我错了……年顺，跟老六说说，别'缠拉'人家张二姐了，算我求求你们哥儿俩。"朱七迈步疾走，头都没回："好好过你的吧，不是自己的东西别乱琢磨。"

"那我就不乱琢磨了，"张九儿耷拉着一嘴角涎水追了上来，"陈大脖子疯了，到处找桂芬呢。"

"你是不是想'刺挠'我？"朱七回了一下头，"告诉你，我跟你不一样，你乱琢磨张金锭，我没乱琢磨桂芬。"

"我不是这个意思，"张九儿将那口涎水吞进肚子，嘿嘿地笑，"老把头脾气很拗，他肯定要来这里找桂芬。"

"滚吧，"朱七一掌推倒了张九儿，"他不想活了就来找。"

一路风尘赶到自己家的胡同口，有人影一晃，朱七抬眼望去，卫澄海戴着一顶黑颜色的礼帽，抱着膀子冲他笑。

他怎么又来了？朱七的心一抽，疾步迎了上去："卫哥你咋来了？"

卫澄海转身进了一个草垛后面："我来看看你。"

朱七跟进去，促声道："朱老六回来了。别进家了，有什么话赶紧说。"

卫澄海抬起眼皮打量了朱七一会儿，伸手摸了摸朱七的肩膀："怕我连累你？"

"说哪里话这是？"朱七直截了当地说，"我联系过唐明清了……"卫澄海摇摇手，说："先别着急说，你先在家跟老六叙叙旧，下午抽时间去丰庆镇，就是上次我见你的那户人家，我在那里等你。"朱七想了想："我还是在这里说吧……熊定山在镇上出没。""定山这阵子不在镇上，已经回青岛了……这事儿以后我再跟你说。那好，就在这里说，我不麻烦你别的，说完了你就回去，"卫澄海拉着朱七又往里靠了靠，"说吧，到底有没有押运古董这事儿？"朱七猛地吸了一口气："有。"

朱七说，跟卫澄海分手以后，他直接就去了朱老大家。朱老大正张罗着炒菜，见朱七来了，让朱七陪他喝酒。朱七趁孙翠莲出门的机会，对朱老大说，那天来找你的那个唐教官我见过，那伙计帮日本人做事儿呢。朱老大叹道，身在蓬蒿心在天啊，接着就念叨上了，泱泱大海兮独我中华之宏帆落落，郁郁登楼兮今人不逊古人之怀忧。念叨着念叨着就醉了。朱七打发他大嫂回去陪老娘，三两句就套出了朱老大的话，明白了唐明清也不乐意背个汉奸的骂名。朱七继续套他说，听说唐明清的手里有几件古董。朱老大想都没想，开口说，有，是战国时期的，上次他来找我就是因为这个。朱老大说，当时唐明清说了那几件古董的形状，让朱老大帮他分析分析是什么玩意儿……后来他就走了。朱老大跟出去问他，这些古董在哪里，能否拿来他看一下？唐明清说，拿不来，过几天要送去外地。朱老大估计是日本人占下了那些古董，有些心疼，就问他要送到哪里去，唐明清说，这个我不能告诉你，反正下个礼拜我就见不着这些玩意儿了，眼也是红的。

　　"明白了，"卫澄海劈空打了个响指，"兄弟，我先谢谢你。你老实在家呆着，需要你的时候我再来找你。"

　　"如果没有什么要紧的事情你就不用来了，"朱七说，"有什么事情我去城里找你。"

　　"你到哪里去找我？"卫澄海将礼帽往下拉了拉，"我明白你的意思。就这样吧。"

　　"卫哥，行事的时候多加点儿小心，唐明清也不是个善茬子。"

　　"别担心我，"卫澄海捏了朱七的胳膊一把，"你注意点儿孙铁子，他回来了，你尽量少跟他掺和。"

　　"我听说他回来了。没事儿，我有数，"朱七点了点头，"我不是担心别的，我是怕你'失风'呢。"

　　"有数。"卫澄海闪身转出了草垛，带起来的冷风让朱七禁不住打了一个激灵。

　　穿行在胡同里，卫澄海的心中略有不快。看样子朱七不想过多地接触自己，不由得想起多年以前跟朱七的一些风雨往事……冷着心走到村南牌楼那边，迎面来了一辆马车。卫澄海压低帽檐，匆匆而过。刚走了没几步，卫澄海就感觉到那辆马车停下了，心头一紧：有人认出我来了。果然，卫澄海刚想往西侧的小路上拐，就听见有人在后面喊："张老板，出门赶集去？"卫澄海的心咯噔一下，熊定山！这小子终于还是来找朱七了。没有回头，闷声道："赶集去。"熊定山跨过路边的苇子，忽地一下站在了卫澄海的对面："老大，让我这一顿好找。"

卫澄海回头望了望，马车旁边还站着两个汉子，感觉熊定山这是来找麻烦了，一般他是不会带很多人出来办事儿的。将礼帽往上一推："不是说好以后咱们各走各的路，谁也不牵扯谁了吗？"熊定山微微一笑："卫哥跟我要小孩子脾气呢。我能那么办？兄弟刚从东北回来，两脚没根，不找你帮忙找哪个？以前那不过是跟你耍个小心眼儿。"卫澄海略一迟疑，拉他往苇子边靠了靠："我还是那句话，你别去找朱七的麻烦了，他现在想过几年安稳日子。那件事情不关朱七的事儿，首先他没开枪打你，开枪的是孙铁子；其次是你不应该自己个儿带着弟兄们的卖命钱就那么走了。""这事儿咱们先把它撂在一边，"熊定山皱起了眉头，"我就知道在这个问题上我跟你谈不拢……别担心，我不是来找朱七的，兄弟瞅上了一桩好买卖，这次我要发个大财，等我办妥了这桩'富贵'，再跟你好好聊聊朱七的事儿。"

"照这么说你不是来找朱七的？"卫澄海略微放了一下心，朱四临死前那殷殷的目光在眼前一晃。

"不是，"熊定山摇摇头，"你想想，要找也不应该先找他呀，应该先找孙铁子这个杂种。"

"那你还是回东北找去吧，"卫澄海打了个马虎眼，"在这边你去哪里找？"

"卫哥又跟我要心眼了。你以为铁子还会呆在东北？他在那里给日本人当菜吃？"

这小子知道孙铁子回来了……卫澄海不想跟他啰嗦，随口问："瞄上了一桩什么'富贵'？"熊定山眨巴两下眼，吱吱地笑："好买卖好买卖！听着啊，这不到处都闹游击队吗？日本人经常吃亏。他们先是在板桥坊到李村再到山东头那边挖了防御壕，把游击队挡在市区以外。最近又准备来个大扫荡，扫荡完了就想在这一带挖防御壕了……其实这也不算是什么机密事情，跑码头的都清楚。嘿，昨天我得到确切消息，小鬼子运了不少弹药存在朱家营村后面那个水库旁边的仓库里……"

"明白了，得了军火卖钱，"卫澄海打断他道，"你这是先来刺探刺探情报的？"

"对！"熊定山的眼睛里突然冒出一股绿光，蛤蟆吃食一般嗖地舔了一下舌头，"顺便也来泄泄火。"

"泄什么火？"卫澄海无聊地盯着熊定山双唇间露出的土黄色板牙，微微一笑。

"找老相识嫖一把啊，"定山没皮没脸地笑了，"刚才我听一个兄弟说，在东北卖大炕的张金锭回来了。"

"郑沂你再没有他的消息吧?"卫澄海皱一下眉头,转话道。

"我已经跟他联系上了,最迟大后天就回来了。这小子有种……"

熊定山说,前几天他和史青云在城阳杀过几个日本兵,收获不大,就带着史青云回青岛联络以前的兄弟。这几天,史青云不知道因为什么不见了踪影,连声招呼都没跟他打,熊定山很郁闷,一个人孤单得厉害。后来,他费了九牛二虎之力才找到两个从崂山"拔了香头子"的兄弟,动员他们跟着自己干,这两个兄弟同意了。可是定山总觉得这二位不顶事儿,心里一直惦记着史青云和郑沂。打听到郑沂是回了老家,定山就安排一个兄弟过去找他,动员他回来,毕竟多年以前他们俩一起跑过码头。不几天,那位兄弟回来了,一脸崇敬地告诉定山说,郑沂在回老家的路上当了一把武松。他走到潍县的时候遇见一个上坟回家的伙计,一路走,那个人一路哭,哭得很蹊跷。郑沂就问他,什么事情这么伤心?那个人说,街上的一个恶霸将他的羊肉馆霸占了,他爹跟恶霸理论,被恶霸活活打死了。郑沂说,那你咋不去官府告他?那个人哭得更厉害了。郑沂知道这年头没有什么官府帮老实人说话了,就让那个人带着他去找那个恶霸,三拳两脚给打成了肉饼。

"后来呢?"卫澄海很想念郑沂,心一抽一抽的,巴不得他赶紧回来。

"我兄弟找到他的时候,他正安顿好老娘,想要回来呢……唉,他不打算跟着我混了,想跟着你和老巴。"

"知道。当年你走了以后他就成了老巴的人,不过他跟我更对脾气。"

熊定山的眼珠子转了几圈,脸忽然放出光来:"刚才我说瞎话呢,他也没说不跟着我干啊。我兄弟对他说了我的意思,他说,如果熊老大有用的着的地方尽管说——这是他的原话,真的。"卫澄海说:"那也应该啊,谁还没点急事儿?"说着从怀里掏出一个黑香瓜似的手雷递给熊定山,"拿着这玩意儿,我刚从鬼子那里'顺'的,这玩意儿关键时刻好使。好了,先这样吧。记住了,千万别去找朱七,那兄弟拉扯着个老娘,不容易……他四哥是我眼瞅着'躺桥'的,你这么干对不起我。"熊定山将手雷揣起来,念叨了一句:"这次如果成功了,不缺这个,没准儿连机关枪都有了……妈的,他不容易我容易?"慢慢将眼珠子瞪了起来。卫澄海摇了摇手:"再见。"

熊定山垂着脑袋喘了一口粗气,望着远去的卫澄海使劲挥了一下拳头:"操你个奶奶的,老是别着我。"

马车旁的一个瘦高个儿冲定山打了一个口哨,定山几步蹿了过去,一挥拳头:"这么跟我打招呼?"

瘦高个儿慌忙跳上车："赶紧走吧，天已经晌了呢。"

马车嘎啦嘎啦走远了，卫澄海转回头来，盯着模糊的一个黑点笑了："这个混蛋对我还有所顾忌。"

第十二章　智取国宝

由仙家寨通往流亭机场的那条土路旁有一家带院落的饭店，饭店似乎刚刚忙碌过，一个穿得油脂麻花的店小二在忙着晒桌布。门口前方的路很窄，也就一架马车的宽度，四周是一片绿油油的麦地。麦苗儿经过几场透雨的滋润，噌噌地长，这阵子几乎过膝高了。黄澄澄的太阳刚刚升到东南天边，东边路头上就走来了几个挑着担子的汉子，打头的正是一身虎气的卫澄海。身上的衣服单薄了，跟在卫澄海后面的大马褂更像一只掉毛的猴子了，他扛着一个行李卷呼哧呼哧地走。

华中推着一个装满杂货的车子，往前紧赶了两步："卫哥，玉生怎么还没来？不是说好了在饭店门口停车的吗？"

卫澄海回头笑笑："放心，巴老大推荐的人都很妥实。"

华中推着车子忽悠忽悠往前赶："对，上次我们去崂山'别'烟土也是玉生开车的呢，那伙计很妥实。"

"各位老大，进来歇歇脚？"饭店门口的那个小二一溜小跑地奔了过来。卫澄海用担子隔了他一下："正想过去吃呢。"小二慌忙转身："来啦——五位！"饭店门口走出一个腆着大肚子像是老板的人："各位是去十蜡子赶集的吧？刚过去一拨人呢，快进来，咱这里要什么有什么。天上飞的没有凤凰肉，地上跑的没有板凳肉，海里游的没有龙王肉……"大马褂打趣道："腿中间夹着的呢？""这……哈，小哥逗我玩儿呢，"老板干笑道，"不过那玩意儿咱也有，牛的，驴的，羊的……各位要是想喝点儿酒的话，我这就吩咐给你们炒菜。"卫澄海在院子里搁下担子，用草帽扇着胸口，迈步进了饭店："不错，收拾得挺干净。老板，不麻烦了，来几个火烧，再来盆羊汤就得，我们吃了就走。"

招呼大家进了一个单间坐下，卫澄海信步踱到了院子，冲忙碌着的小二一笑："生意不错嘛。"

小二回了回头："马马虎虎，逢集的时候生意好些，平常就那么凑合着吧……都是让日本人给搅和的。"

卫澄海唔了一声："日本人也经常过来?"

小二应道："大半年没见着个鬼子影儿了。这地方'妖'得很，什么人都有，鬼子来了容易吃亏。去年这个时候，青保大队的人在前面的马虎岗设埋伏，跟鬼子打了一天一夜，枪炮声跟过年五更放鞭炮似的……打得那叫一个惨啊，连飞机大炮都动了，炸弹咣当咣当响。鬼子死了不少人，青保大队死得更多，全是被鬼子飞机给炸的，尸首还没来得及拖回去，鬼子的铁车就压过来了，漫山遍野都是血和肉……鬼子胜了归胜了，可是打那以后也仔细了，轻易不到这边来，不过飞机倒是经常来，在天上轰隆轰隆地飞。前几天有架黄毛鬼子……就是美国鬼子的飞机从这里掉下来了，我亲眼看见那个绿眼睛的鬼子被警备队的人抓走了。警备队的二鬼子想打他，日本鬼子不让打，'哈依哈依'地带走了，他们好像怕美国鬼子呢。"

卫澄海看报纸知道美国人跟日本人开战了，心里有些憋屈，他奶奶的，在我们家里打你们的仗。

看来小二说的这个美国鬼子是飞错了机场，被日本人给打下来了，卫澄海的心里更是憋屈。

胖老板用围裙擦着手横过来，一把推了小二一个趔趄："你在这里胡咧咧个啥? 干你的活儿去!"

卫澄海劝阻道："他没跟我说什么，消消气。"

老板嘟嘟囔囔地说："这孩子就是贱气，上次跟一个便衣队的胡咧咧，没让人家给打死。"

卫澄海故作惊讶地张大了嘴巴："这么凶? 这还了得，赶紧报告宪兵队啊，抓了这个混蛋。"老板哼了一声："老哥你没听明白我的话，他那是替日本人出气呢。"卫澄海作猛醒状，拍了拍脑门："哦，是这样啊……便衣队可真够扯淡的，都是中国人，这是干什么嘛。哎，刚才小伙计说，你们这边还有警备队的人来? 警备队可是真正帮日本人干事儿的。"老板斜了他一眼："老哥，你还是少打听两句吧，这年头装哑巴不吃亏，"顿一下又笑了，"是啊，警备队的人经常往这边出溜。"

卫澄海装做漫不经心的样子，伸个懒腰道："警备队的人来这里吃饭你可得好好伺候着，得罪不起啊。"

老板道："那是，那是，不敢得罪，这年头。"

话音刚落，门口悄没声息地闪进两个面无表情的汉子："老板，吃饭啦。"

卫澄海冷眼一看，心里有数了，这是打前站的来了。那两条汉子不用细看也知道是两个当差的，面色阴沉，眼睛左右踅摸。老板似乎也看出他们不是一般的客人，忙不迭地将他们引进了里面。一个高个子转回身瞅了卫澄海一眼，卫澄海做出一付憨厚的样子冲他笑了笑，那个人皱一下眉头，转回了头。两个人在柜台边溜达几步，挑开门帘往华中他们坐的那间扫了一眼，闷声不响地坐在了外面的一张桌子旁边。卫澄海嘟囔道："这天说热也就热了，这才五月呢。"说着，出了院子。

随着两声汽车喇叭响，西面摇摇晃晃驶来一辆带棚子的绿色卡车。

卫澄海在心里笑了，好，玉生终于来了……舒口气，坐到门口的一个凳子上，歪头打量。

那辆车在离卫澄海十几米远的地方吭哧两下，咣当一声停下了。

穿一身城防队衣裳的玉生皱着眉头打开车门跳下来，看都不看卫澄海，绕到车前，一把掀开了车盖子。

单间里，卫澄海让彭福和华中坐下，捏起一个火烧，边啃边小声说："大家待在屋里别乱动，估计一会儿唐明清就来了。还照咱们昨天商量的来，"脑袋往大马褂那边一偏，"马褂，什么样的锁你都能开吗？"大马褂啪地一拍胸脯："除了玉皇大帝后宫的锁我没开过，什么样的锁我全能对付！"卫澄海推了他的脑袋一把，笑道："先别吹牛，拿到货才是真汉子。"大马褂一撑桌子，噌地蹲到了凳子上："不瞒哥哥说，兄弟我打从十三岁出来闯，就专门干溜门撬锁的活儿。想当年兄弟我……""这个倒是真的，"华中笑道，"没认识马褂之前我就知道江湖上有个自称'当今鼓上蚤'的人，传说这个人神得要命，有一次把一个当铺的保险柜都扛回家了……""打住打住！"大马褂急了，脖子上的青筋几乎凸成了筷子，"你那是表扬我还是刺挠我？我有那么笨吗？我还不是吹，保险柜我开过不下三十个……"卫澄海瞪了他一眼："吃饭！"

大马褂吐一下舌头，呱唧呱唧喝起了羊汤。外面传来一阵嗡嗡的汽车声。卫澄海的眼睛一亮，屏一下呼吸，迈步出门。眼前的小路被阳光一照，有氤氲的雾气弥漫，这些雾气与麦地里的雾气汇合，像早晨的大海。雾气很快散尽，东面出现一辆土黄颜色的小车。小车渐行渐近，卫澄海的心也跟着有些发紧，手心捏出了汗。卫澄海在城里见过这样的车，前面可以坐三四个人，后面是一个很小的车斗，封闭的车斗上横着一块大刀片子那样的铁板，铁板两边一边挂着一把螃蟹大的铁锁。

卫澄海装做漫不经心的样子，胡乱打量，小车忽地擦过眼前，连车里坐了几个人都没有看清楚。

卫澄海下意识地摸了后腰一把，后腰上的匣子枪似乎想要跳出来，蹭得卫澄海的心异常踏实。

大马褂凑过来，摸一把卫澄海的腰，卫澄海会意，将枪抽出来，轻轻塞到了他的手上。

大马褂把枪掖回了门后的一只麻袋里，动作猴子一般利落。

一辆破旧的马车沿着路边的小沟挤过卡车，渐渐走远。

"前面怎么回事儿？让开让开！"一个戴着日本兵帽子的脑袋伸了出来，喊声类似鸡打鸣。

"抱歉啊老兄，没法给你让路啦。"玉生的声音里透着一股无奈。

"怎么了？"车门打开了，一个梳着瓦亮三七开头型的高挑汉子跳了下来，"车坏了？"

唐明清！卫澄海忍不住松了一口气，好啊，一切照旧！这家伙今天穿便衣了。几天前，张铁嘴带着卫澄海在警备队的大门口张望过匆匆出门的唐明清。那天他穿一身灰蓝色的军装，尽管显得很威武，但远没有今天精神。玉生用一块破布擦着手从车底下钻了出来："车坏了，没看出什么毛病来，捣鼓半个多钟头了。"唐明清背着手绕着卡车转了一圈，目不转睛地盯着玉生看："兄弟是张司令的人？"玉生点了点头："是啊。今天去拉了一车粮食……"唐明清摇了摇手："就你一个人？"玉生愁眉苦脸地说："后面还有一车弟兄呢，他们的车就更'刺毛'啦，在大西头的岔路上也抛锚了，我着急赶路，就先……""什么时候能修好？"唐明清不停地看表。"难说，"玉生摊了摊手，"暂时我是没有办法了，只好等后面的兄弟了。"

"还等个屁！"戴日本帽子的人跳过来，跑到车厢旁用力一推，"推到地里去！"唐明清舒展一下眉头，看似同意这个想法，征询地瞟了玉生一眼。不好！走近小车的卫澄海猛地站住了，如果真是那样，我的计划可就全乱了！脚下不由得踌躇起来。玉生的脸看不出表情，漠然一瞥日本帽子："朋友，我不管你的主意出得如何，你这样说话可就不太礼貌了。"

"你想让我跟你怎么礼貌？"日本帽子横着脖子往前走，"我告诉你，今天老子心情不好，找麻烦我整死你。"

"兄弟，别跟他一般见识，"唐明清用胳膊隔住日本帽子，冲玉生一笑，"不过他说的这个办法倒是不错。"

"唐教官，"日本帽子似乎对唐明清的态度有些不满，一打唐明清的手，"耽误了公务，吃不了兜着走！"

"这里有我，"唐明清不看他，继续跟玉生说话，"麻烦兄弟一下，小弟公务在身……"

"这可是个好办法！"早来的那个高个子凑过来嚷道，"把他的车推到麦子地里，咱们的车不就过去了吗？"

"哈，这伙计真能闹，"卫澄海悠然踱了过来，"这么大一个家伙，还装满了货，你有多大的力量？"

"你是谁？"唐明清蓦然转过了身子。

"这伙计也被这辆车耽搁在这里了，"高个子说，"他们是去赶集的，推着车子过不去。"

"哎呀老总！"玉生猛地一膀子撞开卫澄海，冲唐明清大声嚷嚷，"对，应该先让小车过去。"

这是什么意思？卫澄海一怔，斜眼来看玉生，玉生把脑袋一别，猛力冲卫澄海一眨眼，卫澄海霍然明白："对对，应该这样，大车坏了，不一定什么时候能够动起来，应该让小车先过去。"说着就想走。唐明清伸手拉了他一下："慢着。我问你，你是哪里人？"卫澄海做茫然状，一摊手："我是板桥村人，平常做个小买卖养家糊口……"故意啰嗦道，"我家穷，没有地种，我就整天趸摸着哪里逢集，好去'挣生'点儿钱。""你不是庄稼人。"唐明清的眼睛一眨不眨，刀子般直刺卫澄海。

"我没说我是庄稼人啊，"卫澄海做出一付懵懂的样子胡乱笑，"家里没地，我怎么种庄稼？"

"你是个'跑码头'的。"唐明清斜着眼睛看他。

"码头？跑过，跑过，"卫澄海摸了一把头皮，"前年我在码头上扛过大包，后来不干了，没活儿呀……"

"唐教官！"日本帽子嘭嘭地踢车轱辘，"你跟个'迷汉'（苦力）啰嗦什么？

耽误了大事，谁都吃罪不起！"

"你们来了几个人？"唐明清不理他，瞪着卫澄海不动声色地问。

"咳，老总这是缺人手呢，"卫澄海转身就走，"我们有三四个人，我这就喊他们过来帮忙推车。"

唐明清横身挡住了卫澄海："告诉我，你到底是哪里人？"卫澄海收起了笑容："老总，你拿我当贼了吧？"唐明清转到卫澄海的身后，猛喝一声："立正！"卫澄海茫然回头："你说什么？"唐明清猛地将卫澄海的身子扳到卡车头上，伸手就来摸他的腰。卫澄海哎哎叫着，反着脑袋看他："老总你这是什么意思？"唐明清闷声不响地在他的腰上摸了一圈，微微一笑："没什么，去喊人吧，"转头冲日本帽子挥了挥手，"把车上的人全喊下来，大家一起使劲。"抬手一拍玉生的肩膀，"辛苦你了兄弟，麻烦你去车上掌着点儿方向。"卫澄海感觉自己的后脖颈沁出了冷汗，好家伙，幸亏没把家伙带在身上。玉生回到驾驶室，故意磨蹭了一会儿，抬起头来的时候发现，唐明清站在车头前面若有所思地瞄着他。日本帽子受伤的兔子似的来回出溜，似乎不知道应该从哪个方向推车。卫澄海在原地站着，摇晃着手臂冲饭店那边喊："赶集的伙计们，大家都来帮忙推车呀！"玉生用眼睛的余光看见，几个汉子在往这边跑，一个精壮汉子扛着一只麻袋，远远地跟在后面。

卫澄海咋咋呼呼地跑过来，一边将过来的人扒拉到前面挡住别人的视线，一边喊："大伙儿赶紧推，快的话还能赶上这个集。"身后的小车边有个人影一晃便不见了，玉生的心蓦然放松，好，大马褂要动手了，伸出手往后面摆："大家别站在那里啊，都去后面，别使乱了劲。"通过玉生的眼神，卫澄海知道大马褂已经钻进小车的车斗里了，一推大伙儿，呼啦一下，连同唐明清一起拥到了车后。唐明清抬腕看了一下表，大吼一声："加把力气啊！嗨喁……""嗨喁，嗨喁……"大伙儿撅着屁股喊起了号子。卡车晃悠一下，牛车似的忽悠忽悠往南边沟窄的地方晃去……扑哧——卡车在沟边一顿，前轮跨过了小沟。

卫澄海侧过脑袋瞥了前方一眼，小车边静悄悄的，饭店门口悠然坐着大马褂，饭后无聊的猴子一般。

妥了……卫澄海仿佛从肩上卸了重担一样，身上陡然增添了力气，卡车似乎是在他一个人的力量下扎进了麦地。

玉生将脑袋伸出车窗，冲后面喊："别推了，别推了，再推就倒不出来啦。"

唐明清拍打着手退到路中间，左右瞄了两眼，箭步跨到卫澄海的跟前，一歪头："你，跟我走一趟！"

卫澄海打了一个激灵，来不及多想，冲他憨实地一笑："还有需要帮忙的?"

唐明清摸出手枪顶在卫澄海的腰眼上，冷冷地盯着他："有。不过这次是去宪兵队。"

卫澄海装糊涂，摸着脖颈嘟囔："宪兵队? 宪兵队……咳，那不是去皇军那里嘛，去那里干啥?"

唐明清推了他一把："少啰嗦! 对你的手下说一声，让他们走，你要去跟我谈点合作的事情。"

卫澄海一怔，两臂交叉着冲愣在一旁的大伙儿挥："哥儿几个都赶集去吧，我跟老总……"

唐明清一笑，说声"慢着"，扑到车厢边瞅了两眼，赶回来，冲卫澄海一抱拳："多谢老哥帮忙! 你可以走了。"飞也似冲到小车旁，伸手摸一把铁锁，用力一拍车斗："上车啦!"日本帽子跑到驾驶室旁边，一犹豫，冲玉生做了个骂人的手势："伙计，我记住你了，你不就是城防队开车抬轿的吗? 我有的是机会收拾你!"玉生哈哈一笑："你没有机会收拾我了。"

卫澄海傻笑着站到路边，冲擦身而过的小车一哈腰："老总，一路顺风，一路顺风。"

唐明清伸出手招了招："赶紧上路吧，晚了就散集了。"

一阵冷汗沁出卫澄海的后背，卫澄海不禁咧了咧嘴巴，小车裹挟在一团黄尘中渐渐远去。

在饭店里，卫澄海惬意地歪在椅子上，一蹬大马褂："东西呢?"

大马褂踢了踢脚下的行李卷："都在这里面。"

卫澄海眉开眼笑地正起了身子，用脚一勾行李卷："打开。"

大马褂匆匆打开行李卷，一张手："上眼吧哥哥们……呦!"脸色一下子黄了，"坏了坏了，刚才没仔细看，怎么全是些石头呢?"

彭福惊呼："上当了!"

卫澄海的脑海里一下子闪出一个镜头……一辆破旧的马车沿着路边的小沟挤过去，渐远。

大家正在慌乱，卫澄海猛地跳了起来："哥儿几个，拿起枪，跟我走!"

几个人风一般地穿行在麦子地里。

玉生的车远远地驶过来。

卫澄海招手。车停下。

玉生伸出脑袋，纳闷地问："咋了？"

卫澄海顾不得细说，大吼一声："去机场！快！"

几个人匆忙上车。

车厢里，大马褂拽出一个包袱，众人从包袱里拿出日本军装换上。

戒备森严的流亭机场里，一群鬼子兵正从那辆破旧的马车上抬下一只箱子。箱子迅速被抬进旁边的一个岗楼。一队"鬼子兵"小跑着冲进机场。一个站岗的鬼子冲这边喊话。卫澄海用在东北学来的朝鲜话冲站岗的鬼子喊："奉命检查！"站岗的鬼子似乎有所警觉，哗啦一声拉开了枪栓，卫澄海突然掉转枪口，火舌喷出，鬼子兵应声倒地。霎时间，机场一角枪声大作。大马褂趁乱钻进旁边的岗楼，里面跌出一个中弹的鬼子。一时间硝烟四起。从四面八方不断涌过来增援的鬼子兵……卫澄海等人奋力狙击。远处，华中抱着一捆手榴弹钻到了刚刚降落的一架直升机下面……直升机轰然爆炸，火光与碎片横空四散。华中冲出硝烟。彭福丢给他一挺机关枪，华中抱着机关枪怪叫着冲扑上来的鬼子兵扫射。这边，大马褂腾身翻出岗楼，冲硝烟深处大声喊："大哥——妥啦！"卫澄海等人边狙击冲上来的鬼子边向玉生卡车的方向飞跑，鬼子兵野狼一般紧紧追赶。紧要关头，不知从什么地方突然冲出一群穿二鬼子衣服的人来，这些人端着武器冲向乱作一团的鬼子兵……

玉生的卡车载着卫澄海等人风驰电掣般冲出硝烟弥漫的机场。

卡车渐渐远去。

第十三章　暗战

相距不远的即墨地界也有着同样毒辣的日头，毒辣的日头将大海般的麦地映得像沙漠，墨水河南岸的芦苇就像沙漠里连成一片的荆棘。熊定山歪躺在芦苇深处的一洼沼泽里，望着天，大口地喘气，样子就像一条搁了浅的鱼。四周有零星的枪声响起，在熊定山听来，就像过年时候小孩子用手捏着的小炮仗发出的声音。定山伸出右手，艰难地摸了摸血肉模糊的左胳膊，笑了，我的命可真够硬的，这排枪要是横着打过来，不把我打成筛子才怪呢……快快地一咧嘴，老天保佑，我熊定山的阳寿未尽，好多事情等着我去办呢……可惜，可惜了我那两个死去的兄弟，他们也太熊蛋了，枪打不准，跑都笨得像猪。

本来熊定山没想把事情办得这么仓促，这都是老天爷给催的。从那天在路上遇见卫澄海算起，熊定山来到即墨地界已经四天了。他的确没去找朱七，坐着马车一溜烟穿过朱家营，奔到临村那个瘦高个儿兄弟的大姑家。歇息了一会儿，定山就让他的两个兄弟外出打探鬼子军火的情况。到了下午，探听明白了，鬼子的军火确实藏在朱家营村西头水库边上的那个石头房子里。可是让熊定山万万没有想到的是，那里面装的根本不是什么枪炮弹药，竟然是一只只铁皮罐子，根本不知道里面装的是些什么玩意儿。当天晚上，熊定山打扮成一个潇洒书生的模样，没费多少劲就找到了张金锭的家，当即从后窗爬了进去。张金锭一见熊定山，如同遭到雷击似的浑身一颤："天，你咋来了？"定山笑眯眯地望着她，不说话。张金锭顾不得整理乱成鸡窝的头发，出门扫了两眼，转回屋子，忙得像一只陀螺，三两下就把熊定山藏到了厢房。

捂着胸口在炕沿儿里蹲了一阵，张金锭哇地哭了："定山，你还是走吧，我不能留你在家里，我跟朱老六已经定亲了。"

熊定山嘿嘿地笑："那好啊，那更是自己人了，朱家兄弟对我有恩呢，我这是报答他们来了。"

张金锭风言风语地听说过定山跟朱七的事情，敷衍他道："我跟朱七的缘分已经没有了，朱老六又没得罪过你。"

定山腆着脸笑："你别想那么多，兄弟不过是想你了，随便过来跟你聊聊天，一日夫妻百日恩嘛。"

张金锭说："我已经从良了，你还是别来找我了。"

熊定山收起了笑容："是吗？"

张金锭拧着辫梢犹豫片刻，歪到炕上，三两把扯下了裤子："忙活完了赶紧走，俺真的害怕。""你怕什么？"定山扳过她的大屁股，眯着眼睛，瞎子数钱似的摩挲，"我不当胡子了，现在我是个正经生意人，你害的哪门子怕？"张金锭欠过身子，将一只奶子给他塞到嘴里，幽幽地说："我不是害怕你当胡子，我是害怕你找朱家兄弟的麻烦……你被孙铁子打了的那天，真的不是朱老六报给三江好的，是瞎山鸡，你瘸着腿去找我的时候，瞎山鸡刚从我的身上下来，从后窗走的时候看见你了。"

"这我相信，"熊定山吐出张金锭葡萄大的奶子头，撅着嘴巴来找另一个，"可是朱七呢？他'别'了我的财宝。"

"朱七那是一时糊涂，上了孙铁子的当，"张金锭胡乱拽出另一只奶子，一把戳进了定山的嘴巴，"你也别去找他了。"

"我不找他了……"定山的喉咙里发出野狗护食般的声音，"我就找你。"

"轻点儿，"张金锭把屁股往前顶了顶，嘴里含混着，"以后别来找我了，咱俩就这最后一次。"

从后窗跳出去，熊定山没敢沿来路往回走，一闪身拐进了刘贵家的那条胡同。碾盘南边麻麻扎扎戳着一些干枯的芦苇，风扫过芦苇，发出野兽喘息般的声音。定山知道，过了这片芦苇，前面就是朱家营，再往西走不多远就是鬼子存放弹药的那个石头房子了。定山的兄弟打探过，那个石头房子的旁边是一个鬼子炮楼，说是炮楼，其实不过是一座废弃的水塔，那上面站着一个鬼子兵，下面住着大约三十几个鬼子。晚上也许里面的鬼子少吧？听说这几天鬼子忙得很，到处扫荡，说不定这阵子里面没有几个……熊定山的心慢慢往上提，眼睛也冒出了绿光，先去看看？对，先去看看，顺利的话，今晚就干了它！熊定山猫着腰，刚要抬腿，忽然被使了定身法似的停住了，张金锭嘤嘤的哭声，风吹细线般飘过他的耳际。唉，熊定山轻轻叹了一口气，心里说不上来是个什么滋味，眼前全是东北老林子模糊的影像。定山看见自己孤单地穿行在白雪茫茫的老林子里，一眨眼就闪进了林子尽头的那片茅草房。张金锭嗑着瓜子，斜倚在茅草房通红的灯笼下面，冲匆匆而来的熊定山一下一下地挥舞手帕……他娘的，我这是咋了？熊定山使劲摇了摇头，一个卖大炕的臊娘儿们，值得我去想吗？随她去吧。

一片乌云遮住了月亮，胡同头上的那座碾盘一下子就隐没在一片漆黑里。

定山稳稳精神，屏一口气，贴紧墙根，忽地穿过碾盘，身影蓦然闪进芦苇丛中。

脚下毛毛糙糙，似乎长满了青草，几只青蛙扑哧扑哧扎进化冻不久的河水里。

熊定山将那把有着一尺多长匣子的驳壳枪提在手里，借着微弱的月光，沿河堤扒拉着芦苇摸到了小桥的桥墩，一纵身翻到桥上，左右看了两眼，箭步到了桥南头。四周是死一般的寂静，刘家村偶尔响起的犬吠声像是来自遥远的坟地。通往朱家营的那条土路的东面是一片麦地，西面全是一人多高的高粱，定山想都没想，一步跃过小沟，转瞬消失在高粱地里。

小桥东面的芦苇沙沙地一阵响动，惨淡的月光下，孙铁子鬼魂似的冒了出来。

孙铁子刚刚在河沿上蹲下，瞎山鸡就连滚带爬地出溜了过来："铁，铁，你看清楚了吗，真的是熊定山？"

孙铁子的脸冷得像是能刮下一层霜来："没错，就是他……妈的，他来这里干什么？"

"肯定不是来找你的，"瞎山鸡将那只好眼眨巴得像扇子，"你家不是住在这里，他一定是来找刘贵的……也不对啊，他要是'插'了刘贵，怎么一点儿动静都没有呢？""操你妈的，你懂个屁，"孙铁子的嗓音发颤，"他是谁？他'插'人的时候能让你有机会喊出来？刘贵完蛋了……活该，这个半彪子。"瞎山鸡下意识地摸摸自己的脖颈，倒吸了一口凉气："都怪你，当初我说别告诉三江好的人熊定山藏在三瓦窑子，你偏让我去，还'别'了人家的财宝……""闭嘴！"孙铁子若有所思地点了点头，"明白了，这小子是找朱七去了……不行，我不能让他把朱七也'插'了！山鸡，掏家伙，赶紧去朱七家帮忙！"孙铁子连拉带拽地拖着瞎山鸡窜上去朱家营的小路的时候，熊定山已经钻出了高粱地。

定山没有靠近已经离他不远的那幢黑黢黢的石头房子，他躺在一个齐腰深的沟底下，用衣角遮着，点了一根烟。

徐徐抽了几口烟，定山侧过身子，把手伸进裤裆摸了两把，哈，这个婊子可真够爽利。

仰面躺着，定山挥舞双手，使了个长拳里的穿掌动作，嘿嘿一笑，没想到我熊定山还真的抗上日了。

一阵探照灯的灯光扫过头顶，熊定山坐了起来。将驳壳枪的匣子拆下来，用力按了按匣子上面的子弹，装回去，反身趴到了沟沿上。探照灯扫向北面，熊定山看清楚了，石头房子的四周静悄悄的，没有一个人影，不远处的炮楼上站着一个无精打采的鬼子兵。炮楼四周漆黑一团，似乎没有什么人迹。好了，就这么办！定山慢慢抽回身子，倒退着返回了高粱地。

朱七家的后窗有人在喊，声音像被扎起嗓子来的鸡："小七，小七，你在家吗？"

朱七正坐在炕上跟他娘和桂芬拉呱，闻声"噗"地吹灭了灯："哪个？"

后窗沉默了片刻，随着一阵窸窣声，孙铁子的脑袋探了上来："是我，铁子……把后窗打开。"

朱七一愣，拉过被子盖住娘和桂芬，翻身下炕，随手拽上了房门。孙铁子的手在窗棂子上野猫似的抓挠："七，开窗啊，我有急事儿找你。"朱七站在窗下犹豫片刻，抬手拍了拍窗棂子："你别进来，我在街门口等你。"孙铁子"操"了一声，一晃不见。朱七的心像是被一只大手攥着，喘气都不顺畅了……这个混蛋半宿拉夜的来找我干什么？难道是遇上熊定山了？朱七猛地一攥拳头，这是早晚的事情，我倒要看看他到底想要对我干些什么！拔腿走了出去。朱七他娘好像下炕了："小七，是铁子啊，让他来家说话多好？"

　　朱七没有回头："没什么大事儿，说两句话就走。"刚打开街门，孙铁子就一头扎了进来："定山没来？"

　　朱七拦住还要往里闯的孙铁子，故意装糊涂："你说啥？定山……怎么回事儿？"

　　孙铁子将提在手里的一把卡宾枪冲朱七一晃："他没来？"

　　朱七将一根指头横在嘴巴上，嘘一声，一把将孙铁子推到了门后："他没来。你看见他了？"

　　孙铁子大声喘了一口气："我看见他了，就是刚才。我看见他提着一把长匣子枪，从高粱地往这边蹿过来了，我还以为他是来找你的，吓了我一大跳！我跟一个兄弟进胡同的时候还好一阵趔摸呢……我婶子还好吧？""还好，"朱七心里的那块石头还是没有落地，"你看见他来了我们村？就他一个人？"孙铁子不理他，回身冲后面吹了一声口哨，把脑袋转过来，冲朱七厚颜一笑："没什么，也许是我看错人了。我看见的是一个灵敏得像野猫似的家伙，定山受过伤，哪有那样的身手？起码他现在是个瘸腿……好了，别管他了。这几天我一直在芦苇荡里猫着，囫囵觉都没睡一个，今晚就让我在你们家好好睡上一觉。"瞎山鸡战战兢兢地闪了进来："七哥，还记得我吗？我跟铁子，还有你，当年都在定山的堂口上混过。"朱七装作不认识他，嗯嗯两声，转身来关街门。瞎山鸡讨了个没趣，讪讪地笑："贵人多忘事啊。"

　　朱七皱了皱眉头，故意问孙铁子："这是谁？"孙铁子径自往屋里走："没谁，一个伙计。"朱七横身挡住了他："别进去，我娘怕惊吓。"孙铁子不满地斜了他一眼："我进去看看婶子还不行吗？"朱七摇了摇头："不行。"朱七心里清楚，我要是留他在这里住一宿，那就打上头了，以后这里就成他的家了。孙铁子的目光硬硬的，瞪了朱七半天，猛地一横脖子："行，你出息了。我走，从今往后咱们谁也别沾谁的光。"朱七把心一横："铁子，不是年顺不讲义气，年顺是真的想过几年安稳日子。"

孙铁子不动，眼睛里面射出两支阴冷的箭："你能安稳了？我倒是很想看着你是怎么安稳下去的。"

朱七不想跟他啰嗦，闷声道："安不安稳那得看你怎么个过法儿。"

孙铁子说声"怎么过也比在东北当胡子安稳"，把脑袋往朱七跟前一抻："我在东北见过卫澄海了。"

朱七说："见就见着了呗，两座山碰不到一起，两个人还能没有碰面儿的时候？"

孙铁子神秘兮兮地说："他跟我说了不少呢，说你回来的意思是想杀鬼子给你四哥报仇。"

朱七料想卫澄海是不会跟他啰嗦这些的，含混地嘟囔了一句："我什么想法都没有，就想好好过我的安稳日子。"

瞎山鸡往前凑了凑，期期艾艾地说："七哥，这年头没咱穷哥们儿的安稳日子过……你就，咳，你就让我们住下吧。"

朱七扫一眼冷冷地盯着他的孙铁子，心底蓦然升起一丝感激，不管咋说，人家这也是冒着风险来救我呢。

孙铁子见朱七有些犹豫，故意抬腿装作要走的样子。"慢，"朱七拉了孙铁子一把，"你要去哪里？"孙铁子无奈地摊了摊手："还能去哪里？天当被子地当床，哪里能活人我去哪里。"朱七的心在翻腾，嘴上说："你千万注意，因为你在李家洼你大舅家对别人说过你是抗联的，鬼子正到处抓你呢。""我知道，"孙铁子说，"不然我也不会这么东躲西藏的。不过我不怕，鬼子不如熊定山可怕……他妈的，当初我就应该再补上他几枪！年顺，我还是有点儿怀疑刚才我看见的那个人就是熊定山，太像了。不行，我不能让他活在世上了，他应该死。"瞎山鸡一拍大腿："对呀，刚才咱们就应该打他的黑枪！"孙铁子踹他一脚："那么简单？当初他瘫在炕上，我都没能'插'了他呢，何况还不一定是他。"

"你真的想让他死？"朱七更加坚定了不能留他住下的念头，"你打谱怎么办这件事情？"

"我去乡公所、维持会，甚至直接去找鬼子，告发他！"

"别闹了，"朱七哼了一声，"你去了就回不来了。"

"不了解我这位兄弟是吧？"孙铁子把瞎山鸡往前一推，"这是一条好狗。"

"对！一条好狗……哎，铁，怎么说话呐这是？"瞎山鸡烫着似的稀溜嘴，"合着我在你的眼里就是一条狗？"

"比狗强，"孙铁子面无表情地摸了摸下巴，"狗认主人，你不认。告诉我，这事儿你能办吗?"

瞎山鸡咕咚咕咚地咽唾沫:"人呀,一离开家乡就不是人了……当初我还不如不跟着你来山东呢,在东北谁敢……哈,在东北也有敢的,我混得不是人了啊。对,铁子你说得对,我就是一条不认主的狗,日本人给钱我帮他做事儿,'绺子'给钱我帮'绺子'做,这没错……铁,你说让我咋办我就咋办,现在我是你的狗。"孙铁子摩挲狗头似的摩挲着瞎山鸡的脑袋,冲朱七一咧嘴:"兄弟我做事儿就是这么敞亮,我不怕你知道我都做了什么,我也不怕你去告发我,汉奸那边,熊定山那边你都可以去,这样你就解脱了,谁也不会找你的麻烦了。"朱七捅了他一拳:"滚蛋,少拿我当杂碎看……走吧,我不送你了。"

孙铁子茫然看了看繁星密布的天空,悻悻地一甩头:"走喽——好好当你的财主啊,别担心我。"

走到门口,瞎山鸡拉了拉孙铁子,把手藏在裤裆那边,做了个点钞票的手势。

孙铁子转了回来:"蝎子,借哥哥几个零花钱,以后还你。"

朱七纳闷:"你的呢?"

孙铁子苦笑一声:"这事儿以后再告诉你,现在我是个穷光蛋了,不当胡子就没有进账。"

朱七回屋拿了一沓"特别券",连同口袋里的几块光洋递给孙铁子:"钱要省着点儿花,在外面闯荡不容易。"孙铁子揣起钱,冲朱七一笑:"知道不容易就好。"转身出了大门。朱七孤单地在天井里站着,抬头望着满是星星的天,望着被星光遮蔽的月亮,忽然就想哭……一些凌乱的往事纷沓而至,一股脑地塞满了脑袋,让他站立不稳,茫然地关紧街门,走了回去。

孙铁子没有走远,走到胡同北头站住了:"山鸡,熊定山在这一带出没,咱们不能呆在这里了。我想好了,明天一早你就去维持会,把刚才我说的事情办了咱们就走,直接去崂山。"瞎山鸡嘟囔道:"还去崂山啊,上次没让那个姓董的给吓死。我不去,要去你去,我回东北老家。""这次咱们不找姓董的了,"孙铁子咬了咬牙,"咱们干自己的!听我的,这次咱们玩'单飞',谁也不指靠,拿出在东北时候的勇气来。"瞎山鸡瞪着那只贼亮的眼睛看月亮:"能行吗?我啥都不是。""你行,我需要的就是你这种人才,"孙铁子暧昧地笑了,"咱们给他来个浑水摸鱼,搅乱了他们的脑子,将来崂山地界就是咱哥儿俩的。"

瞎山鸡吭哧两声,似乎有些明白了:"对,当初我在老北风那里'打食儿'

的时候，做过这样的事情。"

孙铁子皱了皱眉头："你去日本人那里告发老北风藏在什么地方是不？嗯，这事儿办得确实有些操蛋。"

瞎山鸡尴尬地嘿嘿："这你都知道……后来我去投奔熊定山，定山因为这个把我撵走了。"

孙铁子阴森森地笑："熊定山讨厌你，我不讨厌你，以后你还是得干这样的事情，彻底把水给那帮杂碎搅浑了。"

瞎山鸡没皮没脸地摸了一把头皮："干这个我有一套，比三国时候的蒋干可强多啦。"

话音刚落，西北角就响起了一串枪声。"妈的，果然是熊定山！"孙铁子忽地蹿出了胡同。

这串枪声刚刚响过，接着便枪声大作，噼噼啪啪犹如炒豆。

孙铁子蔽到一个草垛后面，侧耳静听，听着听着，沙沙地笑了："好家伙，熊定山的枪果然猛烈！好啊，好戏开场啦。"

瞎山鸡听了一会儿，点头道："不错，应该是熊定山的枪，这样的枪都是从抗联那边带过来的。"

孙铁子挥舞自己的汉阳造冲天放了一枪，大吼一声："都去死吧！老子是东北抗日联军熊定山！"一拽傻愣在一旁的瞎山鸡，撒腿冲进了另一条胡同："老子杀日本人来啦！老子是抗联熊定山！"喊完，两条黑影不几步窜进了黑黢黢的高粱地。

根据刚才的枪声，朱七分析出那串类似机关枪的声音应该是熊定山的，朱七记得定山有好几支装了长匣子的驳壳枪，当初在他三舅家，朱七发现定山的脚下露出半截黑扁担似的匣子。那天好险啊，如果不是定山受了伤，又如果不是长匣子枪离他的手远，十个孙铁子也变成蜂窝了……桂芬在那屋叹气，一声比一声微弱。朱七在灶间愣了片刻，屏一下呼吸进了里间。

桂芬幽幽地瞥了朱七一眼："年顺，你什么时候带我去潍县走走？"

朱七有些犯愁，这当口我带她走了，那些乱七八糟的事情怎么办？敷衍道："潍县尽管不是很大，找人也很麻烦呢。"

桂芬说："不难找，我兄弟在一家药房给人家当账房先生，挨家药房打听就是了，再说姓我们这个姓的人不多。"

朱七一怔，笑了："咳，你姓这个'盖'不是鳖盖子那个'盖'，应该念'和'，潍县多少姓何，姓贺的？"看着一脸哀怨的桂芬，朱七的心猫抓似的疼了一下，收起笑容，正色道，"别着急，过几天我就带你去……对了，你兄弟大号叫什么？也许咱们仔细着点儿打听能打听得到。"桂芬扭了几下嘴巴，眼泪又掉了出来："他叫盖文博。"朱七皱起了眉头，盖文博？这个名字好生耳熟……在哪里听说过呢？朱七猴子挠痒似的抓搔着自己的头皮。盖文博，盖文博，盖文博……朱七的耳边炸雷般响起永乐临死前对丁老三说过的话："你替我照顾我爹。然后去找盖文博，你的关系在他那里，他在潍县……"

不会吧？这么巧？朱七的脑子懵成了一盆糨糊……这怎么可能？桂芬这么老实本分的一个人，她的兄弟怎么可能跟永乐和丁老三那样的人有联系？一定是弄错了。朱七偎到桂芬那边，装做若无其事的样子，讪笑道："你兄弟真取了个好名字，听着都透着一股文明味儿……他以前是做什么的？"桂芬又开始叹气："在我们那里念了几年私塾，后来我爹让他去济南学医，在济南待了两年就回家了，日本人打过来了……大前年我爹说，你学过医，在东北这边不安稳，日本军队容易拉你去当军医，我兄弟就走了，前年捎信回来，说是在潍县的一家药铺里当账房。年顺，这几天我也看出来了，你娘经常念叨要孙子，我又不能给她生。我想找到我兄弟以后就不回来了，我不能耽搁你……""打住打住，"朱七一把捂住了桂芬的嘴巴，"不许说这样的话……"眼泪忽然就涌出了眼眶，"我辛辛苦苦地把你弄回来，容易嘛。桂芬，以后你不要在我面前提什么生不生孩子了，我不稀罕……你啥也不要说了，我朱年顺只要活在这世上一天，你就不许离开我和我娘，咱们是正南八北的一家子，"悲壮地擦了擦眼睛，将一条手臂伸到桂芬的脖颈后面，慢慢抱起了她，"你不知道，你就跟长在我心里头的肉一样。"

话音刚落，猛听得胡同南头暴起一声炸雷，朱七下意识地坐了起来，刚才不是已经消停了么，这又是哪里丢炸弹？

朱七他娘在西间大声喊："小七，你可千万别出去了，娘刚才看见了，胡同口全是日本鬼子。"

胡同口全是鬼子？朱七有些糊涂，刚才我怎么一点儿声响没有听到？连我娘都觉察到了呢，我这个糊涂蛋。

这个手雷一定是哪个好汉趁鬼子集合的时候冷不丁丢过来的，朱七吭地躺下了，睡觉，我可不能出去。

朱七估计得没错，这个手雷还真是一条好汉丢过来的，这条好汉不是别人，正是熊定山。熊定山的眼睛是红的，暗夜里闪着灯笼似的光。他丢完手雷，看都不看，一猫腰蹿上一户人家的墙头，沿着墙头沉稳地走了几步，一蹲身子跃上房顶，像野猫那样，四爪着地匍匐几下，嗖地跃上了另一个房顶，不几步便远离了朱七家的那条胡同。蹲在一个孤零零的草垛后面，定山捂着嘴巴嘿嘿地笑："我日你小日本儿奶奶的，跟我斗？老子还没拿出真正的功夫来呢……"戛然止住笑声，打嗝似的叹了一口气，娘的，浪费了我两个好兄弟。定山的两个兄弟已经死了，死在村西北的那幢石头房子旁边，冷风飕飕地刮过他们的尸体。定山摸索着点了一根烟，开火车似的抽了几口，一把将烟头戳进草垛，跳起来，沿着漆黑的河沿扎进了芦苇荡。

穿行在铁矛一样的芦苇荡里，熊定山闷闷地想，看来我真的应该找几个好一点儿的帮手，那俩家伙太熊蛋了。

定山挥手让他们往前摸的时候，这俩家伙竟然黑瞎子似的站了起来，没等定山喊他们趴下，探照灯光就扫过来了。

他奶奶的，这两个笨蛋，死了活该！

熊定山摸到河北，跳上河沿，四下一打量，箭步进了去高个子伙计他大舅家的那片高粱地。

天光已经放明，但还不太亮堂，朦胧得像隔了一层窗户纸。

从东南往东北一路横躺着的云溜子，活像一条窄窄长长带了皮的五花肉。

定山懒懒地在河沿上躺了一气，头顶上的浮云开始在天边出现，聚一会儿，懒懒散散地往四周溜达。

第十四章　一盘散沙

此时，卫澄海正拉着彭福疾行在通往三官营子的那条荒凉的土路上，脚后是一片尘土。

天气闷热得燥人，卫澄海用手遮挡住耀眼的日头，冲彭福咧了咧嘴："福子，日本鬼子没来的时候，天气也这样?"

彭福舔了舔龟裂的嘴唇："哪里这样? 都是小日本儿造的孽，他连天老爷爷的娘都日了，天老爷爷能不发火?"

卫澄海笑道："那咱们就去日他们的娘。"

彭福瞥了卫澄海一眼，蔫蔫地说："我记得你以前不是这样的，你以前好像全是为了给咱穷哥们儿出气，谁欺负穷哥们儿你打谁。可是打从闯那次会馆以后你就变了，张嘴闭嘴杀鬼子。""我张嘴闭嘴杀鬼子了?"卫澄海讪笑道，"没有吧，我那么没有城府? 不过你还真的说对了，我跟小鬼子就是有杀父之仇……哈哈，我这是报仇啊兄弟。"彭福冷笑道："谁知道你心里是怎么想的，没准儿你想当个民族英雄呢。反正我跟鬼子没仇，我就是看不惯他们在咱们的地面上横行霸道，尤其是这帮孙子经常'花姑娘花姑娘'地日咱们中国女人……呸! 凭什么? 咱中国男人没长鸡巴咋了，用得着这帮龟孙子来帮忙?"卫澄海扑哧笑了："哈，你呀，三句话不离本行，走你的路吧。"

三官营子以前不叫这个名字，八年前出了一桩怪事儿，这才改了名字。那天晌午，天上浪荡着一大块黑里透着屎黄的云彩。它自北向南一路游来，慢得如同病牛拉破车，只差没有"吱吱扭扭"的声响了。刚到村口道观的头顶，这块脏得像尿布的云彩就再也不肯挪动半步，不由分说便卸下漫天碗大的冰砣砣。正在道观天井里习演"老君剑"的三个道僮，被砸得脑浆迸裂，当场绝气。云彩的肚里空了，脚步也利落起来，拧腰转身一路逍遥直奔正南而去。天上没有风也没有雨，冰砣砣落得着实邪性。后来，山里有人传出话来，说是道观的观主与崂山紫云庵的一位女居士有染，两人经常在僻静的地方演练"易筋大法"，因而招致太上老君的惩罚。从此，偌大的一个村子再也没人敢去观里烧香许愿，好像那通没头没脑的冰砣砣还在头顶上游窜着寒气。直到民国初年来了个自称曹操的教场武师，招集一帮年轻人在道观天井里习武，又把道观改名为三官庵，观里才算有了一丝活气。

二人气喘吁吁地赶到三官营子村头的时候，天已经大晌了，日头越发毒，晒在脸上跟刀子割似的。

在一个胡同口，卫澄海站住了，冲彭福一摆头："从西面数第四家，你去敲门，郑沂在那里，让他出来。"

彭福瞪大了眼睛："亲哥哥，原来你是来找山和尚的啊……搞得这么神秘。"

卫澄海推了他一把："别啰嗦。"

找到郑沂，三个人一起回到劈柴院卫澄海住处的时候，天色已经擦黑了。

彭福没进门，站在门口冲卫澄海一龇牙："老大，我也该回去了，家里有人等我做饭呢。"

卫澄海蹬了他一脚："赶紧回家把那个女人放了，不然阉了你。"

彭福腆着脸笑："我知道你什么意思，谢小姐的男人滕秀才去了崂山，你是想巴结人家呢。"

卫澄海不说话，瞪着彭福的眼睛像要冒火。

彭福连连摇手："得，得得，我放人就是了……"说完，嘟嘟囔囔地走了。

坐在一家小酒馆里，郑沂问卫澄海："滕风华真的去了崂山？"

卫澄海点了点头："嗯。去了董传德那里。"

郑沂说声"也想打鬼子呢"，沉声问，"你真的打算拉自己的'杆子'？"

卫澄海说："有这个打算。"

郑沂干了酒，瞪着血红的眼睛问："人呢？就咱俩？"

卫澄海说："我还没想好，肯定不是光咱俩。"

郑沂说："那天曹操问我你们要这么多枪干什么，我说，这还不够，按人数算，应该比这个多十倍。"

卫澄海递给郑沂一条烤羊腿，一咬牙："应该这么说。我想先拿这些枪当进见礼，送给董传德。"

郑沂说："明白了。卫哥，咱们应该拉上朱七，还有，现在老巴手下有几十个兄弟，咱们也可以全给他拉过来呀。"

"不能做那样的事情，那么做就坏了江湖规矩。我只需要他那几个猛一些的兄弟，比如……"

"比如华中，"郑沂的脸红得像鸡冠子，一下一下地扳手指头，"彭福，庞德璋，邓世哲，黄八，刘……"

"别数了。我只需要三个人，华中，彭福，大马褂。"

郑沂抓过眼前的一大盘牛肉，稀里哗啦填进了肚子，又让小二上了一大摞煎饼，风卷残云般吃了个溜光，站起来拍了两下肚子："我吃饱了。走，去找来百川要子弹。"卫澄海啜口茶水，拿起礼帽戴上，沉声道："你别去，有失风度。"郑沂不解："我没有风度？不就是去见一个泥土里打滚的老混子嘛，讲究什么风度？对待这样的人不能客气，直接揍他，就像我对待曹操，不揍，他能给枪？"卫澄海笑了笑，边跟老板结账边说："不是这个意思，跟这样的人接触，我习惯一个人。""明白了,"郑沂横身就走,"那我去老巴那里等你,好几个月没见着他了,这次回来不见他不好呢。"卫澄海拉住了他:"别告诉他咱们的想法。另外,说话当心点儿……你喝了不少酒。"郑沂没有回头:"有数。"

天已经彻底黑了下来,郑沂摇晃着沿德山路往大窑沟方向走。迎面扑来的一阵热风让郑沂的全身开始燥热起来。郑沂刮下脸上的汗水,一把掀了褂子,在脸上胡撸一把,赤条条地迎着教堂的方向走。教堂东面不远处就是俾斯麦兵营,兵营的对面是阴森森卧在那里的山西会馆。朱四就是死在这里的……走近山西会馆,郑沂冷不丁站住了,我是不是应该进去给朱四烧点儿纸钱呢?这样想着,脚步不由自主地拐向了会馆西侧的一家杂货店。杂货店门前的嘎斯灯冒出绿幽幽的光,像一只逐渐膨胀的鬼火,郑沂悬空着心走了过去。

"干什么的?"杂货店旁边的那条胡同里咕咚咚撞出一条黑瞎子似的大汉。

"打穷食的。"郑沂下意识地应了一句。

"打穷食?你他娘的是个胡子吧?"大汉带着一身酒气,骂骂咧咧地撞了过来。

郑沂闪身躲过这猛然的一撞,酒忽然有些醒:"兄弟喝多了吧?""哟嗬?动作挺麻利嘛,"大汉往前趔趄了几步,猛地扎个马步,摊开双手在手心里吐了一口唾沫,咣咣击了两下巴掌,双手反着冲郑沂摆,"再来再来,这把不算。"郑沂无声地笑了,这个混蛋看样子喝得比我还多呢,正好,老子好久没有试试身手了,先拿他复习复习功课吧。上下瞄了大汉几眼,将一条腿在前面划拉两下,稳稳地站了一个虚步:"你先来。"大汉脾气很拗,扎着马步,纹丝不动:"让你先来你就先来,啰嗦个鸟!"郑沂料想自己犟不过他,将闷在胸口里的那股酒气咣地喷出来,一拍扎硬实的那条腿:"那我就不客气啦。"

"叫你来你就来,客气个鸟!"大汉说完,双臂风车般一阵乱抡,"来吧,挨你一下,我这八年功夫算是白练!"

"走!"郑沂的这声"走"还没完全喊出来,大汉已经直挺挺地撞到了马路中间。

"咦?娘……"后面的这声"的"被一声"嗷"代替了,大汉的肚子被郑沂的脚猛地踏住了。

"服是不服?"郑沂的一只脚踏着大汉的肚子,两条胳膊横抱在胸前,自上而下地看着他。

"服……"

忽觉脚腕子一麻,郑沂暗叫一声"不好",猛踩一脚大汉的肚子,横空跃出一丈开外,就地打个滚,腾地站了起来,胸口一闷,"哇"地吐了一口酒。太大意了……没等郑沂摸一下自己疼痛难当的脚腕子，大汉黑瞎子似的身形忽地撞了过来："接着！"郑沂慌忙闪身，终是晚了一步，肩膀被大汉一撞，仰面跌倒。大汉挥舞簸箕一般大的巴掌，上来就抓躺在地上的郑沂，一下子抓在坚硬的石头路上，哼地一声抱着手跳到了路边。已经滚到马路牙子旁边的郑沂，一个鹞子翻身跳了起来，双脚着地的同时，一手抓住大汉的肩膀，一手别住他的一条腿，暴吼一声："走！"大汉跟上次一样，直挺挺地又躺回了刚才躺过的地方。郑沂没有追赶过去，抬起脚腕子一摸，脚腕子外侧凸起拳头大的一个大包，好家伙，这小子力气可真不小。

"不跟你打啦！你不照架子来……"大汉懵懂着坐起来，两只手胡乱在眼前摆。

"不打就不打了，"郑沂一瘸一拐地走过去，伸手来拉大汉，"我问你，为什么要找我的麻烦？"

"接着！"大汉的手里赫然举着一块石头，猛地朝郑沂的另一个脚腕子抡过去。

郑沂早有防备，单腿一跳，大汉扑通翻了一个个儿，稍一愣神，放声大喊："丢面子啊——"

郑沂刚要上前踹他一脚，忽觉肩膀被人一拉，郑沂反手别住了拉他的那只手："谁？"

卫澄海微笑着抬了抬下巴："在这里耍酒疯？"

没等郑沂说话，大汉一骨碌爬了起来："卫大哥，你可想死兄弟啦！"卫澄海把手在眼前一拂："哈，看样子你没喝什么好酒，一股子地瓜味，"拉大汉往郑沂面前一推，"二位，拉个手，大水冲了龙王庙啦。"郑沂心有余悸，生怕大汉冷不丁再给他来一下子，倒退一步："手就不必拉了。这伙计是谁呀。"大汉不满地横了一下壮如水牛的脖子："你还没说你是谁呢。"卫澄海挡在他们两个中间，一指郑沂："郑沂。"大汉愣了一下，哇呀一声抢了过来，抓起郑沂的手就攥："山和尚！怎么是你呀！我早就听说过你，还听说你最近一直跟着卫老大闯江湖……"卫澄海一手一个勾着肩膀将郑沂和大汉拉到马路牙子上，笑道："我在树后面看了你们好多时候了，"拍拍郑沂的肩膀，冲大汉一瞥："这位你不一定听说过，崂山人，家就在崂山脚下的左家庄，大号左延彪，去年才从崂山进到城里，在小湾码头当工人。"郑沂用手背碰了碰左延彪的胳膊："刚才得罪了。"左延彪咳了一声："该说得罪的是我……"蹲下身子，来回摸郑沂的两条腿，"刚才那一石头砸在哪条腿上？"

"我操，原来你是用石头砸的啊！"郑沂扯身闪到了一边，"兄弟你可真够下作的。”

"马马虎虎，马马虎虎，"左延彪有些无赖地舔了舔嘴唇，"习惯了，好汉不吃眼前亏嘛，你那么打我……"

"不谈这事儿了，"卫澄海做了个停止的手势，"延彪，刚才你是什么意思？"

"喝多了，想出来整点儿零花钱。"

"缺钱了？找我嘛。"

"不是，主要是想找点儿刺激，"左延彪摸了一把头皮，"你还不了解我？闲着就难受。"

"难受你也别找我这样的撒气呀，"郑沂笑道，"你应该去找那些没有能耐的。"

"那叫刺激？"左延彪瞪了瞪鸡蛋大的眼，"那还不如找块豆腐揍着玩儿呢。"

卫澄海捏着下巴沉吟了一会儿，开口道："延彪不想混码头了，这我知道，哥哥帮你找条好路走走怎么样？"左延彪一愣，扑哧笑了："幸亏你还了解我呢，我这样的脾气能走好路？走巴光龙那样的路还差不多……可惜没人引见。对了卫哥，你不是跟老巴熟悉吗？干脆你别帮我找好路了，你就把我引见给他，我早就想加入龙虎会了，一帮穷哥们儿凑到一起混江湖多来劲？跟梁山好汉似的。"

"梁山好汉在山上，巴光龙在市面上，不一样，"郑沂彻底醒了酒，脑子动了一下，"要当就当真正的梁山好汉。"左延彪瞪着郑沂看了一会儿，闷闷地说："你说的是啥意思我明白，去崂山当胡子是不是？没意思，都他娘的什么呀。我了解那帮孙子……听我跟你说啊，在小日本儿没来之前，山上就有土匪，整天打家劫舍的，什么人都祸害！人家梁山好汉也是土匪吧？可是人家干的是劫富济贫的勾当！他们呢？你就说路公达这个混蛋吧，他是最早的那批胡子，应该有点儿绿林意识吧？娘的，去年他带着人，下山'秃鲁'了一个村子，连寡妇光棍家都抢'干碗儿'了。"

"你没听明白我的意思，"郑沂瞥一眼一旁摸着下巴不动声色的卫澄海，"我不是说他。"

"不管怎么说，大山里晃悠的没一个好玩意儿。"

"董传德的义勇军呢？"卫澄海拉了正要说话的郑沂一下，"他应该还算是江湖中人吧？"

"他嘛……他还算不错，打过鬼子……不过从开春就不打了，改打游击队了，不知道他是咋想的。"

"有没有打算去他那里晃上一晃？"卫澄海小声问。

"原来你说的要帮我找条好路就指这个啊，"左延彪连连摇手，"不去不去，坚决不去！你想想，我们家本身就住在离他们不远的山脚下，我去当了胡子，还用不用见我的爹娘了？如果你在青保大队和崂山游击队那边有关系，我倒是可以考虑去投奔他们，可是人家是国军组织的队伍，你有门路吗？没门路就得去当'小的'，还不如我混码头过瘾呢，你说是不是这么个理儿？"卫澄海摇了摇头："那边我还真的没有门路。"稍一迟疑，随口问，"我听说崂山游击队不是国军的队伍啊，好像是共产党的。""没错，以前共产党在那边也拉了一个叫崂山游击队的队伍，有附近村子里的穷人，有市里没饭吃的工人，据说还有'山大'的学生，有那么五六十号人吧，后来走了，听说拉到诸城那边参加正式八路了。当时没形成什么气候。国军这个游击队挺强的，去年就有上百人了，枪有的是，连大炮都有，听说还有电台啥玩意儿的，反正挺厉害。不过他们一般在山北面晃荡，去年跟即墨那边的鬼子干了一仗，今年没听着动静，好像忙着收编山里的胡子。青保大队就更忙了，前一阵子刚拔了鬼子设在大崂的一个据点，这几天又忙着在山北挖战壕，据说要在那里设埋伏……咱不管。你想给我找条什么好路？"

　　"跟我走吧，"卫澄海不回答，转身就走，"去我家我对你说。"

　　"你不会是想带着我上崂山打游击去吧？"左延彪的眼睛亮了一下，"是不是想先去投奔董传德？"

　　"你小子一点儿不笨啊，"卫澄海笑道，"差不多。"

　　"那可得先处理了他表弟，这家伙在城防队当探子，跟老董热乎着呢，两个人互相照应……"

　　"你咋知道那么多呢？"卫澄海依然笑，"你不知道我跟老董是什么关系吧？别乱说话。"

　　"那我就不说了……家里有酒吗？"

　　"有。"

　　"那我就跟你去，"左延彪冲郑沂一咧露出牙花子的大嘴，"兄弟，打架我不行，喝酒你是孙子辈的。"

　　郑沂不理他，追上卫澄海问："你怎么知道我在这里？"卫澄海笑道："我是谁？"郑沂说："知道，你是卫老大。我不用去老巴那里了？"卫澄海说："不用去了，他不是个小心眼的人，以后会理解的。"郑沂赶到他的前面，倒退着，边走边说："前些日子我听华中说，乔虾米在到处找你呢。""我知道，"卫澄海面无表情地说，"我在来百川那里见过他了，他没有恶意。""你不是说想要除掉他吗？"郑沂正回了身子。卫澄海哦了一声："这事儿我得好好想想。"郑沂垂着脑袋想了一阵，开口说："我明白你的意思了，你想让乔虾米跟熊定山再斗上几个回合。"

"聪明。"卫澄海加快了步伐。

"跟来百川要子弹那事儿办得顺利吗？"

"顺利。"

"最近没什么要紧的事情了吧？"

"没了。"

"那我有没有必要再去找一下朱七？"

"有必要，"卫澄海突然站住了，"你这就走，熊定山疯了。"

"谁说的？"

"刚才我在路上碰见孙铁子了。"

第十五章　兄弟深情

即墨城南。郑沂下了火车的时候已经是午后了。被太阳晒过的路面依然潮湿，路边的高粱地里雾气腾腾。

郑沂没敢走大路，沿着铁道走了一气，一闪身进了高粱地。顶着一头高粱花子走出来，眼前已经是丰庆镇了。

此时，朱七正孤单地走在东镇去劈柴院的路上。朱七不知道巴光龙的洗染店在什么地方，只是隐约知道卫澄海的住处，心里估计没准儿见不到卫澄海，他来无踪去无影的。果然，费了好大的劲找到卫澄海住的那个角楼子的时候，有人告诉他，"洋车卫"跟一个码头上扛包的伙计刚走，好像要去洗澡，拿着毛巾呢。大中午的洗个屁澡，这是又在使障眼法呢，不定又做啥"买卖"去了，朱七想。

坐在门口等了一炷香的工夫，朱七起身走了出去。他听卫澄海说过，巴光龙的洗染店前面有个洋鬼子的教堂，来的时候他见到过一个教堂，离这里不远。见了他，不能耽搁，问明四哥葬在什么地方就走，一耽搁不定出什么事情呢，这帮鸟人不能跟他们啰嗦太多。路上有不少乞丐追着他伸手，朱七像被老鹰捉的小鸡似的躲，有些后悔自己穿这么好的衣裳出来，呵，他们以为我是个大财主呢。

刚抬头望见远处尖尖的教堂顶，朱七就听见有人在后面喊他的名字。朱七没敢回头，加快步伐往前赶，我很少来城里，这是谁在喊我？别是熊定山的伙计吧……后面的那个人见朱七不理他，飞也似冲到朱七的前面，一横胳膊："你不认得我了么？"朱七没有抬头，左晃右晃想要晃开他，无奈胳膊被他抓住了："七哥，看看我是谁？"朱七抬起了眼皮，面前的这个马猴似的人好像在哪里见过……纪三儿？脑子一亮，是他，跟卫澄海一起拉过洋车的伙计。纪三儿见朱七认出他来了，猛地一拍大腿："我就说嘛！七哥是忘不了咱穷哥们儿的。七哥这是要去哪里？"朱七笑了笑："来这里找个朋友，没找着，想回家呢。"纪三儿的眼珠子滴溜一转："七哥是来找巴老大的吧？"

朱七记得他最后一次见到卫澄海的时候，纪三儿就在卫澄海的身边，很腼腆的一个伙计，看样子卫澄海跟他的关系也不错，索性说了实话："是，是来找巴光龙的。""我就说嘛，"纪三儿笑起来像是一只被夹子夹着的老鼠，"如果没事儿，你往这边出溜个啥？刚才我就发现你在端详教堂，样子就是来找人的。我就说嘛，你还能来找谁？我就说嘛……""你知道巴光龙的洗染店在什么地方？"朱七被他这一阵"我就说嘛"弄得晕头转向，打断他道。"跟我来。"纪三儿拉着朱七就走。

"你忙你的去，"朱七不想让纪三儿跟着，一把带回了他，"你给我指一下路，我自己去。"

"七哥这是讨厌我呢，"纪三儿咽了一口唾沫，"那我就不打扰你了，"往前一伸胳膊，随即拐了个弯儿，"直走……"

"知道了，"朱七瞟了那边一眼，洗染店露出的一角，挂满了花花绿绿的衣服，"巴光龙一般会在店里吧？"

"会，他一般不出门，"纪三儿拧下嘴角的一串白沫子，"有不少人陪他呢，都是些横里吧唧的人。"

"呵，怎么个横法？"朱七不由得皱了一下眉头。

"还能怎么横？不分青红皂白乱打人呗，"纪三儿哭丧着脸，一提裤腿，"你看看，这是昨天刚打的。"

"你得罪他们了？"

"谁得罪他们了？我就说嘛，我根本就没干那事儿，他们乱怀疑人……"

"我听不明白你在说些什么。"朱七拔脚就走。

"七哥，"纪三儿死皮赖脸地拖着朱七，"见着你我就高兴了，你是个义气人，你得帮帮我。"

"这事儿以后再说，"朱七迈步下了马路牙子，一犹豫，又上来了，"最近你没见着卫大哥？"

"唉，想见他可不容易，"纪三儿摊了摊手，"我得有一个多月没跟他照面了，我也找他呢……"

朱七穿过马路的时候，纪三儿还在嘟囔："我有什么能耐找到他？人家现在'起闯'起来了，跟孙悟空似的，一个筋斗云，想去哪儿去哪儿。我哥哥这是不管我了，我被人杀了扔在街上他也不管了，他没有我这个兄弟了……"一抬头，见朱七没影儿了，忿忿地吐了一口痰，"跟我装什么装？都不是什么好东西……装？我更会装，以后我装个汉奸给你们看！"

朱七没有走远，他蔽在洗染店那条胡同口的一根电线杆子后面，定定地瞅着纪三儿，这小子对我这么热情，啥意思？

纪三儿踮起脚尖往这边瞅了一会儿，一横脑袋回了来路，像一个在炕上没过足瘾的怨妇。

看样子他这是遇到难受事儿了……朱七摇摇头，打量一眼洗染店的门头，心莫名地有些空。

蹲在地上，掏出用一个珠子跟朱老大换的那个铁烟盒，捏出一根烟点了，朱七猛吸两口，学朱老大那样，将烟蒂揣进口袋，稳稳精神，迈步走到了洗染店的门口。里面一个满脸胡须的汉子扭着头瞅了他一会儿，一顿，快步走了出来："是朱七兄弟吧？"朱七一愣："你是？""我是华中啊，"华中冲出门来，拖着朱七往里走，"前几天我跟光龙他们还说起过你呢，说话不迭这就来了。龙哥，朱七兄弟来啦——"朱七懵懂着被拖进了门，没来得及细看，后门的门帘一掀，走出一个书生模样的人来："哈，还真的是小七哥呢，"上来一把握住了朱七的手，"小七哥，还认得我吗？"朱七愣愣地看了他一眼，估计这位就是巴光龙了，抽回手笑道："见过，好像……""不用好像了，"巴光龙爽朗地笑着，"你记不清楚的。多少年的事情了？那时候我去你家找你四哥……"忽然沉下脸来，"你四哥他不在了，"冲华中一摆头，"告诉谷香村，让他们送几个菜过来，"拉着朱七的手进了后院东侧的厢房，"小七哥，唉……没见着你之前想说很多话，见着你又不知道该说什么了。"

炕上歪躺着一个瘦骨伶仃的汉子，巴光龙提溜一块抹布似的将他提溜到炕下："马褂，你先出去一下。"

大马褂直接躺在了地下，有气无力地嘟囔："你行行好，让我抽完了这口。"

巴光龙从炕桌上抓起一根烧火棍似的烟枪，一把丢在大马褂的脑袋边上："外面抽去，"冲朱七一笑，"见笑了小七哥。"

华中提着两瓶烧酒进门，用脚勾起大马褂，一把推了出去："老七，别站着，坐下说话。"

朱七挨着炕沿坐下，摸出铁烟盒，抖着手说："酒我就不喝了。我不喜欢啰嗦，我想知道我四哥到底是怎么死的。"巴光龙迟疑片刻，仰面叹了一口气："你这么痛快，我也痛快点儿对你说吧。首先，你四哥的死我有很大的责任，我没能照顾好他。但是我想说的一点是，在事发之前，不是我去求你四哥帮忙的，是你四哥主动找到我，自己要求去的。你应该知道，你四哥跟日本人不共戴天……""龙哥，这些事情卫哥都告诉我了，"朱七有些激动，话都说不连贯了，"你别担心别的，打从出了这事儿我就没怨过你。我四哥的脾气我知道，他死了，怨不得别人。我想知道的是，那天他是在什么情况下死的，身上中了几枪，都打在哪里了。"巴光龙讪讪地摇了摇头："我听出来了，你是在怀疑你四哥死得蹊跷……华中，当时你不在场，跟小七哥说不明白，去找福子过来，让他跟小七哥讲。"华中刚要转身，朱七拉住了他："不必了。我没有那个意思。刚才说得有些糊涂……卫哥当时也在场，他已经告诉我了，"眼圈一下子红了，"不用再说了，我四哥葬在哪里？"

"小七哥，"巴光龙轻柔地摩挲着朱七的肩膀，微微叹了一口气，"别难过，人死不能复生，想开点儿。"

"我知道，"朱七生生将眼泪憋了回去，"告诉我，我四哥葬在哪里？"

"我把他烧了……骨灰就在店里面，"巴光龙轻轻地说，"本来我想送他回家，可是我怕你误会我。"

"没有的事儿，我理解你……烧就烧了吧，人死了，留着尸首也没用。"

"这我知道，我是怕你误会我没照顾好你哥哥。"

"不关你的事儿，"朱七将烟盒揣回兜里，扭身下炕，"不啰嗦了，我这就带四哥回去，以后有机会我再来感谢你。"

巴光龙默默地抱了抱朱七，点点头说："也好。"朱七反手拍拍巴光龙的脊背，挣脱开他，冲华中一笑："走吧。"华中退到门口，望了望皱着眉头站在黑影里的巴光龙："这么着急？吃了饭再走嘛。"巴光龙摆了摆手："他的心情不好，先回去吧。"华中摇摇头，推开门，拉了朱七一把："别难过，你四哥是条汉子，他死得不窝囊。"朱七的心一抽一抽地痛，说不出话来，一个劲地点头，眼泪砸在门后的尘土里，一砸一个坑。华中按他的肩膀一把，一猫腰进了西面的一个屋子，捧出一个扎着红布的匣子来："老七，带着你哥走吧。"

天忽然阴了下来，风起初还一股一股匀和着刮，一忽儿就变成了野兽，成群结队地撕咬挂在门口的衣裳。

朱七双手捧着朱四，就像是捧着自己的心，过了这么久，朱七才明白，四哥是永远地走了，他再也见不着他了。

不能让鬼子知道朱四杀过鬼子，朱七想，连坐呢……脑袋跟鸡巴尽管不是近亲，可是真要连坐起来，一刀切。

第十六章　杀"恶霸"

百里以外的即墨没有下雨，天空明镜般晴朗，淡淡的云彩如慢慢拉扯着的棉花，一会儿是草原，一会儿是牛羊。

朱七这是去了哪里？郑沂闷闷地想，他想去哪里怎么也不跟他娘说实话？万一出了事情，找都找不着他。

拉倒吧，我还是去那个汉奸家等着吧，郑沂加快了步伐，正好打听打听熊定山的下落，找到他一定得劝劝他，别找朱七的麻烦了，都是江湖上的兄弟，没有必要整得你死我活。估计史青云还在丰庆镇藏着，没准儿可以动员他一起去崂山呢。日头很柔和，照在头顶，就像有女人的手在摩挲。郑沂走在一面是麦子地，一面是高粱地的小路上，脸一半是黄的一半是绿的。高粱地的上头刮着白色的风，麦子地的上头有氤氲的薄雾飘荡，风一吹，烟一般乱扭。郑沂将脱下来的褂子打个结缠在腰上，嗷嗬一声咧开了嗓子："嗷嗬——张飞杀猪卖过了酒，刘备西川贩草鞋，关老爷推车上了山啊……"歌声唱破了麦地上的残雾，惊起一群小鸟，斜刺里扑向东面的高粱地，高粱地发出一阵"咔啦咔啦"的声响。这声音好奇怪，郑沂收了声，转头来看，熊定山龇牙咧嘴地站在疏影横斜的高粱秆子里，冲他沙沙地笑。

"哈哈，熊老大!"郑沂来回扫了两眼，箭步冲进了高粱地，与定山双双倒在一边的小沟里。

"你娘的⋯⋯"定山掀开郑沂，歪坐起来，一只手用力抱着那条血呼啦的胳膊，"你咋来了这里?"

"来找你啊，"郑沂一骨碌爬起来，拉着定山钻进了高粱地，"让我这一顿好找。"

"来找我的?"定山轻车熟路地往高粱地的深处出溜，"你是来找朱七的吧?"

"没错。你咋知道?"

"这不用分析，"定山随手折断一根高粱，拿着高粱秆咔嚓咔嚓地啃，"我这边出事儿了，卫老大开始心事他的兄弟了。"

郑沂说声"你这个老狐狸"，正色道："你在这边都干了些什么勾当?"定山晃着高粱秆，嘿嘿地笑："没什么，杀了几个鬼子。不值当的⋯⋯你看，"把受伤的胳膊往这边一侧，"我也挂彩了呢。凭什么? 让我遭这么个罪，他们起码应该死一百个人。怎么，没找着朱七?""没找着，一大早就出去了，他娘也不知道他去了哪里。"郑沂瞅了瞅定山的胳膊，"你伤得不轻呢，得找个地方看看。"定山笑了："这叫什么不轻? 你没见我伤得厉害的时候，这事儿你得问朱七去。"郑沂摇摇手，不走了："熊哥，我不能在这儿陪你了，我得先去镇上看看，然后回去。"

"急什么?"定山诡秘地笑着，"有很多话我还没跟我兄弟说呢，再陪哥哥聊一会儿。"

"要不你跟我一起回去?"这话一出口，郑沂就后悔了，他知道卫澄海讨厌熊定山。

"好啊，"果然，熊定山的眼睛亮了起来，"老子正犯愁没地方藏身呢⋯⋯在高粱地，苇子滩，出溜快两天了。"

"那就一起回去，"郑沂看着定山狼狈的样子，不禁有些难过，"不行的话，先住我那儿。"

"我有地方住，"定山想了想，开口说，"你不是跟卫老大在一起吗? 干脆这次回去我住卫老大那里得了。"

"这⋯⋯回去再说吧。"郑沂不说话了。

熊定山用一条胳膊揽着几棵高粱，蔫蔫地说："我知道卫老大有些瞧不起我，可是他瞧得起谁？我不会缠着他不走的，老子有的是活下去的办法……"闷了一阵，惨然一笑，"我现在真成一条丧家犬了。兄弟，跟我一起熬到天黑，现在我不能出去，一出去就被鬼子抓了。天黑以后咱们走，去蓝村扒火车。"郑沂想了想，说："也好，不过你回青岛以后也得当心着点儿，乔虾米在抓你，鬼子宪兵队也在抓你，这次的事情估计也不好处理……"定山打断他道："我都想好了，反正老子明了旗号，就是跟鬼子拼了！他们想怎么着就怎么着，老子来他个十三不靠，好就留，不好就走！大小崂山我还熟悉。"郑沂见他又开始激动，知道继续唠叨下去没有什么好结果，干脆折一根高粱秆啃着，不说话了。

定山自己念叨了一阵不知所云的话，找一块干松些的地方躺下，说声"走了不是好兄弟"，呼噜呼噜睡了过去。

一层翠绿色的苍蝇盖在定山受伤的胳膊上，让他的胳膊看上去像是一根面貌丑陋的烂萝卜。

熊定山醒来的时候，天已经擦黑了，残阳斜照进斑驳的高粱地，四周朦朦胧胧像是梦里的戏台子。熊定山诈尸似的慢悠悠支起半边身子，挠了挠被湿地腌得又肿又痒的后背，抓起一块坷垃丢到郑沂的脖子上。郑沂躺着没动，眨巴两下眼睛，瞪着高粱花子缝隙里透出的硫黄色天空，喃喃地嘟囔了一句："天不是天，地不是地，远不见爹娘，近没有兄弟，做人不是人，做鬼难成鬼，世界没了样子……""又唱上了？"定山摸出一根湿淋淋的烟，用打火机来回地烤，"是啊，但凡有点儿血性的中国人，都应该拿起家伙跟日本鬼子拼了。"

好歹将烟点上，定山蹲着矮子步凑到郑沂的身边，阴着嗓子说："兄弟，如果我让你去帮我杀个人，你帮不帮？"

郑沂从定山的嘴巴上扭下烟，插到自己的嘴巴里："那得分杀谁，中国人除了恶霸我不杀，日本人我全杀。"

定山摸了摸他的肩膀："好兄弟。"

郑沂斜眼乜着他："杀谁？"

定山的眼睛躲闪一下，啊啦啊啦地笑："一个恶霸，欺压百姓的恶霸，我早就想收拾他了。"

郑沂问："这家伙是个什么德行？"定山说："说起来也是个胡子，跟我算是同行呢。这家伙以前也是个本分的庄稼人，前几年因为看上了本村的一个闺女，拦在路上想日人家，被乡公所的人给抓了，打得挺厉害。这家伙恼了，当天夜里审到那个闺女家把人家架出来，按在苞米地里好一顿受活。也是那闺女不抗折腾，竟给日得三天下不来炕。等乡公所的人再来抓他的时候，这家伙上了倔脾气，一铡刀砍死一个兵，夺了人家的枪就进了苇子。在苇子里躲藏了大半年，不知道使了什么手段，笼络了十好几个人跟着他一起干。可气的是，这几年没人抓他了，他们就占据了关岭到临河的那片苇子，白天是庄稼人，夜里净干些剪径、绑票的勾当，正经庄户人很少有没被他们折腾的。"

"那我就跟你去走这一遭？"郑沂横了横心，顺路铲个瘤子玩玩也行，闲着也是闲着。

"那就走。"定山将烟头戳在地里，抬头瞅了瞅天，天像蒙了一块灰色的布。

"我可告诉你啊，杀人我不干，帮你把把风倒是可以。"

"行啊，"定山拉起了郑沂，"按说我不应该拉上你干这事儿，可是我的手不太灵便。"

天色越来越黑，穿行在苇子里的定山和郑沂像是走在一座刀剑丛生的坟墓里面。好歹摸索着出了这片苇子，感觉前面的苇子稀少一些的时候，两个人已是气喘吁吁。郑沂迈上一块满是青草的凸地，问："还没到？"定山将那只没受伤的手撑到膝盖上，用那条受伤的胳膊往东边晃了晃："到了，前面那个村子就是。""熊哥，这次我得跟你一起去，"郑沂使劲摸了自己的肚子一把，"饿死我了……一天没进食儿了。"定山哆嗦着直起了身子："我也是这么想的，先让他给咱们做饭。""还那么麻烦干啥？"郑沂迈步上了河沿上的一条长满青草的小路，"办完你的事情，从他家里'顺'点儿就走，晚了我怕连拉煤的车都没有了。"定山拽着郑沂的腰带上了小路："也好，没车就回不去了。"

两条黑影一前一后进了河北沿的一个静如坟场的小村，村子里弥漫着一股河水与青草的味道。

在一个胡同口站了片刻，定山压低声音说："应该就是这条胡同。兄弟，跟我上。"

郑沂抓了他一把："你没弄错吧？这个胡同全是茅草房，那小子这几年的'堂子'闯下来，能住这样的房子？"

定山被噎着似的嗝了一声，回头嘟囔道："叫你走你就走，问那么多干啥？"

是啊，我管那么多干什么，是恶霸就应该杀，管他住什么房子呢！郑沂一笑，疾步跟上了熊定山。

胡同的最北头是一个连土墙都没有的院落，屋子里没有灯光。定山直了直腰，撇开郑沂，大踏步走到正门口，一脚踹开了那扇用柴禾扎的门。门里一阵响动："谁？"定山不说话，一把从炕上揪下了一个人："孙铁子去了哪里？"那个人的声音像是泡在水里："好汉别害我，我真的不知道他去了哪里，不信你问他妗子。他大妗子，他大妗子……"定山将枪筒顶在他的脑袋上，一闭眼——砰！

第十七章　双雄聚首

郑沂没有回到青岛，他在茫茫的高粱地里迷路了，费了九牛二虎之力转出来的时候，天色已经放明。

一只金黄色的大蝴蝶从东南天边的云雾里孤单地飘过来，像一闪一闪的火花。

郑沂有些后悔，后悔自己不该甩了熊定山，这小子在这一带熟，有他在，没准儿这工夫已经在家睡下了。

两个小时前，熊定山就已经躺在了自己好多天没有躺过的床上，外面是四方机车厂隆隆的机器声。定山闭了一阵眼，眼前老是有一些鬼魂样的怪物晃动。熊定山坐起来，拉开一侧窗帘，将脸贴到玻璃上，静静地望着对面被机车厂的汽灯映得像一泡屎似的一个鬼子岗楼，笑得像哭，孙子们，你不得不佩服你爷爷吧？杀了你你敢相信，取你们狗命的阎王就在你们的眼皮子底下晃悠？想抓我？玩儿去吧，八年前就有人想抓我，可是他们抓到我了没有？老子是神出鬼没的孙悟空呢……熊定山后撤两步，想要抬起胳膊使个长拳招式，嘴巴一咧，蹲下了。我的胳膊断了，应该找个地方收拾一下呢。等疼痛过去，定山紧了紧裤腰，说声"卫老大，麻烦你了"，迈步出门。

定山没敢在大路上走，老鼠似的钻胡同，钻到劈柴院的时候，来时的那轮圆月已经变成了一把镰刀的模样。

在卫澄海家门口的那个垃圾箱旁边站了一会儿，熊定山贴着墙根溜到了窗户底下，细细地听里面的动静。

里面什么声音也没有。难道卫澄海不在家？定山有些懊丧，感觉自己像是一块浮板似的在海里乱漂。

刚想撬开门进去看个究竟，忽然感觉后脑勺有冰冷的东西顶上了，定山的心凉了半截，我被汉奸盯上了？

熊定山举起手，慢慢回头："兄弟，悠着点儿，别走了火……啊？卫老大！"卫澄海的脸在月光下闪着幽冷的光："你来这里干什么？"枪管依然顶着定山的脑袋。熊定山挓挲着胳膊，没敢扒拉卫澄海的枪，脸像编麻绳似的扭："你别这么对待自家兄弟好不好？我他娘的……""进来吧你！"门忽地打开，一只又粗又黑的手一把将他扯了进去，是左延彪。卫澄海迅速关了门，冲左延彪一努嘴："到门口'张'着点儿。"

"卫老大，你行啊你……"定山被左延彪拽在地上，想要爬起来，试了试，没有力气，摸着胸口嘟囔。

"告诉我，你来这里干什么？"卫澄海蹲在定山的头顶上，一字一顿地问。

"哥哥，你就别跟我拿架子啦，"定山盘腿坐好，一横脖子，"我能干什么？求你救命来啦。"

"救什么命？"卫澄海定睛看了看他受伤的胳膊，"你咋了？"

"让鬼子给打的……"定山见卫澄海的脸色缓和了一些，舒口气道："不啰嗦了，扶我起来说话。"

卫澄海皱了皱眉头，收起枪，拉开灯，拽定山起来，往旁边的凳子上一推，就势坐到了躺椅上："怎么搞的？"定山抓起桌子上面的烟盒，掭出一根，伸嘴叼了，摸摸索索来找火柴，卫澄海摸出打火机给他丢到桌子上。熊定山点上烟，呼地抽了一口："放心，我不是去找朱七才弄成这样的，他没那么大的本事……"接着将前面发生的事情对卫澄海说了一遍，末了说，"兄弟没辙了，你想办法找个大夫给我看看。"

卫澄海吐了一口气："你这么做是太拿自己的命不当回事儿了……打鬼子有你这么个打法的吗？"

定山紧了紧鼻子："猪往前拱，鸡往后刨，各有各的路数。别废话啦，赶紧找人治伤吧。"

卫澄海想了想："天亮了再说吧，夜里不一定会碰上哪个鬼魂。"

天很快就亮了。门一响，郑沂一步闯了进来，猛一抬头："定山？"

熊定山吃惊地站了起来，继而讪笑道："你不是没有我这个哥们儿了吗，还来这里找我干什么？"

郑沂张了张嘴巴，一甩手进了里屋。

卫澄海进来了，后面跟着一个提着药箱的人。卫澄海将身后的那个人往定山的面前一推："黄先生，你给瞧瞧。"黄先生坐到定山对面，仔细检查了定山的胳膊一番，自语道："枪伤呢……还好，骨头断了，不碍大事，上夹板吧。"打开药箱，取出一些瓶瓶罐罐，上了药水药粉，将三块小木板固定在定山的胳膊上，用绷带缠好，又叮嘱了几句，留下一些药粉，冲卫澄海一点头："这位先生体质不错，保养好的话，不出一个礼拜就可以干活儿了。"卫澄海道声谢谢，摸出一沓钞票："黄先生，咱俩好几年的交情，这事儿你不要随便告诉别人。"黄先生笑道："知道，兄弟也是个中国人。"定山瞥了他一眼："你知道这是被日本人打的?"黄先生继续笑："我什么也不知道，我就知道我是个医生。"

几个人刚刚躺下，外面就响起一阵轻微的脚步声，卫澄海一激灵，慢慢支起了身子，这才发现，天已经大黑了。

外面的脚步声停下了，那个人似乎是在犹豫着什么。

卫澄海提着枪踅到了门后。

外面的那个人溜着墙根，将耳朵贴近了门缝，卫澄海几乎听见了他沉重的喘息声。

熊定山抓着枪刚要起身，卫澄海一指他，定山缩了回去。

那个人听了一阵，将手里的枪叼到嘴里，蹲下身子想要来提门枢，卫澄海一把拉开了门："唐兄，你来得可真早啊。"

唐明清忽地跳到院子里，双手举枪对准了卫澄海。卫澄海胸有成竹地将枪丢到自己的脚下，举着手微微一笑："别这么严肃好不好? 进来说话。"唐明清将枪往旁边一摆："过去，到垃圾箱后面蹲下。"卫澄海站着没动，依然笑："进屋说话，外面冷。"唐明清往前走了几步，用脚尖挑起卫澄海的枪，一提，接住，一把塞到了自己的腰里："少啰嗦，蹲过去!"卫澄海冷笑道："看来唐兄没有抓我去宪兵队的意思。怎么，我蹲到那里你就放心了?"唐明清点了点头："你这种社会渣滓就应该蹲到那种地方去。"卫澄海讪笑着摸了摸下巴："咱们两个谁是渣滓需要时间来证明，你说呢?"说着，把手放下，倒退着靠近了窗户下面的一个垃圾箱。唐明清跟了过来："你叫卫澄海是吧?"

"是，我是卫澄海。"卫澄海断定唐明清暂时不想把他怎么样，话说得十分轻松。

"你把我的货物弄到哪里去了?"

"那是你的货物?"卫澄海笑了笑，"那是咱们全体中国人的宝贝。"

"我只问你，货物在哪里？"唐明清的话说得很是没有底气。

"在我屋里，跟我进去看看？"

"走，"唐明清的枪管顶上了卫澄海的脑袋，"乖乖的，不要有别的想法。"

卫澄海趁起身的刹那，略一偏头，右手一搭唐明清的手腕，枪已经到了自己的手上，几乎同时，左手也伸到了唐明清的裤腰上，自己的枪也抓在了手里，刚说出一句"别动"，身边已经不见了唐明清。卫澄海暗叫一声"不好"，腾身跃到一堵矮墙上，两把枪来回地瞄。西面的一处黑影里人形一闪，唐明清鹞子一般扑了过来。卫澄海举起右手的枪，闪身跳到垃圾箱上，单腿一蹦，斜着身子撞向半空中的唐明清。唐明清在空中探手一打卫澄海踢过来的一条腿，横空一拧身，冲卫澄海当头就是一脚——空了，卫澄海已经稳稳地站在了地上。唐明清收回脚，就地一滚，脚下蹭出一溜弧线，两条胳膊当空一穿，螳螂捕食一般定住了身子。七星螳螂？卫澄海亮一个夜叉探海姿势，冲唐明清一勾手。

唐明清将两条胳膊往后一兜，随即弹出一腿，身子后倾，另一条腿侧着向卫澄海扫过来。

好大的力道！卫澄海拧身躲过这凌厉的一脚，在这一脚带起的风里使个旋子，勾腿想要缠住唐明清的腰，一下子空了。

熊定山狞笑着站在卫澄海的对面，枪管子赫然顶在唐明清的胸口上。

卫澄海有些沮丧，他奶奶的，我正打得过瘾，你来凑的什么热闹？一横脖子："带他进来。"

卫澄海刚刚在屋里站定，被熊定山用枪顶着脑袋的唐明清就进来了。卫澄海丢给唐明清一根烟，冲定山一摆头："把枪放下，唐兄不是来找麻烦的，不然在外面的时候他就开枪了。"郑沂搓着眼皮坐起来，茫然地来回看。左延彪也坐了起来，同样茫然："来客人了？"

"是啊，来客人了，"卫澄海冲他们点了点头，"刚认识没几天，是我卫澄海的贵人呢。睡你们的吧。"

"卫哥，这小子是谁呀，功夫不赖，"定山瞥了垂头丧气的唐明清一眼，"刚才我不出手，怕是你要吃亏呢。"

"在高手面前吃点儿亏没什么，"卫澄海给唐明清点上烟，顺势拍了拍他的肩膀，"你咋不多带几个人来？"

"我没那习惯，"唐明清抽了一口烟，忿忿地咬牙，"货物在哪里？"

"已经交给国民政府了，"卫澄海哈哈大笑，"我这是爱国行动。"

"那就好……"唐明清蔫蔫地叹了一口气，"你害了我……我没法在警备队干下去了。"

"不是我害了你，害你的应该是日本鬼子，你被他们当了挡箭牌。"卫澄海将劫国宝中发生的变故原原本本地对唐明清说了一遍。

"这事儿我也有所耳闻，"唐明清含混地说，"不管怎么说，我在警备队干不下去了。"

"是英雄在哪里都照样打天下，"卫澄海笑道，"不当汉奸当好汉嘛。你可以去找巴光龙，他一直惦记着你。"

"张铁嘴已经找过我了……我有投奔他们这个意思，但现在还不是时候。"

"哈，刚才你吓了我一跳呢，你想来把我怎么样?"卫澄海讪笑道。

"不想怎么样你，"唐明清垂下了头，"心里憋屈得很……实话告诉你吧，这事儿我本来就憋屈着。"

"你的意思是，你也不想让这批货流失到日本?"

"是，"唐明清猛地抬起头，"卫先生，也许你已经打听过我……这般时候我什么也不想说了。"

"那你来找我是什么意思?"

"我已经说过了，我心里憋屈……"

"明白了，"卫澄海摇了摇手，"你想来教训我一顿，出出气。以后有什么打算?"

唐明清三两口把烟抽完，长吁了一口气："我已经走投无路了……""有没有跟我一起去崂山的打算?"卫澄海试探道，"趁现在这个乱乎劲，大家一起去崂山，那边打鬼子方便。"唐明清苦笑一声："我没有那么高的觉悟，再说……算了，我的心情你是没法理解的。我可以走了吗?"卫澄海想了想，冲熊定山一摆头："把枪还给唐兄，让他走。"定山将唐明清的枪递给了他，唐明清说声谢谢，将枪揣到裤兜里，冲卫澄海抱拳："后会有期。"卫澄海有些失落地挥了挥手："但愿以后能够跟你共事。"唐明清走到门口一怔，猛一回头："但愿如此!"

第十八章　巾帼窑姐

卫澄海他们睡着了的时候，朱七带着桂芬已经上了去潍县的火车。

与此同时，一帮维持会的人群狼一般冲进了刘家庄张金锭的家，此刻，天光刚刚放亮。

在此之前，刘贵就听见村南头有嘈杂的脚步声，褂子没来得及穿就从后门蹿进了村西的高粱地。

丰庆镇南边的日头越升越小，炽白的光线将麦子叶和高粱花子上的露珠吸得无影无踪。一个疯癫汉子赤身裸体地从镇西头跑过来，咣当一下在关帝庙前面的那座碾盘旁停下，叉开腿，哗啦哗啦地往碾盘上面滋，黝黑的屁股迎着日头来回晃。北边胡同里蓦地响起一声锣响："父老乡亲都听着啊——皇军抓了几个私通游击队的刁民，都来听皇军训话啦——"疯汉蹦几个高，嗷嗷叫着冲进了胡同。

胡同里走出几个端着三八大盖的鬼子兵，后面昂首阔步地走着红夹袄绿裤子的张金锭，一个维持会的人猛地从后面推了她一把："还这么横？"张金锭一晃肩膀，冲地下"呸"的一口："姑奶奶什么也没做！我倒要看看你们能把我怎么着？"后面一阵呻吟，两个维持会的人架着一个人形怪物，拖拉拖拉地走。那个怪物的脑袋一忽向左一忽向右，鲜血顺着他的脸蚰蜒般的往脖颈、胸口里爬。白色的阳光打在他的身上，整个人看上去像是一扇刚刚砍开的猪肉，这扇猪肉在不停地呻吟："我啥都没干，我啥都没干……我不能死，我死了我娘也就死了……"双脚反着拖地面，在地上划出木纹一样的曲线。"张九儿你给我像个爷们儿！"张金锭回头吼了一声，"没做亏心事，不怕鬼叫门！"

张九儿艰难地抬了抬脖子："二姐……我什么也没做，你是知道的，我什么也没做啊……"

张金锭撇一下嘴巴，一面鼻孔支得像酒盅："给我挺起来，你是个爷们儿。"

旁边一个戴日本帽的维持会哟嗬一声，冷笑道："窑姐儿，你还别给我嘴硬，一会儿你就蔫了。"

话音刚落，关帝庙西边响起一声暴喝："朱老六！你以为你兄弟跑了我们就拿你没有办法了？抓你的全家！"

张金锭的脸一下子黄了，趔趄几步，歪头往西一瞅。西边有几个穿黑色衣服的人，拖牲口似的拖着脸色苍白的朱老六，后面跟跟跄跄地跟着朱七他娘。一群人涨潮似的涌上来又退潮似的涌回去。朱老六迷迷糊糊听见有人在小声嘀咕。

"原来老朱家的老七是个胡子啊，亏他哥哥还是个教书先生呢，啧啧……你说他家咋就出了这么个坏种呢？"

"朱老大也是个不孝顺的，人家去家里抓他娘，他硬是没吭声，夹着把雨伞走了。"

"不会是去找说事儿的人去了吧？朱老大有些能耐，听说他跟城里老唐家的儿子关系挺好。"

"老唐家的儿子？听说他早就跑了，好像是因为偷了日本人的什么东西。"

朱老六的耳朵边全是苍蝇般的嗡嗡声，他不明白身边的这些人想要带他到哪里去，茫然地看着四周，腿筛糠一般哆嗦，张金锭在他的前面，他没有看见，搁浅的鱼似的张哈嘴巴。张金锭挣开揪着她的两个维持会，发疯似的扑向朱老六："他六哥，你怎么也来了？"朱老六蛤蟆似的怪叫一声，全身一软，一堆剔了骨的肉般瘫在地上。朱七他娘半蹲着跑过来，一把抱住了朱老六："他六哥，你别害怕，咱家小七不是胡子，他在东北挖棒槌呢。"朱老六半躺在朱七他娘的怀里，半死不活地喃喃："我知道，我知道，我兄弟是个老实人……他没当胡子，他跟我在东北挖棒槌，放木头，他什么也没做……"

"六哥，六哥你救救我呀……"张九儿被人拽着胳膊，上吊的羊一般咩咩，"你给我作证啊六哥，我没当胡子……"

"你给我闭嘴！"张金锭一拍大腿，从前襟拽出一方手帕，跳神似的舞，"这都是咋了啊，还有没有天理啦！"

"八嘎！"一个腰上挂着日本刀的鬼子扑过来，一脚将张金锭踹了个趔趄，把手往东面一指，"开路！"

"太君，"张金锭变了脸色，放电似的冲鬼子头儿使飞眼，"你行行好，把这几个人放了，他们都是大大的良民哟。"

鬼子头儿斜眼看了看她，冲旁边的那个戴鬼子帽的人嘀咕了几句，鬼子帽淫荡地一笑："太君说了，你们都是大大的良民，可是你们被熊定山和朱七连累了。太君说，你们得在这里拴几天，直到熊定山和朱七来'保'你们。窑姐儿，太君还说，要是你这就把那个姓熊的给他找出来，他这就放你走，不过你暂时不能回家了，得去炮楼伺候皇军几天。"张金锭嘤咛一声扭了一下屁股："哟，瞧你这话说的，我哪儿还认识一个什么姓熊的？那是别人瞎说呢，"身子一拧，甩一下手帕，黏黏地靠了上来，"老总，麻烦你跟太君美言几句。"鬼子帽偷眼一瞧鬼子头儿，忽地跳到一边："踩鼻子上脸了是吧？走，上台子！"

"唱戏喽，唱戏喽，"疯汉蹦起来，泥鳅似的往戏台那边钻，"看戏喽……"

"幺西，"鬼子头儿瞥一眼疯汉，摸着下巴笑了，"幺西，看戏的有。"

"太君，"鬼子帽凑到鬼子头儿的耳朵边轻声嘀咕了几句，回头把手一招，"父老乡亲们，都到庙前面来！"

张九儿似乎好了一些，借着维持会的人拽他的力道，站稳了，吃力地冲呆在一旁的张金锭咧了咧嘴："二姐，你瞧这事儿闹的……"张金锭打个激灵，猛一仰头："不怕！人心都是肉长的，他能怎么着咱们？"弯腰一拉朱老六，"六哥，给妹子挺起来，跟他们走。"朱老六抱着朱七他娘，慢慢站了起来："三婶子，别怕……小七的事儿是小七的事儿，咱们不怕。"

关帝庙前面的空地上已经站满了人，连庙门前的大槐树上都爬了不少人上去。阳光越来越强烈。

端枪的鬼子兵用枪隔出一条通道，张金锭在前面，张九儿和朱老六跟在后面，朱七他娘扯着朱老六的褂子在最后。

鬼子帽跳上戏台，一把一个将他们拉上去，拍拍手道："你们都不要害怕，太君说几句就放你们走。"

鬼子头儿捏着下巴，目不转睛地瞅着张金锭胸前的两只"兔子"，嘴里不住地"幺西"。

张金锭乜着鬼子头儿嘎嘎地笑，嗓音像是一只被赶急了的鸭子："太君，你来呀，来摸我呀，二姐喜欢你呢。"笑完，拂一下手绢，一手扶着朱老六，一手搀着张九儿，侧过脸对朱七他娘说："你别害怕，这儿有我呢。"朱七他娘的腿在哆嗦，脸上泛出哭一般的笑："不怕不怕，咱们都是正经过日子的人，咱用不着害怕。"张九儿脑袋上的血不淌了，阳光将那些血污晒成了沥青色的痂，有的血痂纸片似的卷起来。他的心情似乎平静了许多，一边嘴角往上翘着，努力让自己的腰挺直一些："二姐，他们说你去找过熊定山呢……我可真的跟他没有联系啊，我压根儿就不认识他。"张金锭轻蔑地瞥了他一眼："你好生生的，没人说你认识他，"把脸转向朱老六，一笑，"他六哥，你也好生生的，别跟他们争竞，以后咱们好好过日子。"

朱老六的一声"好好过日子"还没说利落，鬼子帽就跳到了面前："朱老六，你先说，你兄弟朱七去了哪里？"

朱老六蔫蔫地翻了一个眼皮："我不知道……我不跟他住在一起。"

张金锭将朱老六歪斜的膀子往上提了提，一晃脖子："大哥哎，你咋问他呢？他啥都不知道呢。"

鬼子帽蹀到张金锭的后面，张金锭故意扭了扭屁股，鬼子帽半张着嘴巴蹀了回来："你知道？"

张金锭冲他抛个媚眼，娇声道："我不是跟你说了嘛，我还没嫁到老朱家，他们家的事情我怎么会知道？要说熊定山嘛，我还真的知道点儿。你把他们都放了，我跟你去维持会说叨清楚不就结了？我什么都跟大哥说。"鬼子帽迟疑片刻，返身跳下戏台，颠到鬼子头儿身边，小声嘀咕了几句，鬼子头儿刷地抽出刀，箭步跳上了戏台。张金锭松开朱老六和张九儿，横身挡住了他："太君哟，通事（翻译）都跟你说了吧？确实不关他们的事儿啊，你行行好，让他们走，我跟你去维持会，去炮楼都可以，随你的便，我把我知道的都告诉你。"鬼子头儿用刀将她隔到一边，一把揪出了张九儿："你的，脱衣服的干活！"

张九儿茫然地扭了两把裤腰："啥？你说啥？叫俺脱衣裳干啥？"

鬼子帽蹿上来，猛推了他一把："叫你脱你就脱！"

张九儿倒退着嘟囔："脱啥衣裳？这是叫俺干什么呀……"说着，还是解开捆在腰上的草绳，将褂子脱了下来。

鬼子头儿晃到一旁，将刀柱在地上，冲鬼子帽一摆头。

"继续脱。"鬼子帽指了指张九儿的裤子。张九儿紧紧地攥着裤腰，头顶上又开始冒血："老总，你这是让俺做啥？脱裤子做啥？"左右看着台下黑压压的人头，抱着裤腰蹲下了，"不脱，俺不能脱……""八嘎！"鬼子头儿猛地举起了刀，"死啦死啦的有！"鬼子帽蹲到了张九儿的对面："看见了吧？不脱太君就砍了你。脱吧，太君的意思是让你享受享受，"回头冲张金锭一挤眼，"那个窑姐儿很有味道的。"张九儿霍然明白，直接躺下了："我不能干这样的事情，那不是人干的……"鬼子帽拍打着手站了起来："那好，那你就去死。"鬼子头儿双手攥着刀在张九儿的头顶上划了两下，突然将刀一横，一下子挑开了张九儿的裤带，冰冷的刀锋贴在张九儿的两腿中间。张九儿过电似的弹起来，刚一迈步，就被掉到脚脖子上的裤子绊倒了，整个人像一截被人踩瘪了的高粱秆。鬼子头儿冲鬼子帽嘟囔了一句什么，野狗似的闪到了一边。

张金锭已经明白了这是什么意思，从怀里掏出一面小镜子，背向阳光照了照自己的脸，拍拍朱老六的胳膊，又按了朱七他娘的肩膀一下，揣起镜子，将奔拉到脸上的一缕头发捋到耳后，稳步走到鬼子帽的身边："老总，麻烦你跟太君说一声……"

"还说什么！"鬼子帽猛地打断了她，"我知道你是什么意思，哪里也不去，就在这里，不然不足以警示百姓！"

"大哥，"张金锭换了一副妩媚的笑容，"你说的也是，这样好不好，你让老少爷们儿把脸都转过去。"

"不行！"鬼子帽一把提起了抖作一团的张九儿，"来吧，别怕丢人，丢人比丢命强。"

"九儿，来吧，"张金锭扭着屁股躺到了张九儿的身边，"九儿，姐姐伺候你一把，你不是总惦记着这一天吗？"

张九儿不知道哪儿来的那么大力气，忽地跳起来，扑通跪到了鬼子帽的脚下："大哥，你一枪崩了我吧！黄泉之下兄弟不忘你的恩德……"鬼子帽抬起脚勾起了张九儿的下巴："兄弟，没法子啊，这都是皇军的命令，你就委屈一下吧。"

"我会，我会……"台子上吧唧吧唧爬上了疯汉，三两下跪到了张金锭的大腿中间。

"看见了吧？"鬼子帽的表情异常兴奋，伸手一拍张九儿肿成南瓜的脸，"你不干有的是人干。"

"大哥，你杀了我，你赶快杀了我……"

"我不杀你，"鬼子帽悻悻地站起来，缩着肩膀冲一旁微笑的鬼子头儿哈了一下腰，"太君，他不干。"

鬼子头儿不说话，笑容如铁，缓步走到张金锭躺的地方，静静地看着她。张金锭的裤子已经被疯汉扯掉了，两条大腿大开着。她的脸上没有表情，两只核桃大的眼睛直直地盯着天空，天上有淡淡的云朵在飘，一忽儿飘成牛羊，一忽儿飘成山峦，一忽儿又飘成了东北老林子里的茫茫白雪。疯汉的嘴里像是含着一块滚烫的山芋，叽里呱啦叫着，双手不停地套弄自己的下身。朱七他娘发疯似的扑过来，一把推开了疯汉："银子，你咋了？你不守妇道啦……"声音戛然而止，双手捂住胸口，缓缓地偎到张金锭的腋窝下面。张金锭没有起身，她似乎没有感觉到自己的一面脸蹭满了从朱七他娘的胸口里喷出来的鲜血。鬼子头儿将刀锋一偏，慢慢伸到了疯汉的两腿中间，猛然往后一抽，鲜血直溜溜地射向张金锭已然掀开的肚皮上面。疯汉怪叫一声，弹簧般跃起来，甩出一溜鲜血，风也似扎进了人群，人群发出一阵涨潮似的声音。

"太君，太君！"张九儿的脸色突然变得狼一般狰狞，嗷嗷叫着扑到张金锭的身边，"我干，我干！我干——"

"九儿，来吧……"张金锭的声音像是从泥浆里钻出来似的，"别怕，姐姐都不怕呢。"

"二姐，你忍一忍，忍到天上下刀子杀了我的那一天……"张九儿哆嗦着跪到张金锭的两腿中间，一把扯掉了裤子。

"来吧，来吧……"张金锭慢慢地把目光转向了阳光热烈的墙头那边，一些不知名的花儿在绚烂地开着。

炎热的八月，天上似乎要掉下火来，晌午的炊烟直溜溜地往天上冒，一会儿就变成了轻纱样的浮云。朱家营村南头的乱坟岗里蓦地响起一阵苍凉的长啸："大风起兮云飞扬，威加海内兮归故乡，安得猛士兮守四方！"光着上半身子，穿一条左腿长右腿短的裤子的朱老大，气宇轩昂地从乱草丛中踱了出来，"呜呼，奋我大汉之雄烈，振长策而御宇内，吞天下而枉诸夷，覆至尊而制四海，执敲扑而鞭笞天下……"蓦然停住，用一只手挡在耳边听了一会儿，出溜一声，惊兔般钻回了乱坟岗。

"大哥，大哥——"朱老六牵着一头牛，呼啦呼啦地往这边赶，"大哥，回家吃饭啦！"

"哦，是老六啊，"朱老大望着烈日下黄豆般大的朱老六，轻咳一声，慢慢晃了出来，"你别过来，有长虫。"

"你说啥？"朱老六听不清楚，轻声嘟囔，"又犯病了，又犯病了……唉，这咋整？"

"老六，你不要过来啊，"朱老大摸索着从后腰上拽出汗衫穿上，急匆匆地往外走，"刚走了几个鬼，长虫又来了。"

这下子朱老六听清楚了，说声"半彪子"，大声喊："你知道有鬼，那你还不赶紧家去？大嫂包饺子你吃。"朱老大咂了一把嘴唇："哦，包饺子……"猛一抬头，"有酒没？"朱老六牵着牛掉回头，应道："有，啥都有，还有猪耳朵拌黄瓜。"朱老大紧撵几步，晃荡着赶到了朱老六的身边："你嫂子不是回娘家了吗？她什么时候来家的？""你这不是不糊涂嘛，"朱老六说，"一大早就来家了，说是想你呢。"朱老大矜持地咳嗽了一声："糟糠之妻归齐明白事理呢……你三婶子也来家了？"

"来家了，等你一起吃饭呢。"朱老六说完，鼻子一酸，三婶子早已经去了那世……狗日的日本鬼子啊。

"老六，你别怪我……"朱老大蓦地晃悠了一下身子，"我知道我娘她故去了，不是我不孝，是……"

"你别说啦，"朱老六的眼泪哗地流了出来，"我知道，我知道那天你去找唐先生了。"

"这不是没找着？他打日本去了……他要给咱娘报仇呢。刚才我跟咱娘说了，咱娘说，拉倒吧，让咱好好过日子。"

"那就拉倒，咱听娘的。"朱老六抬起胳膊擦了一下眼睛，胳膊上的汗让他的眼泪又冒出了一些。

朱老大研究古董似的盯着朱老六看了一会儿，仿佛是在自言自语："老六是个有福气的人啊，现在大小也是个财主了，"拽两下汗衫下摆，说，"他六哥，他六嫂嫁过来有些日子了吧？她过得还好吧？咳，你瞧我这话问的……人非圣贤，孰能无过？过而能改，善莫大焉。可是这话又说回来了，三军可以夺帅，匹夫不可夺志也……你也别埋怨我，那些日子我的脑子糊涂着呢。你说他六嫂咋就那么大的心气儿呢？她就跟没事儿一样。"朱老六说："你啥也没看见。"朱老大说："我啥也没看见……他六嫂是个排场人，他六嫂的心气儿大着呢。"朱老六说："是，心气儿大着呢。"朱老大说："咱娘没了，你也不用去圆斗把儿那边住了，家里的房子宽敞着呢……小七这一没影儿，还不知道回不回来。"

"大哥也别在外面住了，搬回去，一大家子。"

"不能，我不能搬回去，我立了户的……你大嫂也来家了，我又是户主了。"

"我大嫂害怕，她的兄弟，她兄弟孙铁子在外面当胡子……"

"别乱说话，我小舅子不是胡子，他在城里做买卖呢。"

"对，做买卖。"

朱老大用一只手摸着牛屁股，蹭到牛角上面，扳着牛角往小河那边走："他六哥，你买了焦大户家的地？"朱老六嗯了一声："买了八亩，是大银子的钱。""他六嫂发家啦，"朱老大牵着牛鼻子往河下面出溜，"他六嫂很能干，他六嫂是个好女人……""是，好女人，"朱老六说，"大银子拾掇家的时候拾掇出小七的钱，没动，给他存着……小七打从娘去了，再也没回来，也不知道去了哪里，"朱老大刚要说话，朱老六摆了摆手，"大哥，大银子还找出来一块铁瓦，好像是个古董呢。"朱老大将眼球支到天上，静静地说："铁瓦……对，小七带回来一块铁瓦，是什么来着？丹书铁卷？好像是……你说小七这个人也真奇怪，我见过他……他要出远门，咋不把自己的东西带上呢？""他那是忘了，"朱老六说，"我了解他，他'嘎古'着呢。"朱老大摁着牛头喝水："不是，不是，他这是伤心了……他什么也不要了，他要杀仇人呢。"

河水中漂着几片荷叶，一只青蛙趴在上面呱呱地叫，朱老六说："蛤蟆叫了，小七知道咱们在说他呢。"

朱老大瞅着荷叶当中伸出来的一支洁白的荷花，喃喃自语："出污泥而不染，混迹江湖亦英雄，大材是也。"

朱老六说，大哥你的脑子有时候清醒着呢，多给三婶子上上坟，兴许就好了，杂乱事情不要去想。

"我没想……"朱老大叹了一口气，"我不糊涂，我朱年富从来没有糊涂的时候。你就说那天咱娘出事儿的时候吧，我敢在家里呆着？日本人不杀了我？我撇了娘，撇了老婆，什么都不想要了……我去找什么唐明清？谁不知道他已经跑了？我就在这里，就在这里躺了一整天……"情绪忽然开始激动，热汗冷汗一起出，"呜呼，千古江山，英雄无觅，孙仲谋处。舞榭歌台，风流总被雨打风吹去。斜阳草树，寻常巷陌，人道寄奴曾住。想当年，金戈铁马，气吞万里如虎……可堪回首，佛狸祠下，一片神鸦社鼓。凭谁问，廉颇老矣，尚能饭否？"

朱老六局促地看着朱老大，知道他又要犯病，跳到河边，一把抱住了他："大哥，大嫂的饺子煮好了，酒也烫上了。"

朱老大乜一眼朱老六，嘴里发出一声喑哑的嘶叫，瘦骨嶙峋的身子趴在牛背上，剧烈地抖动。

荷叶上的那只青蛙扑通一声扎进河里，那片荷叶带着洁白的荷花悠悠漂了过来。

朱老六怔怔地望着牛背上的朱老大，丢下拴牛的绳子，跪到满是茅草的河沿上，号啕大哭。

朱老大喊声"七弟，报仇啊——"，仰面跌到泥泞的河滩上，满鼻孔都是荷花的幽香。

第十九章 朱七入伙龙虎会

圣爱弥尔教堂后的永新洗染店大门紧闭,一脸肃穆的巴光龙端坐在已经撤走柜台和设备的堂屋里,对面是脸色铁青的朱七,两边立着同样肃穆的张铁嘴和华中。窗帘是拉上的,屋角四面各有一只胳膊粗的红色蜡烛,整个屋子烟雾缭绕。西侧的桌子上立着一个三尺多高的关公提刀塑像,香炉上插着七炷香,前三后四,端端正正。关公塑像的两边挂着一副黄色绸缎对联,一联写着"赤面秉赤心,骑赤兔追风,驰驱时无忘赤帝",一联写着"青灯照青史,仗青龙偃月,隐微处不愧青天"。

屋里没有一丝声响,只有空气的流动声,沙沙作响。

沉闷了足有一炷香的工夫,巴光龙猛喝一声:"有青天在上,有日月相伴,有四方土地作证,朱七有心否?"

朱七一拍胸脯,朗声道:"朱七有心,热的!"

张铁嘴抓起脚下的一只芦花大公鸡,默默递给华中,华中手起刀落,提着缺了脑袋的鸡倒控在一只碗上。

朱七反手抓起碗,冲巴光龙一照亮,一仰脖子干了,嘴上没留一滴血渍:"我朱七朱年顺,今来龙虎会入伙,誓与众家兄弟一条心!如有反逆,宁愿五雷轰顶!遵守堂口规矩,不走漏风声,不出卖兄弟,不欺压良善,不奸淫妇女……总之,一切遵守本门规矩,如有违反,千刀万剐,大当家的立刻'插'了我……"巴光龙抬了抬下巴:"龙虎会拜的不是十八尊,龙虎会拜的是关老爷,你有话可以对关老爷说,他老人家在听着。"朱七横走两步,猛一转身:"关老爷在上,贱民朱七,被日本鬼子欺凌,忍无可忍,从今往后……"扑通跪下了,"我不杀尽日本鬼子,誓不为人!关老爷你'插'了我,你剐了我,你零碎剁了我……"呜呜地哭了起来,嘴里含混着,一句话也说不清楚。

"好了兄弟,"巴光龙一骗腿从椅子上跨了下来,"本来准备好好'拨弄'着,你也是个'老仗人儿'了,咱们就不那么麻烦了,"伸手拉起朱七,展开双臂用力一抱,"兄弟,我真高兴,高兴你的眼里有龙虎会,有我巴光龙这个大哥,还高兴你这么快就来挂……哈，不是挂柱，这叫抱团儿来了。"冲华中一歪头，"好了，把兄弟们都喊过来，参见朱七兄弟。"朱七抹一把眼泪，抓起搁在桌子上的酒坛子，咕咚咕咚灌了一气，一挺胸脯："龙哥，从今往后我就是你的兄弟了，你随便使唤!"

"我知道你的来意，哈哈，"巴光龙拉下关公塑像上面的帘子，微笑着摇了摇手，"入伙打日本?"

"正是，"朱七狠劲咬了咬牙，"为我四哥，为我娘，为我嫂子，为我所有受欺侮的亲戚朋友。"

"听说丁老三在拉队伍抗日，你怎么不去找他?"

"我跟他合不来，"朱七的心一沉，"他是共产党，我不想加入共产党，跟着他们不自由。"

"那是……"巴光龙诡秘地笑，"你找过卫澄海?"

"找过，没找着。我等不及了，我要马上杀鬼子，祭奠我的亲人。"

"卫澄海去了东北，"巴光龙拉朱七坐到椅子上，长叹一声，"他的根基在东北，以前结识的那些能干的兄弟全在东北，据说死了不少，但是还有，活着的都挺猛。他这次是去拉人了……唉，我跟他的路子不一样，你可能会失望。我的意思是，既然你来了我这里，就得守我的规矩，暂时我还没有直接跟鬼子干的意思。你可以把你的想法告诉我，容我考虑一下，合适的话，我出人，出钱，出枪，不合适的话你只好暂时委屈一下了。你不用担心在我这里干不痛快，我干的事情不比卫澄海干的事情'疵毛'。再就是，咱们龙虎会不搞拔香头子那套规矩，想走你可以走，但是你不能出卖帮会里的兄弟，如果办了这样的事情，我不管你是谁……哈，兄弟你是个江湖人，应该明白这些道理。"

朱七点头："我不会给帮会添麻烦的。按说我应该拿点儿见面礼过来，可是我没有钱，那些烫手的钱我不想动。"

张铁嘴笑道："龙虎会不缺钱，缺的是像样的兄弟，"忽然一皱眉头，"听说唐明清你认识?"

"认识，但是不熟悉，我大哥跟他熟……"心头一堵，朱七猛地打住了。

"他来过这里，"张铁嘴瞥了朱七一眼，"他知道你们家发生的事情。"

"我大哥说了，他远走高飞了。"

"没有，他去了崂山，"巴光龙若有所失地扭了扭头，"我的庙小，容不下大和尚。"

"他在咱们这里干过一阵？"朱七问。

"干过一个来月，"张铁嘴说，"帮了几次忙，也出了不少好点子，可是人家的心劲儿不在这里。"

"他去崂山干什么？打鬼子？"

"不清楚，按说他不应该是去打鬼子的，"张铁嘴沉吟半晌，悠然道，"海阔凭鱼跃，天高任鸟飞啊。"

门帘一掀，彭福一步抢进来，上来就捅了朱七的胸口一拳："你终于来啦！我跟你四哥当年……咳，我提这个干什么？老七，前几天我就听半仙说你要来'靠傍'，我那个高兴啊……我就突然想起了卫老大，你说要是卫老大也来'靠傍'那该多好？少了个唐明清算啥？一个卫老大顶十个唐明清，一个朱七顶一百个……""打住打住，"华中从背后搡了他一把，"你他娘的就是闲不住你那张臭嘴，人家卫老大有自己的营生，他来这里靠的什么傍？"彭福一缩脖子："又来了，又来了，老华你怎么老是别着我呢？我开个玩笑都不可以了？上次你打了我，我连记你的仇都没有，你还想怎么着？"华中哼了一声："别提上次那事儿，想起来我就窝心，我是你说的那种人嘛。"彭福一横脖子，走了。

屋里一阵喧闹，直竖竖站了七八条汉子，拱罢了手，一齐上来跟朱七拥抱。

朱七一一跟大家打过招呼，转头问巴光龙："怎么没有郑沂，他不是也在龙虎会的吗？"

巴光龙笑笑，没有说话，华中搋了搋朱七的胳膊，轻声道："他跟了卫澄海。"

卫澄海跟巴光龙有点儿小别扭的事情，朱七在潍县的时候听华中说过，当时他的脑子乱，没往心里去。

那天，朱七在潍县很顺利地就找到了桂芬的兄弟。

下了火车，朱七带桂芬简单吃了点儿饭，就开始从城南挨家药铺打听有没有一个叫盖文博的账房先生，打听到莲花池旁边的那家药铺的时候，从里面走出了一位长相清秀的年轻人。桂芬一看见他，当场就瘫在了地上。那个年轻人很沉稳，什么话也没说，抱着桂芬就进了里间，把朱七撇在那里，孤单得像一只落了单的雁。过了好长时间，年轻人出来，拉朱七坐到一边，先是说了一些感激话，方才介绍自己叫盖文博，是桂芬的亲兄弟。朱七想说他的父亲已经死了，没等开口，盖文博就说："大哥，谢谢你带我姐姐出来。当时我姐姐没有活路了，就去老林子帮放木头的人做饭，就那么跟了陈老大，她的心里不痛快呢，幸亏你把她带来了山东。"朱七说，兄弟你也够可以的，这么多年不回家看看，咱爹故去了，你硬是不知道。盖文博说："去年初我想回去来着，路上乱，没有成行。你跟我姐姐成亲了？"

朱七说："还没呢，这些日子正打算着呢……得找个媒人，婚姻大事马虎不得。"

盖文博说："国民政府早就提倡新生活运动了，还那么麻烦干啥，你们两相情愿，回去就成亲吧。"

朱七感觉这个人说话不温不火，甚至有些冷冰冰的感觉，心里略有不快，说："那就成亲。"

盖文博从柜上拿了几块银圆递给朱七："你先找个地方住着，我跟我姐唠两天，然后你们就回。"

朱七将银圆给他推了回去，讪讪地说："兄弟你这是拿我当外人待呢……"想起丁老三和永乐，忽然就想刺挠他一下，"兄弟跟打日本的人有联系是吧？"满以为盖文博会不承认，谁知道他开口就说："是啊，有些志同道合的人经常凑到一起，比如你们那边的丁富贵。"丁富贵就是丁老三，朱七一下子反应过来，丁老三来过这里！没准儿盖文博提前已经知道了我是个什么样的人，甚至知道了自己的姐姐是怎么跟了我的，心里不禁有些烦乱，开口说："我知道他要来找你，是永乐告诉他的，永乐死了。"盖文博说："我知道。干革命总会有牺牲。"朱七感觉自己跟他实在是没有什么话可说，想嘱咐桂芬两句，然后自己找个地儿先歇着，起身道："我跟你姐姐说几句话就走，喊她出来。"

盖文博刚挑开门帘，没想到丁老三笑眯眯地从里面走了出来："哈，老七来了？"

朱七的心里更是别扭，这小子可真会赶个时候，我越是不想见他，他越是往我的眼前凑合，挤出一丝笑容，点了点头。

丁老三走过来按了按朱七的肩膀，一笑："我估计你这几天就好来了，果然。"

朱七说："兴你来就不兴我来呀？"

丁老三笑："咳，我兄弟这是对我有意见呢。"

朱七心想，这叫什么话？当初我去铁匠铺找你，没让你给"刺挠"死，这阵子咋又换了脸色？快快地说："没意见，不敢有意见，我是个胡子。"丁老三笑道："当初我误会你了。我从丰庆走了以后，回去过几次。我这里替永乐谢谢你，你把他爹照顾得挺好。"朱七说："不关我的事儿，那都是卫老大安排的。""你这是怕遭连累呢，"丁老三挖了一锅烟递给朱七，眨巴着眼睛说，"不怕，我已经派人把永乐他爹接出来了，就在这里，要不你进来看看？"朱七说："没我什么事儿，我看什么看?"四下打量了几眼，"这个买卖是谁的? 听你们的口气，好像你们都是掌柜的。"盖文博说："是我们的……"丁老三扯他一把，对朱七笑道："我们也有东家，大东家呢。"这帮家伙一定是共产党，朱七想，很早以前我就听说丁老三加入了共产党，看样子这是真的……不行，我得赶紧离开这里，这地方危险。站起来道："把桂芬叫出来。"

桂芬用一只手遮挡着肿成桃子的眼睛出来了："年顺，你先找个地方歇着，赶明儿再过来，我跟文博好好唠唠。"

朱七忽然感觉自己在这里成了外人，快快地叹一口气："那我明天一早就过来，兄弟找着了，咱们也该早些回去了。"

桂芬幽幽地说："你先走吧……我跟文博说说看，看他能不能跟咱们一起走。"

盖文博边往后推桂芬边回了一下头："我姐姐在犯糊涂呢。"

朱七张了张嘴巴，一时间竟然不知道该说什么好了，一扭头奔门口就走。丁老三跟着他出来了："来我这里住吧，我租了个房子，正好有几个兄弟也想认识认识你。"朱七想了想，说声"那就麻烦你了"，跟在丁老三后面，转向了一条小路。

穿过几条胡同，丁老三在一个僻静的小院门楼下停住脚步，左右看了看，轻轻拍了几下门。

一个精壮如豹子的汉子打开门，让进二人，回头张望几眼，迅速关了街门。

边往堂屋走，丁老三边指着朱七对精壮汉子说："这位就是朱七。"

精壮汉子进到堂屋，一把握住了朱七的手："你果然来了，这几天三哥和青云就念叨你呢。"

门帘一掀，史青云硬硬地站在了门口："小七哥，想死我了!"朱七上前抱了抱他："我也想你啊……不过你们可千万别误会，我不是来找你们的，我……""不必解释那么多啦，来到这里就是找我的，"史青云撒开朱七，冲丁老三一咧嘴，"三哥你说是不是这么回事儿?"丁老三面无表情地摇了一下头："不知道。"朱七的心又是一堵，娘的，又拿架子了。

吃饭的时候，丁老三介绍精壮汉子说，他叫宋一民，八路军蒙山支队的，是过来帮咱哥们儿拉队伍的。聊了几句，宋一民说，我也认识郑沂，他跟我是老乡呢。朱七心里不痛快，胡乱敷衍道，那是条硬汉，接着便不说话了。史青云又开始动员朱七出来打鬼子，跟上次他去朱七家找他的时候说的没什么两样。朱七哼唧几句就哑了，弄得大家都跟着沉默起来。

朱七的心里乱糟糟的，闷头喝了不少酒，饭也没吃就去里间睡了。

一觉全是梦，乱七八糟。

醒来的时候，屋里一个人也没有，窗外透进来的月光冷冷地涂抹着朱七的身子，让他看上去像是用银子做成的。

屋里没人了。朱七下炕找了点冷饭吃了，刚想躺回炕，院子里响起两声轻微的脚步。

朱七悄悄折到门后，摸索着抓到顶门杠，屏声静气。

脚步声靠近了正门："小七哥，开门，我是华中！"

朱七一愣，他怎么知道我在这里？迟疑着，还是把门打开了。华中嗖地闪了进来："好嘛，让我这一顿好找！"朱七摸出火柴，掌上灯，定定地瞅着华中："你咋来了？"华中的目光有些躲闪："我刚才去药铺找了丁老三，丁老三说你在这里，我就自己来了……"说着，手就摸上了朱七的肩膀，"小七哥别误会，听我慢慢说，"华中的嗓子颤颤的，像是有一块浓痰堵在嗓子眼那儿，"前几天卫老大怕熊定山找你的麻烦，让我带几个人去找你，可是光龙不让去……后来我觉得这事儿有点儿对不起卫哥，就没跟光龙打招呼，今天去了你们村。去的时候已经响午了，我没去镇上，直接去了你们家。小七哥，你别紧张……"华中使劲甩了一下头，"我不瞒你了，你们家出了大事儿！"

接下来，朱七就知道自己再也见不着自己的娘了，腿软了，心空了，脑子里面啥也没有了。

华中一根接一根地给朱七点烟，可是朱七连一根烟也没能抽完，炕上全是半截半截的烟蒂。

朱七怀疑自己是个不孝顺的家伙，自己的娘死了，自己竟然没有流一滴眼泪。

第二十章　我有尿性

从潍县回来以后，朱七跟着华中直接住到了华中家里。翌日一早，朱七径奔卫澄海的家，邻居告诉他，洋车卫搬家了，昨天就搬走了，不知道去了哪里。朱七抱着脑袋蹲在空旷的院子里，心空得就像打了气。一个老太太踮着小脚出来晾衣裳，朱七看着忙忙碌碌的她，眼睛忽然就模糊了，我再也没有娘了，我再也吃不上我娘蒸的馒头，穿不上我娘做的鞋了，我娘也见不着她的儿子了……

我娘这工夫会在哪里呢？她是不是正跟我故去多年的爹在念叨我？我娘会说，小七很不孝顺呢，他的娘走了，他也不来送送……朱七恍惚看见朱四拉着娘坐在一片云彩上，云彩载着他们忽忽悠悠地飘。朱七记得那天早晨自己搀着桂芬离开家的时候，娘倚在门框上抹眼泪："小七，早点儿来家，十五咱就办喜事儿。"桂芬冲朱七他娘摆手，娘拿下手，微微地笑，这笑容在朱七的脑子里烫出了一趟马蹄样的烙印。朱七沿着这趟烙印一步一步地走，走着走着，眼前的景物就变了，起伏不平的房子变成了一马平川的麦子地。

东边是一条刚刚修好的沙土路，路很平和，走上去沙沙的，一点儿也不淤。朱七知道这条路的来历。朱七刚闯关东没多久，日本人就开始在附近的几个村庄抓民夫，为的就是修这条路。原先的苞米地全铲平了，那时节还不是种苞米的季节，全是麦子。日本人牵着狼狗沿着画上石灰条条的麦子地来回奔突，哪个伙计干活儿慢了，狼狗就直接上去咬人。朱七听一个街坊说，村东许老大家的痨病儿子累倒了，被狼狗一口"拿"在脖子上，往后一拖，黑糊糊的腔管子拽出三尺长，连心肝肺都拖出来了……朱七见到这条路的时候，这条路已经修好了，一直修到了平度城。路修好以后，这条路就忙碌了，整天跑鬼子汽车，甚至还有装甲车咔啦咔啦地走过。街坊说，这条路修完以后都过了一个秋天了，每逢北边有风刮过来，村里还能闻到浓郁的尸臭味道，这种味道在夜里甚至都刺鼻子，小孩儿做梦经常梦见有鬼魂从墨水河里冒出来，没脑袋的就在河沿上扭秧歌，有脑袋的就咿咿呀呀地耍领他们去芦苇丛里玩耍。那位街坊还说，去年秋上，芦苇稀薄处有十几具沤烂了的尸体，全都肚皮朝上迎着葱绿色的苍蝇、花儿一样的蝴蝶还有草棍似的蜻蜓。烈日晒暴了肚皮，流出菊花样的肠子，肠子磕磕绊绊绕过苇子根，变成酱油色沥青般黏稠的汤儿，汩汩地漫进东去的墨水河里。朱七走在这条路上，心空得像是在腔子里飘着，鼻孔弥漫着浓郁的血腥气。

刘贵家南边的那条小河扑棱棱飞出了一群野鸭子，朱七猛然警醒，原来方才自己是喊出了声儿。那群野鸭子四散在半空，犹豫着打了一阵旋，怪叫一声，掷石头般扑向刚刚露出头来的日头。朱七这才发现，原来雨已经停了，朦胧的残雾飘在河面上，不长时间就被阳光赶进了河水，河水变得波光粼粼，像一条被拉长了的草鱼。

太阳吊在正头顶上，惨白的光线直直地劈下来。朱七看着自己的影子漫过一片茅草，漫过满是黄土的小路，漫上了一座小木桥。桥下有一条小河，小河横在朱七的影子下面，一会儿宽，一会儿窄，清清幽幽。青草从河水里爬出来，沿着河沿一直往上爬，爬进黄色的芦苇，爬进绿色的高粱地……我咋走到这里来了？朱七停住脚步，孤零零地站在小桥的北头发呆。前方不远处就是尘土飞扬的丰庆镇。朱七猛地打了一个激灵，脚下一滑，一头扎进了苇子。一个全身都是疙瘩的癞蛤蟆慢慢腾腾地爬上朱七的脚面子，抬头望了朱七一眼，蹬两下腿又慢慢腾腾地爬下去，朝不远处的一具被太阳晒成绿色的腐尸爬过去，腐尸上嗡地腾起一团苍蝇，像是腾起一团绿色的云彩。朱七依稀看清楚了，那具腐尸正是丰庆镇老韩家的疯儿子，他的两腿中间出现一朵酱紫色的喇叭花。这个混蛋可真够可怜的，朱七笑了，你不知道鬼子也讲究人种优化？就你这样的，鬼子能让你干那事儿嘛。妈的，张金锭也是个欠操的主儿，母狗不撅腚，公狗干哼哼，那时候，你就应该豁出去一个死！日光在暖风中紊乱起来，细碎的光线搅在一起，乱哄哄地响着，让朱七眩晕得想要跪下来。

既然来了，我就应该回家看看，我娘发丧的时候，我豁出命也应该去磕个头，不敢靠前，我至少应该隔在老远的地方磕头，不然我娘闭不上眼，她会念叨我一辈子的……朱七迈过疯汉的尸体，沿着往东去的芦苇走。朱七知道，过了这片苇子可以进到东边的高粱地，从高粱地可以插到去朱家营的那条小路，从小路可以直接到达村南头的乱坟岗。朱家的祖坟原先在村东的山坡上，鬼子修路，把那里铲平了，连祖宗的尸骨都没来得及迁……朱七的心像是被身边这些乱糟糟的苇子叶戳着，连嗓子眼都跟着麻了起来。他娘的，早知道这样，我从东北回来的那天就应该直接去杀鬼子！刚钻进高粱地，朱七就看见前方不远处有个人影探头探脑地望了这边一下，一闪就不见了。谁？我怎么觉得这个人像我大哥？朱七一提裤腿，箭步追了过去。

果然是朱老大，他在啃一个高粱穗，头上、身上全是泥巴，泥巴上沾满了高粱花子。

朱七蹲过去，冷冷地问："你在这里干什么？"

朱老大似乎不认识朱七了，茫然地看着他："风景不殊，举目有江河之异……嗯，有江河之异也。"

朱七一怔："你咋了？"

朱老大的眼皮耷拉着，反着眼珠子看他，似乎有一种挑衅的味道："英雄，敢问你是何方神圣？"朱七说，我是你兄弟年顺啊。朱老大咦了一声，身子忽然哕嗦得厉害:"年顺,年顺……你有尿性,我没有。"朱七用力抓住他干巴巴的胳膊:"大哥,你咋了?""一粥一饭,当思来之不易,半丝半缕,恒念物力维艰,"朱老大推磨似的嚼着高粱穗,声音时而含混时而清晰,"朱子曰,见穷苦乡邻,须加温恤,刻薄成家,理无久享……年顺,你有尿性,我没有。我是个吃货,我没有尿性,你有。"

朱七蓦然发觉,朱老大真的疯了,他的眼睛发直,嘴唇哕嗦得像簸箕,两只手也忙得如同鸡刨食。

朱老大抻长脖子,使劲地咽嘴里的东西,咽不下去,吼地一声吐了:"咱娘死了,咱娘没吃饭就死了……"

朱七感觉自己的心像是被一把木头做的刀子割着,一木一木地麻:"大哥,跟我回家。"

朱老大歪过脑袋望着天,翘起一根小指抠嘴巴:"我没有家了,孩子他娘走了……我的娘也走了。地也,你不分好歹何为地!天也,你错勘贤愚枉做天!子曰,修身在正其心者,身有所恐惧,则不得其正,有所好乐,则不得其正……弟者,所以事长也,慈者……""大哥,你清醒点儿……"朱七哽咽了一下,"咱娘呢?谁在发付咱娘?"朱老大终于把嘴巴里的东西抠干净了,垂下头,呸呸两声:"我没有肉吃了,抠了半天也没抠出肉来……我是个属狗逼的,只进不出……不对,我不是个属狗逼的,谁是?你?老六?"猛地一哕嗦,"哦!你真的是年顺,你是我兄弟小七!"哇地哭了,"七,咱娘死啦……你刚才说什么?谁发付咱娘?我是个废物啊……是老六,老六在家,我不敢回去……日本人疯了,杀人呢。七,你也别回去,咱们不死,咱们要好好活着,我要看到鬼子都死了的那一天。"

朱七挪过去,用一片高粱叶刮去朱老大脸上的秽物,慢慢拉起了他:"老大,我理解你,不敢回就在这儿呆着。"

朱老大被朱七拽得滴溜溜打晃:"你回,你回,我不回,我怕见咱娘……我没有尿性,你有。"

朱七松开朱老大,站在他的头顶上沉默了一阵,开口说:"大哥,你帮我回去拿点儿东西,拿回来我就走,不连累你。"

朱老大抬起头,朱七比划了一个枪的动作:"这玩意儿在正间饭橱上,盐罐子后面。"

朱老大的眼睛一亮,腾地站了起来:"你在这里等我。"嗖地蹿了出去。

阳光懒散地铺在地上，晃得有些胀眼。朱七茫然地盯着朱老大身后吱扭扭晃动的高粱秆，一阵茫然。

　　那天，朱七终于也没能见他娘最后一面。他提着朱老大送过来的撸子枪，硬硬地站在高粱地尽头的风口上，眼睛瞪得生疼。夕阳的余晖扫在远处河边的那片苇穗上，掩映着芦苇空隙间隐约的水色，不时有惊鸟从苇穗上面扑拉拉飞过，带起一片穗缨。他看见，如血的残阳下，朱老六孤单地挥舞镐头在刨一个坑，张金锭跪在坑沿上，咿咿呀呀地唱歌："八月十五中秋节，南天上飞来了一群雀，我的娘就是那领头的雀儿，雀儿飞到了云彩上……"几个本家抬棺材的兄弟互相瞅了几眼，抽出杠子，稀稀拉拉地沿着来路走。乱坟岗四周的树林子里，散乱地站着几个穿黑色衣裳的维持会。朱七老早就看见了停在一个小山包后面的那辆鬼子汽车，车上架着一支牛腿粗的机关枪。

　　"小七，你有尿性，你有尿性……"朱老大蹲在朱七的脚下，不住地念叨，阳光将他照得就像一泡屎。

　　"大哥，你回吧。"朱七用脚勾了勾朱老大的屁股。

　　"著身静处观人事，放意闲中炼物情，去尽风波存止水，世间何事不能平？"

　　"大哥，你回吧。"朱七看不清朱老大的脸，风卷起地上的土，迷着他的眼睛。

　　"小七，你有尿性，你有尿性……"

　　朱七使劲拧了一把满是泪水的鼻子，蹲下身子，一字一顿地说："哥，你就别跟我装了，我知道你的心思。你放心，我有尿性。这样，这次我走了就不回来了，家里有点儿钱，你帮我给咱娘立个碑，剩下的暂时你替我保管着……跟谁也别提我去了哪里，你什么都不知道。"想了想，继续说，"我六哥要是想回去住，你就让他回去，他一个人住在外面不是个事儿……大银子出了那事儿，我怕街坊四邻欺负他两口子。还有，我从东北带回来的那块铁瓦估计一时半会儿我六哥找不着，你别提这事儿，我估摸着你说得对，那是个古董……你说那叫个啥来着？什么铁卷？"朱老大嗯嗯着嘟囔："丹书铁卷……这玩意儿能保佑咱家一世平安呢。"朱七说，不管它是什么，你们先别给我动，等我回来，咱们好好研究研究，保不齐它真的能保佑咱老朱家呢。朱老大说："你有尿性，我没有，你啥都有。"

　　朱七站起来，将枪掖到后腰上，瞥一眼暗红色的西天，一按朱老大的肩头，刷地钻进了高粱地。

已经西斜的太阳挣扎着往上跳了跳，云层弥漫着将它罩了起来。

走出去好远，朱七还能听见朱老大低沉如护食狗的声音："大风起兮云飞扬，威加海内兮……"

朱七钻出高粱地，稍一迟疑，抽出枪跳进了通往刘家庄的那片被天色染成血海的芦苇荡。

摸到刘家庄的那座小桥的时候，天已经彻底黑了下来。朱七野狗似的瞪着血红的眼睛翻身跳上小桥，在桥面上趴了一会儿，月亮就出来了，照得刘贵家门前的那座碾盘像是一堆雪。朱七匍匐着爬到碾盘下面，来回瞄两眼，一跃上了刘贵家的墙头，落叶般飘到了东墙根。屏声静气地在墙根听了一会儿，朱七猫着腰蹿到刘贵住的那间窗户底下，抬起手拍了两下窗户。没有回应，朱七扒着窗台站了起来，舔破窗纸，打眼看去。屋里漆黑一团。这小子还没回来？刚一想，心头悠忽一抽，这小子跟我一样，也躲着呢，他哪里还敢回来？朱七踮起脚尖，蹭到西墙根，悄没声息地跃出了墙头。双脚刚一落地，朱七就听见房门吱扭响了一下，一个低如狗喘气的声音从院子里冒了出来："奇怪，刚才我看见有个黑影，一晃不见了……谁？刘贵？"朱七冷笑一声，箭一般扎进隔墙的胡同，嗖地进了村西的高粱地。

蹲在高粱地里，朱七闷闷地吐了一口气，本来想拉刘贵一起出来打鬼子，这个混蛋不知道藏到哪里去了。朱七记得，前几天他来找刘贵的时候，刘贵告诉他，自己弄了几条长枪，如果打鬼子的时候喊上他，那多来劲，一把长枪顶两把短枪使唤呢……朱七还记得，当年混"杆子"的时候，他和刘贵两人在老林子里迷路了，半夜遭遇了郭殿臣的"绺子"。朱七想拉着刘贵跑，刘贵想都没想，抬手就是一枪，打没打着人先不说，这小子也算是一条硬朗汉子。两个人好歹窜上熊定山堂口的时候，定山正在睡大觉，一听这事儿，把刘贵好一顿臭骂，你这个半彪子！有你这么干的吗？你应该先藏到一个他们看不见你的地方，然后，一枪一个。挨骂之后，刘贵躺在草窝子里，一个劲地"日"，我日，老子有你那个本事早当大掌柜的了，听你叫唤？想起这些往事，朱七无声地笑了，定山说的对，杀人的时候就是应该躲在暗处。

一骨碌滚到一条小沟里，朱七点了半截烟，三两口抽完了，倒提着枪往朱家营村西北的日本仓库摸去。

朱七知道那里住着一个小队的鬼子兵，朱七还知道前几天定山就是在这里杀了十几个鬼子。

熊定山，我朱七的身手不比你差，看我的吧，我不把这些鬼子全杀了就不是你亲爷爷。

巧的是，朱七走的这片高粱地正是熊定山曾经走过的那片。朱七野狸子似的穿行在这片高粱地里，心像打气一般鼓了起来，身子轻得像是驾了风。朱七感觉自己是行走在了高粱穗子上面，脚下的高粱穗子在他看来就像孙悟空脚下踩的那些云彩。朱七走路的敏捷程度的确要比熊定山强，高粱叶子蹭过他的身边，发出的声音不是熊定山曾经发出过的哗啦声，而是籁籁的像是子弹破空的声音。高粱秆子也不是像定山蹭过时的那样，一拨一拨地往两边倒，而是悠忽一晃，几乎看不出来晃动。更巧的是，熊定山躺下摸自己裤裆时的那条小沟，正是现在朱七趴着的地方。朱七背向巨兽般杵在那里的岗楼，将匣子枪掉个头，右手一按压得满满的子弹，笑了。

一阵亮如闪电的探照灯光横空扫过来，朱七猛地把头低下了。光柱刚过，朱七就掂着枪滚到了一个土坡后面。一个身背长枪的鬼子兵揪着裤裆跑了出来，朱七的枪悠然瞄向了他。那个鬼子缩头缩脑地溜到一处墙根下面，急忙窜火地拽自己的裤腰，刚射出一根尿线，脑袋就开了花，像泄了精的种猪从母猪背上滑下来似的，贴着墙根歪躺到了地上。探照灯顿了一下，急速地扫了过来，接着传来一阵凄厉的哨子声。几个没穿上衣的鬼子提着三八大盖从炮楼里面窜出来，没头苍蝇一般四处乱撞。朱七屏一下呼吸，慢慢将枪口瞄准了一个靠自己最近的鬼子兵——啪！鬼子兵一声没吭，仰面跌进一条小沟。朱七伸出一只手，扒拉两下身边的高粱秆，身子悠忽飘向了十几米以外的另一个土坡。

三四个鬼子兵听到这边有声响，就地一滚，飞蝗似的子弹飞向朱七刚刚趴过的地方，高粱秆子被刀砍过似的，齐刷刷地折了。

朱七冷笑一声，静静地等待下一次机会。

这排枪打过，一个鬼子跳起来，举着枪往这边冲。

朱七说声："倒！"悠然一扣扳机，鬼子一个倒栽葱，脑袋鸡抢米似的扎进了松软的泥土。

与此同时，朱七翻身跳进西面的一条小沟，说声"好孝顺的孙子"，枪又举了起来，刚刚站起来的三个鬼子又倒下了。

其中一个眉心流出脓血的鬼子茫然地爬起来，哼哼唧唧嘟囔着什么，将枪来回瞄了几下，手一软，颓然躺倒了。

朱七猫着腰，蛇行到刚才鬼子撒尿的地方，一手拽过鬼子的枪，一手开枪放倒了一个刚刚冲出炮楼的鬼子兵。

没有声音了，四周全是风吹高粱发出的沙啦声。

露出半块脸的月亮忽然变红了，月亮四周的浮云也在刹那间跑散了，天光一片红黄。风也凉了许多。

朱七贴着墙根等了片刻，扒着头顶上的一个小窗户，一纵身上了上面的一个大窗户，站在窗台上稍一迟疑，出溜一声进了炮楼。瞬时，里面枪声大作，随着一阵硝烟，朱七箭一般射出窗外，就地一滚，哈哈笑着站了起来："妈的，就这么不经打呀！"左手一扬，手里的那杆三八大盖标枪似的插到一个佝偻着身子想要站起来的鬼子背上。朱七风一般扎进了高粱地。

耳边全是高粱叶子划过身边发出的簌簌声，零星有几下孤单又凄厉的枪声在朱七的身后响起。

朱七嘿嘿地笑，我比熊定山可潇洒多了，他会打个屁仗？老子这次差点儿就给他来了个一锅端。

估摸着离开炮楼有一里多地了，朱七将枪别到后腰里，双膝跪地，朝埋葬老娘的地方咕咚咕咚磕了几个头，昂首跳进了芦苇荡。我应该先去哪里？蹲在芦苇荡里，朱七点了一根烟，斜眼瞅着漫天的星斗，闷闷地想，要不就学东庄的老宫，就近拉几个穷哥们儿在芦苇荡里面跟鬼子周旋？想起老宫，朱七笑了，哈，那可真是个人物。这家伙以前是个三棍子揍不出个屁来的主儿，打从憋不住火，日了本村的一个大闺女，挨了一顿打，就当了胡子。熊定山这个混蛋也真够下作的，愣把人家孙铁子的大舅说成是老宫……对了，应该去找郑沂，郑沂是条汉子，能够跟我一起打鬼子不说，起码他能够帮我压制一下熊定山。卫澄海出门办事儿，不会带着郑沂也去了吧？先不管了，去青岛找他一下，找得着就先跟他一起商量着打鬼子，找不着就投靠巴光龙去，大小我四哥也是跟着巴光龙干事儿才死的，他应该能够收留我……走吧，急早不急晚。朱七想，其实打鬼子就跟生活在丛林里的野兽一样，要么被别人吃掉，要么吃掉别人，永远没有中间的道路可走。

抽完最后一口烟，朱七撑着膝盖站了起来，这才发觉自己的两条腿有些发软，比那年从熊定山的堂口上下山的时候还要软。我这是咋了？杀几个鬼子就软成这样了？朱七在心里骂了自己一声熊包，猛一跺脚，对自己说，打起精神来，我朱七是条硬汉！

朱七陡然来了勇气，仰起头，大叫一声："老子是条硬汉！"在微风中响动的苇子突然停止了摇晃，似乎在嚎叫声中蓦然疲惫起来。这声号叫像浮云推动星辰，力大无比。声音一点儿也不干涩，婉转上扬，高亢又亮堂，浑厚又沉重，就像是一个中气十足的戏子在开场时的那声谁也听不懂，但又能够理解的叫板。这嚎叫声里没有怨恨，只是一声咳痰似的放纵，瞬间便被风吹得干干净净。朱七的眼泪流了出来。朱七有些恨自己，杀完鬼子是要高兴的，怎么就伤心呢。朱七在这声号叫的尾音里迈步上河沿，高挺胸脯，踩了一路铿锵的脚步，渐行渐远。

朱家营村西北头的日本炮楼突然又响起了一阵枪声，枪声间歇时，孙铁子气喘吁吁地从硝烟里钻了出来。

瞎山鸡一步三趔趄地跟在孙铁子后面，说话的声音犹如鸡打鸣："铁，铁子……发了啊咱们，这下子发了啊！"

孙铁子不理他，肩膀上扛着一捆柴禾似的长枪，赶驴似的飞奔。

身后的枪响落单的炮仗一般崩了几声，旋即归于沉寂，里面甚至能够听出悲哀的意思。

沿着一条小沟窜进苇子丛，孙铁子将肩膀上的枪哗啦一声丢到一块干松些的草地上，呱唧一声躺到草地上面，沙啦沙啦地笑："这真是想啥来啥，这回老子拉杆子有了资本啦！哈哈哈，我再让你熊定山跟我玩邪的！老子有枪，有枪就能拉起杆子来，到时候谁大谁小，那得丢到碗里滚滚看！"瞎山鸡猥猥琐琐地偎到孙铁子的身边，像个求欢娘儿们似的哼唧："铁，今天咱们还真是来对了。我就说嘛，听见枪响，咱爷们儿的好事儿就到。铁，我估计得没错吧？小鬼子'插'了朱七他娘，他能闲着？混胡子的时候我就知道朱七是个什么尿性，他憋不住的，一泡尿的工夫这不就来了？原来朱七这么好的身手啊……在满洲的时候我咋没见他使这样的手段呢？他比熊定山可厉害多了……""去你妈的！"孙铁子忽地坐了起来，"再在我面前提姓熊的，我他妈直接……""直接捣我屁眼儿，"瞎山鸡没皮没脸地笑，"你可别说那个'插'字，听着头皮发麻。哎，铁，下一步咱们是先拉杆子还是直接去崂山？"孙铁子又躺下了："先把枪找个地方藏起来，拉杆子再说。"

后面村子里的鸡鸣声响了，孙铁子摸着胸口坐了起来："刚才我梦见我大舅了，他说让我给他报仇。"

瞎山鸡在吧唧嘴："好吃，好吃。"

孙铁子又嘟囔了一句："我大舅哭得好惨啊……他说，铁，我死得冤枉，你得给我报仇。"

瞎山鸡张开眼睛，晨曦照着他的两粒眼屎，熠熠闪光："我饿了，"从裤腰后面拽出一只野鸭子，"吃早饭吧。"

孙铁子说声"把鸭子收好"，从裤腿里抽出一把匕首，就近割了一些苇子，将那捆枪用苇子捆起来，吃力地搬到瞎山鸡的肩膀上："扛着，去棺材头儿家等我。"瞎山鸡摇晃着走了两步："亲哥哥，我扛不动啊。"孙铁子转身就走："拿出你逛窑子的劲头儿来。""你要去哪里呀？"瞎山鸡哭丧着脸，艰难地挪步，"这个时候咱哥儿俩分开不好吧？"孙铁子回了一下头："我走不远，我去张金锭家一趟，马上回来。"瞎山鸡一步一哼唧："人家不一定在家啊，听说她被张九儿日了，没脸回家了。"

孙铁子一撇嘴："舌尖舔你的小红枣儿哦，魂魄在那青霄里游，偷偷咬着妹妹的小红莲啊，我就那个不松口……"

瞎山鸡怏怏地望了一眼天："你当心着点儿啊，别光惦记着受活，让鬼子连鸡鸡给你割了。"

孙铁子继续唱："妹子你的大腿水唧唧，哥哥我心尖儿痒得急……"

河面有些泛红了，孙铁子歪头看了看日头，日头已经升到苇子梢上面去了。孙铁子抽下裤腰上的手巾，将全身的泥土打扑干净。边走边拿出烟袋装烟，火镰击打火石嚓嚓地响，火星飞溅，阳光下像是射出来的冷箭。一路抽烟一路走的孙铁子像一个早起的老农，赶到朱家营后面的那条小河的时候，孙铁子看见，河沿上不时跑过惊了魂似的鬼子兵，一个个像瞎了眼的苍蝇。不一时，村里就漫起了冲天的浓烟，整个村子一片火海。孙铁子停下脚步，踌躇片刻，转身进了通往刘家村的那片高粱地。走近刘家村的时候，朱家营那边传来一阵炒豆般的枪声，孙铁子的心一沉，鬼子拿老百姓撒气呢。这都是熊定山惹的祸害，没有熊定山，我也不会让瞎山鸡去告发你们……朱七，对不住了，我也没想到鬼子会连你娘也杀了，她大小也是我亲姐姐的婆婆啊……妈的，这事儿整成这样，谁知道呢，我又不是诸葛亮。

张金锭家的那条胡同冷冷清清，连一条狗都没有，孙铁子忽然就感觉有些悲伤，我有脸来见人家吗？

站在胡同口犹豫了半晌，孙铁子猛地将烟袋插到后腰上，转身跳进了张金锭家的后院。

刚直起腰想要从后窗往里瞅，后脑突然感觉有冰凉的东西顶住了，孙铁子猛一回头："刘贵？"

刘贵的眼睛里呼啦呼啦地往外喷火，嘴巴哆嗦得不成个儿："你……你来做啥？"

"把枪拿开，"孙铁子稳了稳神，"哪有这样对待自家兄弟的？"刘贵迟疑片刻，慢慢将枪口移到了孙铁子的胸口上："你鬼鬼祟祟地在这里磨蹭什么？"孙铁子笑嘻嘻地举了举手："还能做什么？吃不住劲了，来找你表姐热闹热闹。""热闹什么热闹，你不知道我表姐出了事情？"刘贵目不转睛地盯着孙铁子，眼神有些恍惚。"贵儿，你说的是啥，我咋听不明白？"刘贵用枪筒用力顶了顶孙铁子的胸口："你少揣着明白装糊涂！我表姐被张九儿这个杂碎当众日了……"刘贵说不下去了，肩膀一耸一耸地抽泣。孙铁子抓住时机，飞起一脚将刘贵的枪踢飞了，自己的枪就势顶住了刘贵的脑袋："你少他妈的跟我瞎唧歪！我去崂山都一个多月了，谁知道什么日你表姐不日你表姐的？"

刘贵看都不看孙铁子，抱着脑袋蹲到了地下："我打不过你，随你说。"

孙铁子将枪管在刘贵的头皮上拧了几下，叹口气，收起枪，也蹲下了："你跟我说，到底发生了什么？"

刘贵疑惑地扫了孙铁子两眼："你真的啥都不知道？"

孙铁子将左手的大拇指和食指圈起来，右手食指啪啪地打那个圈儿："操，操，操，谁知道谁是婊子养的！我跟瞎山鸡去崂山打算靠董传德的'傍'，人家不但不收留我们，还让我们下山拿个'投名状'，我发过誓不杀人了，我拿个鸡巴给他？不拿，他就给我上夹棍，我们俩受那个污辱你就别提了……操，反正你是个半彪子，跟你说这些你也不明白。你就告诉我，你表姐她咋了？怎么还让张九儿给日了？咳，你还别说，她不就是个卖炕的嘛，谁日不是日？闲着也是闲着……"

"去你妈的！"刘贵反身来找自己的枪，"我表姐都那样了，你还……我他妈的'插'了你！"

"贵儿，"孙铁子一拖刘贵的脚腕子，将他拖在地上，一脸肃穆地说，"我不问你了，你就告诉我，你表姐在家没有。"

"在家也不伺候你这个杂碎，"刘贵仰面躺着，眼泪哗地流了个满脸，"原来你啥都不知道，我还等着杀你呢……"

孙铁子诡秘地一笑："你这个半彪子啊，"笑完，冷不丁唱了起来，"三岁的顽童不离娘的怀，几更拉扯成人？"脸色一正，把手在眼前拂了两下，"拉倒吧你，一辈子你也长不大啦。本来我想过来找你表姐热闹热闹，听你这么一说，

'棍儿'支棱不起来啦。我走，我走。"刘贵翻身坐了起来："铁，你告诉我，是谁出卖了咱哥们儿？我去找狗日的拼命。"孙铁子冲天翻了个白眼："还有谁？熊定山呗。你想想，咱们三个在东北'别'了他的财，他不借鬼子的手杀咱们，留着咱们红烧？"

刘贵挫着头皮沉思了一会儿，猛一抬头："铁，咱们应该继续联合起来，杀了熊定山这个狗娘养的！"

孙铁子的脸上泛出意味深长的笑容："先想办法找到熊定山吧，找不到他什么也谈不上。"

刘贵的眼睛里面又喷出了火："我有办法，让我表姐'钓'他！你能找到朱七吗？"

孙铁子眯起眼睛微微一笑："昨天晚上我看见他了，他在朱家营村北摸了鬼子的炮楼，这阵子应该躲在苇子里。"

孙铁子估计错了，刘贵和孙铁子分手的时候，朱七不在苇子里，他已经躺在华中家的床上了。

华中问他，你这一整天都去了哪里？让我这一顿担心。

朱七说，我偷偷去给我娘送葬来着，你不用担心，发付好了我娘，我就铁了心出来跟鬼子干。

第二十一章　迷惘

几场雨下过，风紧接着就硬了起来，一眨眼秋天就到了，满树的叶子一夜之间变成了黄色，风一吹，哗啦哗啦往下掉。

卫澄海还是没有消息，朱七渐渐失去了耐心，难道我就这样没完没了地跟着巴光龙在黑道上混下去了？

这几天，朱七总是喝酒，喝多了就歪躺在炕上胡思乱想。他记不清楚自己这些日子到底都干了些什么，脑子烟一般空。朱七想，我娘知道我开始杀鬼子了，她会说，七，别惹麻烦了，好好过你的日子吧，你不是说要让我过上好日子吗？

不会，她不会那样说了，她永远也过不上好日子了……那么她会怎么说呢？七，杀鬼子去吧，杀鬼子去吧，给你娘和你哥哥报仇，给全中国人报仇……对，我娘她一定会这样对我说。娘，你放心，你儿子一定会给你报仇的，你儿子是一条血性汉子，他是不会跟大哥和六哥学的……我大哥到底是咋想的呢？朱七的心又是一阵糊涂，他跟我装什么傻子？你瞧你说的那些话，那不是明摆着让我给娘报仇吗？哈，你行，你装三孙子，让你兄弟提着脑袋干活儿。

朱七记起好多年前，他四哥杀了乡公所的人，警察去他家里抓人，朱老大提着香油果子挨个警察的手里杵，老总们辛苦了，老总们辛苦了，我兄弟危害乡里，应该抓，你们先回去，等他回来，我一准儿动员他去警察所投案。一个警察说，朱先生，你兄弟是个胡子种儿，他会听你的？拉倒吧，还是你跟我们去警察所一趟，让你兄弟去把你换回来。朱老大说，这样也好，我回家换身干净衣裳就跟你们走。警察说，朱先生不愧是个教书的，连这样的事情都得打扮起来。朱老大唯唯退了出去，撒腿就跑了个没影，插在脖颈后面的扇子扎到粪堆里他都顾不上去拣……后来朱老大说，子曰，未卜者，遁也。朱七记得，朱老六那天似乎要比朱老大强一些。朱老六没跑，朱老六坐在街门的门槛上搓麻绳，警察问他朱四去了哪里，朱老六说，爱去哪里去哪里，不关我的事儿。警察绕着他转了几圈，丢下一句"这也是个犟种"，快快地走了。警察一走，朱老六就斜着身子横在门槛上了，嘴里的白沫子磨豆浆似的淌，一眨眼的工夫就把院子里的鸭子喂饱了。过后，邻居刘麻子问他，老六，你咋当着警察的面儿不晕，人家一走你就晕倒了呢？朱老六说，你没见我在搓麻绳嘛，你搓上半天麻绳，你也晕。那时候朱七年幼，当真了，坐到门槛上搓了一整天麻绳，也没晕……娘的，敢情这晕不晕的，不在干活儿上面，在脑子里呢。

郑沂和左延彪从东北回来了，他们说，卫澄海过几天才能回来，在东北联络以前的几个兄弟呢。

朱七终于把心放了下来，好啊，卫澄海能回来就好，我要脱离龙虎会，跟着他上山杀鬼子！

这天吃过午饭，朱七正躺在床上郁闷着，彭福笑眯眯地找来了："小七哥，闲得难受是吧？"

朱七坐起来打了一个哈欠："难受。"

彭福说："走，跟我走，去处理一个汉奸。"

朱七估计他说的汉奸是卢天豹，前几天他就听华中说，卢天豹跟来百川闹翻了，扬言要去侦缉队当汉奸去。华中去找过他，劝他参加龙虎会，卢天豹说，巴光龙跟来百川势不两立，这个当口他不想来投靠巴光龙，怕江湖上的人笑话。华中见他没有加入龙虎会的意思，就不再劝他了，回来说早晚得收拾了他，因为他早晚是个当汉奸的种儿。听彭福这么一说，朱七问："你说的是卢天豹吧?"

彭福点了点头："是这个混蛋。他有当汉奸的意思……"彭福说，巴光龙的意思是，他当不当汉奸是另一码事儿，关键是在这之前他必须帮龙虎会出一把力。具体出什么力，彭福也不知道。刚才张铁嘴把彭福叫去了，对他说，他设了一个计策，让卢天豹乖乖地帮龙虎会出这把力气。张铁嘴的计策是什么，没告诉彭福，只是对他说，他使的是反间计。他让彭福带几个人去华清池，卢天豹在那里洗澡，出门的时候有一个来百川的人要去杀他，等那个人出现的时候，彭福他们就先杀了那个人，然后放卢天豹跑，后面的事情就不用管了。

朱七说："这也太黑点儿了吧，这就杀人?"

彭福说："那家伙也不是什么好鸟，整天在街上晃荡，这一带的老实人没少受他的欺负，很多人都想干掉他呢。"

朱七说："中国人不杀中国人。"

彭福说："咱们杀的是坏人。你要是下不去手，我来，我一刀结果了他。"

说着话，大马褂带着一个黄脸膛的汉子进来了："我刚去看过了，大金牙果然在华清池澡堂，刚进去。"

彭福问朱七："你到底去不去?"

朱七起身就走："闲着也是闲着，走。"

出门的时候，朱七指着黄脸膛汉子问彭福："这位也是龙虎会的兄弟?"

彭福拉拉朱七，小声说，也是，这伙计跟你的情况差不多，到处找游击队要打鬼子呢，可能他家里也遭了鬼子的折腾。朱七说，到处都是游击队，他去找就是了，麻烦什么。彭福说，他不愿意参加共产党的游击队，说是要参加就参加国民党的，好像共产党得罪过他。朱七说，这伙计的脑子有毛病呢，管他什么党呢，杀鬼子替穷人出气的就是好党，乜一眼他的背影，不说话了。这些话，黄脸汉子似乎听见了，回头冲朱七笑道："我听福子说，兄弟你也在找游击队是吧? 等我找到了，带你一起去。"

朱七哼了一声："你听错了吧? 我找的什么游击队? 我找的是卫澄海。"

黄脸汉子没趣地一晃脑袋："那还不是一样? 卫老大想成立一个游击队呢。"

这伙计说话挺"刺挠"人，朱七不理他了。

彭福说："这伙计要走了，可能是想去投奔青保大队，听说他刚跟青保大队联系上。"

走上大路，一群扯着横幅的工人模样的人在雄赳赳地往前走，口号喊得震天响。彭福笑了笑："这帮穷哥们儿又在闹罢工呢，没用，没看现在是谁的天下？"大马褂扯着嗓子嚷了一句："三老四少，别瞎忙活啦，有本事直接去跟小鬼子干啊……"鸡打鸣似的噎住了，对面呼啦呼啦撞出了一群鬼子兵。那帮工人刚停下脚步，枪声就响了，排在前面的几个人倒麻袋似的扑到了地下。

华清池澡堂很快就到了。彭福买了澡票，几个人鱼贯进了雾气腾腾的澡堂。找了个换衣裳的单间，彭福让大马褂盯着门口，三个人躺下了。不多一会儿，大马褂进来使了个眼色，彭福捏着一把刀子冲朱七一笑："跟我出去见识见识我的刀法？"朱七跟着出来了。卢天豹嘴里叼着一根牙签，一步三晃地横到了门口，刚要推门，从旁边呼啦一下蹿出一个人来，这个人挡在卢天豹的跟前，低吼一声："卢天豹！"话音刚落，彭福错步上前，人影一晃，这个人呱唧一声就倒在了卢天豹的脚下。黄脸汉子箭步跨过去，架起那个人就进了单间。卢天豹茫然地站在那里，似乎弄不明白刚才发生了什么。大马褂一把将他推了出去："还不快跑！来百川派人杀你，我们救你来了！"卢天豹这才反应上来，惊兔一般蹿出门去。朱七反身进了单间，被杀了的那个人已经被彭福掖进了床下，仿佛什么事情都没发生似的。

朱七纳闷地问："这么干，卢天豹知道你们杀的人是谁？"

彭福把玩着那个人留下的一把油漉漉的手枪，笑道："他知道这个人是谁。"

朱七感觉有些无聊，讪讪地摇了摇头："你小子出手够快的。"转身出了门。

大马褂站在门口，神秘兮兮地侧着耳朵听对面的声音："谁在说日本话？"

朱七顺着他眼睛瞥的方向一听，果然有说日本话的声音，朱七身上的血一下子汇聚到脑门，猛地抽出枪，一脚踹开了对面的门。门后的一个日本兵忽地从一条凳子上站了起来："八格牙……"后面的"鲁"还没等说出来，就被跟进来的彭福一刀割断了脖子。池子里愣愣地站起了两个人，一个三十多岁留着仁丹胡，一个七八岁的孩子躲在他的身后。朱七举起枪瞄准了仁丹胡——砰！仁丹胡翻身跌进池子，池子里的水霎时被染得通红。朱七的枪口慢慢瞄向了那个孩子，手在发抖……彭福推了朱七一把："你还在等什么？"朱七一闭眼，转身就走。黄脸汉子迅速出手，一搭朱七的肩膀："兄弟，借你的枪一用。"朱七的心嘭嘭乱跳，黄脸汉子猛然将枪夺到了自己的手里——砰！

穿行在胡同里，朱七的心乱得如同鸡窝，那个孩子无助的眼神一直在他的脑子里面晃。

大马褂气喘吁吁地追上朱七，嘴巴扭得像棉裤腰："是你杀了那个日本孩子？"

朱七不说话，彭福指了指走在最前面的黄脸汉子："是他。"

大马褂大声喊："伙计，那还是个孩子啊！"

黄脸汉子回了一下头，脸更加黄了，如同涂了一层泥："我死去的孩子比他还小。"

八天后的清晨。青岛火车站笼罩在一片氤氲的薄雾之中。一身商人打扮的卫澄海迈着坚定的步伐走出了站台。沿着马路走了一阵，卫澄海将黑色的礼帽摘下来，拿在手里扇两下，略一踌躇，疾步拐进了北边的一条胡同。出了这条胡同，卫澄海站在路边喊了一辆黄包车，说声"去东镇"，将脑袋倚到靠背上，礼帽顺势扣在了脸上。车夫掉转车把，朝东北方向疾奔。

熙熙攘攘的南山早市人头攒动，黄包车就像进入了海潮当中。

卫澄海直起身子，将礼帽戴上，拍拍车夫的肩膀，蹁腿下了车。

付了车钱，卫澄海吸口气，扒拉着人群往华中家的方向走去。

刚走到一块空地，卫澄海的身子就被人猛地撞了一下，一个瘦小的身影回一下头，撒开腿继续钻着人缝跑。卫澄海以为是遇上了小偷，下意识地摸了一把腰，枪还在腰里。与此同时，耳边"梆"的一声，刚才蹭过身边的那个瘦小的人影蓦地站住，脚后跟旁边有被子弹击起的一撮尘土袅袅上升。卫澄海看清楚了，这个人是万味源酱菜铺里的小伙计。小伙计傻愣着站在那里，目光像是听到枪响的兔子。卫澄海回头一看，两个穿黑色褂子，腰间扎着宽大皮带的人狞笑着向小伙计走来。人群似乎刚刚反应过来，炸锅似的将他们包围。卫澄海放了一下心，小伙计有救了，趁乱赶紧跑啊。人群在眨眼之间散开了，小伙计依然钉子似的站在那里，像是被人使了定身法。这小子怕是被吓傻了……卫澄海想喊声"快跑"，已经来不及了，那两个穿黑色褂子的人已经将小伙计摁在了地上。身后突然蹿过来一辆黄包车，戴一付圆墨镜的维持会长梁大鸭子斜倚在车上，嘴角上叼着的一根筷子长的过滤嘴一撅一撅像打鼓。车嚓地停住了。卫澄海的心一堵，拉低帽檐退回了人群。

两个黑衣人架着软如鼻涕的小伙计走到黄包车的跟前，猛地将小伙计的头发揪起来，让他的脸冲着梁大鸭子。

　　梁大鸭子斜眼一瞥，架在车夫肩膀上的脚往下一压，说声"掉头"，表情颇有一些恨铁不成钢的意味。

　　小伙计挣扎两下，声音尖得几乎要刺破了天："你们凭什么抓我？我不是游击队！"

　　梁大鸭子"哦呵"一声，将下巴往上挑了挑："是吗？那你就走。"

　　就在两个黑衣人一犹豫的刹那，小伙计一弓身子蹿了出去。

　　梁大鸭子躺着没动，将一根指头撅起来，冲旁边的黑衣人一下一下地勾，黑衣人慌忙将手里的枪递给了他。

　　枪在梁大鸭子抬手的同时响了。刚蹿到一个水果摊旁边的小伙计随着这声枪响，身子一扭，一头扎进了一筐苹果里。苹果筐倒扣在他的脑袋上，有黏稠的鲜血顺着筐缝淌出来，蜿蜒淌进了旁边的一洼水里，浅浅的水洼渐渐变成了红色，几只苹果悠悠地在周围滚动。"老子就是见不得你们这些扰乱共荣的赤匪捣乱！"梁大鸭子的声音像是从泥浆里发出来的，冷冷地吹一下冒着青烟的枪管，将枪丢给黑衣人，双脚同时往车夫的肩膀上一搭，取一个惬意的姿势又躺下了，黄包车在人群的嗡嗡声中离开了卫澄海的视线。人群闹嚷一阵，轰地向小伙计聚拢过去，旋即散开，只留下那个瘦小的尸体横躺在一排摊位下面，任凭横空飞来的苍蝇在头顶上盘桓。卫澄海硬硬地站在一个石头台阶上，初升的太阳当空照着他，让他看上去十分孤单。几辆满载鬼子兵的卡车横着闯过街头，枪刺闪闪……市场在一瞬间恢复了平静。

　　静静地在台阶上站了一会儿，卫澄海捏一下拳头，转身走进了台阶后面的那条胡同。

　　华中正跟朱七躺在床上说话，听见有人拍门，竖起一根指头嘘了一声。

　　朱七从床上忽地蹿起来，将枪提在手里，冲华中一摆手："看看是谁？我预感是卫澄海。"

　　华中侧耳听了听，眼睛一亮："不错，是卫老大！"

　　卫澄海面色冷峻地站在门口，将一把脸，冲朱七一抱拳："小七哥，又见面了啊。"

　　朱七将枪嘭地丢到桌子上，眼圈一下子红了："哥哥，我娘死了……"

卫澄海瞪大了眼睛："啊？这是什么时候的事情？"

朱七说不出话来，冲华中一个劲地摆手，华中说："好几个月了，是被鬼子杀害的。"

卫澄海重重地叹了一口气，走进来，伸出双臂用力抱了抱朱七："小七，别伤心，哥哥给你报仇。"朱七把脸蹭在卫澄海的肩膀上，感觉自己像是一块在海里漂了无数天的木头，一下子被海浪冲上了沙滩："哥哥，有你这句话我就放心了。我朱七跟着你，上刀山下火海……""别说这些见外的话，"卫澄海松开朱七，搀着他坐到床上，正色道，"你一直在找我？"朱七说："一直在找，可是我找不着你。没办法，我就先去龙虎会靠了'傍'。"华中插话道："小七哥很能干，上个月帮龙虎会'别'了大东纱厂的棉布，办得漂亮极了。老巴怕你回来抢人呢，哈哈，你回来了，小七哥就跟着你飞走了。"卫澄海笑了笑："老巴是不会那么'嘎古'的。小七，别的话我不想多说，以前的事情都已经过去了，现在咱哥们儿应该重新开始，"收起笑容，贴了贴朱七的脸，"知道我的打算了吧？"朱七咽了一口唾沫："知道了，和尚告诉我的。"

卫澄海来回转头："郑沂没在这里？"

华中说："前几天他跟左大牙去了崂山，说是先去打探打探情况。"

卫澄海皱了一下眉头："着什么急？他去过曹操那里没有？"

华中笑道："去过了，枪全拿回来了。"

卫澄海的眉头一下子舒展开来："老曹操果然守信用！这下子咱们也算是有了粮草了，哈。最近咱们这边还有什么情况？"华中说："别的倒是没有……对了，你知道梁大鸭子接替乔虾米当了侦缉队队长？"卫澄海说，知道，他是个什么来头我也知道。华中说："我怎么老是感觉乔虾米这小子挺神秘呢？他不会是钻进鬼子肚子里的蛔虫吧？"卫澄海推了他的脑袋一把："不该问的你少打听。"华中笑了："哈，我听和尚说，你去来百川那里要子弹的时候碰到过乔虾米，不会是你们俩有什么勾搭吧？"卫澄海瞪了他一眼："你还知道什么？"

华中讪讪地说："还真让我猜了个八九不离十……我还知道当初乔虾米让彭福传话给你，让你去找他。"

卫澄海说："他那是来不及了，想让我去操练他们的手枪队呢。我能去？老子不当汉奸。"

华中从饭橱里找出一瓶酒来，猛地往桌子上一墩："不管了，喝酒！"

卫澄海搡了华中一把，从口袋里摸出几张钞票："买酒肴去。"

华中一出门，卫澄海忿忿地嘟囔了一句："这小子这阵子是怎么回事儿？打听那么多干什么？"

朱七边咬酒瓶盖边翻了个白眼儿："就是，老华这家伙人是好人，就是喜欢打听事儿。"

卫澄海捏着刚找出来的一块干馒头，龇牙咧嘴地啃："有些事情不该知道的不能知道，容易死人。"

朱七费了好大的劲才咬下瓶盖，咕咚咕咚地往一只碗里倒："我家的事情出在孙铁子身上，不关熊定山的事儿。"

"孙铁子？你是咋知道的？"卫澄海停止了咀嚼，眉头皱得像一座小山。

"我听我们邻村一个叫棺材头的伙计说的，孙铁子前几天就住在棺材头的家里。"

"这个混蛋……刚才我还以为是熊定山搞的鬼呢。"卫澄海蔫蔫地摇了摇头。

"打从一开始我就没怀疑熊定山，他不是那样的人，我一直怀疑是孙铁子，果然。"

"孙铁子住在棺材头家里干什么，他不是想要上崂山的吗？"

"这个不清楚，"朱七忽然想起了一件事情，"卫哥，咱们有长家伙了，孙铁子弄了几条枪在棺材头家。"

卫澄海猛地丢了馒头："这是真的？赶紧去拿！这事儿就交给你了，拿回来以后，咱爷们儿直接杀上崂山。"

话音刚落，门哗啦一声打开了，彭福满头大汗地撞了进来，后面跟着贼眉鼠眼的大马褂。

卫澄海斜了彭福一眼，眉目有些警觉："你咋知道我在这里？"

彭福嘿嘿地笑："你看看我后面的这个小子是谁？你裤裆里有几个虱子他都看得清呢。"

大马褂从彭福后面扭着秧歌步上来抱了卫澄海一把："卫哥，你可想死兄弟了。"

卫澄海推开满嘴酒臭的大马褂，冲彭福一歪头："你看见华中了？"

彭福耸着肩膀凑到朱七身边，说声"小七哥好"，捧起酒碗就喝，擦一把嘴，捏着嗓子冲卫澄海嘿嘿："本来我跟马褂想去纪三那儿'滚'他一把，马褂眼尖，一眼就看见了华中。一大早他出门买菜，不是你来了还有谁？想让华中吐血，除了你，哪个有这个本事？所以我们俩就来了。"卫澄海瞪着他看了片刻，微微一笑："我听老七说，你们俩也想从老巴那里'拔香头子？'"大马褂插嘴说："干够了干够了，老巴这家伙把'钱绳子'捏得太紧了，三老四少跟着他卖命，也就能糊弄个三饱一倒，啥都捞不着。"

"别胡说八道，"彭福拽了大马褂一个滴溜，"我们主要是感觉跟着老巴不痛快，他偷着折腾，不如明来过瘾。谁不知道你卫老大想拉杆子？你卫老大要是拉起杆子来，哪个兄弟不愿意跟着你干？痛快不说，老少爷们儿大小能攒下几个养老的银子不是？我这么说是下作了点儿，可是大话我说不来……好好好，我说点儿大的，老子身为中国人，要做岳武穆，要做戚继光，要做民族的脊梁，老子要抗日！"

卫澄海被他这番话逗笑了："不管你咋说，跟着老卫没错，老卫吃虾，你是不会只喝虾汤的。"

说着，华中提着几个油纸包进来了："娘的，刚才我就闻见臭味了，原来我这里来了一个淫棍，一个贼。"

彭福打个哈哈道："我也不知道我是淫棍还是贼……呵，这么多好吃的？"

卫澄海让朱七关了门，将华中带来的东西铺在桌子上，沉声道："喝了酒，大家都去老巴那里，该怎么说就怎么说。"

华中一愣："卫哥，这事儿你应该亲自去找光龙才是啊。"

卫澄海目光坚定地扫了华中一眼："我去了不好。你可以代表我说这事儿，你跟老巴的关系最铁。"

华中扯着卫澄海的衣袖走到门口，小声道："这事儿我觉得还是你跟大家一起去好，说实话，光龙那个人很计较这个。"

卫澄海说："正因为他计较，我怕说不好闹崩了，以后我会去找他的。我的意思是，打完了鬼子，人还是他的。"

华中皱了皱眉头，一横脖子："那好，反正这几个兄弟又不是永远不跟他了。"

卫澄海淡然一笑，横身躺下了："爷们儿，都睡吧，明天一早动身去崂山。"

第二十二章　万事俱备

半夜，郑沂和左延彪风尘仆仆地回来了。大家呼啦一下全坐了起来。卫澄海没有啰嗦，直接问郑沂此行的情况。郑沂说，他们结伴去了崂山，当天晚上，左延彪没怎么费事就找来了一个在董传德义勇军里当炮头的兄弟。那个兄弟听说此事，摇着头说，卫老大这么刚强的一条好汉，来了这里恐怕施展不开。董传德很"独"，眼里容不下比他强的人。上个月滕风华提出要带几个人去炸鬼子在南湾的据点，董传德只给了他三个人，还是三个最熊包的，结果据点没炸成，四个人去了，只剩下滕风华一个人瘸着一条腿回来。董传德恼了，要处置滕风华。

"滕风华果然是在董传德那里啊，"卫澄海皱了皱眉头，"刚听说这事儿的时候我就纳闷，一个文人，他去凑的什么热闹？"

"山上的兄弟都知道，滕先生是个共产党，"郑沂说，"那个兄弟说，董传德扬言要把滕先生送给维持会呢。"

"他不敢，"卫澄海淡然一笑，"他那样的人是不敢轻易得罪共产党的。"

"他什么不敢干？"郑沂嗤了一下鼻子，"前一阵他还打过马保三的游击队呢，那倒是共产党的队伍。"

"不是听说他后悔了吗？"卫澄海这样说着，还是不由自主地站了起来。

"我听那个叫蚂蚱菜的炮头说，他那是在搅浑水呢，"郑沂说，"现在这小子狂气得狠，扬言崂山是他的，什么日本人，国民党，共产党的，他全不打听，谁敢碰他，就是一个死。"彭福蔫蔫地说："滕先生惹不起他，还不赶紧走？"华中笑道："滕先生就是走了，谢家春也不能留在山上让你惦记着。"彭福被呛了一下，摸着胸口直咳嗽。大马褂舞着干柴一般的胳膊无声地笑，笑着笑着就软在了地上，像一块没洗的抹布。卫澄海用脚勾起了他："以后你就没有机会抽大烟了。"大马褂哎哟一声又躺下了。卫澄海沉吟片刻，冲郑沂一点头："后来你上过山？"

"上过，没见着董传德，见着滕先生了。"

"跟他说过话？"

"滕先生不认识我了，我说我是山和尚，就是当初跟你一起去过山西会馆的山和尚。他摇头。"

"你没提我？"

"提了。我说，卫大哥有来这里'挂柱'的意思。他很谨慎，说他不认识你，估计是害怕我是个探子。"

"后来你再没上过山？"卫澄海问。

"蚂蚱菜又带我去过几次，有一次差点儿见了董传德，"郑沂忿忿地说，"前天晚上，我买了一壶好酒让左大牙去请蚂蚱菜，喝得差不多的时候，我提出要去见见董老大。蚂蚱菜答应了，让我在山下等着，自己先上了山。等了好几个钟头，蚂蚱菜下来喊我，说董老大有见我的意思。我跟着他刚走到飞云涧那边，从山上下来一个兄弟，说董老大临时有事儿出去了，让我改天再来见他。我估计这个小子是在跟我拿派头，他不想见我了，他觉得凭他的身份，他应该见的是你……我感觉再这么耗下去就没多大意思了，今天一早就奔了回程。谁知道我去纪三儿那里拿子弹的时候……""拿什么子弹？"卫澄海打断了郑沂。

"怎么了？"看着卫澄海警觉的目光，郑沂吃了一惊，"他不是你的伙计吗？"

"我问的是，你去他那里拿的什么子弹。"

"不是你一直没回来吗？搬家的时候我怕麻烦，正好纪三儿去找你，我直接让他把那个装子弹的袋子拿回家了。"

"他知道咱们的事情？"卫澄海皱紧了眉头。

"我跟他说了。卫哥，我怎么觉得我这事儿办得不是那么俊秀，咋了？"

"没什么，"卫澄海简单把纪三儿跟来百川有勾当的事情说了一下，笑道，"不关你的事，继续说你的。"

郑沂懊丧地叹了一口气："好家伙，他还有这么一出？我说有一次我去龙哥那里，听见华中他们说有一次他们上崂山'别'来百川的大烟，半夜遭遇鬼子和义勇军的事情嘛，原来是纪三儿这小子在背后捣的鬼……他娘的，我还真没看出来呢，这是个汉奸坏子。"

卫澄海说，当年他跟纪三儿一起拉黄包车的时候，一个兄弟从酒楼"顺"了几瓶洋酒，因为喝酒的时候没喊上纪三儿，纪三儿恼了，当晚就去警署把那伙计告了，结果那伙计被打得以后再也拉不了黄包车了。当时卫澄海揍过纪三儿一顿，纪三儿哭得死去活来，声称再也不干这样的事情了。后来他还真的把这个毛病改了，整天不言不语地干自己的营生。郑沂问，那你跟这样的人交什么朋友？还为了这么个杂碎把卢天豹给打了？卫澄海说，有一年秋天，卫澄海拉了嫖娼回家的梁大鸭子，梁大鸭子那时候还没当汉奸，是个在一贯道里打杂的混混，拉到目的地，梁大鸭子不给钱。卫澄海没跟他啰嗦，直接把这小子打成了一滩鼻涕。这仇就算是结上了。后来日本人来了，梁大鸭子就"支棱"起来了，带着一帮汉奸来找卫澄海复仇。卫澄海没办法跟他叨叨，就藏到了纪三儿家，一来二去两个人就成了哥们儿……纪三儿还曾经跑去乔虾米的侦缉队告梁大鸭子强奸妇女，结果梁大鸭子被乔虾米修理得连"鸭子"都瘫在裤裆里好几个月。说完，满屋子的人都笑了。

卫澄海正色道："倒不是害怕纪三儿跑去告密，我怕的是这小子乱吹牛，连自己的命搭进去。"

郑沂说："可不？他现在就吹上牛了，他说，你答应过他，要带他一起抗日，你什么时候回来，让我告诉他。"

卫澄海想了想，冲华中一摆头："你去喊他过来。"

华中把眼瞪成了鸡蛋："你还真的想带上他呀？你这不是招兵买马，你这是招降纳叛！"

卫澄海沉稳地摸了摸下巴："我有数，去吧。"

一头雾水的纪三儿跟着华中刚一进门，就被卫澄海拽进了里间。出来之后的纪三儿一脸肃穆，像是一个肩负重担的国家栋梁，看都不看旁边的人一眼，迈着老生步，昂首踱出了院子，一声震天响的咳嗽在马路对过蓦然炸开。

收拾停当，卫澄海将自己这些年来积攒的钱全都拿出来摊在华中家的床上，沉声道："有需要这玩意儿的就拿，没有需要的，我暂时先收起来，将来打跑了鬼子，咱们当安家费。"大伙儿你看我，我看你地互相瞅了一阵，都笑了："谁好意思拿？"卫澄海将钱收起来，一把杵给了华中："那就给你，你先替我保管着，无论将来咱们前程如何，这钱先不要动。"华中收起钱，打个哈哈道："这钱恐怕算咱们哥儿几个的养老钱。"卫澄海脸色一沉："打鬼子不是想象中那么简单，咱哥儿几个这是别着脑袋上战场呢，我害怕万一哪个兄弟不在了，这钱是咱这位兄弟的棺材钱。"朱七笑了笑："卫哥这话说得也太操蛋了。还没开始呢，先说什么在不在的？"卫澄海依然绷着脸："三国上，猛将庞德上阵之前就是抬着棺材去的。"彭福缩了缩脖子："大哥饶命吧，你这么一说，谁还敢跟着你去当棺材肉？"

卫澄海环视一下四周，冷冷地一笑："刚才这是丑话，我的愿望是，鬼子全死干净了，咱哥们儿一根毫毛没掉。"

大伙儿这才轻松起来，扑哧扑哧地拍巴掌。

华中沉默半晌，闷闷地嘟囔了一句："设计得倒是不错，可是咱们走之前是不是应该先绝了董传德的后路？"

卫澄海道："来不及了，上山以后再说。这样，无论上山以后是一个什么样的结果，这事儿你回来办。"

华中点了点头："好吧，我直接去找熊定山，他能找到董传德的表弟。"

卫澄海想了想，开口说："明天就办。"

天将黎明，玉生来了，卫澄海跳将起来，指挥大家将捆成几捆柴火似的枪拎出去，悄没声息地上了汽车。

下卷　热血男儿

桥面上又炸起一片火光，几个即将靠近大马褂的鬼子兵怪叫着腾在半空，旋转着飞进了河水。又一群鬼子朝大马褂的方向冲了过去。朱七跳起来，将冲锋枪的枪托顶在肚子上，哇哇叫着搂住了扳机，一直将枪打空了。鬼子倒了一批又来了一批……卫澄海将朱七的枪扔给他，抓起张双的机关枪也站了起来："来呀！"脚下，张双捂着汩汩冒血的胸口，一下一下地扯卫澄海的脚腕子："打炸药包……打炸药包，来，来不及了……用枪打炸药包呀……"

第一章　领了投名状

崂山，拔海而立，山海相连，雄山险峡，水秀云奇，自古被称为神仙窟宅、灵异之府。崂山背负平川，面对大海，巨石巍峨，群峰峭拔，既雄旷泓浩，又不失绮丽俊秀，因此《齐记》中亦有"泰山虽云高，不如东海崂"的记载。据传，自宋朝开始，崂山深处就有绿林好汉纵横出没，有的终生以此为业，有的亦匪亦农，鱼龙混杂，这种状况到清朝末年达到了顶峰。因为山势险要，易守难攻，清剿的官兵历来非常头痛。民国初年，天下大乱，崂山更成了各路好汉啸聚纵横的天堂。

深秋的崂山，到处都是翠绿的青草，苍翠的松柏，满眼金黄色的树叶与各色盛开的野花。

清晨，怪石嶙峋的山道上，雾气还没有完全散尽，氤氲之气弥漫在远山与峡谷之间。

一身短打扮的卫澄海站在一块巨石上深吸了一口气，觉得自己像是腾云驾雾一般。

卫澄海来到崂山已经三天了。他带来了十八条长枪，除了朱七带来的八条三八大盖，还有曹操送的十条老汉阳。

大山里的早晨来得晚，但是来得要比山外迅速。刚才还绿阴阴的天，呼啦一下就变成了橘皮一样的颜色，太阳一跳就上了山顶。卫澄海嗷嗷两声，一紧裤腰，箭步跃过几块石头，贴着陡峭的巨大岩石，壁虎也似攀到了瀑布飞溅的一处涧顶。两旁乱飘的水花肆意散落在他的脸上，阳光一照，发出碎银子样的光芒。卫澄海迎着日头大吼一声："真爷们儿来啦！"头顶上，一只鹞子在疾飞中蓦然减速，飘飘摇摇盘桓了几圈，一振翅膀，箭一般扎进薄如窗纸的云层，天在刹那间变得煞白。

卫澄海回头望了小得如同蚂蚁的蚂蚱菜一眼，大声喊："爷们儿，再往哪里走？"

蚂蚱菜反着手往瀑布东面的一个木头凉亭一指："过去等着。"

卫澄海走到凉亭边，刚找个石墩坐下，一个声音就从头顶传了过来："卫先生，幸会啊。"

卫澄海循声望去，赫然见滕风华扎着一根宽大的牛皮腰带，迎风站在高处的一个山坡上冲他拱手。不是他依然戴着那付很特别的玳瑁眼镜，卫澄海差点儿没认出他来。以前的那个白面书生没有了，取而代之的是一个有些强悍的黑脸汉子。卫澄海站起来，伸出双臂施了个江湖礼仪，直起腰冲他微微一笑："滕先生，好久不见。"滕风华稍一迟疑，快步走下来，拉着卫澄海就走："卫先生，我等你好久了。打从去年出了那事儿，我就预感到咱俩终究会走到一起，果然没错。上山吧，传德同志已经等你有些时候了。"卫澄海笑道："董老大也参加了共产党？"滕风华回了一下头："打日寇求解放的都是我的同志。"

一路没见一个岗哨，卫澄海有些纳闷："滕先生，这里好像是咱爷们儿说了算的啊。"

滕风华嗯了一声："晚上就不一样了。"

卫澄海在心里笑了笑，滕先生还真是个人物，我想表达什么意思，没说明白他就知道。

转过一个搭着铁索的吊桥，卫澄海跟着滕风华上了一条满是荆棘的碎石路。又走了约莫一袋烟的工夫，两个人上了一条铺着大青石板的台阶路。身上开始感觉凉爽，刚才冒出的汗一下子就没了，越走感觉越冷，这是上了高山密林的深处。好啊，这么好的地方，日本鬼子怎么可能"扫荡"上来？卫澄海不禁想起在东北的一些往事，那时候，他们根本不敢在一个地方驻扎下来，鬼子说来就来，山不是这么陡，林子也不是这么密……还是这里好，即便是鬼子的飞机来了也炸不着，到处都是山洞。想到山洞，眼前还真的出现了一个山洞，洞口很隐秘，长满茂密的杂草和叫不出名字来的灌木。卫澄海感觉董传德的堂口应该就在这个山洞里面，心中隐隐有些鄙夷，什么呀，满山好地方，你跟个乌龟似的藏在这么个鳖窝里。

滕风华似乎看出了卫澄海的意思，边摸出一只小手电往洞里面晃边说："出了山洞，就是大本营了。"

卫澄海的心小小地别扭了一下，感觉自己方才想得有些下作，人家老董混这么久的杆子，应该不会比自己差到哪儿去。

有手电筒照着，山洞出得很轻松，一眨眼的工夫，眼前就亮了。

卫澄海的眼睛刚刚适应了一下，滕风华就说话了："麻烦卫先生把眼睛闭上。"

卫澄海明白，闭上眼睛笑道："应该的。"滕风华从裤兜里拽出一条黑色带子，绕过卫澄海的眼眶，在他的脑后打了一个结："好了，跟我走。"走了几步，卫澄海感觉身边的人蓦地多了起来，脚步声哗啦哗啦响。走了约莫一炷香的工夫，滕风华在一块巨石后面停住了脚步，一拉卫澄海："稍微等一会儿，我进去通报一声，"说着，解开蒙眼的带子，冲卫澄海歉意地一笑，"委屈卫先生了。"卫澄海闭着眼睛适应了一下光，笑道："没什么……"一睁眼，滕风华不见了，眼前是几个懒洋洋的陌生汉子。刚想跟身边的几位汉子闲聊几句，旁边呼啦一下闪出几个人影，卫澄海下意识地往后退了一步，定睛来看。四个光着膀子的大汉赫然立在眼前，起先站在旁边的几个汉子不见了。卫澄海在心里冷笑一声，呵，这是要跟我过过码头呢。硬硬地站着没动。四条汉子瞪着卫澄海看了片刻，一甩头，分两边撤开，让出一块空地。片刻，一个厨子打扮的瘦弱汉子双手端着一只茶盘子倒退着走到卫澄海身边站住了。卫澄海扫一眼茶盘上摆着的一条烤猪腿，顺手掂起插在上面的一把腿叉子，割下一块肉，双手举着，别过肩膀冲汉子后面嚷了一嗓子："西北连天一片云，四海兄弟一家人，小弟卫澄海前来叩山门！"

话音刚落，石头后面就响起一个洪钟般的声音："小小孟尝君子店，专等五湖客来投！哈哈哈哈，卫老弟在哪里？"

卫澄海一抖精神，迎着那个声音蹚过去，未照面先施礼："小弟卫澄海参见大当家的！"

董传德勒马似的止住脚步，老远伸出了双手："免礼免礼！呦，卫老弟果然是一表人才！"

卫澄海将礼施完了，方才直起身子："哪里哪里，落魄之人罢了。"

董传德上前几步，呼啦一下冲卫澄海施了个坎子礼，顺手捞起茶盘上插着肉的腿叉子，一下子横在卫澄海的嘴巴前。卫澄海微微一笑，悠然张开了嘴。董传德一怔，将腿叉子正起来，慢慢推进了卫澄海的嘴里。卫澄海将肉连同腿叉子咬住，董传德松了手："酒！"旁边的一条汉子刚将茶盘上的酒壶端过来，卫澄海嘴里的刀子就不见了，梆的一声插在石头旁边的一棵树上。董传德垂一下眼皮，接过酒壶满满地斟了一盅酒，一抬头："把肉咽了，喝口酒！"卫澄海将嘴里的肉囫囵吞了，瞪着董传德冷笑："大哥先喝。我等着大哥'搬梁'（拿筷子）呢。"

董传德冷箭一般的眼睛霎时柔和起来，摸一把下巴，笑道："仓促了仓促了，没记得'划十子'（筷子）……不客套了，跟我进'堂口'稍叙。"

在一间看上去像是道观的门里坐定，卫澄海这才有机会仔细地打量眼前这位耳闻已久的风云人物。碌碡般又矮又胖的董传德穿一身亮得像蛤蟆皮的绸缎衣裳，腰上扎着一根满是子弹的腰带，一把王八盒子斜斜地挂在腰带上面，肚皮挺得像是在上面按了一个女人屁股。瓦亮的大脑袋两旁，如树上的蘑菇那样支棱着两只耳朵。他的脸坑坑洼洼，宛如装满土豆的袋子。

卫澄海不禁有些失望，这跟我想象中的董传德也差距太大了，我还以为他是个高大健壮的汉子呢。

董传德见卫澄海在看他，咧着大嘴又笑了起来："卫兄弟，别看你不认识我，可是我却认识你。"

卫澄海一怔："董大哥在哪里见过我？"

董传德貌似随意地一笑："有一年，你来找过熊定山是吧？"

卫澄海一下子明白了，这小子是在"化验"我呢，我什么时候还来过崂山找熊定山？那时候我跟朱七在盐滩晒盐呢，哪有这份闲心？瞥董传德一眼才发觉，原来他不是在笑，他的嘴唇在突起的牙齿外面绷得很紧，呈现出来的模样有些类似笑容罢了。卫澄海这才觉察到自己是真正遇到了对手，这种人就是发怒也是这样的一副表情，深不可测。卫澄海甚至看出来，董传德耷拉着的眼皮下面有一种挑衅的味道。卫澄海扬扬下巴，不置可否地咧了咧嘴："也许是吧，好多年了，记不太清楚了。"

"哦，你的记性跟我差不多，"董传德悠然一摸满是赘肉的下巴，冲站在堂下的几个人一变脸，"都下去吧，我跟卫兄弟谈点正事儿。滕先生，你就不要走了，我听说你跟卫兄弟共过一次事，咱们一起叙叙旧。"滕风华木然拖过一条板凳，坐在卫澄海的对面。董传德轻蔑地扫了滕风华一眼："看在卫兄弟今天来这件喜事上，你前面的事情我就不追究你了。我劝你以后少在队伍里发表你的那些言论，没意思。当初我答应你上山，看上的不是你是个共产党，看上的是你会说几句日本话。别以为你在山头上出过力，就可以为所欲为……那不行，山是我董传德的，任何人在背后捅咕什么我都将按照山规办理，明白不？"

滕风华点了点头："明白，以后看我的表现。"说完，微微一瞥笑脸依旧的董传德。

只这么一瞥，卫澄海就从中瞧出了滕风华的城府，哈，这家伙跟我一样，也是在忍辱负重呢。

卫澄海明白滕风华是在负什么样的重，他是想让这支队伍成为共产党的部队，管他呢，老子先上了山再说。

董传德看看卫澄海再看看滕风华，仰起脸笑了："其实我就是一个草莽之人，心直口快，有什么说什么，我不喜欢藏着掖着的。滕先生有心杀鬼子我支持，可是我轻易死了三个兄弟，心里难受，就这样。卫老弟从城里来投奔我这山野村夫我万分高兴，我也知道你是为什么来投奔我，不就是杀鬼子吗？兄弟我也杀过，小鬼子欺负咱中国人就该杀！不过，这话又说回来了，我老董不是什么民族英雄，谁不给我亏吃我向着谁，谁给我亏吃，我操他姥姥……"卫澄海本来想听他到底想要表达一个什么意思，见他没有丝毫条理地乱说，实在是忍不住了，开口说："董大哥说得有道理，这年头就应该爱憎分明。比方我吧，兄弟这次来，明处说是入伙打鬼子，实际呢？还不是走投无路，落草来了？"

董传德摇了摇手："咱们都没有必要计较这些，"话锋一转，"滕先生跟卫老弟真的一起闯过山西会馆？"

已经到了这个时候，卫澄海毫不迟疑地承认了："有这事儿。"

董传德的眉头不经意地一紧，但还是没能逃出卫澄海的眼睛，卫澄海更加坚定了除掉他，取而代之的决心。

董传德似乎意识到自己哪里有些不妥，哈哈一笑："卫老弟来了我很高兴，听说你还带了几个兄弟过来？"

卫澄海明白他是什么意思，张口就来："连我一共七个，都是过不下去的穷哥们儿。我们没有别的进见礼，给山上带了十八条枪。"董传德喜形于色，单腿跳起来，一想不妥，矜持地咳嗽一声，隔着桌子搂了卫澄海一把："哦，知道了。好兄弟，你这是雪中送炭啊！现在山上缺的就是这玩意儿。啥也不说了，全都上山！"卫澄海暗暗舒了一口气，好，这第一步迈稳当了，后面的就好说了，冲董传德一抱拳："多谢大哥收留，小弟感激涕零！"董传德提一把裤腿，稳步迈下椅子，伸出一只手挽住了卫澄海："不过，上山之前，你们得先给百姓做点儿事情。"

卫澄海的心忽悠一紧，这小子又想要什么花招？脸上做出一付虔诚的表情："大哥有什么事情就直接吩咐，我来这里就是想做点儿事情的。"董传德不紧不慢地说，前几天胶州麻湾村的几个兄弟来投奔他，因为害怕山上不接收他们，就临时决定在山下抢点儿东西上来当进见礼，谁知道这帮家伙不摸"行市"，跑到龙尾涧"八大皇"控制的地盘出溜。刚摸进一户看上去家境不错的人家，就被"八大皇"的人给抓了，现在死活不知。卫澄海说："这个容易，我带人去抢他们回来就是了。"

董传德说："本来这事儿应该由我去跟他们交涉，正好你来了，干脆这事儿交给你处理得了。"

卫澄海知道八大皇的势力，一群乌合之众，白天是庄户，晚上干些抢劫绑票的勾当，几两银子了事。笑道："应该的。"

董传德踱到门口，放眼望着远处的重峦叠嶂，叹道："大好河山啊。"

卫澄海知道这是要送客了，起身道："大哥如果没有别的吩咐，兄弟这就下山。"

董传德回了一下头："也好，我就不送了。滕先生，山上的情况你跟卫老弟交流一下。"

辞别董传德，卫澄海跟在滕风华身后，沿来路走到了山洞口。刚刚站定，旁边呼啦围上来一群人："大哥就是卫澄海呀，果然好派头啊。"一个个满脸都是崇敬。卫澄海有些纳闷，在山里也有知道我的人？慌忙拱手："兄弟姓卫。"那些人抑制不住兴奋，唧喳乱叫，好家伙，果然是条好汉，威风啊。卫澄海估计董传德在后面瞅着他，没敢多说话，道声"兄弟有事先走一步"，拉着滕风华进了山洞。牵着手往前走，滕风华说，你没来之前大家就知道你要来，互相传说你的英武。卫澄海笑道："是谁在这里替我宣传？"滕风华说，队伍里有几个青岛来的失业工人，他们大都听说过你。卫澄海说声"言过其实"，心中还是喜悦，这样好啊，将来"办事儿"会轻松一些。

"滕先生，咱们山头有多少个兄弟？"

"一百多人吧，不过一般凑不齐，有的兄弟还有别的营生，有事儿了才过来。"

"枪呢？"

"四十来条吧，这次你来了，又可以解决一批了。"

"滕先生，问句不该问的话，队伍里也有你的同志是不？"

滕风华站住，两只眼睛在黑暗中熠熠闪光："卫先生，大家盼你来啊！"卫澄海茫然，问你有没有同志，你盼我来干什么？一时无语。滕风华见卫澄海不说话，长叹一声："我们的同志在山上的不多，连我一共三个，不过这也算是一个小组了。卫先生，我知道你是个有理想，有抱负的人……""打住打住，"卫澄海知道接下来他想说的是什么，连连摇手，"我什么组织也不想参加，我就想打鬼子，打完了鬼子就回家。"滕风华关掉手电，一把将卫澄海按在潮湿的洞壁上："卫先生你听我说。真正的英雄应该处处为大众着想，应该时时刻刻记得自己肩上的责任，我们撇家舍业出来抗日，为的是什么？难道只是为了报自己的仇恨，图一时的痛快吗？我们应该寻找自己的理想……哎，你去哪里了？"

滕风华追上卫澄海的时候，卫澄海已经站在了山洞外面。

阳光直射下来，站在阳光下的卫澄海犹如一尊塑像。

滕风华尴尬地摇了摇头："卫先生，我相信你是个深明大义的人，你会跟我站在一起的。"

"八大皇的地盘在什么地方？"卫澄海故意转话。

"就在这座山的背面。"滕风华知道自己跟卫澄海谈不进去了，伸手一指北边一座青郁郁的大山。

"他们大概有多少个兄弟？"

"不多，五十来个。"

"平时都在山里晃荡？"

"不，山里的也就二十几个人……不过他们全是附近村子里的，在村子里都是不好惹的人。"

"他们把胶州来的那几个兄弟押在哪里？"

"送在沙子口镇上的拘留所，那里押的全是即将运到日本去的劳工……"

"啊？"卫澄海吃了一惊，"他们跟日本人有联系？"

"是啊，"滕风华浅笑一声，"他们从来就没打过鬼子，除了祸害百姓就是帮汉奸镇压抗日志士。"

董传德这个混蛋果然不是吃素的，卫澄海恍然大悟，他明知道去鬼子控制的地盘，尤其是去看押劳工的地方抢人，九死一生，还让我去，这不明摆着让我去送死吗？这个混蛋也许早已经看出了我上山来的真正目的，想要借此除掉我呢。哈，我是谁？老子手下有专门干这个的人才！老子不但要去把人抢回来，还得多动员几个一起上山，看你还有什么话说？卫澄海打定了主意，把人救回来之后，就带弟兄们上山，寻个合适的机会，赶走董传德，让他走得服服帖帖。老小子，暂时不动你，那是因为老子看上了你手下的百十个兄弟，看上了你占据多年的地盘，要是目前动了你，我自己也不会在那个位置坐稳当的。瞥一眼满腹心事的滕风华，卫澄海信心十足，滕先生也是我的得力助手。

想起自己当年绑架谢家春的事情，卫澄海的心里微微有些歉意，开口道："滕先生还记得咱们之间的事情吗？"

滕风华木然一笑："记得。那件事情我理解你，不然我是不会跟你去的。"

卫澄海说："滕先生是不是当时已经参加了共产党？"

滕风华说："本来我是不能告诉你这些事情的，这是纪律……"

卫澄海连忙接口："那我就不问了，我知道你们的纪律，我也认识几个你们的同志，什么丁富贵啦，什么孙永乐啦……"

滕风华道："这我知道，我还知道你曾经帮助过他们。"

卫澄海隐隐明白，也许丁老三也来了崂山，这事儿等我站稳了脚跟再研究，绷住口不说话了。

两个人并肩走到来时的那个亭子下面，卫澄海站住了："滕先生请回吧。"

滕风华看了看卫澄海，欲言又止。

卫澄海展开双臂"哎嗨"一声，一甩头，迈步荡下山去。

左延彪家的土炕上，华中跟彭福又拌上了嘴，原因似乎还是谢家春。朱七听得无聊，拎个马扎坐到了天井。因为没有院墙，朱七的眼前全是层层叠叠的山峦，近的像斧劈刀削，远的像天边的云彩。朱七家乡的山可不是这样的，朱七家乡的山是黄色的，山上没有几棵树，满山都是荆棘。荆棘上面来回飘荡着一些彩纸一样的蝴蝶。年少的朱七经常在这些荆棘丛中追赶蝴蝶，蝴蝶们被朱七撵得到处乱飞。有时候朱四会捏着一只巨大的蝴蝶引逗朱七。朱七追过去，蝴蝶飞了，朱四被朱七他娘拧着耳朵回家了。我娘呢？朱七的心又空了，我没有娘了……

云彩似的山峦忽然变成了茫茫雪原，朱七看见自己坐在爬犁上，紧紧抱着缩成一团的桂芬，眨眼变成了一个黑点。

黑点儿忽然大了，越来越近，朱七看见那个黑点儿变成了一个火球，忽忽地往前滚，越滚越红。

火球哗地滚过眼前，没等仔细看，火球就变成一缕轻烟，消失在遥远的天边。

桂芬也没有了？朱七冷不丁打了一个激灵，身上的鸡皮疙瘩像是在水面上丢了一块石子似的从胸口荡满全身。

不行，我不能老是在外面漂着，我应该抓紧时间回家，尽管我娘没有了，可是我还有桂芬，我应该回家陪着她……眼前的光景在变化，朱七看见桂芬从那些云彩里飘出来，挥舞一根黄色的手帕，嘴里喊着什么，一摇一摆向他跑来。眼前忽然就暗了一下，袅娜的桂芬一下子变成了棍子一样横过来的卫澄海："想媳妇想傻了？什么桂芬，我是卫澄海。"朱七忽然失落："我知道。"卫澄海拽一把朱七，一头撞进了屋子。

正揪着彭福要下拳头的华中猛一回头，撒了手："怎么样了？"

卫澄海咣地倒在炕上："一切顺利！把大马褂喊进来。"

蜷缩在炕旮旯里过烟瘾的大马褂蔫蔫地应道："我在这里。"

卫澄海坐起来，笑眯眯地冲他一钩手指："上来，哥哥给你领了个任务来家。"左右瞅了两眼，"大牙和郑沂呢？"朱七指了指后院："在桃树林子里过招着，谁也不服气谁。""谁说的？"左延彪一步闯了进来，"我早就服气了，"回头一笑，"是不是和尚？"郑沂一瘸一拐地进来了，嘴巴咧得像得了鬼吹灯："妈的，说好了练练武艺，你个王八犊子又使邪法子。""又挨了一石头？"卫澄海横了左延彪一眼，"以后别跟自家兄弟使那么狠的招数。"左延彪没皮没脸地摸了一把脸："这次不是石头，是坷垃。老董答应让咱们上山了？"卫澄海没有回答，把几个人的脑袋往起一兜："事情基本没什么变化，哥儿几个作好上山的准备吧，"倚到墙面上，瞥一眼大马褂："马褂，弟兄们能不能顺利上山，全看你的了。"接着，把董传德交给的任务说了一下。大马褂连连摇手："大哥你饶了我吧，那是去开锁？那是去送命啊，我不去。"

"兄弟你听我说，"卫澄海沉声道，"不是让你一个人去，我亲自跟你一起去，但是关键时刻离不开你。"

"你的意思是，我啥都不用管，只管到时候把锁打开就完事儿？"

"就是这么个意思。"

"那我去，"大马褂捏了捏干瘪的口袋，"我没钱了，完事儿以后你得包着我抽大烟。"

"没问题，"卫澄海环顾四周，"还有谁愿意跟我一起去？"

朱七一拍炕沿："我跟马褂一起去。不就是摸进去，找到关那几个兄弟的牢房吗？简单。只要能够混进去，有多少人，咱们放多少人，一个也不剩，有愿意跟咱们一起上山的，我还带他们一起来呢。"卫澄海笑了："你小子跟我想到一起来了。好，就这样。刚才我也想过了，这事儿去的人多了反倒不好，目标大，容易出事儿……小七，我相信你的能耐。出了麻烦你扛着，技术活儿有大马褂，你们俩正好一对儿。"

朱七拍了拍大马褂的肩膀："兄弟，跟着我，你放心吗？"

大马褂刚才还浑浊着的眼睛忽然有了亮光："放心，我听大家说起过你的本事。"

卫澄海将身子往朱七这边靠了靠："到了沙子口以后，你们先别着急去拘留所，要紧的是打听明白……"

朱七点头："这个你不必嘱咐，我有数。镇上有不少鬼子是吧？"

"不少，"卫澄海的目光严峻起来，"没上山之前我打听过这一带鬼子的分布情况。沙子口住了一个联队的鬼子，二鬼子大约有三百来人，还有警备队和治安军的人，只是不知道看守拘留所的人有多少，这得需要你见机行事。"朱七垂下头沉思了一会儿，抬头说："照这么说，家伙是不能带了。"卫澄海点了点头："不能带，万一出了麻烦，只有自己想办法了。"

"大牙，你有良民证吗？"朱七歪头问左延彪。

"有。"左延彪掏出自己的良民证摔到炕上，"我还可以给大马褂也找一个。"

"那就妥了。"朱七拽了大马褂一下，"马褂，这就走？"

"走。"大马褂挺了挺干瘪的胸脯。

"不急，吃了饭睡一觉再走，傍晚安全些。"卫澄海从口袋里摸了一把钱出来，"这个也用得上。"

"卫哥，来之前你不是说要让我去找一下熊定山的吗？"华中问道。

"对了，"卫澄海的脸色严肃起来，"你马上走，那事儿让他带你去办，快去快回。"

"什么事儿？"彭福插话道。

"好事儿，"华中拍拍彭福的脑袋，"去杀个人。"

"别啰嗦了，"卫澄海催促道，"你下不了手就让熊定山干，要干净利索。定山如果愿意来，你带他一起上来。"

"明白了，"彭福笑了，"对，那家伙应该抓紧时间处理掉。"

第二章　稀里糊涂当劳工

山里的夜晚来得早，也来得迅速，朱七记得自己刚刚躺下眯了一会儿，天就黑了。大马褂歪躺在他的身边，捏着嗓子蔫蔫地唱戏："桃园结义刘关张，瓦岗寨三十六员将，三十三人投了唐，单雄信上了朋友当，可怜斩首在洛阳，秦叔宝哭得泪长淌，哭回江湖半把香，梁山一百单八将，生死与共情义长……"朱七听得头皮发麻，忽地坐了起来："你唱了些什么？我怎么听着怪瘆人的？"

大马褂蹬一下腿，长长地打了一个哈欠："没唱啥。我总觉得这次咱们要出麻烦呢……我有预感。"

朱七眯起眼睛看了看窗外，窗外比里面亮，月光如水："别瞎琢磨。老卫他们呢？"

大马褂伸了个懒腰："都走了。神秘兮兮的，好像是联络别的'绺子'去了。我模糊听说孙铁子来了。"

朱七一怔："谁说的？"

大马褂又躺下了："我正睡觉呢，没听明白……好像来了个生人。"

朱七皱起了眉头，这么快？看来我将来又要跟这个混蛋纠缠了。

朱七甩一下头，翻身下炕："走，去沙子口。"

大马褂使劲闭一下眼睛，将两条腿往空中一蹬，吧唧一声跳了下来："也好！走吧，早去早回。"

看着一下子精神起来的大马褂，朱七笑了："哈哈，以前我还真小瞧了你。"

大马褂伸手摸了摸朱七的裤腰："别笑话我了……咦，你的枪呢？"

朱七转身就走："交给卫老大了，我怕我忍不住带在身上，容易出麻烦。"

今夜的月光很好，洒在地上像是铺了一层水银。朱七和大马褂一前一后走在通往沙子口的小路上，就像两块漂在河水里的木板。过了一座木头搭成的小桥，前面就是沙子口了，朦胧的村庄看上去像是漂在海里的一艘轮船。朱七摸出左延彪给他的良民证，在大马褂的眼前一晃："你的带上了没有？"大马褂摸了摸口袋："带着呢。操他二大爷的，小日本儿可真能'闹妖'，老子本来就是良民，还用得着他来证明？对了，我听说梁大鸭子又整事儿了，比鬼子还歹毒，他给城里的常住人家发了个什么'住户票'，外来的没有，一旦出了事儿，先查没有'住户票'的……娘的，汉奸比鬼子还'乍厉'（坏）。"

朱七笑道："这小子没有几天的蹦跶头了。前天我听老卫说，乔虾米正在找他的茬儿，想借鬼子的刀杀了他呢。"

大马褂哼了一声："这叫狗咬狗，两个没一个正经货，都死了才好呢。"

朱七打个哈哈道："说的是啊……给鬼子扛活儿的没一个好东西。"

大马褂突然站住了，一指前面的一点亮光："有人过来了，可能是鬼子，老乡没有那么亮的手电筒。"

朱七继续往前走："不管他。"大马褂迟疑着不动："七哥，我怎么老是觉得要出问题呢……我觉得咱们有点儿肉包子打狗的意思。"朱七回头瞪了他一眼："刚才我还表扬你呢，这就害怕了？快走！要不是我没你那样的本事，我自己就办了这事儿，不用你。"大马褂哼唧一声，快步跟上了朱七："七哥，万一情况不好，你可别怪我跑得快啊，我怕挨鬼子折腾。"

前面的手电光亮横着扫了过来，晃得二人眼前一阵发花。

一个声音喊道："前面干什么的？"

朱七用胳膊挡着眼睛，回答："赶路的。"

前面呼啦围过一群像是城防队的人，一个拿短枪的家伙一把拽了朱七一个趔趄："良民证。"朱七装做害怕的样子，战战兢兢地递上了自己的良民证："老总，我们是前面左家庄的，明天一早要去城里，坐不起车，连夜动身……刚才你吓死我了，我还以为碰上胡子了呢。"拿短枪的家伙用手电筒晃了晃良民证，摔给朱七，冲大马褂勾了勾指头。大马褂哈着腰将自己的良民证递了上去。拿短枪的家伙看都不看，暴喝一声："我看你小子不是什么正经人！说，你是哪里的？来这里干什么？"大马褂期期艾艾地往朱七的身边凑："我们是一个村的，左家庄。我兄弟左延彪在城里混码头，我想去找他混口饭吃。""左延彪？"拿短枪的家伙皱了一下眉头，"他不是回来了吗？"

朱七连忙插话："是啊，他回来就是想让我们赶紧去找他，他接了个活儿，这次回来是想拉乡亲一起去的。"拿短枪的家伙用手电筒来回地扫朱七和大马褂的脸："左家庄的？不对吧，我怎么看你们一点儿也不面熟？你们带劳动票了吗？"朱七的心猛地一抽，劳动票？劳动票是个什么玩意儿？从来没听说过呀。定一下神，赔个笑脸道："出来得急促，还真忘记带了呢，"有心想赶紧脱身，"要不我这就回去拿？"

"我看你们还是别回去拿了，"拿短枪的家伙一绷面皮，"皇军有规定，没有劳动票的，一律参加劳动！"

"去哪儿参加劳动？"朱七心中暗暗叫苦，冷汗不知不觉地冒了出来。

"连这个你都不知道？"拿短枪的家伙警觉地绕到朱七的身后，猛地一摸朱七的腰，"你是个探子！"

"啥？掸子？"朱七苦笑着转回了身，"我掸什么？谁让我掸？"

"不管怎么说，没有劳动票就得去局子等着，"拿短枪的家伙松了松脸，一摊手，"没法子，这是规定。"

朱七偷偷瞥了垂头丧气的大马褂一眼，心中懊悔不迭，大马褂这小子还真有先见之明啊，刚才如果听他的，转回去，至少也不能吃这么个亏啊……朱七知道，去了局子麻烦可就大了。在来之前，卫澄海曾经说过，沙子口这边的二鬼子到处抓劳工，逮到一个就先送到局子里登记，然后统一押到拘留所，想要从那里逃出来就不容易了。即便是我的身手再好，最后能够逃出来，进去受这阵子啰嗦也够窝囊的。垂下头扫了一眼旁边，全是拿枪的兵，跑是跑不掉了。朱七禁不住叹了一口气，先这样吧，没准儿这还是个机会呢，我去了局子，万一碰上胶州的那几个兄弟呢？正好一起逃出来！不对呀，想到这里，朱七打了一个冷战，人都进去了，想要出来就那么容易？全乱了……原来打算是从外面潜进去开锁，这倒好，自己也进去了。

"大哥哎，我肚子疼，想拉泡屎……"大马褂哎哟着往路边的沟底蹭。

"拉在裤裆里吧。"拿短枪的家伙一伸腿绊了大马褂一个趔趄。

"大哥，我们跟你去可以，不过你得告诉我，进局子是怎么个意思？"朱七问。

"去了就知道了。"拿短枪的家伙搡了朱七一把。

朱七知道再啰嗦也没用了，拉一把还在揪着裤裆哎哟的大马褂，无奈地摇了摇头："走吧兄弟，吃'二两半'去。"

一圈人全笑了："好家伙，还真是个明白人呢，看来咱哥儿几个没抓错人，这俩家伙不是探子也是'溜门'的。"

稀里糊涂地跟着这帮兵走了一气，朱七和大马褂来到了一个看上去像是学堂的所在。院墙外面停着十几辆灰蒙蒙的大卡车。这是一个很大的院子，院子北面是一溜平房，平房前面齐刷刷站着一排端枪的鬼子。月光下，院子里蹲满了人，嗡嗡嘤嘤的说话声像是风吹过芦苇。满以为这帮兵会带他们进一间屋子登个记什么的，可是那帮兵用枪将他们往人群里一隔，转身就走。朱七跟了两步才发现眼前全是端着大枪的鬼子。墙头上依稀可以看见几个鬼子兵趴在上面，黑洞洞的机关枪直对着院子。完了，这下子全完了……朱七的心凉了半截，还想来救别人呢，这下可倒好，自己也被人家给圈进来了。大马褂似乎是上了大烟瘾，勾着脖子打了几个哈欠，软软地歪在了地下。

朱七用脚勾勾他，蹲下身，小声说："有把握出去？"

大马褂的话顺着哈欠声出来了："没有把握……等着死吧哥们儿。"

朱七噎了一下，抬眼看了看对面，眼睛一下子直了，三五个打扮得像窑姐儿的女人正在那里跟一个鬼子唧喳着什么。

朱七纳闷，女人他们也抓？抓了去干什么？眼前没来由地浮现出张金锭那两片白花花的大屁股来。

大马褂吸了两下鼻子，身子慢悠悠地直了起来："咦？女人？女人来这里干啥？"

朱七没理他，歪头问旁边的一个汉子："伙计，鬼子这是要把咱们咋了？"

那汉子叹了一口气："听说是送到关东去……好像是去下煤窑。"

朱七的心哗啦一下，像是有几块石头坍塌下来，整个人除了裤裆那里还不知所措地硬着，全软成了鼻涕。

朱七这边正郁闷着，南头又被推推搡搡地趔趄过来几个人。那几个人好像懵了，怎么按也不往地上蹲，直到过来几个鬼子将其中的一个拉到前面，高喊一声"八嘎"，将他的胸口捅了一个大窟窿，这伙人才倒驴似的蹲下了。那个被捅死的伙计刚被拖出院子，南门口开过来一辆架着探照灯的卡车，院子里一下子亮堂起来。朱七偷眼打量一番，心凉得像是结了冰。四周全是人，密不透风，对面和左右只看见一条条叉开的鬼子兵的腿，满鼻孔都是血腥味。等了大约一袋烟的工夫，车上跳下一个鬼子军官和一个翻译模样的人。两个人站在人群前面叽里咕噜嘟囔了一气，翻译官发话了。朱七的耳朵嗡嗡响，那些话像切碎了稻草，断断续续地往他的耳朵里面灌。费了好大的劲，朱七才弄明白，自己这是要跟随这批人去挖战壕，因为八路要打过来了，皇军为了保护这一方百姓，不得已才招集大家去出这把力气的，挖完了战壕，皇军发钱饷，送大家回来。翻译官的话刚说完，天上就稀稀拉拉洒下些水来。那些水一股一股忽紧忽缓地拧着麻花淋，像老天爷小便失禁。朱七捏捏藏在裹腿里的钱，闷闷地埋怨自己，刚才我真傻，找个空当贿赂一下当兵的，没准儿就回崂山去了呢。

　　稀里糊涂地上了院子外面的卡车，朱七转头来找大马褂，哪里还有个影子？朱七的心一慌，这小子莫不是跑了吧？正在愣神，大马褂从后面拽了他一把："七哥，麻烦大啦……刚才我想溜，差点儿被鬼子一枪崩了。"好嘛，这小子真够实在的，想一个人开溜，朱七捏了他的手一下："别慌，这当口不是跑的时候，等机会。"大马褂反倒镇静起来："我知道，先这么着吧。"朱七嗯嗯着，手心竟然捏出了汗。

　　卡车一路跑着，天上的雨就大了起来，朱七的眼睛不好使了，睁不开，什么也看不见。

　　约莫走了一炷香的工夫，卡车驶上了一条大路。

　　凭感觉，朱七知道这是开上了通往平度的那条沙土路，心又是一慌，不对呀，这好像是要跑远路啊。

第三章　顺手牵羊

　　大山里的早晨来得很慢，鸡叫好几遍了，东面天边才刚刚放出一丝亮光，毛茸茸的像是隔了一层棉花。

　　卫澄海起床的时候，习惯性地左右看了看，身边没有朱七，穿好衣服喊了一声："小七呢？"

　　郑沂光着膀子从屋外进来了："卫哥真好脑子，你昨天不是打发朱七和大马褂去了沙子口吗？"

　　卫澄海拍一下脑门："哈，我还真有点儿糊涂了。怎么，又打拳了？"

　　郑沂甩了甩提在手里的褂子："每天都这样，不然身上不舒坦。"

　　左延彪用一块看不出颜色的破毛巾擦着一头汗水进来了："和尚果然有些功夫，我打不过他。"

　　彭福搓着眼皮坐了起来："昨天傍晚是不是来了一个尖嘴猴腮的家伙？我怎么感觉这个人我好像在哪儿见过，是不是孙铁子？"卫澄海点了点头："是他。

他是来找朱七的。这小子知道是朱七把他的枪弄到这里来了，心里憋屈，跟我装'熊'呢。他以为我看不出来。""他来就是因为这个?"彭福问。卫澄海不屑地紧了紧鼻子："这是一方面，主要是来刺探一下咱们的情况，估计想'靠傍'。我没搭理他。去年在东北我就发现这小子不是什么正经人，一肚子坏水。当初不是他在里面乱掺和，朱七也不会跟熊定山闹那么一出。"郑沂插话道："不过他提供的那个情况倒是不错，咱们真的应该去干它一家伙。"

"什么情况?"彭福问。

"算是顺手牵羊吧……你问卫老大。"郑沂说。

"收拾一下，赶紧吃饭，"卫澄海蹁腿下了炕，"吃完饭，哥儿几个先去过一把瘾。"

"打鬼子?"彭福打着哈欠穿起了衣裳。

"打鬼子。"卫澄海端着脸盆出去了。

"好嘛，没来得及休整休整，这就开始了……"彭福好歹将那个哈欠打完，摸着脸跟了出来，"去哪里打?"

卫澄海简单洗了一把脸，将毛巾往彭福的手上一丢："不远，在锅顶峰，前天刚上去的，有三十几个人呢。鬼子从海上运来的医疗器械放在那里，他们是保护这批货的。必须早点儿去，不然他们就运走了。听说青保大队派了一百来人正往山上围呢，正好，咱们去掐断鬼子们的退路。"彭福边哗啦哗啦地往脸上泼水边说："青保大队那么多人，不会一下子把他们围严实了?"卫澄海笑了笑："我还以为你的消息永远都灵通着呢。青保大队早就不在这里了，他们的大部队已经去了日照，留下的一个连基本都是老弱病残，还不如咱哥儿几个整壮呢……唉，也是他们性子急，不管三七二十一先围上去再说。孙铁子说，他想去投靠青保大队，人家不要他，哈哈，他顺便得了这么个消息。别忘了，当初咱们去流亭机场'别'那批国宝的时候是人家青保大队的兄弟帮咱们解的围，这次咱们应该去帮这把忙。好了，别啰嗦了，赶紧吃饭，吃了饭就出发。"彭福摔打着毛巾嘟囔："我怀疑孙铁子这小子有当汉奸的苗头，有人看见他去过维持会。"

"那是很早以前的事情了，"卫澄海说，"先不管他，我侦查过了，这次他说的情况是真的，这就成。"彭福摔了毛巾："我说的是以后，这小子一肚子'猴儿'，以后难说不当汉奸。"说着话，左延彪已经把饭做好了。大家急匆匆地吃完了饭，一个个虎视眈眈地瞪着卫澄海。卫澄海不说话，将带来的长枪摊在炕上，从里面找了几把看上去顺手一些的挨个发给大家，又用一个木头箱子装了一些子弹，转头问："短家伙也把子弹给我压满了，这次我要让小鬼子知道知道我的厉害。"大家相视一笑，匆匆检查一下自己的家伙，呼哨一声出了门。

刚才还灰蒙蒙的天，一下子就亮了，太阳似乎是在一瞬间跃上了山顶。

清晨的大山飘满了雾，人走在雾里显得缥缥缈缈。

通往锅顶峰的山路湿漉漉的，像是刚刚下过一场雨。

左延彪路熟，急忽忽地赶在前面。

山里面静悄悄的，除了偶尔响起的鸟叫，几乎没有别的声音。

转到锅顶峰山后的时候，毒辣的太阳已经将漫山的云雾驱散了，整个大山绿得晃眼。左延彪蔽在一块石头后面，指着山顶上隐约可见的一座石头房子说："哥儿几个，如果孙铁子这个消息准确的话，鬼子们现在应该就住在那里面。"卫澄海扫了那座房子一眼，问："昨天我简单看过一下，没有问题。有没有可以从上面看的地方？"左延彪转出来，扒拉着山坡上的树枝走："可以从这边上去。"卫澄海喊住了他："你先上去看看，到底有没有鬼子，有多少。小心，别让鬼子发现你。"左延彪点点头，出溜出溜不见了踪影。

不多一会儿，左延彪攀着树枝下来了，一脸兴奋："看清楚了，房子周围全是鬼子！有站岗的，有跑操的，还有几个在那儿打鸟呢，跟他妈到了自己的家一样！山后面好像有人，别人看不见，我可看见了，老子可是在这大山里面长大的。我看见山后的一条峡沟里有茅草叶子在晃，估计人不少，也许是青保大队的那帮老弱病残吧？看样子他们来了好长时间了，那边连一声鸟叫都没有。"卫澄海垂下头想了想，开口道："如果咱们上山，从下面打，子弹能不能够着他们？"

"够戗，很远啊，"左延彪摸着头皮说，"还不如直接从这里上去，摸到房子后面直接下家伙。"

"那不行，"卫澄海摇了摇头，"青保大队还没有开枪，咱们直接打容易乱了套，这点儿经验我还是有的。"

"咳！"左延彪翻了个白眼，"管那么多干啥？怎么痛快怎么来！"

"不能莽撞，"卫澄海横了他一眼，"这样，你跟和尚上去，打起来你们就开枪，不管打不打得着，先造成人多势众的声势再说，"转头看了看彭福，"福子你跟着我，咱们俩在山下刚才上来的那条路上等着，鬼子一撤退咱们就切断他的退路，估计他们撤不下来几个人，走近了一枪一个解决问题。山上的货物留给青保大队吧，也算是卖个人情。"说这些话的时候，左延彪和郑沂已经窜上了满是荆棘的山坡。彭福眯了一下眼睛："卫哥，凭什么把货物留给他们？咱们拿上山去，没准儿以后想找这样的货物还找不着呢。"卫澄海边走边哼了一声："你这个财迷。咱们带来的东西已经不少了，再往上拿，你不怕人家笑话？好像咱们是在低声下气地求人家似的。"彭福讪讪地跟了上去："这不是你的意思吗，咱们就是有些低声下气。"

卫澄海笑道："想要长远着打算，目前咱们必须这样办，你哥哥我不傻。"

彭福咳嗽一声："昨天你从山上下来很不高兴，连我都看出来了。"

卫澄海嗡声道："高兴在最后的才是英雄。"

下到山底的那条下山的必经之路的路口，卫澄海前后打量了几眼，拖着彭福蔽到了一堆乱石的后面。

说了没有几句话，山上就响了清脆的一声枪响，声音类似一声孤单的爆竹。卫澄海一下子皱紧了眉头："左大牙这个混蛋！"彭福一愣："左大牙咋了？"卫澄海将匣子枪猛地砸在了自己的大腿上："这是他的枪响！我让他不要急躁，不要急躁，他终于还是打了第一枪！"支起身子往山上一望，眉头皱得像一座小山，"搞不好对面的人还没有反应过来，以为有人在捣乱呢……""不能吧，"彭福打断他道，"青保大队的弟兄们久经沙场，还能连谁是朋友谁是敌人都看不出来？"话音刚落，山上枪声大作，像是过年五更的爆竹声，一阵紧似一阵。卫澄海点了一根烟，一横身子躺倒了："等吧等吧，不管怎么样，这一仗小鬼子得不到什么便宜。"彭福从腰上摘下几颗手榴弹，一字排在自己的眼前，牙齿咬得格格响："卫哥，还是跟着你痛快！如果咱们这还是在城里，去哪儿打这么痛快的仗？在小鬼子的眼皮底下，偷偷摸摸'别'个岗哨都提心吊胆的……哈，这下子好，直接跟这帮畜生干上了！来吧，不管你下来几个，老子这次不用刀子了，直接给你们来个响家伙！"

山上的枪声稀薄下来，有喊杀声爆发出来，接着大乱，听声音是鬼子坚持不住了，要跑。

几声炮响横空而起，有一发炮弹落在前方的那条山路上。

卫澄海摔掉烟头，一骨碌滚到彭福的身边，眼睛瞪出了火光："谁往这里打炮？"

彭福没有反应过来，茫然地望着卫澄海。

卫澄海甩了一下手："往这边打炮，鬼子还能往这边跑吗？"

这话刚说完，卫澄海就笑了，大嘴几乎咧到了耳朵根子："这帮没有脑子的猪！他们还真来了！福子，准备动手吧！"山坡上骨碌骨碌滚下来十几个鬼子兵，有两个被树枝挂在半山腰上，挥舞着双手咿里哇啦地乱叫，跟刚抬上案板的猪一样。一发炮弹又落到了山路上，山上的人似乎是怕鬼子跑掉，提前将炮打到了这里。鬼子们慌不择路，一窝蜂地往山路上涌。炮弹好像找不准方向了，一颗一颗在路边的草丛中炸响。鬼子兵抱着脑袋沿山路往山下窜，眼见得离卫澄海这边越来越近。卫澄海几乎看见了他们惊恐万状的眼，抬手一拍彭福的肩膀："来吧兄弟，让哥哥先看看你的准头。"

彭福的手榴弹脱弦的箭一般射向了即将奔到眼前的三两个鬼子——轰的一声巨响，这几个鬼子抛烂布似的被抛向了半空。与此同时，卫澄海手里的枪也响了，果真如他说的一般，一枪一个，转眼之间，十几个鬼子兵全都躺倒在一片浓烟里。彭福刚要举枪，卫澄海拉了他一把："慢着！打急了，他们不从这里走了！"果然，后面跑着的几个鬼子兵撒腿往北边的山坡上跑去。彭福一个猛子跳起来，突然被一阵炮弹掀起来的热浪扑倒了。卫澄海爬过去，彭福在尘土里站了起来："谁他妈的这么不长眼啊……"话音未落，山路那边大鸟一般扑下来光着膀子的左延彪，他像是刚从煤窑里出来，整个脸只能看见一排白色的牙齿，身上全是一道道被汗水冲刷出来的杠子。郑沂边用冲锋枪扫射那几个往山坡上爬的鬼子边喊："趴下，趴下！"

"大牙，卧倒——"一块石头后面探出了华中乱蓬蓬的脑袋。左延彪仿佛没有听见，一手长枪一手短枪，边往下冲边打，子弹碰在石头上，溅起的火花就像铁匠打铁。一个鬼子兵躲在一棵树后悄悄瞄准了一路冲下来的左延彪，卫澄海一个点射，枪没响，卡壳了，鬼子突然将枪瞄准了卫澄海。华中大叫一声，腾空扑向了鬼子，鬼子还没有反应过来，就被华中扑到了身子下面。鬼子怪叫着，在华中的身下剧烈扑腾，华中的双手掐住他的脖子，回头大喊："爷们儿，拿石头啊！"

"你的枪呢？"郑沂推倒左延彪，追过来，提着枪来回瞄鬼子的脑袋，鬼子的脑袋直往华中的怀里扎。

"操你娘的，你还真能躲！"华中猛然一歪身子，郑沂瞅准空挡，抬手一扣扳机——砰！

"你的枪呢？"郑沂揪起华中闪到了树后面。

"我刚从青岛回来就听见这边枪响，哪来得及拿枪？你的大刀片子呢？"

郑沂将自己的冲锋枪杵到华中的手里："现在有这个，谁还用那玩意儿？"华中刚把枪接到手里，就看见一个鬼子在一块石头后面探出了脑袋，抬手就是一枪，鬼子翻滚着掉下了山崖。山坡上又跑出几个抬着几只铁箱子的鬼子来，彭福的手榴弹呼啸着飞了过去……华中回头大声喊："你他妈的显摆什么？谁不知道你的准头好？"瞄准一个懵懂着爬起半边身子的鬼子来一梭子。鬼子像是被一根绳子拖倒似的，斜着身子歪躺下了。一个鬼子想要扑过去扶他，彭福的手榴弹跟着过去了，爆炸声中，破碎的弹片夹杂着铁石穿空的声音，四散开来，随后响起彭福发疯似的大笑："过瘾啊，过瘾啊！"

左延彪的枪里没有子弹了，将枪插进腰里，举着一块大石头来回趑摸："人呢？小鬼子，出来啊！"

卫澄海左右扫两眼，冲出去，一把将左延彪拉到了石头后面："你不要命了？"

左延彪抓起一颗手榴弹，连弦没拉就丢了出去："人呢？都死哪儿去了？"

郑沂扑过来，一脚踹在左延彪的脑袋上："你怎么搞的？你不要命，别拉上弟兄们陪你去死好不好？"

左延彪摸一下脑袋，把眼冲卫澄海一瞪："你说，我先开枪有什么错误？我不能把功劳让给青保大队那帮混蛋是吧？"卫澄海张张嘴，叹口气笑了："你是一肚子清理啊……得，你做对了。"转头扫一眼硝烟弥漫的山路，把手冲大家一拢："走吧，后面的事情交给青保大队了。"彭福扑拉着满头沙土，笑道："还是卫哥有想法啊，等我有机会把这个情况报告给李先良，让他封你个副大队长干干。"卫澄海乜了他一眼："福子神通广大，没有办不成的事情。"彭福无声地笑了："嘿嘿嘿，说着玩儿呢……我哪里认识人家李大队长？"郑沂还在生气，脖子一横一横地瞪左延彪："刚才要不是我，你的脑袋早就被鬼子的枪子穿透了，你娘的。"左延彪嘿嘿地笑："我不管，先过了瘾再说……我的命大。"

身后没有了枪声，一群鸟穿过与硝烟聚合在一起的云朵，箭一般地飞。

绕过一道山脊，一行人走上了回左家庄的那条僻静的小路，身后的硝烟麻花一般地扭，渐渐飘散。

彭福紧着屁股撵了两步，笑嘻嘻地一推华中："大胡子，你是什么时候回来的？"

华中不理他，追上卫澄海，道："事情办得很顺利，熊定山杀了董传德的表弟。"

卫澄海哦了一声："他没跟着一起来？"

华中忿忿地横了一下脖子："他不来，说是要去找唐明清，一大早就走了。"

第四章　山和尚火并董传德

这个冬天沉闷得很，鬼子很少经过崂山，山下的鬼子炮楼也没有几个鬼子驻扎，有限的几个二鬼子整天卧在里面睡大觉。山上下了几场雪，漫山银白。卫澄海跟董传德的关系也如同这寒冷的天气一样，嘎巴嘎巴地结着冰。事情的起因是因为华中联系熊定山，两人一起杀了董传德的表弟。董传德的表弟在城里的维持会干事儿，平常除了欺男霸女，还干一些给董传德和日本人"捎叶子"的勾当，是个出名的坏水。那天，董传德把卫澄海喊到"聚义厅"，没说几句话，直接拍了桌子："姓卫的！我早就看出来你不是什么好鸟啦！你在上山之前就打好了谱，想跟老子玩不仗义的！我问你，我表弟是怎么死的？"

卫澄海装糊涂："你表弟？你表弟是谁？我不认识啊。"

董传德掏出枪，猛然顶上卫澄海的额头："华中是不是你的人？你跟熊定山是什么关系？说话！"

卫澄海把脑袋往枪口上顶了顶："那都是我卫澄海的生死兄弟，你觉得不爽就杀了我吧，兄弟皱一下眉头对不起大哥。"

董传德瞪了好长时间的眼，一挥手："你走吧！好好给我演着戏，不定哪天演砸了，我让你死无全尸！"

这事儿卫澄海一直没吭声，恰在此时熊定山上山来了，一个人，一条枪，披着一身雪花。两个人坐在火盆边聊了几句就哑了。华中进来打哈哈说，熊哥那天杀老董的表弟好利索，跟杀小鸡似的。熊定山哼哼道，那个人该杀。华中笑道，董传德现在是我们的大当家呢，让他知道你来了山上可了不得。熊定山说，他是不是你们的当家，卫老大自己心里最清楚。卫澄海说，你也不要说这些没用的，实际情况是什么，你早就知道。熊定山铁青着脸道，我不是不守信用，我是见不得董传德的那张死人脸。卫澄海说，你愿意入伙我举双手欢迎，不愿意，这就走。熊定山皱一下眉头，起身就走，门板摔出咣的一声。

华中纳闷着问卫澄海，大哥，熊定山这是怎么了，怎么说翻脸就翻脸呢？

卫澄海闷声道："不守信用的家伙！他不但不想入咱们的伙，刚才还动员我入他们的伙呢，我听他的？"

华中笑着摆了摆手："你们两个人可真有意思，有时候谈得热火朝天，有时候冷不丁就恼了。"

"和尚呢？"卫澄海不理这个话茬儿，阴沉着脸问。

"跟滕先生在外面说话呢。"

"喊他进来，我问他个事情。"

"卫哥，你是不是等不及了，这就要跟董传德翻脸？"

"我实在是忍受不下去了，"卫澄海的心像是被一块大石头压着，说话的声音都变了形，"我今天就想'办'了他。"

"要不要喊上左大牙？"

"他太莽撞，这事儿不能喊上他。你顺便去一下上清宫，看看那几个家伙在没在里面。"

"我先去把他们控制起来？"

"不用，看看在不在就成。我让福子和大牙解决他们。"

郑沂搓着手进来了，一进门就笑："滕先生果然有这个想法。咱们前面的'铺垫'真不错啊，现在队伍里的兄弟们基本全都向着咱们说话，滕先生的嘴皮子很不一般呢。还有，昨天我出溜了好几个'堂口'，大家都说老董这个混蛋该死了，不杀他不足以平民愤。你猜'青山保'的大当家路公达说什么？这个老混蛋更他妈的杂碎，他说，应该把董传德的血用盆接起来，倒进海里祭奠海神娘娘……不过他说得也对，老董这些年的确干了不少缺德事儿，应该这么对付他。"

"先别着急说这些，"卫澄海摇了摇手，"前几天你去朱七家，他家里到底是怎么个情况？"

"我不是说过了嘛，他大哥装疯子，他六嫂好像是真的疯了……就这些。"

"你确定他没回过家？"

"卫哥，我发现你这阵子变了不少呢，乱怀疑人……朱七不是那样的人！"

"我相信他，可是我更相信的是……唉，他是个顾家的人，我很了解他。"

"我也了解他，"郑沂有些急了，脖子涨得通红，"他再怎么说也不应该不回来跟大伙儿说一声，何况我亲自去过他家。"

"你见着他六哥了没有？"卫澄海的口气有些软。

"没见着，走了好多天了。"

"我听说朱七他媳妇……就是桂芬在东北的丈夫，去过朱七家？"卫澄海问得有些郁闷。

"去过，"郑沂摇着头说，"是朱七他大哥说的。唉，这事儿弄得很不好……我才知道原来朱七的媳妇是这样弄来的。"

"那个人是不是叫陈大脖子？"

"好像是……朱七他大哥说，那个姓陈的没找着桂芬，哭着走了，他好像一直在找自己的媳妇呢。"

"以后朱七回来，这事儿千万别告诉他，弄不好会出事情的。"

"我知道，"郑沂挥了一下手，"别说这事儿了，难受。"

卫澄海站起来，绕着火盆转了几圈，猛地站住了："我跟滕先生的那件事情你已经知道了吧？"郑沂笑道："这事儿谁不知道？不就是参加了共产党嘛，好事儿啊。"卫澄海坐回火炕，盯着窗外纷飞的雪花看了一会儿，猛一回头："我已经下了决心，今天就除掉董传德！"郑沂的眼睛里面射出阴冷的光："我知道我应该做点儿什么。"卫澄海直直地盯着他看："咱们以前商量过的还是不变，到时候看我的眼色行事。要快，不能给他们一丁点儿反应的余地！"郑沂使劲地点头："刚才滕先生说了，外面的那几个董传德的铁杆，由他的人控制，里面的好说，只要董传德放我跟华中进去，一切都算是妥了。"

卫澄海跳下炕，默默摸了摸郑沂的肩膀："你去准备一下，马上就走。出门的时候喊福子过来。"

郑沂挺着胸脯出去了，不一会儿，彭福缩着肩膀进来了："卫哥，你先别说话，让我猜猜你找我干啥。"

卫澄海不耐烦地横了他一眼："我问你，老董是什么时候说他的表弟死得蹊跷？"

"这话得有两个多月了吧……"彭福翻了个白眼，"你怎么突然问起这个来了，我不是早就跟你说了嘛。"

"他跟蚂蚱菜说过，"卫澄海一顿，"他说，他怀疑咱们队伍里面出了内奸，言下之意就是你。"

"大牙为什么不先来告诉我？"彭福的脸色有些难看，"他现在也是共产党员了，不能随便在队伍里面搞不团结。"

"应该这样，"卫澄海皱了皱眉头，"不说他了……大牙经常跟滕先生在一起是吗？"

"是，"彭福悻悻地哧了一下鼻子，"姓滕的算个什么东西？他连自己的马子……"

"不要说这些，"卫澄海打断他道，"一会儿你跟大牙拿着家伙看住了前几天我跟你说过的那几个家伙，他们现在都在上清宫里跟道士聊天。去了不要露出马脚，这帮家伙很精明的。我带华中和郑沂去山上一趟。"彭福一下子张大了嘴巴："好家伙，卫哥你终于下定决心了……好，弟兄们早就等着这一天啦！"拔脚就往外走，在门口跟华中撞了一个满怀，华中扒拉一捆草似的将彭福扒拉出去，冲卫澄海一点头："我去看了，那几个家伙都在。"彭福从门外探了一下头："大胡子你这个混蛋，他们都在，你咋不直接请他们吃'花生米'？让老子再跑一趟。"卫澄海一把拽回了他，点着他的鼻子一字一顿地说："我告诉你，不到万不得已的时候千万别杀人。大牙你也给我控制好了，出了一点儿差错，我拧下你的脑袋当尿壶。"

彭福一走，卫澄海从华中的腰里将一把驳壳枪抽了出来："这个不能带，老董现在很警觉。"

华中摊了摊手："万一他们人多怎么办？"

卫澄海用力捶了他的胸脯一拳："我既然敢于空着手去，就有决胜的把握！"

华中摸着胸口笑："我不管，有和尚呢。"

"不用你管，"郑沂阴着脸推开了门，"我准备好了，咱们走着？"

"把刀藏好了吧？"卫澄海摸了他的腰一把。

"往哪儿摸？"郑沂反手一拍脊梁，"在这儿呢。"

"哈哈，"华中大笑，"这个老土鳖，到死也不会知道，取他性命的祖宗藏在那里，走吧。"

"糟蹋了我一壶好酒，"卫澄海从被垛下面抽出一瓶贴着洋标签的酒，使劲一晃，"这还是巴光龙送给我的呢。"

外面的雪还在扑簌簌地下，大山里阴沉沉的没有一丝生气。绕过一道山梁，那座铁索桥就在眼前了。卫澄海冲站在桥头上的一个兄弟喊了一声："董司令在上面吗？"那个兄弟打了一个口哨："在！"卫澄海迈步上了铁索桥。搭在铁索上面的木头板上落满了雪，那个兄弟想来扶一把卫澄海，被郑沂一胳膊横了出去，那兄弟讪讪地嘟囔了一句："好家伙，派头比董老大还足呢。"华中回手拍了拍他的脸："这才是真正的老大。"那个兄弟吐了个舌头："大家都明白，谁不明白谁是个彪子。"

下了桥，三个人钻进了通往董传德"老巢"的那个山洞。一出洞口，呼啦围上来四个人，卫澄海冲他们笑了笑："我来见见老大，麻烦兄弟给通报一声。"那几个兄弟倒退着作了一个揖，快步进了"聚义厅"。不一会儿，董传德迈着方步踱了出来，冲卫澄海一拱手："今天怎么有空过来？"卫澄海冲他施了个坎子礼，笑道："我青岛的一个朋友今天来看我，带了一瓶洋酒，我拿过来孝敬孝敬大哥。""老弟太客气了。"董传德的脸上看不出表情，脖子一扭进了屋。卫澄海知道，这是要让把门的兄弟搜身呢，讪笑着举起了双手。那几个兄弟随意拍了拍卫澄海的腰，又走过场似的摸了摸郑沂和华中的腰，随即做了个请进的动作。三个人刚进门，董传德就从椅子上站了下来，伸手一指华中和郑沂："这二位也喜好喝点儿？"卫澄海故作夸张地挝挲了一下胳膊："都是海量啊。知道董大哥喜欢喝酒，早就嚷嚷着要来陪你呢。"

　　董传德眯着眼睛乜了卫澄海一眼，微微一笑："难得兄弟一片孝心……那好，我也找几个酒量好的兄弟过来陪你。"啪啪拍了两下手，门口的四个兄弟将门推开了一条缝，董传德往里一勾手："哥儿几个一起进来暖和暖和，外面冷啊。"

　　这四个人的身上全都斜挎着匣子枪，董传德的脸上泛出不可一世的光芒。

　　卫澄海不屑地在心里笑了一声，这个土鳖，既然看出我来者不善，装什么样子？不见客就是了，可见你还是个土鳖。

　　董传德接过卫澄海递过来的酒，在手上掂了掂，咂一下嘴巴道："好酒好酒，可惜没有准备下酒菜。"

　　卫澄海一笑："真正喝酒的人是不讲究什么下酒菜的，嘴里含着根钉子照样喝他个小辫儿朝天。"

　　董传德嗯嗯着，将酒瓶子递给了身边的一个兄弟："来，打开。"

　　胸有成竹的卫澄海旋身坐到董传德的对面，貌似随意地一指旁边的几把椅子："来，各位兄弟随便坐。"董传德的脸上闪过一丝不快，很快便掩饰住，莞尔一笑："随便坐随便坐。呵，卫老弟打从上了山，就没少给山门出力啊，这第一杯酒应该先敬卫老弟。"说着，拿过已经打开的酒瓶子，抓过一只茶杯往里面倒。卫澄海心想，老家伙这是怕我给他下毒呢，端起酒杯冲董传德一晃："多谢大哥赏脸。"仰起脖子，一饮而尽。董传德的脸色忽然有些阴沉，将酒瓶子往桌子上一蹾："卫老弟果然痛快，"转头对一个兄弟道，"拿我的烧刀子酒来，那个够劲儿。"卫澄海拿过洋酒瓶子，将瓶子口轻轻抵在董传德的茶杯口上，慢慢斟满了酒，再给自己的茶杯添满，双手端起杯子，微微一笑："大哥，这一杯我敬你福如东海，寿比南山！"

董传德的脸上泛出了紫青的颜色，用一根手指弹一下杯子，漠然道："你还是敬你自己的好。"

旁边的四条汉子有些茫然地看看董传德再看看卫澄海，尴尬地笑。

华中给自己添了一杯刚拿上来的烧刀子酒，冲四个兄弟一摆："来，兄弟我也借董大哥的酒，敬几位大哥一杯。"

那四个伙计忙不迭地找茶杯筛酒，一片叮当之声。

这全是一帮土鳖……卫澄海几乎骂出了声音，你们不知道我跟董传德闹到什么程度了？还他妈装。

又喝了一杯，卫澄海故意拿话刺激董传德："董大哥，你刚才说，小弟打从上了山，就没给山门少出力，我有些不明白，我这出力出在什么地方？打鬼子了？下山吃大户了？还是抢老百姓的粮食了？不懂，真的不懂啊……大哥，你是知道的，我在青岛混不下去了，这才来山上投奔你，你没拿小弟当外人，供吃供喝，还供房子我住。我心不安，理不得啊……"

"有些事情你知道我也知道，"董传德极力压抑着怒火，慢条斯理地打断了卫澄海，"你对我有什么意见可以明说，可是你不该对我说这样的话。你不是说你没给山门出过力吗？那么我来告诉你。'宏兴号'轮船上的那批货是怎么回事儿？没有你的那批货，山上的兄弟吃什么？"董传德突然爆发，一把将挂在太师椅上的手枪拍在桌子上，"滕风华这个混账玩意儿这是把弟兄们往死路上逼呢！什么不能下山抢粮食？老子拉杆子出来，图的是个什么？连饭都吃不上，谁还别着个脑袋打仗？他老是说我不打鬼子了，可是我以前打过吧？老子还不是为了这几百个兄弟的性命？鬼子就那么容易打？惹急了，飞机大炮全上山了，不出一个钟头，崂山就沉到海里去了……"猛然跳起来，剑指横向卫澄海，"还有你，跟我装什么清白？你也跟在滕风华这个蛮子的后面煽风点火！你以为我不知道你的来历是不是？你清白个屁，你的出身也是个胡子！我告诉你，干了这一行就没有个退路啦，你就是当了皇帝，也是个胡子出身……你来投奔我是什么意思？你明白，我更明白！"

卫澄海将双手往下压了压，一本正经地说："对，董大哥说得对，我就是个胡子。"

董传德余怒未消，抓起酒瓶子就灌，呛得直咳嗽："咳，咳咳！胡子比汉奸强不到哪儿去。汉，汉奸……"

卫澄海悄悄冲郑沂使了个眼色。

郑沂忽地站了起来，眼前白光一闪："你他妈的说谁是汉奸?!"

董传德不相信似的"咦"了一声，双手往空中一抓，脖子上喷出一股血柱，浑圆的身躯轰然倒地。

旁边的四条汉子刚一愣神，身上的枪就到了卫澄海和华中的手里，四条汉子一下子呆在了各自的座位上。

卫澄海用脚勾了勾正在倒气的董传德，转身对四条汉子说："四位兄弟，今天的情况你们也看见了，我卫澄海好心好意过来看他，他不给面子不说，竟然还骂我是个汉奸。我是不是汉奸大家都很清楚，我最讨厌的就是汉奸！说实话，大家也能看得出来，我打从上了山就跟这个老混蛋拧着，因为什么？我卫澄海是个中国人，我是来打鬼子的！可是他呢？他不打鬼子，专门欺压百姓！但凡有点儿良心的中国人能答应他这么干下去吗？我不想多说了。眼前有两条路你们走，一是跟着我在山上继续跟鬼子干，二是跟这个老混蛋一样的下场！其他的兄弟我不想多管，愿意留就留，愿意走就走。听明白了?"

四条汉子互相望了一眼，脸色黄得像是贴了一张黄裱纸，说不出话来，一个劲地点头。

卫澄海舒口气，冲华中一点头："通知滕先生，召集山前山后所有的老少爷们儿来这里集合！"

四条汉子方才缓过劲来，齐齐地喘了一口气："卫大哥，我们跟定你了，我们都是穷苦人出身，我们也要打鬼子！"

卫澄海把枪递给他们，挨个摸了摸他们的胳膊："我相信你们，不然刚才你们都活不成了。"

郑沂将自己的大刀片子丢到已经咽气了的董传德脑袋边，抓起董传德的枪掖进了自己的裤腰。

满山全是尖利的集合哨声，雪已经停了。

卫澄海背着手踱出门外，仰望着一点一点变亮的天空，脑海里忽悠泛出朱七和大马褂的身影。

第五章 煤窑

朱七和大马褂果然是来了东北。走了几天全不知道，朱七只记得路上换了几次车，又是火车闷罐子又是军用卡车，最后还坐上了马车。下车的时候是个傍晚，不用看朱七也明白，自己这是真的到了东北。从人缝里，朱七发现，上车的时候有好几百人，现在只剩下三十几个人了。好在大马褂一路牵着朱七的手，不然在路上朱七不知道大马褂也被卸到哪里去了。大马褂的脚跟像是踩在棉花上，一走一扭歪，好几次软在了朱七的肩膀上。鬼子兵似乎也累了，连踹大马褂一脚的心思都没有。一行人稀稀拉拉地跟着一个维持会模样的人往黑黢黢的大山里面走，连说话的声音都没有，像是一群即将倒毙的鬼魂。

目的地在一个半山坡上，那里有一排树皮"拉"成的厦子，像放木头人住的地方。

鬼子兵赶牲口似的将这群人赶到厦子前面，哗啦一拉枪栓，站到了对面。

带他们来的那个维持会先是父老乡亲地打了一阵哈哈，接着唾沫横飞地说了一通，朱七明白了，果然是来下煤窑。

朱七跟大马褂被安排到一间厦子里，朱七这才放了一下心，总算没有走散。无精打采地在大通铺上坐了一阵，外面就送来了饭。还不错，一人两个巴掌大的苞米饼子，连带三块"呱唧头"（萝卜腌的咸菜）。满以为以后就吃这样的饭食了，谁知后来没有了这种待遇，一天一块拳头大小的橡子面窝头，三碗清水似的苞米面稀饭，窝头不舍得吃，大家就把它一点一点分成十几口，慢慢在嘴里转悠，稀饭当成糖水，含在嘴里和着唾沫往下咽。后来，实在饿得没有办法，大家就把窝头压成饼状，掰成几小块，泡在冷水里，泡得像稀饭那样，先喝水，再吃泡涨了的碎饼子。有一个伙计实在是被饿草鸡了，趁监工不注意的时候偷偷捋了几把野菜垫饥，结果被发现了，牙齿全被打掉了。夏天还好一点儿，大家饿得两眼发昏实在撑不下去的时候，就捉苍蝇和蚊子吃，冬天没有那些玩意儿，只好吃雪，吃得朱七脸上的刀疤都变成了皱纹。

煤窑隧道里漆黑漆黑，脚下全是煤石头，又坚硬又尖锐，大家的鞋子早就被磨烂了，划破的伤口鲜血淋漓。寒冷的冬天，大家就这样光着脚走过冻僵的雪地去煤窑上工。朱七穿的始终是开始的那身衣服，上衣的袖子没有了，裤子的下半截也没了……满山都是看守他们的鬼子。刚来的几天，白天下煤窑，晚上一挨枕头就睡成了死猪，连逃跑的念头都没有工夫去想。日子不知道是怎么过的，朱七起先还用石头在铺板上刻道道儿记着，后来全乱了，那上面划得像个鸦雀窝。煤窑里的人经常换，有人死了，有人补充进来，流水似的总不停歇。朱七恍惚记得有一个春天来了，又有一个春天来了，接着，山上的树叶就又一次黄了……

　　不知道咋搞的，这阵子总是下雪，朱七的脑子糊涂得像烂猪食，难道又一个冬天来了？

　　冬天真的来了。身上冷，没有棉衣，冷得朱七连被子都当了棉袄，下煤窑的时候也披在身上，大家都这样。

　　那天的雪下得实在是太大了，山根本就上不去。大家躺在各自的被窝里，跟死了一般。大马褂哆嗦得像打摆子。朱七将自己的被子给他盖在身上，抱着他问："你没算算咱们来了几个月？"大马褂的牙齿碰得"得得"响："还，还几个月呢……我感觉得有几年了。"旁边的一个伙计有气无力地说："两年多啦，现在又快要立春了。""你说的不对，"一个脸上有麻子的大个子直起了身子，"好像刚过了年，我昨天上山的时候听见有放炮仗的声音。"朱七说："那是打枪的声音。"麻子撇了撇嘴："真的真的，我想起来了，那真是放炮仗的声音……打枪的声音没那么乱。"朱七斜了他一眼："你很懂行嘛，是不是以前干过……"忽然觉得这个人很面生，"你是刚来的？"麻子点了点头："前天晚上来的。老哥，听口音咱们是老乡啊，你是哪儿的？"朱七反问了一句："你呢？"麻子很爽快："崂山的。"朱七的心一热，眼泪都要流出来了。

　　接下来，朱七就知道了崂山发生的一切。麻子最后说："我被鬼子抓来之前，庵子山那边打了一仗，是义勇军跟城防大队打的……那天傍晚，从李村那边来了五六百个二鬼子，从柳树台东山向大庵子那边走，看样子像是要包围义勇军。义勇军早已经知道了，一个叫华中的大胡子带着好几十个兄弟埋伏在荆条涧那边，打得那叫一个惨啊，连大炮都动了，整个天都是红的。打了三个多小时，义勇军输了，好像是没有子弹了。卫澄海带着人从罗圈涧赶过来救援的时候，华中的弟兄全跑散了。后来华中被鬼子抓了，浑身是血，一路叫骂……"

　　"这是真的？"朱七的手心攥出了冷汗，"你亲眼看见的？"

"我哪敢靠前？打完了，我躲在看热闹的人群里，看见二鬼子押着一个大胡子下山，后来知道他叫华中。"

"你不知道他押到哪里去了？"

"还能押到哪里？一到沙子口就得枪毙，小鬼子性子急着呢。"

"义勇军的人没下来救他？"

"这个不知道。山上山下全是死尸，打到一半的时候，鬼子的铁甲车就轰隆轰隆地开上去了。"

咋出了这么多事情呢？听这意思，鬼子开始围剿崂山了。朱七的心说不上来是个什么滋味，脑子乱成了一锅粥……朱七恍惚看见，黑暗中自己的脸上中了一枪，鼻梁被打得四分五裂，鲜血溅了在旁边抽大烟的大马褂一脸。朱七顶着这样的脸踯躅在回家的路上，路边的茅草波浪般的起伏……朱七回了家，桂芬跟朱七他娘坐在炕上，炕桌上摆满了酒菜。朱七他娘说，七，喝了酒就去潍县把桂芬接来家，明天是端午节，端午节娶媳妇吉利着呢。朱七说，娘，桂芬这不是在你跟前吗？朱七他娘说，喝了酒就送她去潍县，她娘家兄弟在那里，咱们老朱家讲究，得把她送回去。说着话，桂芬就不见了。朱七他娘说，七，去吧，这就去，娘等不及了，娘要看着你娶媳妇……三乘描金小轿颤在朱家营村南边的河堤上，朱七一路钻着绿莹莹的垂柳和瓦蓝蓝的烟气，直奔潍县而去。朱七喝多了酒，身子就像是被卖肉的剔了几根肋条，腾云驾雾样地摇晃着向西北方向走。身子飘，脚下也没有根基，朱七觉得自己不行了，这辈子从来就没有这么软弱过，这是咋了？没中风没着凉，更没吃什么不干净的东西，光凭肚子里那点儿酒，能熊包成这个样子？梦中就知道自己是在做梦。

这一觉，朱七直睡到了天将放明，睁开眼睛的时候，煤窑口的那条大狼狗哈嗒哈嗒地在他的眼前吐着血红的舌头。

满怀着再见麻子跟他聊聊的心思，朱七蹒跚下了冷得像冰窟窿似的煤窑，哪知道麻子走了，被鬼子用刺刀挑着走了。

蜷缩在煤窑下面，朱七问战战兢兢的大马褂，麻子犯了什么事儿？

大马褂说，你睡得像个死猪，半夜麻子就被鬼子喊出去了，刚走到门口就挨了刺刀。

朱七的眼睛在黑暗中发出红颜色的光来，像是过年时放的炭硝花子……老子不能在这里耗了，老子不想死。

季节在不经意的时候转换着，石头缝里的陈雪钻出麦芽儿一般绿的小草的时候，西北边吹来的风柔和起来。厦子檐上挂着的冰瘤子开始融化，哩哩啦啦往下滴水，时常还会整个掉下来，砸到地上发出清脆的碎裂声；冻实过的硬土和着雪水软化成泥浆，整个煤窑四周变成了一个大泥潭。厦子顶最后的积雪还要一段日子才能彻底化完，但这个严冬总算是熬过去了。看守朱七他们的鬼子全都换成了穿黑衣裳的二鬼子。朱七感觉机会来了，没事儿就跟看上去脾气好一些的二鬼子搭讪。一来二去，朱七就跟一个外号叫玻璃花的二鬼子混熟了。朱七带来的钱派上了用场。没用多长时间，玻璃花就跟朱七称兄道弟起来，甚至还隔三岔五地给朱七买点儿猪头肉打打牙祭。朱七从他的嘴里知道了不少关内的情况。玻璃花说，日本人快要完蛋了，关东这边的鬼子大部分都进了关内，听说是要集中兵力跟八路和中央军火拼。山东境内的不少地方都被八路占了，八路在那边收了地主的地，分给百姓，百姓都拥护八路。去年中央军在徐州跟鬼子干了一仗，大伤了鬼子的元气。

　　朱七将带来的钱快要花光了的时候，玻璃花突然哭丧着脸来找他，闷闷地说："兄弟，我估摸着你当过打鬼子的兵。"

　　朱七不言语，一个劲地瞅他，心里在犹豫是否将实情告诉他，没准儿他一高兴，将自己偷偷放了呢。

　　在这之前，朱七就探过他的口话，玻璃花似乎也讨厌日本人，感觉自己这活儿干得窝囊。

　　谁知道，这次还真的来了机会。

　　玻璃花见朱七不说话，擤儿下鼻子，吭吭哧哧就抽搭上了，他说，他的老婆让日本鬼子给糟蹋了。

　　朱七还是不说话，直到他抽搭着将事情的前前后后吐露了个干净。

　　原来，前几天他在山上没回家，几个喝了酒的鬼子在他们村瞎转悠，转悠着就看见了他的老婆，不管三七二十一就给扒了裤子。他老婆没脸在家里过了，当夜就不见了踪影。玻璃花回家知道了这件事情，到处找她，天都要翻遍了也没找出人来，索性把孩子托付给大舅子，扛着枪来找朱七。朱七怕他有诈，轻描淡写地说："这种事情多了，日就日了吧，以后还不是照样过日子？"玻璃花急了，额头上的青筋都跳出来了："事情没摊在你身上是不是？七八条光棍趴在她身上……摊你身上试试？"说着，从怀里摸出一双还没绣好的鞋垫，搁在腿上一下一下地摸，"我老婆从来就不出门，也是为了我……她出来给我买绣鞋垫用的线，就那么碰上了，唉。"朱七依旧不动声色："你不找鬼子报仇去，来山上干什么？"玻璃花将鞋垫揣进怀里，一闭眼："兄弟，带我走吧，咱爷们儿打这些王八犊子去。"朱七见他下了决心，直接将自己和大马褂的来历对他说了，末了说："如果你有这份心，就把我俩偷着放了。打鬼子报仇的事情有我们，你就不用跟着我们去了，路上不方便。"玻璃花说："有啥不方便的？带上我，我路熟，"不由分说，打开带来的一个包袱，从里面拎出两套军装，"我早就给你们准备好了，走。"

等到天黑，三个人收拾停当，玻璃花打头，手牵着手悄悄摸下山来。

一路狂奔，跑到二道河子找了辆马车上路的时候，天已经快要亮了，东南天边全是带亮光的雾。

三个人不敢怠慢，丢了枪，换了平常衣裳，直接上了开往牡丹江的火车。

第六章　虎口脱险

火车在奉天靠站的时候，三个人靠在一起打盹儿。朱七迷迷糊糊做了一个梦。在梦里，朱七回了家，家里没人，空荡荡的。朱七沿着村南的河沿走，走着走着就走到了河中间，雪片一样的芦花飞得满河都是。朱七说不上来自己是要找娘还是要找媳妇，他站在水面上，不往下沉也不摇晃，连自己都觉得奇怪，难道我是个水上漂？桂芬在河沿上喊他，朱七想答应，但他的嗓子像是被人捏住了，发不出声音。桂芬哆哆嗦嗦向前伸手，快要抓住他的时候，他却突然沉入了水底。水很稠，没有一丝声响，也没溅起水花。铺了碎银子的河面上荡着桂芬的呼喊，呼喊顷刻就变成了哭声，在空荡荡的河堤上回响。朱七知道自己是在做梦，猛掐一把大腿醒过来，突然就上来了一队鬼子兵。朱七心说一句"完了"，连站起来的力气都没有了。果然，上来的这队鬼子兵将车厢两头一堵，端着刺刀把车厢里的男人从侧面赶下了车。大马褂丧气地问玻璃花："这不会是刚出虎口又进了狼窝吧？"玻璃花捶了一下脑门："怪我啊……咱爷们儿没有'劳动票'，这是被鬼子当了'浮浪'。"

满车的男人似乎都知道自己这是遇上了什么，没有一个敢开口问问的，没精打采地被押上了一辆卡车。

浩浩荡荡的一队车带着一路烟尘往东驶去。

风冷飕飕的，吹在朱七的脸上像用粗糙的毛竹片拉着，刺痛得厉害。

在车上，朱七打听一个将脑袋钻在裤裆里骂娘的伙计才知道，这趟又麻烦了，鬼子这是要拉他们去呼兰修"国防工事"。

朱七明白，一旦到了那里，就再也没有活着出来的机会了，干脆横下一条心——路上"扯呼"！

不知走了多长时间，天擦黑的时候，车在一个荒凉的村子前停住了。

朱七将自己的身子背向大马褂，用胳膊肘捅了捅他。大马褂明白，一只手捏住朱七的手腕子，一只手麻利地解开了朱七的绳索。朱七腾出双手，摸索着帮大马褂松了绑，接着又解开了玻璃花的绳索。三个人挤在一处，看着被鬼子吆喝着往下赶的人群，互相一使眼色，翻身从另一侧跳了下去。车厢下面站着一个端大枪的鬼子。朱七没等他反应过来，直接将他勒到了路边的茅草丛中，大马褂早将预备好的枪刺捏在手里，赶过来照准脖子只一下，鬼子发出一声吐痰样的声音，没了气息。

朱七拽着鬼子的两条腿将他拖到茅草丛深处的一条小沟里，匍匐着往一块大石头后面爬去。

玻璃花拽出鬼子的枪，拉一把呼啦呼啦喘气的大马褂，蛇行着跟上了朱七。

三个人躲在石头后面野猫似的盯着不远处的车队看，车队那边乱哄哄的，鬼子赶猪似的将人群往村子里赶。

朱七摸着胸口刚喘了一口气，就听见前面的人群里传来一阵嘶哑的歌声。

大炮咚咚响，一切来救亡，

拿起我们武器刀枪，全国人民走向民族的解放。

脚步合着脚步，臂膀合着臂膀，我们的队伍光杀强盗，

全中国四万万同胞无悲呀，朝着一个的方向……

歌声充满悲怆的激昂，在没有风的夜空飘荡。是谁这么大胆？朱七的心沉了一下，这伙计怕是豁出去不想要这条命了。刚想抬起头看一下，大马褂隔着玻璃花戳了他一下，朱七顺着他的目光一看，顿时吃了一惊——西边不远处的一个土包后面也趴着四个人！月光朦胧，那四个人的装束看不分明。凭感觉，朱七知道这几个人也是刚刚从车上逃出来的"浮浪"。看样子这四个伙计也看见了他们，

一齐抻着脑袋往这边踅摸。朱七按着大马褂的脑袋将他按趴下，冲那边晃了一下手。那边看见了，同样挥了挥手。朱七放心了，伸出一根指头在嘴边嘘了一声，压低声音问："喂，那边的兄弟，你们是哪里的？"

一个熟悉得再也不能熟悉的声音回了一句："是小七哥吗？"

好家伙，彭福！朱七的心像是要爆炸了，下意识地坐了起来："是我！"

彭福在那边使劲地摇手："别出声，趴好了！"

朱七刚刚趴下，车队那边蓦地响起一声惨叫，歌声戛然止住。唱歌的兄弟完蛋了……朱七已经没了愤怒的感觉，脑子已然麻木了，心空得厉害，感觉自己的身子都要飘起来了。车队那边嗡嗡乱了一阵，接着没了声息，踢踢踏踏的脚步声风吹草地似的渐渐远去。大马褂抬了抬头，用力拧了朱七的大腿一把："那边是福子？"朱七没有回答，弓着腰，几步蹿到了彭福藏身的那个土包后面。彭福一把按倒了他："还真的是你呀！你可把我麻烦大啦……"朱七嘘了一声，来回看了身边的那两个伙计一眼："这也是咱们的兄弟？"彭福压着朱七，低声道："先别问那么多了。大马褂呢？"朱七掀开他，抬手一指石头后面："在那边。"彭福直了直脖子，猛地一推朱七："赶紧带着你的兄弟走，去前面的林子，我在那边等你们，快！"

在林子里面的一个低洼处，朱七瞄着青蛙样一蹦一跳往这边跑的彭福，心里突然温暖起来，像一个离家多年的小媳妇突然见到了娘家人一般。大马褂似乎也有这样的心情，说不出话来，细小的脖子几乎挑不住脑袋了，一个劲地打晃。

彭福跳到朱七的身边，一蹬腿，直接躺下了："我操他奶奶的，这一顿惊吓！"

朱七将踉踉跄跄赶过来的那两个伙计拉趴下，一把揪起了彭福："你怎么也到了这里？"

彭福来不及回答就被大马褂扇了一巴掌："福子哎，你娘的啊……"哇地哭出了声音。

彭福摸着被打疼了的腮帮子，嘿嘿地笑："看来哥们儿这两年多受了不少苦啊。"

"说，你怎么来了这里？"朱七直直地盯着彭福，心里直扑腾。

"我还想问你呢，你咋到了这里？"

"你不知道？"朱七猛然反应过来，他哪里能够知道我是怎么来了这里的？心里不禁一阵憋屈。

"我知道什么？我只知道你跟大马褂去了沙子口，到现在已经两年半没有见着你们了……你是怎么来的这里？"

"你先说。"

"我来找你呗，"彭福冲毛烘烘的月亮翻了个白眼，"有人说你回了放木头那边，你找你六哥来了。"

"啥？我找我六哥？"朱七一怔，"我六哥在老家好好的，我找他干什么？"

"啊？你不知道？"彭福不相信似的盯着朱七，"你真的没回家？"

"……"朱七憋屈得更厉害了，一把拉过了大马褂，"你问他！"

大马褂横着脖子将他们前面经过的事情对彭福说了一番。彭福听傻了眼，头皮搓得沙沙响："怎么会这样？不对呀……孙铁子在崂山碰见华中了，他亲口说……"彭福薅了两把胸口，将气息喘匀和了，说，"你们去了沙子口的第二天我们就知道出事儿了，当时卫老大很着急，可是正巧董传德让他带着弟兄们上山，这事儿就暂时搁下了。在山上，董传德说，他听孙铁子说，你很有可能是跑了，有可能不回山了，要回家找媳妇呢……后来卫老大一分析，说你不是那样的人。华中说，孙铁子告诉他说大马褂跑了，朱七找他去了呢。"大马褂委屈得眼珠子凸成了蛤蟆，想说什么又说不出来，瞪着彭福直倒气，彭福挑一下他的下巴，嘿嘿一笑："别瞪眼，我没别的意思，这都是原话……"

"华中真的已经'躺桥'了？"朱七急急地打断彭福，心悬得老高，似乎要从嗓子眼里跳出来。"死了，他死了好几个月了，"彭福的声音低沉下来，"你们都知道我跟老华有些，有些那什么……可是我真的心里没有啥，我就是讨厌他老是在我面前提那件事情。不过还真让我给说对了，老华对谢小姐还真的有那么点儿意思，在山上老往滕先生那边出溜……"

"打住打住，这些事情以后再说，"朱七有些急躁，咽一口干唾沫，冷冷地说，"告诉我，他到底是怎么死的？"

"城防去围剿，"彭福叹了一口气，"当时我和卫老大他们在仰口那边伏击去栲栳岛的鬼子，华中带着他手下的兄弟……"

"看来这是真的了。"朱七的心像是被一块石头压着，喘气艰难，眼前全是华中憨实的笑容。

彭福愣愣地望了一阵天，摸一下朱七的肩膀，沉声道："别难过了，人死如灯灭……他死得值，杀了不少鬼子呢。当时他被押到了李村，卫老大亲自下了山，带着我们找了城防队的长利。可是不管用，谁也救不了他，鬼子把押他的地方看守得像铁桶。我连夜去找了巴光龙，巴光龙带着龙虎会的全部兄弟都去了，可是根本没有机会下手。华中可真是条硬汉子，砍头的时候先是唱了一句'二十年后又是一条好汉'，接着对看热闹的人喊'老子死得值得，我就是死了也不能让小鬼子戳着脊梁说，看，这就是中国人'！尸首没丢，是老巴派人去收的……"

"别说了，"朱七蔫蔫地站了起来，"咱们找个地方躲着，这里不安全，刚才我杀了一个鬼子。"彭福笑道："看见了，当时我就觉得这几个家伙不简单，没想到是你和大马褂。"大马褂缩着脖子哼唧道："自古以来都是请佛容易送佛难，他们把老子请来，没个说法老子能就这么走了？"

大家都快快地笑了一声，呼啦站起来，跟着朱七往黑黢黢的山坡上走。

朱七回了一下头："福子，刚才你还没说你是怎么到这里来的呢。"

彭福说："还不是来找你们？我带了四个兄弟，到东北地界已经十多天了。"

"刚才唱歌的那个兄弟是不是也是咱们的人？"朱七的心又是一皱。

"是，"彭福叹息道，"那伙计是个'杠子头'，在火车上就暴露了身份，我们是被鬼子当俘虏抓的。"

"我听他唱的歌，好像是抗联唱的。"

"是啊，这伙计是卫老大带上山去的。你跟大马褂走了的第三天，他们就上山了。"

"是谁？是不是卫老大说过的那个叫棍子的？"

"不是棍子，是张连长……"

"知道了，他好像是个共产党……刚才你为什么不带他一起走？"

"他受伤了，跑不动，死活不走，这种时候，没法救他。"

"那伙计是条汉子。"朱七在心里翘了一下大拇指，不由得想起了死去的永乐。

"华中没死的时候在崂山见过孙铁子，"彭福擤一把鼻涕，接着说，"前年，孙铁子带着一个独眼儿伙计整天在山里面转悠，他去找过你一次，没找着就走了。那时候华中还活着，华中说，孙铁子说他自己要拉一帮兄弟在山里'起局'……那天华中回山，跟卫老大说，孙铁子在老家见过你，问你回家干什么，你说你找不着你媳妇了，怀疑是你六哥把她送来了东北，要收拾东西来东北找你六哥。当时我以为是真的，现在看来，孙铁子是在胡说八道……不过卫老大派和尚去过你们家，真的没见着朱老六，问你大哥，你大哥糊涂了，啥也不知道。"

"我明白了，"朱七隐约感觉自己家又出了事情，估计是朱老六害怕了，躲起来了，"和尚还说过什么？"

"和尚说，你大哥疯疯癫癫的，整天在街上高谈阔论，家败了。"

"我大嫂和我六嫂的消息呢？"

"你大嫂和你六嫂倒没啥，和尚说，打从找不着你六哥了，你六嫂就搬到你大哥家住去了。"

"还有呢？"

"没了，"彭福含混地笑了笑，"我知道你担心什么，没事儿的，有事儿和尚就回来说了。"

朱七稍稍放了一下心，回头望望静悄悄的林子，拉彭福一把，问："咱们去哪里藏着？"彭福说："你问哪个？在这里我不如你熟悉。"朱七沉吟了一会儿，脚步转向了西面："我从来没来过这边，咱们还是应该回奉天，那边交通方便，咱们必须抓紧时间回山东，在这边根本藏不了几天。"话音刚落，彭福身边的一个伙计闷闷地开了腔："这个地方我来过，是獐子河。"朱七咦了一声，歪头问彭福："这位兄弟也是咱们的人？"彭福笑道："刚才还忘了介绍，"将身边的两个伙计往前一扒拉，"这位兄弟叫张双，也是咱的人。旁边的两个也是，胖的叫石头，瘦的叫木匠。他俩也不是以前老董的人，是去年底从蒙山过去的，蒙山支队你知道吧？是共产党领导的队伍。我听张铁嘴说，你把兄弟丁老三就是蒙山支队的……对了，丁老三也在崂山呆过一阵子。刚开始跟史青云他们几个兄弟在山北边活动，后来一呼哨走了，好像有任务。"

彭福猛吸一口气，把话说得气宇轩昂："咱们崂山抗日游击队组建得可真不容易啊。先是拿下了老董……这我就不用详细跟你说了，等你回去见了卫老大，让他告诉你。真不容易！那时候，国民党市党部的孙殿斌也拉了一支游击队，驻扎在山北的惜福镇。刚开始的时候，孙殿彬派人联系卫老大，要求咱们的游击队到惜福镇跟他联合，还许诺发给咱们枪支弹药。卫老大是什么人？老江湖啊，他还看不出来？这小子就是想用武器当诱饵，收编咱们。卫老大说，'老子不吃他的，他想收编我，我还想收编他呢'。直接给他来了个将计就计，让他们去崂山共商大计。这小子也够实在的，带着几个兄弟去了崂山。晚上一起吃了饭，卫老大让他跟着他上山转转，暗地里派人把他带来的人全都绑了，当场收缴了三四支手枪……这事儿是我带着弟兄们干的。等这小子反应过来，卫老大早已经转悠进山里找不着了……哈，这小子灰溜溜地下了山。后来，卫老大给他写了一封信，不知道说了些什么，这小子竟然带着自己的队伍走了，再也没见着他们，估计是换地方发展去了。"

"卫老大的心气儿可真够高的，"朱七笑了，"照这么说，咱们的队伍算是正式扎下根啦。"

"也不能这么说，我下山的时候，鬼子正进山搜剿，山上挺冷清。"

"这没什么，连当年的抗联也遭遇过这样的事情，后来还不是一样发展壮大？"

"可是最后呢？"彭福不以为然地偏了一下脑袋。

"算了，先不管这些……"

"对了，熊定山也在崂山，'青山保'成了他的了，他把路公达给赶跑了。"

"那可就热闹了。孙铁子也去了崂山，熊定山跟孙铁子有得'缠拉'了。"朱七说得有些幸灾乐祸。

"孙铁子？"彭福咻了一下鼻子，"他拉鸡巴倒，打从熊定山上了山，他就不见了……反正我是没见着他。"

"拉倒不了，孙铁子肚子里面有牙，早晚得出来跟熊定山干，定山杀了他大舅。"

"我听和尚说了，"彭福一咧嘴，"这俩家伙可真有意思，互相杀舅玩儿。"

沉默片刻，朱七瞥了一直闷声不响的张双一眼："爷们儿，既然你在这边熟悉，你说咱们应该先去哪里躲一下？"张双似乎有话不敢说，眼睛直瞅彭福。彭福纳闷着看了他一会儿，忽然想起了什么，一拍大腿："干！白天的时候我还犹豫着，感觉这事儿不敢去冒那个险，现在我想明白了，咱们现在也算是'兵强马壮'了，咋不干？不是刚才马褂说了嘛，请佛容易送佛难，小鬼子把咱哥们儿折腾得不轻，咱们就给他来个一报还一报，炸了狗日的！"朱七吃了一惊："啥意思？炸谁？"

张双瞅朱七两眼，一咬牙："是这么回事儿……我跟彭哥下山之前，滕政委交给我一个任务，"略微一顿，咳了一声，"既然哥儿几个已经到了这个地步了，我干脆照实说了吧！我是共产党员。下山之前，滕政委把我喊到了他那里，告诉我说，松江这边有我们的队伍，情报说，獐子河有个鬼子的水电站，他们的人去炸过几次，没有成功，让我找个机会把这个水电站给他炸了……我在蒙山支队的时候是个爆破手，玩炸药我有一套，所以滕政委才想到了我。我们出来了四个人，除了彭哥提前不知道这事儿以外，我们三个人全知道，而且，我们三个人全懂爆破。因为怕路上出事儿，炸药我们没敢带，只好等到机会成熟……"彭福打断他道："既然我已经知道了，就这么着吧，干！"见朱七点了点头，彭福摸一把大马褂的脸，冲他做了个鬼脸："这事儿有了你，还怕没有炸药？就是王母娘娘裤裆里的毛儿，你也能给她偷来几根。"

木匠嬉皮笑脸地跟了一句："那不就妥了？"

朱七沉吟片刻，开口说："关键是咱们怎么才能溜进去，进不去的话，就是扛来大炮也白搭。"

张双说："没来之前滕先生已经掌握了情报，水电站也需要劳工，鬼子到处抓呢。"

彭福笑道："刚才别跑就对了，没准儿鬼子这就是想要送咱们去水电站呢。"

大马褂有些心虚，蛇一般舔着舌头："胡说……这才刚逃出来，你又瞎联系什么。"

朱七迈步就走："先别研究这个，哥儿几个先过去看看，做到心中有数。"

夜幕下的獐子河像一条静静地窝在那里的巨蟒，月光将河水耀得波光粼粼。

朱七一行六人涉过河水，沿着河沿走了一阵，在一片参差的苇子边蹲下了。

张双指了指远处闪着鬼火似灯光的一个黑黢黢的山峦说："那就是鬼子的水电站。"

朱七打眼一看，这是一个兵营似的建筑，几个巨大的信筒子样的柱子直竖竖地戳向天空，天上有零散的几个星星。

"哥儿几个，看样子咱们直接潜进去不太可能，"朱七盯着柱子咽了一口唾沫，"而且，咱们就是进去了也不知道应该从哪里下手才是。这样，今晚先找个地方住下，明天在附近溜达溜达，尽量让鬼子把咱们抓进去……"大马褂几乎要哭了："你还没受够啊！要溜达你溜达去，少拉弟兄们跟你一起遭罪，反正我是草鸡了，别打我的谱。"彭福推了大马褂的脑袋一把："你小子就是没有中国人的良心，小鬼子这么欺负咱们，你不跟他们干，想当逃兵咋的？你想想，如果没有小鬼子，咱爷们儿能遭这么多罪？你不是刚才还吹牛说'请神容易送神难'吗？"张双插话道："打鬼子并不是因为他亲自欺负到你的头上了，他践踏咱们的土地就跟欺负到你的头上一样。说实在的，我打小就没了亲人，是个孤儿，鬼子来不来我都照样过我的日子，可是我依然出来扛枪跟他们干，我们共产党人追求的是全人类的解放。"彭福点了点头："这话滕先生经常对我说。是啊，小鬼子在咱们的土地上横行霸道，但凡有点儿中国人的血性就应该跟他们拼命！马褂，你给个痛快话。"

"别说了，"朱七听得有些烦，把手在眼前猛地一挥，"这事儿不需要你们，我自己去！"

"哪能让你自己去?"彭福急了,"你有家有业的,万一……"

"没什么万一,"朱七说,"我观察过,这里跟煤窑不同,到处可以藏,实在不行,我可以溜出来。"

"你的意思是,你在里面弄明白了从哪里下手,然后出来说一声,最后咱们一起进去炸?"

"不是这个意思,"朱七的脸色凝重起来,"炸这么大的家伙需要的炸药不会太少,我在里面接应着……"

"明白了,"张双的眼睛刷地亮了,"我赞成!只要你在里面,我们在外面搞到炸药就可以一点一点地在里面积攒起来。"

大马褂终于放心了,瞄着朱七嘿嘿地笑:"这样也行啊。咱家七哥是个仔细人,当初在煤窑,如果没有七哥,我恐怕早就让鬼子给揪出来砍了……七哥胆大心细,这活儿离了他,谁也干不成。"朱七轻蔑地扫了大马褂一眼:"你就少说两句吧,你以为你的心思我看不出来?别着急高兴,搞炸药的任务落在你的肩膀上呢,"把头转向彭福,微微一笑,"福子,好好看住了马褂,这小子是个属驴鸡巴的,不经常'撸'着,他硬不起来。"大马褂蜷成一团,仰着脸冲朱七翻白眼:"我就是个那个啊……"彭福站起来踢了大马褂一脚:"走吧,你这个驴鸡巴。"

亢家铺子村在离水电站三里多路的一个半山腰上,张双同村的一个伙计倒插门在这里当"养老女婿"。没费多大事儿,张双就找到了他家。找到他家的时候,东南天边刚刚泛出鱼肚白。张双让大伙儿在村东头的一个草垛后面藏着,自己进了门。时候不大,张双出来了,拍几下巴掌,一行人鱼贯而入。"养老女婿"是个木讷的年轻人,见了这帮人也不说话,吩咐媳妇去灶间生火做饭,自己偎到炕头又倒下了。吃饭的时候,张双对朱七说,你说的没错,鬼子就是在抓劳工去水电站,没有劳动票的外乡人,鬼子一律抓。朱七心中有了数,将彭福喊到另一间,简单嘱咐了几句,找根草绳将褂子一扎,稳稳地出了门。

太阳缩在灰茫茫的云后,苍白得像个白纸糊的灯笼。

朱七沿着河滩往水电站的方向走,装做迷了路的样子,故意走得很慢。

河沿上一个人也看不见,朱七有些失望,他奶奶的,真想让你们来抓我了,你们倒不出来了,不免有些急躁。

离水电站越来越近了,朱七稍一犹豫,索性一转身向着水电站的方向走去。

走到离水电站大约一百米的地方,机会终于来了。

一队全副武装的鬼子兵齐刷刷地从水电站狮子口似的大门里出来，一路狼嗥似的唱着军歌。

朱七故作害怕，迟迟疑疑地倒腾脚，进也不是退也不是。朱七的心里明白，鬼子是不会平白无故地开枪打他的，只要一发现他，最大的可能是先抓住他，然后问他从哪里来，要到哪里去。那时候朱七就有话可说了……刚想到这里，朱七的心就凉了半截，他奶奶的，我猜错啦！鬼子真的要杀人。朱七清清楚楚地看见，带队的那个鬼子兵从腰里抽出一把盒子枪，看都没看，朝朱七这边甩手就是一枪。朱七掉头就跑，冷汗将他的棉袄都湿透了，连裤腰都黏得像是长在了腰上。刚跑过一片荆棘，后面的枪声又响了，耳边有子弹蝗虫一般飞过。朱七不敢跑了，距离这么近，再跑的话，恐怕自己八条命也没了。

蛤蟆似的趴在满是泥浆的地上的朱七，懊悔得肠子都要断了……你说我勤不着懒不着，揽这么个买卖干啥？我刚刚从虎穴里逃出来，不好好回家看我的媳妇，不好好先跟已经打好根基的兄弟们呆在一起，跑到这里来捋什么虎须？朱七的后脖颈都凉了，他似乎已经感觉到有冰冷的刺刀搁在那里。脑子里面仿佛挤满了苍蝇，嗡嗡的声音搅得朱七的脑子都要爆炸了。

奇怪的是，枪声突然停了下来，四周出奇地静，朱七几乎听见了空气的流动声。

一个驴鸣般的声音在沉闷中蓦地响了起来："八格牙鲁，什么的干活？"

朱七一下子放下心来，好啊，说话了就好……一种死里逃生的喜悦，油然从朱七的心头升起。

前方有踢踢踏踏的脚步声传了过来，朱七翻个身子，将两条胳膊在半空死命地摇："太君，太君，我是良民！"

一个端着三八大盖的鬼子兵野狼一般冲过来，掉转枪头，猛地一枪托砸在朱七的胸口上。朱七哎哟一声，就地打了一个滚，两手摇得更急了："太君太君，我是大大的良民……"那个鬼子举起枪还要往下砸，倒提着盒子枪的鬼子冲上来，一拉端大枪的鬼子，冲朱七一晃盒子枪："八嘎！你的，什么的干活？"朱七也不管他听不听得懂自己的话，躺在地上只管吆喝："我是大大的良民！早晨出来找我的牲口，不知道为什么转到了这里。不信你去村子里打听打听，我真的是良民啊。"

鬼子官叉开腿，捏着下巴瞪躺着打滚的朱七看了一会儿，说声"幺西"，冲端大枪的鬼子一摆头："开路！"一听开路二字，朱七的心一阵失落，啥？这是让我走？别呀，我白白挨了一阵惊吓，白白挨了一枪托就这么让我走了？太不够意思了吧。朱七装做茫然的样子，哆哆嗦嗦地爬起来，嘴里一个劲地嘟囔："我是良民，我是良民……"可就是不挪步。鬼子官回头猛瞪了他一眼："开路！"朱七刚想啰嗦几句，端长枪的鬼子从背后一脚踹了他个趔趄，朱七懵懂着加入了鬼子队伍。

三天后的一个傍晚。

朱七拎着一只装满炸药的洋铁桶，幽灵一般闪进了一个巨大的水泥罐子的后面。

野猫般敏捷的大马褂贴着不远处的墙根忽地溜了过来："七哥，准备好了？"

朱七点了点头："人呢？"

大马褂冲东面的方向吐了一下舌头："全来了。"

朱七拍了拍大马褂的肩膀："马上放火。"

大马褂用力捏了朱七的手一下，嗖地钻进了对面的黑影。

朱七稳了稳神，提口气，将桶往地下一倾，里面哗地滚出了一个碌碡大小的炸药包。朱七蹲下身子，仔细地将炸药包调了一个个儿，从背面拽出一根盘成一团的导火索。倒提着导火索，猫着腰蹿到了墙根。朱七刚在墙根下面喘了一口气，天上就腾起了滚滚浓烟，眨眼之间，火光照亮了整个天际。朱七倚着墙根嘿嘿笑了，这下子老子立大功啦！摸出火柴点了一根烟，双睛如漆，紧紧地盯着自己刚才藏身的地方。借着通红的火光，朱七看见被捅了的马蜂窝般杂乱的鬼子嗷嗷叫着往火光起处涌去。枪声、哨子声在刹那间响成了一片。火光闪处，彭福手里捏着几把刀子忽地扑进了中间那个水泥罐子的后面。紧接着，大马褂、张双、玻璃花、木匠、石头一起扑了进去，每人手里提着一个洋铁桶。朱七将手里的烟头对准导火索，来回一拉，导火索嘶啦嘶啦地着了，朱七一个箭步冲到了罐子后面："快走！"

张双将双手往旁边一摊："分头行动！"

彭福一拽朱七的手腕子，说声"跟我走"，撒腿往南边的一个平房边跑去。

张双将自己带的洋铁桶扬手甩进水泥罐子的一个洞口，紧跟朱七上了平房。

就在朱七他们跳出院墙的刹那，轰的一声巨响，西墙边的一个巨大管子状建筑轰然倒塌，烟尘滚滚四散。

朱七三个人捂着耳朵一路狂奔，眨眼消失在浓烟深处。又一阵火光在水电站的大院里爆裂开来，冲天的浓烟翻滚着扑向四周的建筑。火舌舔着天边与火光同样颜色的云朵，犹如大片夕阳映照中的火烧云。大马褂甩着冒出火星的褂子一路狂笑，玻璃花、张双、木匠、石头耸着肩膀跟在后面，火光将他们照得像是一团刚刚点燃的木炭。朱七跳出来："别乱跑，在这边！"大马褂扭着秧歌步往朱七这边跑，玻璃花猛然站住了："我的鞋垫！"反身往后跑。朱七大喊："别回去，危险！"玻璃花已经钻进了火光与浓烟里。朱七的心蓦地凉了……大马褂他们刚钻进河边的苇子，水电站里又炸开了一声巨响。朱七看见，举着一双鞋垫的玻璃花像是被扔向天边的一个雪球，无声地在半空中碎了，那只握着鞋垫的手扭曲着钻进了红色的天。彭福迎着这声巨响从苇子里面站了出来，烟尘与火光在他的身上交替出现，看上去像是一个怪兽。

"七哥，痛快啊！"大马褂踉跄着扑到朱七的身上，喊完这一嗓子，竟然像个娘们似的哭了。

"咱们的人都到齐了？"朱七推开鼻涕一样软的大马褂，来回扫着众人。

"全齐了。"彭福将叼在嘴里的刀子一把一把地往腰上别。

"老张，你的那个炸药包什么时候炸？"朱七的表情硬得像木雕。

"等咱们离开，它自然就炸了。"张双胸有成竹地回了一句，转身就走。

十分钟后，早已坐在马车上的朱七听到了一声巨大的爆炸声，水电站最后的那个水泥罐子在身后四分五裂。

马车得得地走。暖风吹拂着几个人依然兴奋着的脸。

朱七回过头，静静地注视着渐渐远去的火光，脑海里全是玻璃花握着鞋垫飘在半空中的影子。

第七章 大战前夕

巍峨的崂山西北麓荆条涧，卫澄海这支游击队的全体人马隐藏在一条狭长的山坳里，等候鬼子的到来。

朱七歪躺在晒得如同关公的卫澄海身边，听大马褂在一旁捏着嗓子一板一眼地唱戏。

山坳里的游击队员们身体紧贴着野草和石头，盯紧山下一条宽窄错落的小溪，一动不动。

朱七点了两根瘪成纸条的哈德门烟，递给卫澄海一根，闷闷地问："鬼子咋还不来呢?"

卫澄海冷眼看着山涧里潺潺流淌的小溪,将指甲里的灰尘冲下面一弹:"快了,这是他们去轮渡的必经之路。"

头顶上的日头越来越强烈地撒播着光芒,照在身上像是着了火。

朱七回到崂山已经一个多月了,在这之前他一直没有时间跟卫澄海好好聊聊。刚回来那阵,卫澄海整天带着队伍下山,不是在海上拦截鬼子的运输船就是去山东头一带伏击鬼子兵。朱七听左延彪说,去年五月,纪三儿派人带来消息说,裕泰船行的"宏兴号"轮船将从青岛开出,船上载着一大批军用物资。卫澄海当即带人去了青岛,伺机从码头混上了船,在徐家麦岛的海面上,将押运货物的二鬼子解除了武装。本来想把船开到崂山,不想中途遭遇了鬼子的巡逻艇,卫澄海只好将船开到了文登张家埠港。那边是国统区。卫澄海将船上的货物卸下来,装了一大船粮食回了崂山。后来,鬼子加强了海上巡逻,卫澄海去海上的机会就少了。朱七刚回来那阵,卫澄海有些郁闷,简单跟朱七和彭福聊了几句就带着他们组成一个小分队去了沧口营子大院,那里驻扎着汉奸教导队的一个连。一行十几个人没费多大劲就给他来了个一锅端,趁着夜色带回来三十多条大枪和一批弹药。昨天,卫澄海正召集大家商量要摸到青岛炸鬼子营房,突然接到了鬼子要经过这里的消息。

朱七扫一眼还在哼唧的大马褂,一口烟喷了过去:"你不会唱点儿别的?这么唱下去,不怕把你的裤裆顶破?"大马褂翻个白眼,快快地擦了一下鼻子:"我有那么硬的鸡巴?"卫澄海在一旁笑了:"你没有,梁大鸭子有。"朱七翻了个身子:"老大,梁大鸭子是怎么死的,说来我听。"卫澄海指了指仰面躺在一块石头后面的左延彪:"你问他去,他知道。"朱七从烟盒里掇出一根烟,猫着腰凑到了左延彪的身边:"大牙,跟哥们儿说说,你是怎么把梁大鸭子给弄死的?我听说很好玩儿。"

左延彪将横在怀里的枪丢到一边,伸嘴点上了朱七递过来的烟,嘿嘿一笑:"确实好玩儿。"

朱七推了他一把:"别卖关子了,说说,咋回事儿?"

彭福不知从哪边钻了过来:"对,赶紧说说,老子去东北才两个月就出了这档子好事儿,我得听听。"

左延彪刚要开口,卫澄海就从那边丢过来一块小石头:"注意,鬼子来了!"

朱七连忙趴到石头后面，眯着眼睛朝山涧下面看去。山涧里静悄悄的，小溪两边的杂草随风摇晃着，哪里有个鬼子的身影？刚想抬头，齐腰高的杂草里面扑啦啦飞起了一群鹧鸪，在山腰中间一聚，风吹散了似的向两边飞去。不多时候，山下面就响起一阵嗡嗡的汽车声，紧接着，石头路的西头就摇摇晃晃地爬上来四辆看上去小得像青蛙的卡车。卡车吃力地摇晃上石头路宽阔些的地方，轰轰叫了一阵就停下了。前面那辆车上跳下一个拤指挥刀的鬼子，冲后面咿里哇啦喊了一声，四辆车的绿色车棚掀开了。每个车厢里大约有七八个鬼子。这些鬼子将一挺歪把子机枪架到各自的车顶棚上，冲山梁四周来回晃。

彭福皱了一下眉头，脸上满是失望："不是说来一个联队吗？这才几个鸟人？"

左延彪吹了一声口哨："小老鼠拖木锨，大头在后边。老大说了，他有蛔虫在鬼子的肚子里，消息绝对灵通。"

彭福哦了一声，斜着眼睛瞟卫澄海："我明白了……要不华中就怀疑嘛，原来还真是乔虾米。"

"乔虾米还在操持着讨伐大队？"朱七隐约记得华中曾经对他提起过乔虾米的事情，朱七在心里还骂过他汉奸。

"讨伐大队解散了，"彭福接口道，"他又回了侦缉队，当了梁大鸭子的'二当家'，憋屈得很。"

"为什么？"朱七感觉这些年这边的变化可真不少。

"不为什么，因为乔虾米的'鸭子'不如梁大鸭子的大。"

"快看，"彭福指着山下，瞪圆了眼睛，"乔虾米的汉奸们果然也来了。"

朱七张眼一看，果然，卡车后面蚂蚁似的上来一队穿黑色褂子，腰上别着匣子枪的二鬼子。朱七朝卫澄海那边望了一眼，卫澄海摇了摇头。左延彪嘘了一声："别心事了，卫老大能'抻'着呢，鬼子的大部队在后面。"旁边趴着直冒汗的一个胖子长吐了一口气："这得等到什么时候？我都要晒成肉干儿了。"左延彪俨然一个久经战阵的老将，反手一拍胖子肉嘟嘟的后脖颈："看见卫老大今天摆这个架势没有？这叫决一死战！就跟那什么似的……好比说，你家有三个兄弟，你的仇家有四个，今天让你碰上他们要去走亲，非从你家门口走不可，你不把你家的兄弟三个全拉上跟他一争输赢？"朱七笑了："这个比喻好啊。哎，我怎么听你这意思是，鬼子不是来打仗的，是路过这里？"

"这个我也不知道，瞎猜的，"左延彪哼哈两声，"不过昨晚滕先生给我们开会说……反正大概就是这么个意思。"

"吞吞吐吐的干什么嘛,"彭福悻悻地甩了一下头,"到了这里,老子连官儿都没有你大。"

"你是什么出身,我是什么出身,跟我比?"左延彪惬意地将一只脚搭到另一只脚上,"爷们儿我是无产阶级。"

"管你什么阶级呢,"彭福道,"打完了鬼子老子回青岛当大爷,你还是个码头上扛大个儿的。"

"我扛大个儿?老子从此当兵吃粮啦……也不是,打完了鬼子咱解放全中国,那时候才有大爷当。"

木匠和石头扛着几个炸药包蹲了过来。

在沟底搁下炸药包,木匠冲大家笑:"哥儿几个,呆会儿把这个给他们丢下去,全玩完。"

彭福问:"张双呢?"

木匠说:"那边盯着。"

彭福笑嘻嘻地点着木匠的脑袋:"昨天你让张双给你写什么呢?那么神秘。"

石头插话道:"帮木匠写信呢,给他老婆。他老婆漂亮着呢,"一比划,"奶子这么大。"

彭福收起了笑容:"木匠,万一你死了,你老婆咋办?"

木匠一挺胸脯:"我死不了,我老婆信佛,天天给我烧香。她说,我要死的时候想想她,就死不了……"

话音未落,下面响起一声汽车喇叭。一辆车乌龟似的往前蹭,其余三辆紧跟着,拴羊似的连成一串,侦缉队的二鬼子吵吵嚷嚷地赶到了汽车前面。突然,最前面的车停住了。车上的鬼子哇呀喊了一声,将机枪把子猛地往上一抬,咣咣咣射出了一串子弹。这串子弹还没停稳,后面的子弹又打了出来。山涧里,子弹织成了一束束干硬的光带,交叉出一个破碎的扇面,又交叉成一个破碎的扇面,时而在小溪的南边,时而在小溪的北边,有的射进溪水里,发出噗噗的声响。山腰上火星四溅,细碎的石块或直线下落或弧线飞升,惊鸟一般乱窜。有钻到树干上的子弹,激起一泡泡黄烟,发出一串串噗噗声。机枪扫射持续了足有半袋烟的工夫方才停止,汽车下布满了金灿灿的弹壳。小溪上一缕缕淡薄的硝烟,随着轻风向东袅袅飘去。

朱七有些发懵，匍匐着靠近卫澄海："老大，小鬼子这是发什么神经？"

卫澄海淡然一笑："王八羔子这是试探咱们呢，呵，这就叫惊弓之鸟。"

朱七有些不明白："咱们是不是应该给他来上一下子？"

卫澄海猛地把脸一沉："谁都不许开枪！"

山涧里面的硝烟很快便被淡淡的云气取代，整个大山又恢复了平静。

跑在汽车前面的二鬼子围成一圈听一个人说了一阵什么，呼啦一下散开了。

彭福哎呀一声喊了起来："快看！那不是乔虾米吗？"端起手里的枪慢慢瞄准。

左延彪瞥一眼微笑着看下面的卫澄海，猛蹬了彭福一脚："你想干什么？想好了再打！"

彭福讪笑着收起了枪："嘿嘿，演个'花儿'给你看。"

乔虾米跑到最前面的那辆卡车旁边，哈了一下腰，那个挎指挥刀的鬼子一探头跳了下来。

两个人踱到小溪边，蹲下。鬼子说着什么，乔虾米一个劲地点头。

过了一会儿，乔虾米站起来冲列成一排的侦缉队挥了一下手，自己跳上一辆脚踏车，风一般沿来路奔了山下。

朱七忽然感觉今天的这场恶战定然不小，望着蓝悠悠没有一丝云彩的天，心忽忽悠悠地提到了嗓子眼。卫澄海看出了朱七的心思，笑着冲他扬了扬手："感觉不痛快就过去跟熟悉的兄弟聊会儿天。顺便把滕先生喊过来，我有事跟他商量。"朱七倒退着爬到了山峡后面的那个山凹，喊一个兄弟将滕风华叫过来，说声"老卫找你"，猫着腰钻到了左延彪的身边。左延彪从朱七的口袋里摸出烟盒，一把撕开，将两根夹到耳朵上，一根叼在嘴上，边点烟边说："说起来梁大鸭子也算是条汉子，我们抓住他的时候，任怎么折腾，他硬是不告饶，要不我也不会连他的'鸭子'割下来，"点上烟，慢条斯理地抽了几口，接着说，"去年快要过年的时候，卫老大对我说，要抓紧时间收拾了梁大鸭子，不然这个混蛋又要'闹妖'。我问他，他不是只顾着忙自己发财去了吗，还闹什么妖？卫老大说，这小子现在可'挓挲'起来了，全青岛的汉奸就数他'慌慌'，刚刚用了手段把乔虾米的讨伐大队归拢到侦缉队里，接着就抓了大东纱厂带头闹罢工的几个共产党，拉到大窑沟坟场杀了。"

一听鬼子又杀人，朱七的心就堵得厉害，脸上的刀疤又红又亮："杀的都是共产党？"

左延彪点点头："是啊，全是共产党，这小子可真够大胆的……对了，华中说，有个伙计你们还认识。"

朱七一愣："谁？"脑子里一下子泛出丁老三的影像。

左延彪搓着头皮想了一会儿，开口说："好像是个东北人，叫什么来着？什么青云？好像是。"

不是丁老三，是史青云！朱七松了一口气，心里说不上来是庆幸还是难过，眼前一片模糊。

谈起史青云，左延彪说，听说那伙计的身世挺悲惨的，起先在东北跟着抗日联军打鬼子，在抗联参加了共产党。后来抗联没有了，他就来了青岛。好歹跟组织接上了头，就又去了蒙山，在蒙山狙击鬼子的时候，一只眼睛被流弹打瞎了。丁老三在崂山发展游击队的时候，史青云也跟着来了。结果，还没等跟鬼子干上，先让青山保的人给"摸"了……朱七问，丁老三怎么会跟青山保结了"梁子"？左延彪说，丁老三想收编青山保，当时路公达还活着，不愿意，丁老三就派史青云过去，说是给青山保增加个懂军事的人。路公达明白丁老三的意思，没等史青云动身，就派人在山下"摸"了他，幸亏史青云身手好，不然脑袋就搬家了，即便这样，史青云的一条腿也断了。朱七恨恨地捶了一下大腿："路公达这个混蛋该死！"

左延彪笑了："死了，让熊定山给收拾了。"彭福在一边插话说，熊定山一到崂山，先是跟卫澄海联络了一阵，卫澄海留他在荆条涧住了几天。山里的兄弟都猜测，熊定山有跟着卫澄海的意思，还说，当初卫澄海跟熊定山有约定，绑在一起打鬼子。后来不知道卫澄海是咋想的，在荆条涧给熊定山摆了一桌酒席，喝完酒，定山就一个人走了。过了没多长时间，熊定山又回来了，他出现在路公达那里。路公达不打鬼子，东一头西一头，不是骚扰百姓就是窜到青保的防区袭击青保，对外说是夺枪武装自己的队伍，估计是当了汉奸。过了不长时间，路公达就不见了，山上传说他被熊定山挤对走了，后来在罗圈涧发现了他，尸体被日头晒得发青，身上全是蛆。年初唐明清带着不少人直接靠了熊定山的"傍"，好像他们俩以前就认识。

朱七懵懂着问："唐明清怎么会认识熊定山？定山一直混'胡子'，跟他不是一条道上的人啊。"彭福说："这个我也不知道，他刚来的时候找过卫老大，不知咋搞的，两个人翻脸了，唐明清气鼓鼓地走了。"胖子插嘴道："一个国民党，一个共产党，能谈到一处去？不翻脸才怪呢。"朱七摸着腮帮子笑："这事儿咱整不明白。唐明清当过汉奸，又参加了国民党？哈，还是说说熊定山吧，定山不是刚开始的时候在卫老大那里吗？听说他一直想跟卫老大一起来崂山打鬼子呢。"左延彪说："这事儿我知道，卫老大的意思是让定山回青岛，他了解定山的性格，想让他折腾梁大鸭子……这是和尚说的，哎，和尚怎么还不回来？"

朱七说："对呀，郑沂呢？我回来这么多天了，怎么一直没见着他？"

左延彪瞥了卫澄海那边一眼："卫老大安排他下山了，好像是去找个什么人。"

朱七有些郁闷："我发现卫老大自从上了山，性格就变了，话少了，什么事情也不跟大伙儿商量了。"

彭福撇了一下嘴："现在人家是有组织的人了，跟咱哥们儿商量？有事儿他请教组织，组织是有纪律的。"

朱七愈加烦躁："上山之前他还说自己不受管束，什么组织也不参加呢……"

左延彪的脸忽地涨红了："这有什么不好？我以前也不想参加什么组织，可是现在我也变了！"

"你那叫被人'赤化'了，"彭福快快地说，"蒋委员长早就说过，共产党很懂'赤化'这一套。""就赤化了咋的？"左延彪的眼睛瞪得血红，几乎要从眼眶里面掉出来了，"我就是觉得共产党好，共产党打鬼子不说，还替咱老百姓说话，替咱穷哥们儿撑腰！"

朱七跟彭福对望了一下，笑了："这伙计真不好惹……哈，以后不跟你提这事儿了还不成吗？"

彭福噘起嘴巴冲山下吐了一口痰，悻悻地横一下脖子，不说话了。

朱七用胳膊肘拐了拐还在生闷气的左延彪："接着说啊，说梁大鸭子的事儿。"

左延彪把脑袋转向彭福："我说福子，以后你对我放尊重点儿，说不定我心情好了，介绍你入党。"

彭福还是不说话，冲天一个劲地翻白眼。

朱七打个哈哈道："这是好事儿啊，卫老大是共产党了，大牙也是，早晚我跟福子也'入伙'。"

"那不叫入伙，那叫投奔光明，"左延彪翻身起来，咧着大嘴笑，"滕先生这个人学问大着呢……算了，说多了你们也消化不了，咱们接着说梁大鸭子的事儿啊。那天，卫老大对我说，梁大鸭子杀完了共产党，派了不少侦缉队的人去大东纱场，整天耀武扬威，现在纱场跟倒闭了似的，没有几个中国人在那里上工。梁大鸭子就让一贯道的汉奸在里面设了道坛，整天烟熏火燎的，跟个道士庙似的……小日本儿也管不了他，听说小日本儿快要完蛋了，在台儿庄被国军修理得不轻，顾不上咱们这块儿了，清剿抗日分子的事情全是梁大鸭子的事儿。卫老大的意思是，趁这个乱乎劲，先'插'了这个混蛋，等于削了鬼子的一个肩膀去……"朱七打断他道："你就别絮叨这些了，就说你是怎么收拾的他。"左延彪洋洋得意地说，当时他跟郑沂两个下山去了青岛，没怎么费事就找到了梁大鸭子藏身的地方，那是一座深宅大院。摸进梁大鸭子住的那间厢房，里面漆黑一团，郑沂嚓地划着一根火柴，边点灯边冲炕上吹了一声口哨："梁队长，该起床了吧？"

梁大鸭子哇啦一声跳了起来："爷们儿，你们是……"憋了好长时间才又憋出了一声，"你们是哪路好汉？"

郑沂伸出一根指头，在嘴巴上晃了两晃："老子是崂山抗日游击队卫澄海的兄弟。"

梁大鸭子的嘴巴张成了一口井："我跟卫老大前世无冤今世无仇，他找我干什么？"

郑沂看着他的下身，眯着眼睛笑："他嫌你的'鸭子'比他的大。"

梁大鸭子矜持地坐下，将被子盖过了肚皮："兄弟，别开玩笑，你们这是？"

左延彪闷声道："取你的性命来了。"

梁大鸭子斜着眼睛看左延彪："这话我不相信，我梁清太行得正走得端，他凭什么取我的性命？"

郑沂坐上炕，一把捏起了梁大鸭子的下巴："我只问你一句，你杀了多少中国人？"梁大鸭子猛地将脖子一横："他们不该杀吗？朗朗乾坤，百姓安居乐业，天下一派共荣景象，他们这些害群之马……""够了，"郑沂刷地亮出了刀子，"看来你是无可救药了。"掀开被子，手起刀落，一根黑糊糊绳索似的物件就被左延彪抛出了窗户。梁大鸭子一声"饶命"还没说利索，左延彪的刀子又插上了梁大鸭子的心口窝。

第八章　激战荆条涧

　　左延彪刚说完，山涧里就响起一声手雷爆炸的声音。朱七扭转身子往下一看，鬼子卡车的前面横七竖八地躺着几个侦缉队的人，黑色的衣裳让他们看上去像一只只死蚂蚁。朱七有些慌，不是说先不着急开火吗？这就开始了？一猫腰蹿到卫澄海的身边："这就干上了？"卫澄海一把按倒了他，眼睛死死地盯着下面。"伙计们，杀鬼子啊！"那边，左延彪跳起来，哒哒哒冲下面扫了一梭子。卫澄海大吼一声："别开枪！"已经晚了，山上山下，枪声，爆炸声响成一片。朱七纳闷地问卫澄海："这是什么意思？"卫澄海不说话，腾身跳到了彭福那边。

　　朱七靠近一脸肃穆的滕风华，顺手递给他一根点燃着的烟："滕先生，这是咋了？"

　　滕风华将朱七的手推了回去："兄弟部队先开火了。"

　　朱七四处乱看："兄弟部队？谁？"

　　滕风华边瞄准一个躲在车轱辘后面的鬼子边说："现在还不清楚，估计是熊定山。"

　　朱七等他放完了这枪，一把将他拉到石头下面："你们提前通过气儿？"

　　滕风华抬起头看了看已经被他打倒的那个鬼子，眉头皱得像一座小山："没有，肯定是有人在背后耍阴谋。"

　　朱七抽出自己的匣子枪，对准下面乱成一团的人群就是一梭子。透过滚滚的硝烟，朱七看见山道上黑压压冲上来一群蝗虫般的鬼子兵。打头的一队鬼子刚冲到卡车前面，就被一阵硝烟淹没了，爆炸声起处，横空飞出了几个缺胳膊少腿的鬼子。左延彪很快就将自己的子弹打光了，扯着嗓子喊："小七哥——给我子弹！"朱七跳过去，将挂在腰上的一袋子弹丢给他。左延彪咬着牙，往自己的枪里面拼命地压子弹，压不进去，大吼一声："不管用！"忽地站起来，搬起一块大石头朝下面砸去。石头刚脱手，左延彪的身子就剧烈地摇晃了一下，铁塔似的倒了下去。朱七道声"不好"，扑到左延彪的身边来扶他，眼睛一下子被左延彪脖子里喷出来的血眯住了。朱七左手扶住左延彪，右手接住彭福丢过来的一颗手榴弹，劈手摔了下去。

一块石头后面，彭福探出头打倒一个往上瞄准的鬼子，缩回头，悠闲地把玩着手里的枪。

一颗炸弹在后面爆响。一个苹果随着石块滚到彭福的身边。彭福拣起来，在胸口擦两下，有滋有味地啃。

旁边，木匠和石头将点燃引信的炸药包一个一个地往下丢，下面腾起一股股烟柱。

左延彪在朱七的怀里挣扎起来，一下一下地抬着自己的枪，喉咙里发出野兽般的咆哮："小鬼子，来吧，来吧，爷们儿死不了……"彭福已经将自己枪里的子弹打光了，呼啦一下从硝烟里冲过来，喊一声"快给我子弹"，抓过左延彪脑袋旁的子弹，边往自己的枪里压边喊："兄弟挺住，看哥哥怎么收拾他们……"朱七打个激灵，定睛一看，左延彪大睁着双眼看自己，随着呼哧呼哧的喘气声，脖子正中的一个血窟窿汩汩地往外冒带着气泡的鲜血。

朱七脸上的刀疤陡然涨红，使劲地摇晃他的脑袋："兄弟，你咋了？说话呀！"

左延彪艰难地摸索朱七拿枪的手："把枪给我……把枪给我……"

朱七将自己的枪戳到左延彪的手里，紧紧捏着他的手，另一条胳膊圈住他的脑袋，将他圈坐起来："爷们儿，杀鬼子。"

左延彪想点一下头，脑袋往下一滑，一股鲜血哗地挤出来，流满了赤裸的胸脯。

朱七抱着左延彪，把他摁在刚才他趴过的地方，双手攥着他捏枪的手，漫无目标地将子弹打了个精光。

"轰"！一发炮弹落在朱七身后不远处的一个低洼里，腾起的石雨噼里啪啦砸在四周。卫澄海的眼睛血红，跳到硝烟浓烈的一块石头上，大声喊："弟兄们，咱爷们儿不过啦——杀狗日的啊！"丢掉匣子枪，一脚端倒旁边端着机枪扫射的一个兄弟，双手端着机枪，牙齿咬得腮帮子筷子般一棱一棱，"操你妈的小鬼子，来呀——"大马褂弓着腰在卫澄海的后面喊："老大，赶紧趴下，鬼子架起炮来啦！"话音刚落，几个蹲在卡车后面架榴弹炮的鬼子就被一阵带火光的浓烟包围了。

朱七费力地将已经粘在左延彪手心里的枪拽出来，伸手将左延彪大张着的双眼抹闭上，躺到石头后面，一粒一粒地往匣子枪里面压子弹，眼前全是死去的亲人，娘，四哥，华中，史青云，左延彪……有那么一忽，朱七竟然看到了桂芬，桂芬跑在雪花飞舞的老林子里冲他招手，年顺，快回来，年顺，你快回来……朱七使劲扭了两下硬得像铁似的脖子，将装了一半的枪匣子猛地戳到枪身下面，饿虎一般跳上了刚才左延彪躺过的那个地方。朱七刚刚打了一个点射，卫澄海冲过来，一膀子将他撞到了石头后面："你带福子去紫云庵那边，刚才我看见孙铁子了，他就在紫云庵下面的那堆石头后面。把他给我抓过来！"来不及多想，朱七冲到正打得过瘾的彭福身边，一把提起他，撒腿就往枪声稀落的一片竹林里跑。彭福回头望一眼杀红了眼的卫澄海，扯着朱七的裤腰，气喘吁吁地问："这是要去哪里？"朱七不回头："孙铁子在紫云庵那边，估计是他在'戳弄'事儿，把他抓过来！"彭福追到了前面："刚才我也看见他了，跟瞎山鸡在那边一晃……他'戳弄'什么事儿？"朱七不回答，心里也乱得一团糟，是呀，他戳弄什么事儿？

冲出这片竹林，朱七站住，左右打量了一下。跳过这条小溪就可以绕到紫云庵的后面。两个人刚下到小溪那边，对面人影一晃，朱七赫然发现孙铁子拖驴似的拖着似乎是受了伤的瞎山鸡，冲进了一个小山包的后面。朱七来不及管正在挽裤腿的彭福了，抓住一棵松树，一悠身子跳到小溪的对面，山豹似的跃上了一块大石头。站在石头顶上，朱七打眼往刚才孙铁子闪身的地方看去，哪里还有个人影？

朱七大声喊："铁子，铁子，我是年顺，你出来呀！"

那边没有回音，朱七跳下石头，掂着枪一个猛子扎到了那个小山包的后面。

孙铁子已经不见了，地上有稀稀拉拉的几滴血迹。

朱七顺着血迹往前追了一阵，血迹在一片草丛中消失了。

朱七回头望了一眼撵上来的彭福，无奈地摊了摊手："这小子跑了，真他妈的快……"彭福把枪掖到裤腰上，拽动脚步又往前追了几步，一顿，丧气地坐到了地上："咱们两个真熊蛋，眼看着两个大活人就那么让他们溜了。"朱七扒着石头爬到一个高处，放眼四顾，背后是带着硝烟味道的浮云，前面是白茫茫的大海。悬空着心在石头上面站了一会儿，朱七叹口气，出溜下来，一屁股坐到了彭福的对面："福子，你说孙铁子会'戳弄'什么事儿？我怎么有点儿糊涂？"彭福闭着眼睛想了片刻，吭地吐了一口痰："我估计是这么回事儿，本来卫老大想等后面的鬼子上来，等他们完全进了咱们的伏击圈再开火，谁知道有人故意先开了火，这个人可能就是孙铁子……也不对啊，你想想，他这么做是什么意思？等于他也打了鬼子啊……反正都是一个打。难道他还……对了，熊定山也在崂山，一定是他看见熊定山也想伏击鬼子，故意在里面掺和……对！就是这么个意思。他的意思是，看咱们两家怎么下手，结果谁也没先动手，他直接先下了家伙，让咱们两家互相埋怨，最后产生矛盾，他好从中得利……他娘的，他能得到什么好处？借咱们的手除掉熊定山？有这个可能，这个混蛋没有多大的脑子……"

"这还不叫有脑子？"朱七沉闷地吐了一口气，"他这个想法很阴险啊。"

"阴险什么？他把卫老大想得也太简单了吧，卫老大会为这么一丁点儿事情跟熊定山翻脸？"

"怎么不能？你了解卫老大的脾气不了解？他因为这个，死了一个好兄弟……"

"妈的，左大牙也太狂气了，哪有那么打仗的？找死嘛。"

"熊定山真的也来了？孙铁子是怎么得到的这个消息？"

"这还用问？孙铁子既然惦记上他了，就不会消停着，他就跟条狗似的，闻见味道就跟上去了，"彭福哼了一声，"你想想，孙铁子一直在山里面转悠，咱们天还没亮就往荆条涧这边活动，他会看不见这里的情况？一看见，他就明白咱们想要干什么了。按照他那点儿小脑子，马上就明白他的机会来了，他会想尽一切办法让熊定山也知道……""明白了，刚才滕先生对我说的那几句话里面也有这个意思，"朱七将牙齿咬得格格响，"孙铁子这么干可真够杂碎的，我娘就是死在他的手上，还有我六嫂……现在又轮到左大牙了，左大牙就那么死了，这笔账应该算在他的头上。"彭福一龇牙："这个咱们管不着，他有组织，共产党会给他报仇的。"朱七陡然光火："这叫人话？左大牙大小也是跟咱们一起来的吧？咱们是谁？咱们都是卫澄海的铁哥们儿！哎，你怎么好像对共产党有意见？"

彭福张着嘴巴看了朱七一会儿，扑哧笑了："有意见咋了？共产党打财主救济穷人，你就是个财主。"

朱七懵了，对呀，彭福说的对，打从"别"了熊定山，我就成了财主……娘的，有我这样的财主嘛。

见朱七噎着似的不说话，彭福拉起了他："明白了？我是地痞流氓，你是财主，共产党都不喜欢。"

朱七一阵茫然，我这样的财主有什么？有地？有万贯家财？我啥也没有啊……蓦地就想起了刘贵。前几天，朱七听刚上山的一个兄弟说，刘贵他娘遭了几次惊吓瘫在炕上了，本来他也想出来打鬼子报仇，后来又变卦了，现在"起闯"（发达）

起来了，在他们村东头新置买了三十多亩地，种得全是绿油油的麦子。自己带着几个长工种着村西头的地，把村南头的几亩薄地租给了佃户……打跑了鬼子以后，万一共产党解放了即墨地界，刘贵那不就完蛋了？在东北的时候，朱七就听"绺子"里的兄弟说，共产党在辽西搞"土改"，家里有地的全部没收，分给没有地的庄稼人，地多又不听"嚷嚷"的地主，就地枪决。想到这里，朱七冷不丁出了一身冷汗，好家伙，幸亏我没从焦大户那里买下那片熟地，不然共产党打过来，我就麻烦了……我娘要是活着，不会让共产党分我家的地，那么我的小命可就悬乎了。共产党到底会不会打到即墨地界呢？朱七莴莴地想，不会吧？国军的势力那么大，打完了鬼子就好收拾共产党了，将来是谁的天下还不一定呢。

"好嘛，朱老七！"刚转过一个山坳，一个沙哑的声音就在竹林子里面暴响起来。

"定山?!"朱七站住，心蓦地一揪，我怎么会在这里碰上他？

"咱哥儿俩得有两年多没见面了吧？"满脸烟灰的定山将手里的一杆卡宾枪丢给身边的一个伙计，冲朱七哈哈一笑。

"得有两年多了……"朱七下意识地捏紧了匣子枪。

"我找你找得好苦哇！"定山抱着膀子冷眼盯着朱七，脸上的肌肉一阵乱颤。

"我也找过你。"朱七见他没有扑过来拼命的意思，稍微松了一下捏枪的手。

定山回头对几个跟着他的汉子笑了笑："你们都别'毛楞'，这是我兄弟，都把枪收起来。"摇晃两下肩膀，横着身子跨了过来，"蝎子，你见过铁子没有？"朱七打了个哈哈："你也想他了？哈，没有，刚才卫老大让我过来找他，没找着。"定山伸出手按了按朱七的肩膀，朱七赫然发现他的左胳膊没有了，一只空袖管在风中忽悠忽悠地晃，一时竟然说不出话来了。定山冷眼看了他一会儿，一仰脸，发疯似的笑了："我操你们那些姥姥的！老子被你们可坑苦啦……可是老子死不了！老子要死也得死在英雄好汉的枪下，你们算是些什么玩意儿？"猛地一收声，"朱七，我问你，那天是谁出的主意想要'插'了我？"

"大当家的，"朱七咽了一口唾沫，把心一横，"你明明白白地跟我说，这事儿你想怎么办？我奉陪。"

"怎么办？吃我的给我吐出来，拿我的给我送回来。"

"没办法给你送了，钱我已经花了。"

"七，"定山的口气忽然低沉下来，"我熊定山不是蛮不讲理的人，可是当初你们办那件事情，真的让我很伤心。我只要求你跟我说句实话，可是直到现在你连句实话都没有……"沉默片刻，冲朱七咧了咧满是暴皮的嘴巴，"你的事情我都知道了，我知道你娘死了，我也知道你六嫂被张九儿这个畜生给糟蹋了，现在你也跟我差不多了……唉，啥也不说了，咱们这件事情等以后再说吧，但愿咱哥儿俩能够活着回去。这些日子我想了很多，咱爷们儿不应该在这点儿事情上纠缠，应该拿起枪跟小鬼子拼命！"朱七忽觉有些羞愧，手里的枪吧嗒掉到了地上："大当家的，回去以后我就把剩下的钱给你……刚才我撒谎了。"

定山摇了摇手："算了，我心事的不是钱，我心事的是……不，我难受的是，你们竟然为了几个钱杀我。"

彭福见熊定山缓和下来，凑过来笑道："山哥，还认识我吗？我是福子。"

定山没有看他，反着眼珠子瞅朱七："我那个包袱里面有一块铁瓦你知道吧？"

朱七的心猛然一紧，这话冲口而出："我没见着什么铁瓦！"

定山淡然一笑，伸手拍了拍朱七的胳膊："你走吧，回去跟卫老大说，开始时的那个炸弹不是我丢的。"

朱七心里明白了，那个手雷一定是孙铁子丢下去的，点点头说："好。"

山那边的枪声稀落下来，零星的枪响就像飞虫掠过耳边。

定山侧耳听了听枪声，似乎是在自言自语："操他二大爷的，这仗打得真窝囊……卫老大算个什么玩意儿嘛。"

朱七恍惚知道，卫澄海见过熊定山了，或许两个人刚刚吵过一架，笑道："不窝囊，挺过瘾的。"

定山忿忿地冲地上啐了一口，拔脚往前走："蝎子，你给我听好了，等消灭了小鬼子，咱们再好好理论，这事儿还没结束！"

朱七盯着稀稀拉拉往山下走的那帮人，想要喊声"我不怕"，出口的竟然是这么句话："大当家的，你好好的啊。"

翻过眼前的山岭，朱七看见刚才他们趴过的地方没有人了，一摊摊血迹被阳光照得泛出绿油油的光，无数苍蝇在血迹上织网似的飞。朱七呆呆地望着山涧下面发呆。山涧下已经没有鬼子了，河水在阳光映照下发出刀子般刺眼的光，一些说不清是云雾还是硝烟的气体在时宽时窄的河面上飘来荡去。石头路上参差躺着几具鬼子的尸体，看样子鬼子吃了大亏，连尸体都没来得及收拾。三辆卡车像是被踩瘪了的火柴盒一样，歪歪扭扭地躺在山涧下的小路上。河水当中也有鬼子的尸体，大部分都被炸得缺胳膊少腿，有几个还光着苍白的身子。水往下退时，一些尸体便卡在了岸边的树杈上……烈日毫不留情地直刺这些尸体，有一个被水泡得肿胀不堪的肚皮，爆出嘭的一声巨响，流出的浓汁蜿蜒顺着河水荡向了下游。一群秃鹫横空飞了过来，几具尸体很快就变成了惨白的骨架。

第九章　要做大买卖

朱七和彭福刚拐上通往巨峰的山路，一个兄弟就从一处山坡上跑了过来："哥儿俩，别上山了，去下河。"

朱七问："队伍去了下河？"

那兄弟点了点头："老大说，山上不能呆了，鬼子很可能派飞机来轰炸，弟兄们上了去下河的路。"

走在去下河的路上，朱七问那个兄弟："这一仗打得怎么样？"那兄弟说："好歹算是赢了吧，咱们死了十几个兄弟，鬼子死了得有三十几个吧，这还不带二鬼子。"眼前晃动着左延彪满是鲜血的脸，朱七高兴不起来，蔫蔫地问："别的'绺子'也有动手的？"那兄弟说："有。'熊瘸爪'带了三十几个人在山对面打，他们打得好，一个人没死，最后分散着走了。好像还有一股人在盘子石那边往下丢炸弹，不知道是哪帮兄弟。""还能有谁？是孙铁子这个混蛋……"朱七没好气地哼了一声，"听说熊定山去见过卫老大？"那伙计说："是啊，打完了仗，卫老大冲对面喊，让熊定山过来见他，熊瘸爪就过来了。两个人在石头后面说了没几句就吵起来了，老大用枪顶着他的脑袋要崩了他。熊瘸爪的枪顶着老大的肚子，两个人僵持了很长时间，被滕先生给拉开了。弟兄们都说，这次打得不痛快全是因为熊瘸爪，这小子就不该先动手，时机不到嘛……老大让他滚蛋，说，以后不想再见到他了，还说让他给左大牙偿命。"朱七说："他这就不讲道理了，大牙死了，关熊定山什么事儿？用滕先生的话说，打鬼子求解放，哪能没有牺牲？"彭福笑道："卫老大的脑子要生锈了，跟熊定山上的什么火？应该找孙铁子。"

说着话，天忽然就阴了下来，时候不大，天上淅淅沥沥落下雨来，风一吹，眼前全是雾。

三个人撒开腿跑了一阵，就听见前面有人喊："是和尚吗?"

朱七听出来那是大马褂的声音，应了一声："是朱七!"

大马褂跑过来，淋得像只落汤鸡："你们先去下河，弟兄们就在前面，我回去等和尚。"

彭福拉了大马褂一把："和尚回来了?"

大马褂边往前跑边说："有个老乡说刚才在山下碰见他了，他不知道咱们要去哪里，别出麻烦。"

紧撵了几步，三个人追上了队伍。卫澄海问靠过来的朱七："没找到孙铁子?"朱七摇摇头："看见他了，没追上。你跟熊定山发什么脾气?""不是我跟他发脾气，是他跟我，"卫澄海苦笑道，"我喊他过来是想落实一下是谁先动的手，还有他是怎么知道鬼子要路过荆条涧的，顺便告诉他防备着点儿孙铁子。你猜这个混蛋说什么? 先是说我拿他不当兄弟看，打鬼子吃独食，接着一口咬定是咱们先动的手，还骂我是个'共匪'，我要枪毙了这个混蛋。后来一想，算了，熊定山也是一条汉子，我知道唐明清跟他在一起，他这都是被唐明清教化的。"

朱七不解："唐明清不当汉奸了，后来入了国民党，这我都知道，可是他跟共产党没有什么仇恨啊。"

卫澄海笑："傻了吧? 阶级矛盾是不可调和的。他是什么出身?"

朱七拍了一下脑门："哈，你跟滕先生学了不少知识嘛。明白了，他家是个大地主。"

"左大牙死得好可惜啊……"卫澄海的嗓音低沉下来，"咱们上山多亏了他，他也是个非常勇敢的同志。我怎么跟他家里交代? 他跟着我出来打鬼子，实指望消灭了鬼子就回家种地，过安稳日子，谁知道……"红着眼圈喊过了彭福，"福子，这几天我要下山，你拿点儿钱去左家庄大牙的家里，告诉他爹，大牙在山上挺好的，让他爹不要心事……还有，我把大牙的尸体托付给刘道长了，你抽空去找一下刘道长，看看大牙埋在哪里，把坟头给他修整得好一点儿……记住了?"

"记住了，"彭福点了点头，"你要去哪里? 我们刚回来，还没跟你好好唠唠呢。"

"等我回来再说吧，"卫澄海看着稀稀拉拉往前走的队伍，微微叹了一口气，"唉，一下子少了十多个人。"

"这么多?"朱七的心沉了一下，"都是哪几个兄弟?"

"是棍子他们……就是我从东北带来的那帮兄弟，你走的第三天，他们就上山了。这次一遭儿'躺桥'了。"

"是啊，很可惜，"彭福叹了一口气，"在东北的时候，张连长也'挂'了。"

"他不是在我的面前死的，我难受的是棍子他们，他们是直接跟着我打这一仗才死的……"

"棍子是个好兄弟，"彭福欷歔着说，"就是脾气急躁了点儿，跟大牙似的。"

"是啊……"卫澄海的语气沉重，"他们也太没有组织纪律性了，一打起来就显英雄。"

下河没有河，是一个海边的渔村。绕过一个山脊就到了满是石头屋的村口。看样子卫澄海对这里很熟悉，喊过滕风华嘀咕几句，看着滕风华带着队伍进了村子，卫澄海让一个腰里别着匣子枪的兄弟站在村口等大马褂，拉着朱七和彭福进了一条狭窄的胡同。走出这条胡同，卫澄海在一个看上去像是土地庙的门前拍了两下巴掌，从里面走出了一个穿道士服的人。这个人不说话，冲卫澄海点一下头，转身进了庙门。院子里有几只鸡在细雨中溜达，卫澄海一弯腰逮了一只鸡，迈步进了门。道士接过卫澄海手里的鸡，把鸡脑袋往翅膀后面一别，随手丢在锅台后面。卫澄海搓着手问："找到老乡了?"

道士边往锅里添水边说："找到了，他在青岛。"

卫澄海蹲下，抓起灶边的一把干草点火："在青岛什么地方?"

道士将点着的干草填进炉膛，翁声道："东镇，大和烟膏库。"

卫澄海一拍大腿站了起来："妥了!"

道士仰了仰头，脸上依然看不出表情："找到他简单。可是那得看他敢不敢干。"

卫澄海把手在腿上擦了擦，掏出几张钞票对彭福说："打点儿酒回来，咱哥儿几个喝两盅。"回头一笑，"我有数。"

彭福和朱七两个人刚钻出来时的那条胡同，迎面就撞上了一身货郎打扮的郑沂，朱七嚓地刹住了脚步："和尚?"

郑沂猛一抬头，瞪着眼说不出话来，嘴巴张得像只蛤蟆，雨水刷刷地往里灌。

彭福当胸给了他一拳："傻了?"

郑沂猛地一甩头，扑过来就抱住了朱七："我以为你死了……"

朱七用力搂着郑沂，手掌拍得他的脊梁呱唧呱唧响："我死不了，不跟兄弟打声招呼我敢随便死?"

大马褂刚从水里捞出来的猴子似的往胡同里面跑："和尚你还有没有点儿人性了? 就这么跑，还让不让我活了……"推开挡在胡同口的彭福，一头扎进了胡同。彭福过来拉开了朱七和郑沂："卫老大等急了。"说完，捏着钱往村南头跑去。

进了土地庙，郑沂把衣裳脱下来，边拧水边说："大哥，出去这一趟可真不容易啊……"

卫澄海将郑沂的衣裳丢给道士，说声"给他晾着"，拉着郑沂坐在地下的蒲团上。

大马褂光着身子，干树枝似的躺在墙角的一张凉席上，死了一般，太阳穴上的膏药蚂蚱似的翘在额头上。

拽下大马褂额头上的膏药，给郑沂点了一根湿漉漉的烟，卫澄海道："接着说。"

郑沂急火火地抽了几口烟，将烟头摁在地上，开口说："我去了济南，找到老许把事情一说，老许说，那座桥两头架了机关枪，还有几门钢炮，要想接近那座桥，得翻过一座山，还得过一条河，很费劲……我没敢耽搁，直接扒火车回来了……大哥，要动手得抓紧时间。"

卫澄海皱着眉头想了一阵，猛一挥手："明天就走!"

彭福提着三瓶烧酒回来了："定下要走了?"

卫澄海点头："你和马褂不用跟着去，我和老七还有和尚就把这事儿办了。我们走了以后你多长点儿眼生。"

彭福将酒瓶子一把一把地往锅台上墩："看见了吧? 你还是不放心滕先生呢，要不你让我长的什么眼生?"

卫澄海瞪了他一眼："我是说，我走了以后你注意着点儿孙铁子，这个坏水还不知道会闹什么'妖'呢。一旦发现有什么不正常的地方，你先跟滕先生通通气，如果他反应不上来，你也不要跟他拧着，一切等我回来再说。"

朱七快快地说："既然这样，你亲自下山干什么? 不是有我吗，你别去了，我跟和尚去。"

卫澄海说："这事儿我必须去，有些事情你们办不稳妥。"

彭福插话道："到底要去办什么事情嘛，跟兄弟们说说不行？"

卫澄海沉声说："去炸桥。鬼子兵要往济南撤退，必须经过笼山大桥。"

彭福撇了一下嘴巴："多大的桥还需要这么隆重？"

"很大，见过北海宏济桥吗？比那个还大，无非是宏济桥是铁的，笼山大桥是石头洋灰的，"卫澄海摆摆手，示意道士把做好了的鸡端到地上的一个茶盘子上，边揭彭福带来的几个荷叶包边说，"我得到这个消息已经有些日子了，当初我犹豫过，这么大的'买卖'不好做。后来看到我死了那么多兄弟，我不做这个买卖对得起我死去的兄弟吗？做，坚决做！我不是为了什么组织，我是为了我的这帮兄弟！滕先生说了，鬼子现在是强什么之末……""强弩之末。"道士闷声道。

"对，强弩之末，"卫澄海用牙齿咬下酒瓶盖，仰起脖子灌了一口，"都别看我，每人一瓶，自己喝自己的。"

"卫哥，炸药的事情办妥了吗？"郑沂问。

"差不多了，"卫澄海丢到呼呼大睡的大马褂脸上一条鸡腿，"那伙计在青岛。"

闷了一阵，卫澄海喃喃地说。"大牙死了……"郑沂一把丢了刚捏到手里的一块鸡肉："啊？这是什么时候的事情？"朱七按了按郑沂的肩膀，盯着他的眼睛说："别激动，是大牙太不小心了。刚才我们埋伏在荆条涧的上面，鬼子来了……大牙把子弹打光了，跟我要，我给他了，可是我的子弹在他的枪里不好使，他就着急了，搬起石头往山涧下面砸，这时候来了一枪，正好打在他的脖子上。""打在脖子上？"郑沂猛地瞪大了眼睛，"你们在上面，鬼子的枪会拐弯？这事儿不对！"

第十章　谁打的黑枪？

朱七也懵了，当时的情景风一般扑进脑海。朱七看见，自己趴在左延彪的左边，卫澄海端着一支歪把子机枪半蹲在左延彪右边一米多远的地方向下面扫射。左延彪子弹压不进去，跳起来，搬起一块大石头就朝下面砸……对啊，他的确是被横空飞来的一颗子弹打穿了脖子。如果子弹是从下面打过来的，怎么可能横穿脖子？这颗子弹一定是从对面打过来的。打大牙？打卫澄海？有可能，也有可能是打我的啊……会不会是熊定山发现我了，想要打我？朱七叫了起来："有可能是打我的！"

"谁打你？"卫澄海瞪着喷火的眼睛，问朱七。

"熊定山啊。"

"他的枪法会那么差？"

"那……要不就是孙铁子？他知道我在上山之前'别'了他藏在棺材头家的八条枪。"

"孙铁子？"卫澄海抓起的酒瓶子蓦地停在了半空，"他当时在什么位置？"

"谁知道呢。"

"就是，谁知道呢？"郑沂红着眼睛盯着卫澄海，"我只知道大牙死得窝囊。"

"都少说两句吧，"彭福打岔道，"人已经死了，研究来研究去管个屁用。"

卫澄海不理他，将酒瓶子放下，使劲地掰自己的手腕子："熊定山在咱们的正对面，他应该有机会开这一枪，可是依照他的枪法，不应该打不着……孙铁子在哪个位置？他不可能也在对面，"一拳砸在地上，"老七，这一枪不可能是冲你来的，如果熊定山真的想要杀你，刚才你和福子碰上他的时候你就没命了，他会眼看着你走？左大牙跟这些人无冤无仇，他们凭什么要杀他？他们想杀的一定是我！熊定山？这个混蛋现在跟我像仇人似的。孙铁子也有可能，他是想在里面制造混乱……除了熊定山和孙铁子，还有谁想置我于死地？难道是唐明清？"

"老大，"大马褂啃着鸡腿凑了过来，"我看你还是不要下山了，说得这么凶险，这当口你下去干什么？"卫澄海打个激灵，说声"这事儿暂时一放"，瞪着彭福的脸说："你们炸水电站的时候，是谁弄的炸药？"彭福说，是大马褂。卫澄海点了点头："什么样的炸药？"大马褂靠过来说："我也不知道，反正是去一个日本人开的煤厂偷的，好像是炸煤窑用的。"卫澄海笑了笑："你弄的那些炸药威力不行，这次我要弄好的，军用的，"转头问朱七："听说最后炸的那个洋灰筒子是在你们走了很长时间才爆炸的？很神奇啊，谁这么有把戏？"朱七说："他叫张双，也是个共产党，他说他是后来才上山的。""哦，是他呀……"卫澄海的眼睛亮了一下，"对，这次喊上他。""应该喊上他，"彭福说，"他会折腾炸药呢，最后那个炸药包被他弄成了定时炸弹。""那不叫定时炸弹，"大马褂说，"张双说，那叫延时装置，对，他说的。"

外面的雨停了，房檐上滴滴答答掉雨滴。大马褂似乎是饿极了，酒也不喝，吭哧吭哧地啃鸡腿，样子像是一条三天没进食的狗。

卫澄海默默看了他一会儿，摇头一笑，顺手丢给他一块牛肉："马褂，你得帮哥哥最后一把。"

大马褂粗着脖子将嘴里的肉咽下去，翻着白眼说："我就知道你是不会饶了我的。我想好了，去，再当一把好汉。"

卫澄海蹬了他一脚："我就知道你在山上憋屈，巴不得下山散散心呢。"

大马褂冲彭福一笑："福子，你听听，有他这么说话的吗?"

彭福说："没有。他应该说你深明民族大义，为了解放全中国，舍小身取大义……"

卫澄海做了个停止的手势："赶紧吃喝，完事儿睡觉，明天早点儿动身。"

"我吃饱了，"彭福将两瓶没起开的酒连同自己的枪掖到裤腰里，站起来说，"你不是说要喊上张双吗? 我把他给你叫过来。"卫澄海说："跟滕先生打声招呼，滕先生知道我要去哪里，让他给张双放行。再告诉他给我取点儿钱，让张双带过来。"彭福弯下腰抱了抱朱七："小七哥，咱哥儿俩又要分开一阵子了，"摸着大马褂的脑袋走到郑沂身边蹲下了："和尚，好好跟着老大，我知道你的脾气，别光顾着过瘾，要注意自己的命，我等着你囫囵着回来……"嘴巴莫名其妙地一歪，眼泪掉了出来，"咱哥儿们儿一直跟着巴光龙，以前的事情我记得清楚着呢。你好好的，等你回来咱们还回龙虎会。"郑沂没有抬头，反着手挥了两下："走吧走吧，别整得跟生离死别似的，我自己的心里有数。"

彭福走到门口，冲里面抱了一下拳："哥儿几个，都硬朗着……"一甩头，"我走了!"

大马褂皱了皱眉头："他娘的，装什么嘛，谁不知道谁?"

卫澄海看着彭福的背影，张张嘴想要说句什么，叹口气咽了回去。

彭福没有回到营地，他一个人走上了回山的路。此刻，雨已经停了，天边出现一道绚丽的彩虹，有浮云悠悠飘过。走到荆条涧北边的山凹处，彭福站住了，前边有零星的枪声传来。彭福侧耳听了片刻，一拧身子闪到了山凹深处的一片荆棘丛中。山坡上轰隆轰隆滚下了几块带着泥水的石头，随即响起一个遭了夹子的老鼠似的声音："嘿，爷们儿今天真高兴啊! 铁，你说我应不应该高兴? 一个炸弹丢下去，不但消灭了俩鬼子，还差点儿让卫澄海跟熊定山打起来。嘿嘿，我小时候听说书的讲，当年诸葛亮跟周瑜玩心眼儿跟咱们这个差不多……"

彭福从荆棘里面探出脑袋，一下子就看见了正从山坡上往下出溜的瞎山鸡。好嘛，我怎么在这里碰上这个小子了？听这意思，后面一定跟着孙铁子……彭福缩回脑袋，偷偷往外瞄。果然，瞎山鸡刚刚在一条山路上站住，孙铁子就跳到了他的身边。彭福发现他果然受了伤，一条胳膊别别扭扭地耷拉在腰侧，缠着胳膊的一块破布条还在往外渗血。孙铁子大口喘了一阵气，用一只手搭个凉棚往山上一瞅，将手戳到肚子上，嘶啦嘶啦地笑："妈的，还真有点儿意思呢，老子的一颗手榴弹就让山上乱了套，要不古话就说，一块臭肉搅坏了一锅汤嘛……"歪头一瞥同样笑着的瞎山鸡，脸色一正，"小子，我说得没错吧？熊定山这个猪脑子根本不是哥哥我的个儿，他这就跟卫澄海'卯'上了，"直起腰往山下扫了一眼，拔脚就走，"刚才咱哥儿俩胡乱放这一枪又够熊定山这个混蛋晕上半天的，他以为鬼子又上来了呢。"

"鬼子还真的上来了，"瞎山鸡拉了孙铁子一把，"刚才在山上我看见了，一队鬼子正往山上摸呢。"

"你咋不早点儿告诉我？"孙铁子站住了，脸色像阴了天。

"你是大哥，你让我朝天放枪，我就朝天放枪，别的你又没嘱咐过我，我怕挨你的打嘛。"

"我看你王八犊子这是故意的！"孙铁子踢了他一脚，"你是不是害怕跟鬼子打起来，故意这样干的？"

"我害怕鬼子？"瞎山鸡将那只好眼朝天一瞪，"我还想跟他们拼命呢。看看我这只眼！"

"跟你开玩笑呢，"孙铁子咧嘴一笑，"看清楚没有，鬼子是从哪边上来的？"

"没上来，好像是在找咱们的人呢，我估计他们乱了脑子，胡乱搜捕呢……"

"那就对了，他们来得晚，还不知道战场在哪里呢，"孙铁子抱起了膀子，"要不咱哥儿俩逗他们玩一玩？"

"行，你是老大，我听你的，"瞎山鸡献媚地往孙铁子身边凑了凑，"反正我就是你养的一条狗。"

"嗯，狗，好狗……"孙铁子乜斜着瞎山鸡哼哼两声，滑雪似的倒腾了两下脚，想说什么又没说出来，阴沉着脸猛地一挥手："狗，我有主意了！这么办，"将瞎山鸡的耳朵往自己的嘴巴前扯了扯，"咱哥儿俩绕到这帮鬼子的后面，撂倒他几个就跑。这不卫澄海的队伍还没回来吗？咱们往熊定山的山头方向跑……"

"别别，"瞎山鸡连连摇手，"那不是去送死？刚才熊定山也抓咱们，朱七和那个叫什么福的也在撵咱们呢。不能拿着老母猪往案板上搁。"孙铁子使劲拧了他的耳朵一把："你懂个屁！小时候不是经常说，不大胆不赢杏核吗？你不深入老虎洞，怎么能逮到小老虎？就这么定了，杀几个鬼子就往熊定山的'堂口'跑！你想想，熊定山刚打完这一仗，他根本就不可能想到咱们在这个当口还惦记着他。只要咱们顺着他'堂口'前面的那片树林子一出溜，好了，鬼子就追过去了。嘿嘿，那时候管他谁消灭了谁呢。"

"那……万一鬼子追上咱们怎么办？让他们把咱俩给红烧了？"瞎山鸡嗫嚅道。

"你在这座大山里混了几年了？鬼子还能比你熟悉地形？"

"他们的枪可不是吃素的……"

"咱们的枪就是吃素的了？"孙铁子眨巴了两下眼，"别恋战，最多两枪就走人。"

瞎山鸡捣蒜似的点头："你这么一说我就明白了……铁，你的脑子比诸葛亮还好使呢，跟蒋委员长差不多，比蒋干强。"

一声赞同的"那是"刚出口，孙铁子就哼了一声："日，你他妈的连个比喻都不会打。走吧，这次老子也要抗日啦。"

瞎山鸡"哎嗨"一声，一缩脖子蹿了出去："当家的你跟我来，估计鬼子就在山背面。"

彭福等他们俩转过了这个山凹，一提裤腿跟了上去。

山的背面果然有一群鬼子兵在呱唧呱唧地沿着一条铺满卵石的山道往上跑，远远看去，这帮鬼子大概有四十几个人的样子。孙铁子踢了弓着腰往前摸索的瞎山鸡的屁股一脚："说你是狗你他娘的还真想装条狗我看？你就不能精神一点儿？别跟他妈做贼似的，咱爷们儿这是在干堂堂正正的事情！"瞎山鸡往前踉跄了几步，回头嘿嘿："你以为这不是做贼呀，嘿嘿，这就是做贼呢。"说完，出溜一下钻到了两块石头的夹缝当中。孙铁子说声"是贼那也是个好贼"，提着一杆湿漉漉的汉阳造，猫着腰跟了过去。彭福冷笑一声，闪身躲到了一块石头后面。孙铁子跟瞎山鸡在那边嘀咕了几句，一前一后跳到了石头边的一处茅草丛中，野猫一般贴着茅草叶子往前钻。彭福皱着眉头想了想，从腰里抽出枪，攀着一块石头，翻身上了石头上面的一道梁子，在上面走了几步，腾身蹿上了前面的山冈。从这里看下去，下面的情况一目了然。

孙铁子跑在前面，瞎山鸡扯着他的衣角，跌跌撞撞地往前拖拉。

鬼子兵走着走着，猛然停住，呼啦一下散开，到处乱看。

　　孙铁子忽地趴到了一个土坡后面，瞎山鸡一个趔趄伏在了他的身上。

　　鬼子兵四处乱看了一阵，端着枪倒退回来。

　　孙铁子反手摸着瞎山鸡的脖子，低声说了一句什么，抽回手往熊定山的山头上一指，呼啦一下跳出来，干巴巴的枪声蓦地响起，眼见得前方扑倒了两个鬼子。鬼子们一下子乱了营，乱跑一阵，齐刷刷地趴到了路旁的一处沟沿上。孙铁子又胡乱放了几枪，撒腿往熊定山那个山头上跑去。奇怪的是，瞎山鸡趴在那里没动。藏在山顶上的彭福有些纳闷，这俩小子玩的什么名堂？屏住呼吸，目不转睛地盯着下面。野猫般的孙铁子闪转腾挪，一会儿就消失在山坡上的林木和茅草里。鬼子兵看见他了，乱糟糟地爬起来往山上追。这时，瞎山鸡冒出了脑袋，稍一打量，嗖的蹿进了前方的一条小水沟。有几个鬼子似乎听见了后面的动静，转回身子就往这边冲。瞎山鸡哎嗨一声，端起汉阳造就是一枪，一个鬼子趔趄一下，一头扎进了前面的水洼里。瞎山鸡倒提着枪跑了几步，回身又是一枪，这下子没有什么收获，子弹怪叫着飞向了天边。

　　妈的，彭福轻声骂了一句，原来孙铁子这个混蛋临时改变了主意，瞎山鸡分明是在往卫澄海的山头这边跑。

　　枪声激烈起来，可是子弹没有目标，到处乱飞，因为连彭福都找不着瞎山鸡了，满眼都是雨后的云雾。

　　鬼子分成两拨，一拨扑向孙铁子消失的方向，一拨扑向瞎山鸡不见了的地方。

　　彭福咬咬牙，从石头缝隙里将枪筒伸向了渐渐靠近自己的几个鬼子——叭叭叭！几个鬼子滚石一般跌进了山谷。

　　枪里面的子弹打光了，彭福笑眯眯地摸出几把小匕首，在手上掂两下，刚要出手，旁边响了一下干巴巴的枪声。

　　彭福笑出了声，好嘛，瞎山鸡这小子已经窜到我这边来了……几把匕首离弦的箭一般射向了仅剩的三个鬼子。

第十一章　上路

山上的枪声，下河村这边听不到，土地庙里的人还在喝酒，卫澄海听到的只是几声蚊子飞过的声音。

朱七将自己瓶子里的酒一口干了，抹抹嘴，问道士："你这里有铺盖吗？我想睡觉。"

道士将朱七引到一个柴火屋似的房间，一指黑糊糊的一盘土炕："在这儿睡吧。"

朱七翻身上炕，一会儿就打起了呼噜。

外面房檐上的雨滴还在滴答，一声比一声清脆，就像一个三岁的小和尚在寂静的庙里敲木鱼。

少顷，大马褂咳嗽一声，在外面哼唧起来："三个姑娘挑女婿，大姑娘挑了一个秃顶光，二姑娘挑了一个光顶秃，就数三姑娘挑得强，转圈儿有毛中间光；三个女婿来坐席，不用点灯明晃晃，邻舍百家当是起了火，权把扫帚往前上……"

朱七躺不住了，心虚，脑子乱，眼前走马灯似的跑着一些奇怪的影像。薄雾氤氲的朱家营，朱七走在去乱坟岗的路上，后面跟着踮着小脚的娘。娘走一步，喊一声，七，你四哥呢？七，没看见你四哥？朱七不说话，轻飘飘地往前走。白雪茫茫的老林子里，朱七背着桂芬往雪原深处跑，跑着跑着就跑到了定山"绺子"的掌子窝。掌子窝里一个人也没有，四周一片苍凉。定山骑过的马不知被什么猛兽撕咬，整个肚子都破了，肚肠流了一地。朱七走过去的时候，马还没有断气，倒在地上不停地抽搐。一群狼围在马的周围低声吼叫……山下有鬼子冲了上来，黑压压的一大片。四哥提着枪在前面跑，后面跟着挥舞大刀的郑沂，再后面跟着边跑边放枪的华中，左延彪的脸血呼啦的，一跑甩出一片血，郑沂倒下了，血肉模糊……稀里糊涂一觉醒来，天色已经大亮。阳光从窗户纸上透进来，黄乎乎的，让人懒洋洋地又想睡觉。

朱七将两条胳膊垫到脑袋后面，长长地打了一个哈欠。打从东北回来，自己就没睡一个囫囵觉，这一觉睡得可真够舒坦的……歪头看了看还在呼呼大睡的卫澄海他们，朱七蔫蔫地想，这里面还就数我强，我大小有个媳妇。朱七在心里盘算好了，这次路过潍县，无论如何得去找到桂芬，回青岛的时候送她回家。我不敢进村，就让她自己回去。我派人给大哥送点儿钱，大哥的疯子是装的，他会照顾好桂芬的。顺便让那个人帮我把那块铁瓦拿回来。万一那玩意儿真的是个古董，我下半辈子也就够了，不管是谁坐天下，老百姓卖个古董养家总没人管吧？存在钱庄里的钱抽空也去取回来，还给人家熊定山，这钱烫手啊。想好了，朱七推了推卫澄海："卫哥，咱们好动身了吧？"

卫澄海闭着眼睛伸了一个懒腰："好动身了，喊大家起来。"

朱七一个一个地推炕上躺着的人，张双坐了起来："小七哥，昨天跟你打招呼，你不理我呢。"

朱七笑笑说："我睡迷糊了……感觉你来了，一懒，没起来。木匠和石头呢？"

张双说："都来了。在外面等着呢。"

朱七说："这俩小子比我还喜欢凑热闹。"

张双的嗓音有些兴奋："真没想到，咱哥儿几个刚刚炸完了水电站，接着又要去炸大桥，好过瘾啊！"

朱七起身穿好了衣裳："我挺佩服你的。"张双一笑："小意思。这次我要弄个好点儿的，到时候一摁电钮……"卫澄海回头笑道："不用那么麻烦，就弄个延时的就行，咱们离远点儿，别炸着。"张双说："还是有电钮的好，说什么时候炸就什么时候炸。"卫澄海皱起了眉头："你说了算还是我说了算？"张双张张嘴不说话了。卫澄海顿一下，一笑，摸了他的头皮一把："兄弟，别管那么多，炸了就成。"

道士已经把饭做好了。大家匆匆吃了饭，呼哨一声出了门。一阵柔和的海浪声传来，凉飕飕的海风吹了过来，眼前是白茫茫的一片大海。一行人接近海岸，波涛在眼前汹涌起来，浪花一上一下地涌动。海岸边，礁石旁的一些海草随着潮起潮落，时隐时现。澄澈的海水如晶莹的水晶，在阳光折射下，幻化出一片让人迷醉的五彩斑斓。淡绿、碧绿、深蓝、墨蓝，层次渐递，如纱如缎……太美了，朱七的心仿佛一下子开阔起来，拽一把郑沂，冲着海面大声喊："狼来喽——"

喊完这一声的朱七猛地一回头："乱世英雄起苍穹，黄沙寂寥白骨横，苍莽荒野虎狼走，豪杰引弓唱大风！"

卫澄海一愣："小七你说什么？"

朱七的脸涨得通红，将刚才的这几句诗又喊了一遍："是张铁嘴教我的，他说咱爷们儿都是英雄！"

卫澄海一行人是从小湾码头上岸的，走上大窑沟去城里的那条大路的时候，天已经晌了，烈日当空。

将带来的家伙装在鱼篓里，上面盖了几条鱼，他们没有沿着大路继续走，过了前海栈桥，直接拐进了一个胡同。

穿过几条胡同，抬头望去，圣爱弥尔教堂的巨大尖顶已经赫然在目。

卫澄海的心泛起一股感伤，感觉自己像是有一百年没有回来过了，往日的一些情景悠悠飘过眼前。

从圣爱弥尔教堂的后面转到巴光龙以前的洗染店那条胡同口，熟门熟路地找了一家小旅馆，一行人住了进去。

躺在各自的床上休息了一会儿，天已经擦黑了。

卫澄海在旅馆门口蹲了一阵，看看天色已经彻底黑下来，跳起来，一步跨进了门："和尚，小七，跟我走。"

三个人在德山路上了环城电车，走了不几站就到了东镇。朱七想，老卫好急的性子，这是要去烟膏库呢。

下了车，卫澄海辨别了一下方向，拉着朱七和郑沂进了一条亮着灯光的胡同。

走在亮堂堂的胡同里，卫澄海指着一幢黑着灯的房子说："华中前几年就住在这里，我来过好几次。"

郑沂说："后来他不住这里了，他有钱了，换了个带院落的房子。"

朱七仿佛看见自己正跟华中坐在院子里下象棋，心忽悠一下乱了。

刚走出胡同，卫澄海忽然站住了，猛一回头："不行，时候不到，咱们暂时还不能跟烟膏库里的那个人接触。回去收拾东西，这就去莒县。"郑沂摸了一把头皮："大哥，这几天我是真让你给弄糊涂了，怎么总是变来变去的？"卫澄海边倒退回胡同边回了一下头："我说过的话不想重复。我有个感觉，咱们赶的这趟'富贵'里要出什么事情。赶紧回去再说！"

旅馆里静悄悄的。卫澄海示意朱七和郑沂躲到门洞里，自己靠到了房间的窗户下面。房间里没有一丝声响，看样子大马褂和张双已经睡下了。卫澄海站起身子，透过窗缝，张眼望去，里面黑漆漆的，什么也看不见。隐约地，卫澄海感觉出了什么事情，提口气潜回了门洞。刚要跟钻出来的朱七说句什么，门口处呼啦啦撞出了几条人影："卫澄海，把手举起来！"

卫澄海的脑子嗡的一声，终于还是出事儿了！抽出枪，就地一滚，身子横着撞到门洞的另一头，刚喊了一声"快走"，脑袋就被几根黑洞洞的枪管顶住了。卫澄海知道此刻反抗是徒劳的，倒提着枪，慢慢举起了双手："哥儿几个是哪一部分的？"

"老子是侦缉队的！"门口站的那个人悠然晃了过来，晃到卫澄海的面前，反着眼珠子看他，"你就是卫澄海吧？"

"卫澄海？"卫澄海被他手里拿着的一只手电晃得睁不开眼睛，胡乱一笑，"不认识，我是个做小买卖的。"

"不认识？"那个人将手电光挪到了卫澄海的胸脯上，一字一顿地说，"我可全认识你们。"

"甭跟他们废话，直接送去宪兵队！"这个声音好生熟悉，卫澄海借着手电光一看，登时懵了，卢天豹？

第十二章　一路惊险

卫澄海稳稳神，努力让自己的声音放平静一些，冲卢天豹微微一笑："哈，原来是天豹兄弟，这下子你可逮到报仇的机会了。"卢天豹笑得有些怪异："那年你在巴光龙那里侮辱我，我就说过，咱们走着瞧，你不会忘记吧？"拿手电筒的那个人将卢天豹往旁边一扒拉，脑袋冲后面一歪，后面的一帮人将同样举着手的朱七和郑沂一把推到了卫澄海的身边。拿手电的那个家伙用一根指头点着朱七和郑沂，狞笑道："这位是朱七，大号朱年顺，外号蝎子。这位叫郑沂，外号山和尚……还有呢？哈哈哈哈，对对对，还有四个，一个叫大马褂，一个叫张双，一个叫石头，一个叫木匠，都是崂山游击队的。来，哥儿几个先把枪都扔到脚下，你们这帮家伙功夫好着呢。卫老大，兄弟没说错吧？"

卫澄海松手将自己的枪丢下，仰天苦笑了一声："哈，没错，我就是卫澄海……兄弟你立大功了。"

那个人惬意地摇晃了一下脑袋："算不上立功，这是我分内的事情，兄弟一直在等着这一天呢。"

朱七定定神，嘿嘿一笑："丧气，我刚从死人堆里爬出来，这又进了乱坟岗……我们那几个兄弟呢？"

门口的黑暗处响起大马褂羊叫唤似的声音："我在这里……小七你说得对，咱哥儿俩又完蛋啦。"

郑沂低吼道："大马褂，是不是你出卖了我们？"

大马褂哭了："我真的什么也不知道啊……我正在睡觉，他们就抓了我，我吃不住打，就说了还有哥儿几个。"

话音刚落，门口响起了一个沙哑的声音："哈哈，活儿干得漂亮！"

卫澄海一愣，乔虾米？！他来的可真是个时候……

乔虾米的嘴巴上叼着一根烟，一步三晃地横到了卫澄海的跟前："卫老大，幸会啊。"

卫澄海的心神一定，一语双关道："乔队长等我多时了吧？"

乔虾米淡然一笑："你是贵客，兄弟当然得多等你一会儿啦。走吧，跟我去宪兵队。"迈步出了黑影。

卫澄海被两个人挟持着跟了出来，刚刚走到门洞口，拿手电筒的那个家伙就闷叫一声倒在了地上，所有的人都惊叫一声，闪到了一旁。卫澄海一激灵，没等大家反应过来，回身拣起自己的枪，猛地对准了乔虾米："别动！"乔虾米哼了一声，将手里的一把刀子在卫澄海的眼前一晃："干啥？没看清楚咋的？"卫澄海恍然大悟，掉转枪口对准了旁边的几个人："把手都给我举起来！"那几个人贴着墙根嘿嘿地笑："卫大哥，我们都是老乔的人。"乔虾米踢一脚已经断了气的那个人，冲卢天豹一摆头："背着他，一会儿丢到海里去，"回头冲卫澄海一点头，"好险，幸亏我提前得到了情报，不然哥儿几个麻烦可就大了。"

朱七还没有反应过来，半张着嘴巴嗫嚅道："怎么回事儿这是？唱戏是吧？"

郑沂拉了他一把："乔队长把咱哥儿们救了。"

卫澄海回过身，猛地捅了卢天豹的肚子一拳："你这个混蛋，刚才差点儿吓死我！说，你是什么时候当的汉奸？"

卢天豹捂着肚子嘿嘿："卫哥，实话告诉你吧，当初你揍我，我根本就不记恨你，都是纪三儿这小子捣鬼。"

卫澄海的声音有些激动："别说了，那事儿是我不对……告诉我，你咋参加了侦缉队？"

乔虾米拧着下巴笑道："他没脸在'道'儿上混了，'道'儿上的兄弟都知道是他害了来百川，就投奔我来了。"

郑沂不屑地瞥了卢天豹一眼："这年头什么人都有啊……也行，跟着老乔就好，这也算是在抗日呢。"

卫澄海扒拉一下头皮，冲乔虾米笑道："你怎么知道我来了这里？"

乔虾米一低头，扑哧笑了："兄弟干的是什么职业？""不会那么快吧？"卫澄海皱起了眉头，"我们今天中午才下的船，刚找了这个旅馆呢……"心头一紧，难道我的兄弟里面真的出了奸细？乔虾米吐了一口气："你们还没下船我就知道了。别误会，我不是通过鬼子这一头知道的，我的消息是我那根线上的关系通知我的。事到如今我也不瞒你了，上次你问我，我是不是国民政府的人，我没说实话，但是你也看出来了，这事儿我就对你明说了吧。兄弟是军统局的人，我一直接受军统局的领导……唉，我背着汉奸的骂名五年多了，今天我要卸下这个包袱！得到这个消息的时候我想立刻通知你们赶紧离开这里，没等安排人呢，鬼子的命令就下了，让刚才被我杀了的这个伙计带人过来抓你们……"

"慢着，"卫澄海警觉起来，"鬼子既然知道是我亲自下山了，为什么只派几个侦缉队的人来？"

"鬼子不知道下山的人是谁，他们只知道从崂山下来了几个游击队员，他们没看在眼里。"

"鬼子不知道带人下来的是我，你们那头的人怎么知道下来的人里面有我？"

"是，"乔虾米皱了一下眉头，"别担心，我们那头的人不想害你，无非是让我知道你们要去干什么。"

"照这么说，你已经知道我们要去干什么了？"

"我哪有这么大的神通？"乔虾米貌似随意地一笑，"但是我知道，没有什么大事儿你是不可能亲自下山的。"

"你猜错了，"卫澄海胡乱咧了咧嘴，"我要去济南见一个兄弟，这个兄弟帮我弄了几条好枪。"

"我还是别跟你转圈子了，"乔虾米收起笑容，一指大马褂，"这位兄弟沉不住气，全说了。"

"哦……"卫澄海把手在眼前拂了一下，"既然你已经知道了，我就……"

"别多说，我也不想打听，"乔虾米微微一笑，"兄弟干的这活儿也算是半个江湖营生呢，不该问的我不会去问。"

"那你冒着风险来救我是什么意思？"

"我想看着你办成了这件事情，"乔虾米的脸色严肃起来，"尽管咱们目前走的不是一条路，但是咱们的目标是一致的，那就是赶走日本侵略者，完成祖国统一大业！别插话，听我说完……下午鬼子命令被我杀了的这个伙计来抓你们，我就动了心思。尽管现在我不是侦缉队的队长了，可是我的兄弟还是我以前的生死兄弟，我就让他们要求跟着来，然后我一直悄悄跟着他们……"瞥一眼瘫在卢天豹背上的那个人，轻轻叹了一口气，"其实我也不想杀他，可是我不能眼看着他坏事儿。"

"我明白了，"卫澄海一把抓住了乔虾米的手，"多谢兄弟出手搭救！你回吧，我们这就走。"

"现在出城很危险，我必须把你们安全地送出青岛。"乔虾米加快了步伐。

路上遇到几个巡逻的鬼子兵，乔虾米冲他们晃了晃证件，鬼子兵看都不看就放行了。

说着话，前海就到了，耳边全是巨人喘息般的海浪声。

乔虾米命令他的人将那个死尸放到海堤上，一脚蹬进大海，冲卫澄海一摆头，径自往西走。

一行人在一个巨大的礁石上坐了一会儿，黑幽幽的海面上就驶来了一条亮着探照灯的铁壳船。

乔虾米打开手电筒冲那边晃了三下，船呼啦呼啦靠了过来。

乔虾米冲卫澄海抱了抱拳："走吧，跟船上的人不要多说话。"

天将放明的时候，卫澄海一行下了船。站在海岸上辨别了一下方向，卫澄海吩咐大家将各自的枪重新装回鱼篓，迈步走上了去莒县方向的小路。天很快就亮了，晨曦照着田野上飘浮着的薄雾，反射出五颜六色的光。远处的苞米叶子基本上都黄了，丰满的玉米穗子沉甸甸地悬挂在玉米秸上。近处是一大片黄豆地，黄豆的叶子早已经落光了，秸秆上串串豆荚籽粒饱满，豆田一片干黄。哦，这已经是秋天了呢。卫澄海微微出了一口气，我上崂山已经整整三年了。回想三年来所经历的坎坎坷坷，卫澄海不禁思潮起伏……我从一个什么都不懂的流浪汉发展成一个坚强的共产主义战士，这期间经历了多少风风雨雨啊。卫澄海记得自己刚跟滕风华接触的时候，对于他的那套理论根本就不屑一顾，他曾固执地认为，只要坚定了将日本鬼子赶出中国的信念，就是一个真正的英雄。后来变了，他的头脑变得更加清晰起来，他明白了，只靠一腔热血是不够的，打鬼子不光要有勇气，重要的是应该有更高的信念，那就是彻底解放普天之下的劳苦大众，创造一个全新的世界。

天即将擦黑的时候，一行人接近了莒县县城。

一行人正在匆忙赶路，前方突然出现一队巡逻的鬼子。想躲已经来不及了。

卫澄海横着胳膊挡了正要散开的大伙儿："别跑，迎上去。"

鬼子兵已经发现了他们，喊叫着围了上来。

卫澄海沉稳地示意大家把手举起来。月光下，鬼子兵将大家围在一个圈内，一个一个给地检查他们的身体。大家屏声静气。时间仿佛停止了。检查到木匠的时候，木匠下意识地将鱼篓别到了腰后。一个鬼子兵一把将鱼篓拽了出来。木匠一慌，双手来夺鱼篓，声音破碎，就像摔瓦罐："里面啥也没有！"鬼子兵推开他，一把掀开鱼篓，一摞枪显露出来。鬼子兵一怔的刹那，郑沂出手了，一刀，鬼子兵倒地。卫澄海大吼一声："快跑！"朱七抓过鱼篓，将里面的枪拽出来，一把一把丢给跑着的兄弟们。

又一队鬼子从前方围了上来……大家迅速冲到一条胡同里。身后枪声密集。

胡同口。木匠的腿上中了一枪，倒在地上拼命挥手："快来救我！"

石头过去拉他，身边炸起一串子弹打出的炸点，石头慌忙滚到胡同里面。

一辆装甲车压了上来，车上的探照灯直刺着躺在地上的木匠。木匠奋力往胡同里爬。

大家正在寻找机会上前营救，木匠的肚子上又中了一弹，鲜血汩汩淌，木匠翻身朝上，蠕动着伸手："石头，拉我……拉我一把。"

卫澄海紧紧地拉着石头，双眼瞪出了火光："别过去！"

石头伸着手够木匠："大哥，你挺住，嫂子在家等你……大哥，你挺住……"

朱七冲外面打了一枪："他不行了！"

石头猛然挣脱卫澄海，踉跄着冲向木匠："大哥，我来了……"密集的弹网锁住了他。

夜幕笼罩中的村庄。一行人气喘吁吁地站在村口。

朱七喃喃地说："木匠和石头死了。"

张双在啜泣："没有办法，没有办法……"

郑沂瞪着血红的眼睛质问卫澄海："为了炸个破桥，先死了两个兄弟，值不值？"

卫澄海冷眼看着他，不说话。

朱七打破了沉默："这就是那个汉奸住的村子？"

卫澄海点头。

朱七："下一步怎么办？"

卫澄海想了想："你们不要进村，这个村子太小，人进去多了太惹眼。我自己一个人进去，办妥了事情咱们就走。"

大家在村头打谷场的一个草垛后面抽了一阵闷烟，一辆破旧的马车咔啦咔啦从村里出来了。

卫澄海坐在马车上大声喊："弟兄们，王老总的母亲接出来了，大家上车走啊。"

大家呼哨一声跳上了马车，车后面的尘土如同扬场一般，滚滚远去。

夜幕笼罩下的潍县火车站冷冷清清，就像一个破败的小旅馆。卫澄海一行人搀扶着那个白发苍苍的老人下了火车，找一个饭馆简单吃了点儿饭，趁着夜色又上路了。走不多远，郑沂指了指一条胡同："当年我救的那个开羊肉馆的伙计就住在这里。"

在那户人家住下，卫澄海拉着老人的手说："大娘，王老总这几天忙，不一定什么时候回来，你暂时在这里住几天。"

老人抓住卫澄海的手，一个劲地摇晃："他大兄弟，多谢你了……"

卫澄海的脸上闪过一丝歉疚，说话的声音有些颤抖："没什么，等我办完了事儿，我就回来接你去青岛。"

从老人的那屋出来，卫澄海站到天井里，沉重地喘了一口粗气。

郑沂跟了出来："老大，安排妥当了。咱们是先帮朱七找他媳妇，还是先去济南？"

"你们在这里等我，"朱七出来了，"我这就去找桂芬，顺利的话也先让她在这里住着。"

"不行，"卫澄海回了一下头，"你一个人不安全，我陪你去。"

"也好，"郑沂说，"我和马褂他们在这里等着你们。正好我跟我伙计唠唠。"

"千万别透露出咱们这是干什么来了，"卫澄海叮嘱道，"这关系到咱们这件事情的成败。"

"放心走吧。"郑沂转身进了屋。

走在去盖文博药铺的路上，朱七感慨地叹了一口气："时间过得可真快啊……上次我带着桂芬来找他的兄弟，好像就在眼前呢，一晃两年过去了。"卫澄海点了点头："生活的河水湍急地流着，我们是急流中的行船，偶尔靠岸……"朱七停下了脚步："卫哥，我发现这阵子咱哥儿俩不在一起，你文明了许多呢，说话都变了味道。"卫澄海不回头，继续走："所谓近朱者赤，近墨者黑啊。这两年来，我整天跟滕先生在一起，就是一个文盲也变成半个书生了……想我泱泱中华，竟遭外夷践踏，天理何在？"这些话让朱七忽然就想起了朱老大："我大哥也经常念叨这些话呢，敢情你们是亲哥儿俩。"卫澄海笑道："我没接触过你大哥，听人说，他是个很精明的人，脑子里想的是什么谁都不知道。"

"拉倒吧，"朱七哼了一声，"他的脑子里面只有他自己，连我娘被鬼子……"

"这我知道，"卫澄海说，"他那是没有办法，他要是也去了，备不住也是一个死。"

"别提他了，"朱七摇了摇头，"这次我送桂芬回去，就托付给他，大小桂芬也是他的亲弟妹。"

"听说你有一块铁瓦放在你大哥那里，你知道那是个什么玩意儿？"

"你听谁说的？"朱七的心莫名地紧了一下。

"熊定山。"

"熊定山？"朱七的心又是一紧，"他是怎么说的？"

"他说，当年他在东北吃了一个大户，那个大户的儿子在北平琉璃厂开古董铺子，"卫澄海慢条斯理地说，"那块铁瓦是定山从他的家里'别'的。定山说，他找人鉴定过，那是元朝的玩意儿，叫丹书铁卷，值钱得很。当时他一直带在身边，跟他的心头肉一般……哈，他说，他不在乎那些珠子镯子什么的，他最上心的是那块铁瓦。你得当心了，万一他倒出时间来下山，去找到你大哥，保不齐啥事儿都出。"朱七胡乱应道："我大哥对待古董比对待自己还上紧呢，他会给他？哦……卫哥，我来问你，定山是怎么知道铁瓦是在我大哥的手里的？"卫澄海笑道："他现在跟谁在一起？唐明清啊。"朱七沉默了，好嘛，这真是山不转水转，这两个人到底还是凑到一起去了。

走到莲花池旁边，卫澄海停住了脚步："我听华中说，你媳妇他兄弟的药铺就在这附近？"

朱七猛地打了一个激灵，快步进了一条胡同："就在胡同头上。"

两个人穿出胡同，眼前是一条亮着路灯的大街。

朱七抬头一看，原先的那个药铺没有了，门头是一个饭馆。

朱七的心一下子凉了半截，这是怎么回事儿？药铺呢？腿一软，竟然歪在了地上。

第十三章　桂芬的消息

朱七仿佛没有了意识，我的媳妇呢？卫澄海蹲下身子拉他，朱七全然不觉，他的脑子里全是桂芬的影像。

朱七看见自己踯躅走在村南的河沿上，身边全是飞来飞去的蜻蜓和蝴蝶……朱七茫然地走着，茫然地糊涂着。

卫澄海在扇朱七的耳光："小七，别这样，你给我醒醒呀，怎么这么不抗折腾呢？"

朱七一激灵，忽地爬了起来："大哥，药铺没有了啊……"

卫澄海抱了抱又要往地下出溜的朱七："没准儿挪地方了。"

朱七喃喃地说："不能，不能，挪了地方应该让我知道，不然我找不着她了……不能啊，桂芬，你不能这样啊。"

卫澄海猛推了他一把："挺起来！"

朱七撒开腿沿着大街狂奔，就像一只逃出藩篱的野狼："桂芬，桂芬——桂芬！"

卫澄海疾步追上他，一把将他拽进了一处黑影："兄弟，你醒醒，你要不要命了？"

朱七的嘴巴被卫澄海捂得紧紧的，发不出声音，一个劲地摇晃脑袋。

卫澄海等他折腾了一阵，慢慢松开了手："你呀……唉，你到底急什么？我不是说，没准儿人家挪地方了，咱们慢慢打听不行吗？"

朱七大口喘了一阵气，心情逐渐平静下来："别费那些劲了，我估计她兄弟是带着她走了呢。"

卫澄海说："那也不一定。你两年多没来找她，也许她伤心了，回了娘家呢。"

朱七摇摇头："不可能。桂芬不是那样的人……一定是她兄弟把她带走了。带到哪里去了呢？"

卫澄海垂下头想了想，开口说："我打听过了，她没回你家，有可能还在潍县城里。"

朱七说："这个可能很小。桂芬是个很有头脑的女人，如果她还在这里，会让我，至少让我家里的人知道她的下落。"

卫澄海皱紧了眉头："如果丁老三还在这里就好了，他应该知道这事儿，可惜他走了。"

沉默片刻，朱七猛然挥了一下手："我想起来了，上次我来的时候，她兄弟对我的态度很冷淡，好像是因为我以前干过胡子，他姐姐嫁给我这样的人不好，想要让他姐姐留在这里呢。当时我犹豫了一下，想带桂芬回家，后来一想，人家姐弟俩好几年没见面了，应该让人家好好聊聊，就先跟着丁老三走了。本来我想第二天去药铺接她走，谁知道华中找来了，华中对我说了我娘和我嫂子的事情……唉，我着急了，就那么急急火火地走了。卫哥，你不必为这事儿操心了，我想好了，等咱们炸了鬼子的桥我就再回来，死活也要打听到她在哪里。她即便是不在这里我也能找到她，大不了我去找丁老三，丁老三知道她弟弟在哪里，只要找到她弟弟，我就不信找不着桂芬。好了，咱们走。"

"那好，"卫澄海摸了朱七的肩头一把，沉声道，"先办咱们的事情，完事儿以后我帮你回来找她。"

"不用，"朱七转身往来时的胡同里走，"你有大事儿要做，这样的小事儿用不着拖累你。"

"要不我让和尚帮你，你一个人出来我不放心。"

"也好，"朱七在胡同里站下了，"卫哥，找到桂芬我不想回去了，我想好好在家陪着她，她跟着我出来不容易。"

"行！"卫澄海用力一按朱七的肩膀，"我了解你的脾气，啥也不说了！"

月光直溜溜地挂下来，卫澄海和朱七的影子被月光打在地下就像两幅剪纸。人的影子搅乱了树叶子的影子，就像莲花池里浮动着的鱼。卫澄海拉一把朱七，在一个树影子里站住了："小七，你有没有兴趣跟着我参加共产党？"朱七想都没想："哥哥别逼我，我什么都不想，我只想囫囵着回家。我家的情况你不是不知道，我大哥和我六嫂的脑子都出了毛病，我六哥死不见人活不见尸，我们老朱家没有能够挺起来的人了。"卫澄海说："我这就是想让你挺起来呢。"朱七说："刚才你还答应让我回家呢。"卫澄海说："回家跟参加共产党是两码事，回家并不耽误你参加共产党。你知道吗？现在解放区的人民都在共产党的领导下打土豪分田地，那些工作离不开咱们共产党人……""不是咱们，是你们，"朱七打断他道，"打不打土豪，分不分田地我不管，我也不懂，我只知道谁来了，老百姓也照样过自己的日子。"

"在日本鬼子的天下里，你也照样过日子吗？"卫澄海立起了眼睛。

"这个你知道的……鬼子快要完蛋了，这你也知道。"

"鬼子完蛋了，还有压在老百姓头顶上的三座大山！"

"几座大山我不明白……卫哥，你别跟我讲这些大道理了好吗？我听不明白。"

朱七蔫蔫地走了一阵，回头说："小鬼子要从蒙山大桥撤退，是不是想在济南汇合，然后集中起来跟国军和八路决一死战？""决一死战个屁！"卫澄海激动地说，"小鬼子是真的快要完蛋了。我得到的消息是，小鬼子已经成了秋后的蚂蚱，这是想最后蹦跶一下呢。在哪里蹦跶还不知道，反正这次搞得很仓促……咱们给他把桥炸了以后，他们的计划就乱了，等到换一条路再去济南，没准儿济南已经被咱们的队伍占了。"朱七说："现在鬼子这么狼狈，为什么八路不直接在路上就'别'了他们？"卫澄海说："军事上的事情我知道的也很少，也许是这队鬼子很强大吧？听说有一个军团，好几千人。"说着话，开羊肉馆的那户人家就到了。卫澄海和朱七在外面站了片刻，一前一后进了天井。

郑沂开门出来，眯着眼睛笑："找到小七哥的媳妇了？"

朱七噎了一下，闪开郑沂，一缩脖子进了门。

卫澄海瞪了郑沂一眼："不该打听的别打听，"压低声音道，"陈大脖子也在找桂芬的事情千万别漏。"

郑沂说声"知道"，吐个舌头，反手关了门。

天在朱七半梦半醒之间亮了，晨曦透过窗纸照进来，雾一般朦胧。卫澄海发现朱七睁开了眼，丢给他一根烟，笑道："做什么梦了?"朱七快快地点上烟，抽了几口，叹道："我总是觉得我有些对不起我六嫂。唉，她的心里憋屈着呢。刚才我在琢磨这事儿……你说我六哥的'家什儿'软得像鼻涕，他怎么会给我六嫂下上种儿? 这事儿有些扯淡呢。"卫澄海皱一下眉头，接着笑："你呀……你六嫂的事情大家都知道，那是没有办法的事情。你不应该为这事儿难过。怎么说呢? 哈，我也糊涂了。好了，说点正事儿吧。刚才我想，咱们应该这样，你跟着和尚去济南，我一个兄弟在那边接应你们，我带张双回青岛找烟膏库里的那个伙计弄炸药，很快就去找你们，然后咱们直接去蒙山。"

"大马褂呢?"朱七说，"这几天你神秘兮兮的，弄得我也紧张，我连大马褂都怀疑呢。"

"没有大马褂什么事情，这一点我还是可以肯定的。让他跟着你们。"

"行。你马上就走?"

"马上走。"卫澄海坐起来，三两下穿上了衣服。跟郑沂打了一声招呼，卫澄海拉着张双出了大门。

吃了早饭，郑沂把开羊肉馆的那个伙计喊到天井里，叮嘱他照顾好老太太，将自己和朱七的枪包进一个包袱里，再在包袱里面掖上几张煎饼，三个人并肩走到了街上。天阴沉沉的，刚刚冒出头来的日头被大朵的乌云遮掩在后面，跟傍晚的景象有些相像。朱七抬头看了看天，拉一把郑沂道："我记得你对我说，我四哥死的那天也是阴天，阴天可不是什么好兆头。"

朱七瞄了一眼不说话、脸色铁青的郑沂，心里莫名地有些忐忑："但愿别出什么麻烦。"

见郑沂还是不说话，朱七摸了摸他背在身上的包袱，干笑道："绳子带着了吗?"

郑沂瓮声道："带着呢，没有绳子咱们上不去桥。"

第二天傍晌时分，朱七一行人接近了济南城。郑沂在路边拦了一辆进城送货的马车，讲好脚钱，大家上了马车。三个人在车上打了一个盹儿，马车就进了济南城。在一条僻静的胡同口下了马车，郑沂站在路边前后扫了两眼，冲朱七和大马褂使个眼色，疾步进了胡同。走到一个四合院的门口，郑沂站住了，示意朱七和大马褂等在外面，自己进了院子。不多一会儿，出来一个穿警备队衣裳的中年汉子："二位请进。"朱七警觉地问："和尚呢？"汉子微微一笑："在里面呢。"看样子，里面没有什么异常，朱七拉一把呆望着汉子出神的大马褂，径自进了院子。

旁边的门一开，一脸胡子茬的丁老三站在了门口："哈哈，又让我猜对了，我家七兄弟这次又来了。"

朱七愣一下神，一步跨了过去："三哥，我正找你呢！"

丁老三哈哈大笑："刚才和尚告诉我了，你去了潍县是吧？别担心，桂芬很安全，先进来说话。"

进到门里，郑沂从炕沿上跳下来："小七哥，真巧啊，三哥也是刚刚进门，"一指炕上坐着的一个汉子，"还认识他吗？宋一民，三哥多年的兄弟，是个共产党员。"宋一民笑着偎下炕，冲朱七伸出了手："咱们应该认识吧？两年前咱哥儿俩在潍县见过面的。"朱七想了想，一拍脑门："哦，认识。你们来这里干什么？"丁老三笑道："你们来干什么，我们就来干什么。"见朱七有些茫然，丁老三摇了摇手，"怎么，这桥只许你们炸，就不许我们炸了？先别说这个，我先跟你说说桂芬的事儿，省得你担心……是这样，桂芬跟着他兄弟去了烟台。"

丁老三说，那次朱七走了以后，桂芬到处找他，盖文博告诉她，朱七回了即墨。然后把家里出的事情对她说了一遍，桂芬当场晕了过去，醒来之后非要回家看看不可。大家一齐劝，说她要是回去肯定要出麻烦，鬼子跟疯了一样。桂芬不再坚持了，只是担心朱七犯了浑脾气，找鬼子报仇。丁老三说，朱七不可能犯浑，他在外面闯荡了这么多年，应该怎样报仇自己心里有数，他回家没带着你走，那就是怕你跟着不方便呢，朱七临走的时候说了，让你暂时先跟着你兄弟，等他办完了事儿就回来接你。桂芬就在潍县住下了，一住就是一年多。后来，潍县的那个药铺被鬼子查封了，鬼子怀疑那里面有共党分子。去抓人的时候，丁老三他们已经带着桂芬跑了。他们先是去了笼山，当时八路军的一个支队在笼山驻扎着。八路军撤出笼山以后，丁老三跟宋一民和史青云他们几个人接受任务上了崂山，盖文博带着桂芬跟着队伍去了烟台。

"八路军现在还在烟台？"朱七的心稍稍宽慰了一下，大喘一口气，问丁老三。

"烟台地区已经成了八路军的解放区，桂芬姐弟俩应该还在那里，那里的天是晴朗的……"

“我知道了。”朱七心里的石头终于放下了。

“咱们那一带很快也要解放了，小鬼子已经顾不过来了，”丁老三说，“陈毅的部队正在攻打即墨县城外围。”

“那就好，”朱七的脑子里忽然泛出朱老大的影像，“那我大哥就放心了，我大侄子在陈毅的队伍里当排长。”

“真的？”丁老三瞪了一下眼睛，“这我还真的不知道呢。好，这很好啊。”

“老许，你去外面‘张’着点儿。”郑沂冲站在门口傻笑的中年汉子摆了摆头。

老许一出门，郑沂皱着眉头问丁老三：“这个消息是老许提供给你的？”丁老三点点头：“是啊，你不知道是吧？老许也是我们的人。其实我们知道这个消息的时候，卫老大还不知道呢……对了，卫澄海怎么没一起来？”郑沂盯着丁老三，眼睛一眨不眨：“你怎么知道你得到这个消息的时候卫老大还不知道？”丁老三咳嗽了一声：“我怎么就不知道？卫澄海那边的消息是我派人提供给他的。”“哈，”郑沂笑了，“我想起来了，你们都是共产党！那就没啥意思了，既然你们要来，还告诉我们干什么？你们直接炸了狗日的不就完事儿了？”丁老三正色道：“事情是在不断的变化当中的。起初我们并没想来，上级的意思是，让崂山游击队执行这个任务，后来出了一点儿小差错……鬼子得到了情报。所以，为了更好地完成这项任务，我们必须派人来协助你们。”“鬼子得到了情报？”郑沂的眉头又锁了起来，“是谁出卖了我们？”

“不知道，”丁老三说，“有可能是我们这边出了奸细，更大的可能是你们那边，因为鬼子知道是你们那边下来了人。”

“这个人到底是谁？”郑沂的眉头变成了一座小山。

“你们那边的人太杂了，”丁老三摇摇头，“三教九流什么人都有……卫老大的性格也太江湖了，这个人难找啊。”

“彭福？”郑沂刚说完就呸了一声，“不可能！福子杀过不少鬼子，不可能是他！”

“这事儿先不要去考虑了，”丁老三说，“目前咱们的任务是不惜一切代价炸掉那座桥，其他的事情以后再说。”

朱七想了想，问郑沂：“这件事情卫老大都告诉过谁？”郑沂说：“应该没有其他人吧？卫老大说，这事儿是滕先生告诉他的，觉得这事儿挺危险，我说，没啥危险，不就是偷偷摸摸炸座桥吗？后来，卫老大让我来找老许，落实一下这事儿是真是假……这你都知道的。难道是滕先生走漏了风声？也不可能啊，他是个共产党员，我知道他们的组织纪律，他不可能把这么大的事情随便告诉别人……"皱着眉头瞥了大马褂一眼，喃喃地嘟囔，"马褂更不可能，他根本就没有时间嘛。"大马褂哟嗬一声，眼睛瞪成了绿色："去你个鸡巴！你怎么会怀疑是我？"

丁老三摇了摇手："我不是说了吗，这事儿先放在一边，早晚会抓出这个人来的。和尚，老卫呢？"

郑沂说："回青岛了，弄炸药。带着一个玩爆破的兄弟去的。"

丁老三瞪大了眼睛："怎么，你们提前没有弄到炸药？"

郑沂将前面发生的事情对丁老三说了一遍，末了问："你们既然出来帮我们，为什么不带炸药来？"

丁老三说："卫澄海那么神通的一个人，这事儿还需要我帮忙？他什么时候回来？"

郑沂说："应该很快，让我们在这里等他呢。"

丁老三沉吟了半晌，开口说："要抓紧时间，有确切消息说，后天拂晓鬼子的车队经过笼山大桥，咱们必须赶在天亮之前炸掉它。早了不行，晚了也不行……来济南之前，我和一民去过笼山，根本靠不过去，四周全是鬼子兵。河沿和山坡上埋满了地雷，我亲眼看见一个山民被地雷炸飞了……咱们要接近那座桥必须从河里凫水，安上炸药再凫水出来。还有，我跟一民来济南之前上级通知我，国民党也刚派了一支小分队来了济南，不知道他们什么时候行动，我怕那帮小子提前出手，那就坏了大事。成功了，鬼子就可能转道别的路，失败了咱们的危险就更大了……所以，咱们最晚应该明天半夜接近那座桥。"

"他奶奶的，国民党凑的什么热闹？"郑沂横了一下脖子。

"据说这帮人也是青岛那边过来的，也是刚刚动身。"

"青岛那边过来的？不会是乔虾米吧？"郑沂大声笑了起来，"我刚知道他是国民党的人呢。"

"乔虾米是国民党的人？"丁老三吃了一惊，忽地站起来，"这怎么可能？"

"怎么不可能？"门哗地推开了，卫澄海拉着一身侦缉队打扮的乔虾米站在了门口。

"老卫？"丁老三一把拽进了卫澄海，满脸都是惊喜，"还认识我吗？"

"认识，三哥嘛，"卫澄海冲丁老三点点头，从身后一把拉进了乔虾米，"这位还需要我介绍吗？"

"富贵兄，幸会。"乔虾米一怔，上前一步，紧紧握住了丁老三的手，"真没想到你也来了济南。"

"是啊，我也没想到乔兄能来这里。"丁老三抽回手，拍拍乔虾米的胳膊，"我刚听和尚说你是国民政府的暗探。"

"早已经是了，"乔虾米指了指卫澄海，"这事儿你可以问卫先生。"

"是这么回事儿，"卫澄海将前天晚上在青岛发生的事情告诉了丁老三，末了说，"其实以前我们就接触过。"

"既然乔兄已经知道了大家此行的目的，我就不多说什么了，"丁老三笑道，"乔兄也是过来帮忙的？"

"谈不到帮忙，我也想为国家出点儿力气，这叫共同成事儿，"乔虾米扫了旁边的人一眼，"你们就这么几个人？"

丁老三说："我们那边来了两个，卫老大的人全在这里……哎，不是还有一个玩爆破的兄弟吗？"

张双闻声进来了，冲丁老三一点头："我来了。"

丁老三扫了他一眼："认识，也是蒙山去的吧？"

卫澄海说："是，张兄弟是滕先生介绍去的，一起去了好几个兄弟，都很勇猛。"

丁老三问："炸药呢？"

张双将背在身上的一个包裹甩到炕上："在这儿，是TNT。"

第十四章　密谋

一行人找到笼山那个地下党员的时候，天边已经泛出了鱼肚白。丁老三将大家简单介绍给了那个兄弟，就吩咐他给大家做饭。匆匆吃了饭，大家挤到一铺大炕上，一合眼就睡了过去。不知睡了多久，卫澄海将丁老三推起来，使个眼色，两个人走到了天井。天色已经大亮了，刺目的阳光直射下来，照在头顶上暖洋洋的。闷头抽了一阵烟，卫澄海开口说："组织上这是不信任我呢。"丁老三将手里的烟头弹出院墙，摸一把卫澄海的肩膀，笑道："不是组织上不信任你，是因为临时出了一些意想不到的事情。上级说，青岛那边的鬼子'特科'已经知道了咱们的计划，为防止出现意外，我不得不过来帮你一把。现在我有些怀疑乔虾米……""不要乱怀疑，"卫澄海打断他道，"事情肯定出在我们那头。尽管这事儿我们办得很谨慎，可是总归还有别人知道。这个人很可能是鬼子安插在我们队伍里的奸细，我正在分析这个人到底是谁呢。"

"你以前是怎么认识乔虾米的？"丁老三收起笑容，反眼瞅着卫澄海问。

"以前我以为他是个汉奸，一直想杀了他，后来我听说这个人还不坏，他没有乱杀人，就缓了下来。"

"我问的是，你是什么时候开始跟他接触的。"

"大概是两年多之前吧，"卫澄海想了想，"对，是两年多之前。我是在来百川那里碰上他的，他跟来百川有联系。"

"不对吧？"丁老三抬起了头，"我听说他跟来百川势不两立，因为来百川跟熊定山是铁哥们儿。"

卫澄海盯着丁老三看了一会儿，忽然一咧嘴，有些不忿地笑了："三哥拿我当小孩子对待呢。"

丁老三一正脸色："兄弟，别怪我啰嗦，现在咱们是拿着命在这里玩儿，每一步都得加倍小心。"

两个人在天井里站了片刻，相视一笑，进了屋子。

乔虾米拉着朱七坐在炕沿上闲聊，见卫澄海和丁老三进来，乔虾米笑了笑："你们两个起得可真早啊。"

卫澄海说："是啊，我第一次干这么大的买卖，睡不沉，心里老是惦记着。"

乔虾米矜持地晃了一下脑袋："没什么，刚才我已经在心里打了一个谱，应该没什么问题。"

卫澄海哦了一声："打的什么谱？说来我听。"

乔虾米下了炕："我想这样，一会儿我就去找我的那帮兄弟，换上军装以后想办法拦一辆鬼子车，然后咱们混上桥去。把车停在桥中间，然后藏在车后面，从桥上面把炸药给他粘到桥下面去，这就妥了。张双兄弟刚才说了，他弄了一个延时装置在炸药里面。""你说什么？"郑沂忽地坐了起来，"从上面粘炸药？那多危险？我们已经提前商量好了……""别插话，听乔队长把话说完！"卫澄海猛地瞪了郑沂一眼，回头冲乔虾米一笑，"你继续说。"乔虾米皱了一下眉头："目前看来，我的这个办法最好。大家应该清楚那座桥上的情况，四周全都埋了地雷，要想从别的途径接近那座桥困难很大，几乎可以说是不可能。昨天我来之前已经打探好了情况，鬼子经常换防，不时有汽车经过通上桥的那条小路。咱们完全可以化装成鬼子兵上桥，只要上了桥，一切都在掌握之中。"卫澄海点了点头："这是个好办法。"

"那我先去把我的兄弟喊过来，大家认识一下，免得到时候打乱了套。"乔虾米起身要走。

"你这么安排还打乱套个屁，"郑沂哼了一声，"根本就打不起来嘛。"

"你也太自信了，"丁老三笑道，"没听乔队长说嘛，事情是在不断变化之中的，你知道到时候能出啥事儿？"

"反正我觉得这样挺冒险，不如咱们……"

"先听乔队长的！"卫澄海横了他一眼，搂着乔虾米的肩膀走了出去，"咱们先去笼山看看，然后你去找天豹他们。"

"也好，"乔虾米整理了一下衣服，"你知道从什么地方可以看清大桥的全貌？"

"他知道，"丁老三拉过了那个地下党员，"他从小就在这里生活。"

走了七八里山路，郁郁葱葱的笼山就在眼前了。这里的山势跟崂山有些类似，全是陡峭的岩石，一些灌木顽强地从岩石缝隙里钻出来，麻麻扎扎地向四周伸展。远处的山顶上有棉絮样的云朵一缕一缕地撕扯着走过。卫澄海站在一堆乱石后面，眼望着山顶上的几株松树，大口地喘气，仿佛又回到了硝烟弥漫的崂山。乔虾米一脸肃穆地踱过来，伸手递给卫澄海一根烟："你在想什么？"卫澄海凑过脑袋点上烟，徐徐抽了一口："没想什么，我在端详这座山呢。从这里上去的话，根本到不了桥那边，下面全是地雷。"乔虾米诡秘地一笑："是啊，从这里上桥那是不可能的。但是从这里往西走有一条小路，那是接近桥的唯一通道。"卫澄海在手指里捻灭了烟："不管那么多，先上山看看。"

"我就不上去了，我得抓紧时间去把卢天豹他们喊过来。"

"那好，你去吧。"卫澄海转身往山上爬去。

"注意别暴露了目标！"乔虾米在后面喊了一声，转身下山。

爬到山顶的时候，太阳已经偏西了，一只老鹰孤单地盘旋在小得犹如酒盅的太阳下面，像是一片被风刮着的纸屑。卫澄海冲后面的人摆了摆手，悄悄趴到了一块石头的后面。山涧下面的景况一目了然。山涧下面是一条时宽时窄的河，河水闪着鱼鳞一样的光，河面上有雾一般的水汽荡漾。一座看上去小得像筷子的桥横亘在两座山之间，桥的两头立着一个铁罐子似的岗楼，看样子是刚刚修建的，水泥的颜色还新鲜着。岗楼下面是两个用沙袋子垒成的掩体，掩体上架着闪着乌光的高射机枪，一队鬼子兵正行走在桥面上，蚂蚁一样小。沿着桥南边看过去，一条线一样细的土路蜿蜒伸向西面的山坡，消失在河沿旁边的芦苇里面。小路靠近大桥的那端有一片朦胧的树林子，隐约可见树林子前面有一个很小的岗楼，岗楼距离桥头大约有五十米的样子。如果能够接近那座岗楼，完全可以不从河里上桥，卫澄海看见岗楼直立在一块巨大的岩石上，下面就是奔流的河水。丁老三似乎也发现了这一点，趴在卫澄海的旁边，指着岗楼小声说："看见那玩意儿了？"卫澄海点了点头："看见了，很好的一个位置。"丁老三诡秘地瞥了卫澄海一眼："我知道你的打算，你已经胸有成竹了。"

躺在石头后面抽了一根烟，卫澄海闷声不响地偎到了郑沂的身边："和尚，咱们以前设计的行动要改了。"

郑沂嗯了一声："我知道，你不是跟乔虾米都商量好了吗？"

卫澄海摸了摸郑沂的手："兄弟，老乔说的很有道理，就按他说的办。"

几个人还没下到山底，乔虾米就带着他的人从遍地荆棘的山路那头跑过来了。

大家化装好走出山路的时候，天上的云彩已经挂了橘黄的颜色，习习的风吹起来，夜晚的凉意提前到来了。

大路上不时有鬼子的卡车呼啸而过，车灯毛烘烘地亮着。在大路上走了大约一个时辰，就听见有哗啦哗啦的流水声响起，一行人跨过大路，上了河沿。卫澄海问乔虾米："这边有过河的船？"乔虾米指了指前方一条黑板凳似的东西："那儿有座桥。"卫澄海打眼看去，那边的河流很窄，紧贴着河面有一座一米来宽的小桥。卫澄海定了定神，问乔虾米："为什么这边很平静？"乔虾米说："这儿离大桥远。"说完，冲前面喊了一声："过桥！"丁老三带头上了水淋淋的桥面。

桥段很短，不几步就到了对岸。

五六米宽的小路两边长满了茅草，茅草丛中不时有蛐蛐的叫声响起，天已经彻底黑了下来。

一行人走了不到一袋烟的工夫，那片树林子就在眼前了，一辆卡车咔啦咔啦地超过了他们。

卫澄海喊住了丁老三："你们去林子里面'卧'着，我跟乔队长拦车。"

这几个假鬼子刚在路中间站好，路西头就有隐约的车灯光晃动起来。

卫澄海回头瞄了瞄几十米开外的那座大桥，这座桥看上去并不太高，也就八九米的样子，卫澄海放了一下心。

车灯清晰起来的时候，卡车的嗡嗡声乱了起来，似乎是一个车队在往这边开。

乔虾米取一个立正姿势，腰板笔直地站在路边。最前面的那辆车慢了下来，一个鬼子从驾驶室里探出脑袋冲乔虾米嚷嚷了一句什么。乔虾米叽里呱啦回了一句，那辆车忽地一下冲了过去。眼见得五六辆卡车流水似的穿过眼前，卫澄海不禁有些紧张，悄悄拉了拉乔虾米："老乔，这不会就是鬼子的运兵车吧？"乔虾米笑道："你也太多心了。这全是些空车，是等候天亮前跟鬼子运兵车交接的。别说话……这是最后一辆车了，就拦它！"说完，猛地跳到路中间，双手交叉着摇晃。

那辆车停了下来。乔虾米掏出证件对开车的鬼子晃了晃，随手打开了车门。

就在鬼子刚要开口说话的时候，卫澄海蹿过去，双手一抱鬼子的脑袋，用力一扭，鬼子一声没吭，悄然滑到了车轮底下。

乔虾米把手冲树林子一挥，纵身跳到了驾驶室里："让大家去车厢！"

卫澄海将大枪丢进路边的草丛中，抽出丁老三给他的长匣子枪，将身边的两个穿鬼子军装的伙计往赶上来的丁老三身边一推："你来照顾这几个兄弟！"一拉车门进了驾驶室："乔队长，你的戏该收场了！"匣子枪硬硬地顶上了乔虾米的脑袋。

第十五章　原形毕露

乔虾米一愣："卫兄，你这是什么意思？"

卫澄海一把拽出了乔虾米腰上的枪，把头一摆："没什么意思。来，跟我下来，我好好跟你聊聊。"

乔虾米盯着卫澄海看了好长时间，颓然笑了："我真搞不明白你的心里到底装了什么，难道你打鬼子是假的？"

卫澄海拽着乔虾米的衣领将他拖下了车："来后面我告诉你。"

乔虾米晃了一下脑袋："这事儿你必须给我解释清楚！"

郑沂一脸兴奋地从车厢里跳了下来："哈哈！原来是这样！怎么处置这几个汉奸？"

卫澄海一把将他推上了驾驶室："把车靠到路边。"

乔虾米举着双手来回看："应该跟着车队走，不然要出乱子的。"

卫澄海淡然一笑："有你在，出不了乱子。"

车厢的后挡板已经放了下来。卫澄海刚把乔虾米推到挡板下面，朱七的手就伸了过来，揪住他的脖子猛力一提，乔虾米麻袋似的被拎到了车厢。卫澄海上车，将挡板拉上，顺手放下了车厢顶上的帆布帘子。车厢里面黑洞洞的，卫澄海打着火机，来回地照："卢天豹呢？"被绳索反绑着的卢天豹横横地挺了一下脖子："卫澄海，老子做鬼也饶不了你！大日本皇军会为我报仇的！"卫澄海当头给了他一拳，一把将乔虾米拽到跟前："乔队长，你还想说什么？卢天豹说得还不够吗？"

"天豹，难道你当了汉奸？"乔虾米的声音有些颤抖，能听出来话里面包含的沮丧。

"乔队长……这是怎么回事儿？"卢天豹似乎有些后悔刚才说过的话，"我没当汉奸啊，咱们谁也没当汉奸……"

"别装了，"卫澄海关了打火机，一字一顿地说，"乔队长，我一直都在怀疑你，从你跟我来济南的路上就开始了。"

"卫兄，你听我解释……"

"记住我这句话，"卫澄海打断他道，"想要活命就别再跟我装了。我问你，北边的那个岗楼里有几个人？"

"卫兄……"

"我不想重复我说过的话。"

"有三四个人。"乔虾米躲闪着朱七顶到自己脑袋上的枪口，一下子泄了气。

"岗楼是用来干什么的？"

"我也不十分清楚，"乔虾米咽了一口唾沫，拉风箱似的喘气，"好像……好像是个配电站。"

卫澄海点了点头:"正所谓智者千虑必有一失啊……哈,你算什么智者?我告诉你,跟我卫澄海玩脑子,你还差了一大截子。开始的时候我还没怎么怀疑你,可是你也太小瞧我了。凭着这么个好地方你绕过去,非要让大家上桥,你安的是什么心思?知道不知道,从岗楼下到河里去炸桥,比开着车上桥去炸要简单一千倍!上桥?你想得也太简单了吧?我卫澄海就那么傻呀,我带着这帮生死兄弟到了桥上,你们两头一堵,我们直接就被打成筛子了……小子,在青岛的时候我就有些纳闷,不说你稀里糊涂地救了我们,就说你对我说,你要去崂山投奔唐明清我就纳上闷了,你跟熊定山不共戴天,依你的性格,你会委曲求全,去他那边窝囊着?昨天你们睡觉的时候我就在琢磨,你这个混蛋策划得细致着呢。你留着我们不抓,目的就是害怕抓了我们,我们的上级再派别的小分队来完成这个任务!"

"卫先生,你别说了,"乔虾米苦笑了一声,"你打谱怎么处置我?"

"只要你听我的,我可以考虑给你个好的归宿……你知道的,我是混江湖的出身,我讲究的是一个义字。"

"我要是听你的,你不会杀我是吧?"

"你说得很对。"

车已经靠在了路边。卫澄海走到车门前,用手推推正在仰着脖子灌酒的郑沂:"别喝了,你不是说过,办正事儿的时候滴酒不沾的吗?"把着车门上了驾驶室,夺下郑沂的酒葫芦,猛喝了一口,"和尚,一会儿你开车,咱们去北边的那个岗楼。进去以后咱们都别掏枪,用刀来解决那几个鬼子,不多,大概三四个……完事儿以后你更艰巨的任务就来了。岗楼后面有一个吊桥,可以直接下到河里。你跟大马褂两个下去,凫水到中间的那个桥墩子上。然后你就把绳子甩上去,让大马褂顺着绳子爬到桥上面,你把炸药给他递过去,粘到桥墩子跟桥面接触的地方就下来,我们在这边等着你们。一切顺利的话,大家开着车,一路唱着歌走……哈,咱们有乔虾米这个护身符嘛。现在我不放心的是,你能否把绳子扔到那么高的桥梁子上。"

"没问题,"郑沂喷着满嘴酒气,轻描淡写地一笑,"干这活儿我有十几年的经验了,放心吧。"

"那就好,"卫澄海将喝干了的酒葫芦丢出车窗,用力摸了郑沂的肩膀一下,"一会儿就看你的啦。"

"别急，"郑沂拉一把打开车门的卫澄海，"炸桥不用那么早吧？"

"来不及等了，"卫澄海纵身跳下了车，"鬼子等不到咱们，就可能包围上来，现在咱们的处境很危险。"

"让乔虾米上来，他会说鬼子话。"

"我知道。"卫澄海转身走到了车厢后面。

里面传出卢天豹声嘶力竭的喊声："我操你们那些奶奶的！老子就是铁了心要当汉奸咋了？日本人给我吃的，给我喝的，我就是要跟着他们干，咋了？咋了？！我卢天豹跟了多少中国人？我他妈得什么好儿了？来百川拿我当条狗使唤，巴光龙呢？他更他妈的黑！使唤完了我，他竟然要杀了我！不是乔大哥救我，我十条命也没了……"随着一声巴掌的暴响，卢天豹没了声息。卫澄海拍了拍车挡板，丁老三探出了头："这就走？"卫澄海冲里面勾了勾手："让乔虾米下来。注意，一会儿进了岗楼，大家都不要下来，等我们把里面的鬼子解决了你们再进去，别出声响。"随着一声哼唧，乔虾米横着身子跌下了车。

卫澄海拎起乔虾米，用枪顶着他的腰眼，说声"到前面来"，一把拉开了驾驶室的门。

郑沂探手摸了乔虾米的脸一把："乔队长，你可真能闹，想把大家都折腾死咋的？"

乔虾米啊哈晃了一下脑袋，想要说句什么又没说出来，一缩脖子进了驾驶室。

卫澄海说声"关了大灯"，和郑沂一左一右将乔虾米夹在中间。车嗡嗡两声，晃悠着开了起来。

"你不是想活命吗？"卫澄海用胳膊肘捅了捅乔虾米，"一会儿到了岗楼，你给我精神着点儿，只要你带我们进了岗楼，我保证不杀你。"乔虾米苦笑着扭了扭腰："你先把枪拿开。""你还没发表你的意见呢。"卫澄海将枪筒又使劲顶了一下。"我同意……"乔虾米蔫蔫地垂下了脑袋，"我想活，我姥爷的仇还没报呢。""把车直接开过去？"郑沂扫了一眼乔虾米。

乔虾米反着手往前挥了挥："开过去。"

岗楼前面的一棵树上挂着一个闪着蓝色火苗的瓦斯灯，车在灯下面停住了。

一个鬼子懒洋洋地打着哈欠出来了，一指车前，驴叫唤似的嚷了一句什么。

卫澄海用枪一顶乔虾米："说话。"

乔虾米把头伸出车窗，冲鬼子嘟嚷了一句，回头一笑："好了，可以下车了。"

卫澄海架着乔虾米下了车,枪口依旧顶着他的腰:"往里走。"

郑沂把车熄了火,两只手貌似随意地别到后面,手里已经捏着了几把匕首。站在门口的鬼子疑惑地盯着郑沂,刚想开口说什么,身子一歪就躺到了郑沂的肩膀上。郑沂扛着他,疾步闪到一侧的黑影里,丢死狗似的丢到地上,背着手又出来了。卫澄海和乔虾米已经进了岗楼。刚进门的郑沂赫然发现乔虾米把手伸向了一个电闸……还没弄清楚他这是什么意思,郑沂的刀子已经将乔虾米的手掌钉在了电闸上面的木板上。乔虾米的一声哎哟还没喊利索,卫澄海和郑沂同时出手了——刚刚从上面的一个梯子上下来的两个鬼子,一个被卫澄海拧断了脖子,一个被郑沂的刀子钉在墙面上。郑沂喊声:"看好乔虾米!"纵身冲上了梯子,随着一声惨叫,上面跌下了一个脖子上插着匕首的鬼子。郑沂忽地从梯子上跳了下来:"没有人了!"四下一看,扑哧笑了,乔虾米被铁塔似的卫澄海踩在脚下,放干了血的猪一般叫唤:"又闹误会了……"

郑沂蹲到乔虾米的头顶上,用刀把子一下一下地拍他的脸:"别跟爷们儿耍花招,刚才你是什么意思?"

乔虾米抱着血淋淋的手停止了哼唧:"我想把灯打开,里面黑啊,谁知道鬼子会从哪里冒出来?"

郑沂横扫一眼四周:"糊弄鬼是吧?你的眼瞎的?卫哥,这个人不能活。"

卫澄海哼了一声,松开脚,走到门口冲外面吹了一声口哨,丁老三他们猫着腰钻了进来。

"那三个人呢?"卫澄海问脸色铁青的丁老三。

"被大马褂杀了一个,那个想跑,被我一刀劈了,"丁老三横了朱七一眼,"朱七不让我杀那个姓卢的。"

"留着他,"卫澄海闷声道,"把这两个混蛋带回青岛,我要好好修理他们。"

卫澄海一把将郑沂和大马褂拉到了跟前:"该你们两个行动了。张双,把炸药给他们。"

张双从肩膀上摘下装炸药的包裹,郑重地递给了郑沂:"郑兄弟,全看你的了。"

郑沂将包裹背到身上,问:"这玩意儿不怕水吧?"

张双说:"不怕,我已经处理好了,"从裤腰上解下一个油布包,"这是胶,你们上了桥墩以后直接用手抹到炸药上面,等爬到桥面上,胶就发挥作用了。"

大马褂嗫嚅着退后了两步："卫哥……我怎么有些害怕？那什么，非得我跟着和尚去吗？"

卫澄海摸了摸他瘦如刀背的肩膀，沉声道："你必须去，这里面就数你的身手好……别怕，我们这么多人在保护着你呢。"

大马褂用力按着自己的胸口："让小七哥也跟着上去行不？"

朱七挺一下胸脯，刚要说话，卫澄海拦住了他："你不要去，用不上你，人多了反而不好。"

郑沂一把拽了大马褂一个趔趄："来之前你是怎么说的？想当逃兵？"

大马褂抱着胸口大口喘了一阵气，把脚一跺，冲郑沂猛一伸手："来两口！"

郑沂摇晃着酒壶笑了："没了，最后那一口让卫老大给喝了。"

丁老三走过来，从后腰上摸出一瓶酒递给了大马褂："来吧兄弟。本来我想在完事儿以后喝个庆功酒……"

"已经完事儿啦！"郑沂一把抢过了酒瓶子，咬开瓶盖张口就喝。等他灌了大半瓶，大马褂接过酒瓶子，有些悲壮地冲左右晃了晃："三老四少，兄弟我先上路了，"咕咚咕咚将那半瓶酒喝光了，把酒瓶子往脚下一丢，"万一兄弟遇到什么不测，还望各位大哥帮我照顾着老娘……我走了！"朱七横着身子走到郑沂的面前，盯着他看了一会儿，默默地伸出胳膊抱住了他："兄弟，我等着你回来。"郑沂晃开朱七，微微一笑："少来这套，这才多大点事儿？你兄弟我命大着呢。卫哥，我的枪你暂时替我保管着，等咱们回了崂山我还要用它杀几个鬼子呢。"卫澄海接过郑沂递过来的枪，把手伸向了大马褂："你的也给我。"大马褂从腰里抽出枪，犹豫了一下："我还是拿着吧，上了桥不一定出什么事情呢。"丁老三说："让他拿着，我看过了，这把枪不怕水。马褂，带在身上吧。"卫澄海从后面抱了大马褂和郑沂一把："我相信两位兄弟不会让大家失望的，走吧。"

岗楼里面有一个可以下到河里的后门，后门不远处就是卫澄海提前看到的那个用藤条编的吊桥。

卫澄海赶到郑沂和大马褂的前面，探头瞅了下面一眼，不深，最多五六米的样子。

丁老三走过去，用力踩了吊桥两脚："没问题，下吧。"

第十六章　血染大桥

　　大家默默地注视着出溜出溜往下爬的郑沂和大马褂，直到他们潜入了湍急的河流当中。卫澄海将一直捏在手里的那把长匣子枪丢给丁老三，从丁老三的手里接过自己的枪，喃喃自语："但愿别出什么意外，我已经负担不起责任来了……"定定神，回头瞥了朱七一眼，"完成任务以后你就办你自己的事情去。我想好了，我卫澄海不可以把这么好的兄弟都拴在自己的身边。"朱七摇了摇手："你这叫什么话？合着没有你，我朱七就不应该杀鬼子报仇了？别这么说，咱哥们儿都有一样的心气儿……"晃了一下自己带来的卡宾枪，"我听说巴光龙送给你几条这样的家伙？"卫澄海点了点头："是，办完了这事儿我就去取，这玩意儿好，整个崂山没有几条这么顺手的家伙呢。"朱七用枪口瞄了瞄那座桥："这家伙要是能打出炸弹去就更好了，不用麻烦和尚他们了。""炸弹不顶用，"张双说，"想要彻底摧毁这座桥，离了炸药不行。"

　　"快看快看，和尚已经接近桥墩了！"宋一民伸手一指桥下面，兴奋地喊了一声。

　　"哦，很好，马褂也靠过去了……"卫澄海放眼一望，猛地咬了咬牙，"和尚应该加入共产党！"

　　话音刚落，岗楼外面就响起一声凄厉的号叫："太君——游击队在这里！"

　　朱七一愣，箭步冲了出去。

　　幽蓝的瓦斯灯下蹿起一个人影，卢天豹挣扎几下，甩开身上的绳索，疯狗似的往桥那边跑去。

　　朱七刚把枪抬起来，卫澄海就冲了出来："别开枪！"已经晚了，朱七的枪口里射出一串带着火光的子弹。

　　卢天豹踉跄了几下，一头扎进路边的草丛里。

　　"快！掩护和尚他们！"卫澄海将自己的枪插到腰里，一把夺过朱七的卡宾枪，越过围住岗楼的铁丝网，横身站在峭壁的石头上面。桥下，郑沂站在桥墩凸出的一块台子上，扛着大马褂用力地往上托他，上面隐约可以看见一根垂下来的绳子。大马褂一蹬郑沂的肩膀，猴子一般攀缘直上，一眨眼的工夫就接近了桥面。与此同时，桥头上警报声大作，犹如千万只乌鸦发出的声音。探照灯惨白的光柱横空扫过桥面，蓦地在西侧的小路上停住了。卢天豹蠕动几下，爬起来跌跌撞撞地往前趔趄，一排子弹从桥头射了过来，卢天豹摇晃几下，喊了一声："太君，你们打错啦……"噗地跌倒在尘土当中。密集的子弹哗哗地泼向这边。

朱七跳到卫澄海的身边，猛地将他拽到石头后面："卫哥，鬼子好像还没发现和尚他们！"

卫澄海端着枪瞄准桥头上突突喷着火光的地方扫了一梭子："快！让三哥打迫击炮！"

丁老三已经在岗楼的顶上架起了迫击炮，随着"咣"的一声巨响，南桥头的那个掩体里腾起一股带着火光的烟柱。

张双将岗楼里面的机关枪架在前面的石头上，哒哒哒地扫射。

朱七的手里没有枪，翻身跳到岗楼里，正要摸挂在墙上了一把冲锋枪，眼前黑影一闪，乔虾米惊鼠一般蹿出门去。

朱七猛地一激灵，他妈的！还忘了这个混蛋，提起枪追了出去。

乔虾米冷冷地站在岗楼前面，手里提的一杆三八大枪慢慢瞄准了背向岗楼朝大桥射击的卫澄海。朱七大叫一声："去死吧！"冲锋枪射出了一串愤怒的子弹，乔虾米急速地扭转身子，大枪滑到腰下，倒地的同时，一颗子弹飞鸟似的钻上夜空。朱七跳过去，一脚踩住乔虾米僵硬的脖子，枪口对准他的脑袋，猛地一扣扳机。乔虾米惨然一笑，一声"好"卡壳似的憋在喉咙里面。朱七补了一枪，纵身跃出铁丝网，一手提着枪，一手抓住吊桥，刚要往下爬，卫澄海大吼一声："别过去，没用！"

探照灯终于扫到了桥墩那边，一排子弹随即跟了过去。大马褂的身子贴在桥墩上，一只手抱着炸药包，一只手筛子似的往炸药包上抹胶。郑沂半躺在桥墩凸出的地方，不停地冲上面挥手。朱七大声喊："和尚，你还在等什么？"郑沂摇晃着站了起来，两条腿盘在下面，两只胳膊搅住绳索，艰难地往上攀。大马褂已经将炸药包粘到了桥下，用力托着，似乎是想让炸药包再粘得紧一些。桥面上又炸起一片火光，几个即将靠近大马褂的鬼子兵怪叫着腾在半空，旋转着飞进了河水。又一群鬼子朝大马褂的方向冲了过去。朱七跳起来，将冲锋枪的枪托顶在肚子上，哇哇叫着搂住了扳机，一直将枪打空了。鬼子倒了一批又来了一批……卫澄海将朱七的枪扔给他，抓起张双的机关枪也站了起来："来呀!"脚下，张双捂着汩汩冒血的胸口，一下一下地扯卫澄海的脚腕子："打炸药包……打炸药包，来，来不及了……用枪打炸药包呀……"

"你想让我兄弟去死呀!"卫澄海抬脚将张双踢到一边，边扫射边喊，"和尚，马褂，快回来——"

"和尚，马褂，听见了没有? 快回来——"朱七跳到离河面近一些的一块空地上，大声喊。

"来不及了……来不及了……"张双嘟囔两声，脑袋一歪，不动了。

子弹在夜空里织出一张张血红的网，交错着在桥面上飞舞。硝烟在探照灯的光柱里面翻滚，幻化出一片绚丽的颜色。一排子弹呼啸着洒向已经接近桥墩凸出地方的大马褂和郑沂。绳子断了，两个人一下子脱离了探照灯的光柱。朱七的心猛然抽紧了……探照灯光刷地射向了桥墩，上面的景象让朱七撕心裂肺般的喊了一声，喊声几乎要冲破了他的胸膛。大马褂面条一样地挂在桥墩下面，握着自来得手枪的一只手无力地在腰间晃，郑沂在上面死命地拉着他的另一只手。

时间仿佛停止了，朱七听不见依然轰鸣的枪炮声，他只听见自己的血哗啦哗啦的流动声。一切都在缓慢地进行，硝烟如风吹动着的雾，一扭一扭地在朱七的眼前晃动，桥墩上两个人的动作也缓慢得如同眼前的这些雾……郑沂的身子在一丝一丝地往下滑，大马褂的脑袋歪在肩膀下面，双腿一丝一丝地往似乎已经停止流淌的河水里面浸。"和尚，快撒手——"卫澄海丢了机关枪，把手做成喇叭状，声嘶力竭地喊。大马褂似乎听见了卫澄海在喊什么，努力让自己的脑袋往这边转了一下。朱七清晰地看见，大马褂咧着毫无血色的嘴巴笑了，笑容异常灿烂。大马褂笑完，嘴里嘟囔了一句什么，握枪的手猛力往上一甩，自来得手枪在桥墩上砸起一串火星。大马褂又是一笑，艰难地抬起握枪的手，子弹打偏了……大马褂的手垂下了，子弹射向河面，击起一个一个水泡。大马褂一松另一只手，身子慢悠悠没入河水当中。枪炮声轰然在朱七的耳边恢复了，湍急的河水裹胁着草棍一样的大马褂消失在桥墩的那头……朱七猛地跪到地上，抱紧脑袋，号啕大哭。

一发炮弹落在岗楼顶上，岗楼瞬间塌了半边。

丁老三从硝烟里钻出来，冲朱七大声喊："快走!"

卫澄海猛一回头："往哪里走? 桥还没有炸掉!"

"我看见了——"丁老三挥手一指桥墩，"和尚在那里用枪瞄准炸药!"朱七回头一看，郑沂平身躺在桥墩上，将两只手合在一起，稳稳地握着大马褂的那把自来得手枪，枪口对准粘在桥下面的那个炕桌大小的炸药包——轰！大桥遭了雷劈似的一下子断成两半……"和尚！和尚——"卫澄海发疯似的跳起来，一股火舌闪电似的扑向滚滚的浓烟。"老卫，不能再等了！"丁老三扑到卫澄海的身边，夺下卫澄海的机关枪，拖着他就跑。卫澄海挣扎两下，一脚踹倒了丁老三："死的不是你的兄弟！"抓起已经打成红色的机关枪，野兽一样迎着蝗虫般往这边冲的鬼子兵扑了过去。丁老三一个鲤鱼打挺跳起来，趁卫澄海不备，一个扫堂腿将他撂到，大吼一声："想想你在崂山的那几百个弟兄！"说完，将手里提着的一个火箭筒丢到卡车上，回身打了一梭子："谁会开车？"朱七边往后面扫射边喊："我不会！宋一民呢？""他死了！"丁老三刚喊完这一声，卫澄海就跳进了驾驶室："朱七，你和三哥去车厢，打狗日的！"卡车离弦的箭一般冲上了小路。朱七跳到车厢里，接过丁老三递过来的一把冲锋枪，昂首站在车厢里，大叫一声："小鬼子，来送命吧！"一梭子出去的同时，丁老三射出去的火箭炮也在鬼子群里面炸开了。透过滚滚的硝烟，朱七看见鬼子群里腾起的那团火光竟然是那样的眩目那样的妖艳，像老君炉里炼丹的火。

卡车沿着小路箭一般地飞，枪声渐渐远去，犹如扫过树林子的风。

朱七漫无目的地将冲锋枪里的子弹泼向四方，丢掉枪，扑到后挡板上抖动肩膀，无声地哭了。

卡车在一个山坳的转弯处停下了。卫澄海下车，单手举着一把卡宾枪，冲天打了一梭子："好兄弟，安息吧。"

丁老三拽着朱七跳下车，默默走近了卫澄海："张双和宋一民同志也牺牲了。"

卫澄海点点头，无声地摸了摸丁老三和朱七的肩膀，转身向山下走去，脚步从容，身后是一片苍茫的大山。

月亮钻出了云层，月光如水银泻地般扑向他们，三个黑影霎时镀上了一层银色，夜风飒起。

悲怆的歌声在夜空里飘荡：壮士们，志昂扬！拿起枪上战场，杀日寇，荡东洋，夺回我河山，保卫我爹娘，豪气似虎狼……

第十七章　意外

坐在济南开往青岛的火车上，卫澄海一言不发，脸色冷峻得犹如挂了霜。

朱七不记得丁老三是什么时候跟他们分手的，他只记得丁老三坚定的背影慢慢消失在火车站黎明前清冷的南头。

在市郊的一个旅馆里，朱七和卫澄海两个人蒙头大睡，醒来的时候已经是两天以后了。

朱七醒来的时候发现，卫澄海的嘴巴上叼着一根烟，烟头烧着了他的嘴唇，烫出一股焦臭的味道。朱七欠起身子，将他的烟头从嘴巴上拔下来，卫澄海淡淡地说了一声："兄弟，你还活着。"朱七说，我还活着，卫哥。卫澄海目光硬硬地瞅着他，半晌才咧开嘴笑了笑："我也活着，可是我的好兄弟死了。"朱七回忆得很艰难，他实在是不相信曾经生龙活虎的郑沂死了，跟他一起死去的还有同样鲜活的大马褂……还有谁跟着他们一同去了？朱七记不起来了……卫澄海说："兄弟你也要走了呢，你也不愿意跟着我继续这样下去了，你也要走了。"朱七说，我不走，我要跟着你打鬼子。卫澄海说："你应该走，你要活着。"

朱七恍惚想起来，他曾经说过他要去找自己的媳妇……可是他不想在这种时刻走。

卫澄海说："你应该走呢，我带出来的兄弟只有你和福子了，你们两个都应该走，你们两个要活着。"

朱七说："和尚和马褂走了，我更不能走了，我要跟着你继续杀狗日的。"

卫澄海躺下了："走吧，我自己一个人回去，我还没抓出来那个奸细，你跟着我很危险。"

朱七说："打鬼子本来就是一件危险的事情。"

卫澄海坐了起来："桂芬咋办？"

朱七说："我也不知道……反正我不能走，我要给我死去的兄弟报仇。"

窗外有麻雀啾啾的叫声，风也在叫，风的叫声像老人哭。卫澄海又躺下了，他似乎是在一瞬间睡着了。麻雀和风依旧在叫，叫声汇合在一起，催眠曲一样。朱七点了一根烟，烟雾在他的眼前慢悠悠地扭着，一个衰老而且仍在迅速衰老着的人在烟雾里望着朱七出神。朱七看清楚了，这个已经变成老人的人是自己，他在浇一株叫不出名字来的花儿。他一边冲那株艳丽的花儿浇出清冽的清水，一边望着花儿的枝叶在一点一点地萎缩。枝叶在轻微地响着，像是垂死的嘶叫。天在不经意的时候黑了，浇花的朱七在静寂的夜里，静静地听这些声音，这些声音是如此的蛮横，如此的惊心动魄……桂芬踮着脚过来了，她的身后跟着同样踮着脚的朱七他娘。朱七问，你们还好吗？桂芬说，还好，咱娘让你娶我回家呢。朱七说，我不想回家了，我四哥死了，我兄弟山和尚和大马褂也死了，前面还有死了的华中和左大牙，我不能回去，我要给他们垒一座坟。朱七他娘在后面朦胧地笑，她说，你还是回来吧，他们上天享福去了呢。朱七说，不回，小鬼子还在杀人……

"又在念叨什么？"卫澄海抬脚蹬了蹬朱七，"声音很吓人呢，病了？"

"没有，"朱七出了一身冷汗，嘴巴被烟头烫疼了，一拽，拽下一大块皮，木木地疼，"我梦见我娘了。"

"我想好了，"卫澄海支起半边身子，微微笑了笑，"我离不开你，你继续跟着我……不过你应该先回家看看。"

"先跟你回崂山吧，"朱七的脑子清醒了许多，"小鬼子还在横行霸道，我回家也过不安稳，我要跟在你的身边。"

"别担心我，"卫澄海坐正了身子，"也别担心即墨那边的鬼子，那边已经平静了许多，鬼子很少。"

"这我知道……可是我真的不放心你。我一直在想着那件事情……关于奸细的事情。"

"我大概已经知道了他是谁，你不用担心。"

"他是谁？"

"我不想说，"卫澄海淡然一笑，"在没弄清楚之前我不能随便说，我卫澄海不是那样的人。"

难道真的是熊定山？朱七闷闷地想，如果真的是他，我也不应该饶了他……本来我一直感觉自己欠他点儿什么，这样可就好了，现在我杀他那是天经地义的事情……妈的，这个混蛋早就应该死了。他也在杀鬼子，这个不假，可是如果真的是他在背后"捅咕"什么，那他就应该去死！朱七回忆起熊定山在东北的一些事情来，那时候他们也经常追击个日本散兵什么的，可是更多的是骚扰老百姓……有一次山上绑去了一个皮货商，因为那伙计嘴硬，熊定山活活将他"挂甲"了（身上浇水，冻成冰条），那伙计临死前不住地哀求，给我一条被子，给我一条被子。熊定山依旧让孙铁子往他的身上泼水，那伙计直愣愣地望朱七，大哥，你是好人，你去帮我找条被子。朱七拉开孙铁子，脱下自己的棉袄想包起已经快要咽气的他，脑袋上冷不丁顶上了熊定山的枪……妈的，当年我朱七也不是什么好人，尽管我很少跟着他干那些丧天良的事情，可是我总归也当过胡子！脑子又是一凛，朱七躺不住了，忽地爬了起来："卫哥，我听说共产党在他们的解放区剿匪呢，有这事儿?"

"有这事儿，"卫澄海轻描淡写地说，"可是现在你不是土匪，你是抗战勇士。"

"可我总归是当过土匪……"

"那没什么。我们党有个政策，首恶严惩，胁从不究，从善者欢迎。"

"那是以前吧?"朱七咽了一口唾沫，"这话我曾经听史青云说过，可是现在呢?"

"现在也一样，"卫澄海披上了衣服，"走，先吃饭去。我记得咱们得有两三天没正经吃饭了吧?"

"那么，像我这样多少有过几个钱的，共产党不会镇压吧?"朱七边穿衣服边说。

"你不是没有地? 再说，现在还是国共合作时期，不土改了，改成减租减息了……"

"哦，"朱七的心头仿佛有石头落地，"那，那么刘贵要麻烦了。"

"那也不一定。我们党的政策是团结一切可以团结的力量，组成抗日民族……那叫什么来着?"卫澄海穿好了衣服，猛一挥手，"意思就是团结各阶层一切可以团结的力量，赶走日本侵略者，建立一个全新的中国! 不过刘贵置买那么多土地还是不好的嘛，我们共产党人不赞成剥削……将来全国解放了，没有土地的百姓就有了属于自己的土地，刘贵这样的地主是应该匀出一部分地来分给那些没地可种的农民的，"卫澄海走到门口，"将来我们打下了天下，受苦人就翻身了，再也不用害怕被人欺负了……党的政策我也吃不太透，你可以问滕先生。"

"不用问了，"朱七跟了出来，"我还是那句话，不管谁打下了天下，我都赞成，我还当我的百姓。"

"哈，看来在这个问题上我跟你是没有什么共同语言了……没什么，人各有志嘛。"

"哎，"朱七换了一个话题，"咱们的队伍里有地主没有？"

"有，"卫澄海随手关了门，"庙小妖气大，水浅王八多，连奸细都有呢。"

"瞧你这意思，还是说地主不好。"

"好个屁，"卫澄海摸了摸朱七的肩膀，"有些事情你不了解，以后我再详细跟你说吧。"

走在去饭馆的路上，朱七问卫澄海，在崂山见过刘贵没有？卫澄海说，我没见过他，华中见过，他也想参加崂山游击队，我没答应，让华中打发他回去了，这伙计有那么多地，心事多，干不长远的。朱七说，那么咱们队伍里的地主是哪来的？卫澄海说，有附近村里的几个小财主，还有几个是当初董传德留下的兄弟，不多，也就三五个，地是跟着董传德"别梁子"弄来的，很不光彩，他们打鬼子是想保护自己的家产。朱七笑道："你要是也把当初那些'别'来的钱置了产业，也成财主了。"卫澄海正色道："别瞎说，我出来闯荡不是为了钱，图的是一个痛快……你是知道的，当初咱们一起搞的那些钱，我几乎全都接济了穷哥们儿……不过，后来我接受了革命道理，有更高的目标了。"

"你的想法我搞不清楚，可是我知道跟着你干没错。回崂山以后你有什么打算？"朱七问。

"打鬼子，干革命！"卫澄海用力一咬牙，"不过，目前首要的是揪出那个奸细来。"

"对，"朱七点点头，随口问道，"然后呢？"

"有条鬼子船经过仰口港，我准备带人'别'了他，山上过冬的粮食没有了，拿他们的东西换粮食。"

"在东北的时候我听福子说，你过几天准备去'街里'袭击俾斯麦兵营？"

"有这个打算。兵营里的情况不熟悉，得抽空去李村找一下长利。"

"这事儿我得去，"朱七咬了咬牙，"争取在鬼子完蛋前夕，多杀他几个鬼子保本儿。"

坐在一家小饭馆里，卫澄海要了一大钵子羊肉汤，将几只烧饼掰在里面，大口地吃。

朱七吃不下去，要了半斤酒，一口酒一口汤地喝。

下半晌的时候，两个人出了饭馆。

站在回旅馆的那条路口，卫澄海摸了摸朱七的肩膀："兄弟，你还是先回家吧，安顿好了就去崂山找我。"

朱七犹豫着不走："和尚他们的尸首怎么办？"

卫澄海说："找不着了……以后我去笼山给他们烧香磕头。"闷了半晌，朱七抬头说："我走了以后你千万注意着点儿，山上乱，别再出毛病。"

卫澄海嗯了一声，猛地转过身去，甩步就走："放心！"

瞪着卫澄海的背影，朱七怅然若失，心忽然就空得厉害，眼前又浮现出下笼山时的情景，卫澄海在唱歌："壮士们，志昂扬！拿起枪上战场，杀日寇，荡东洋，夺回我河山，保卫我爹娘……"浑厚而低沉的歌声回荡在寂静的大山之下。身后，乌蒙蒙的笼山渐渐隐没在一片漆黑里。丁老三也跟着唱了起来，恍惚中，朱七听见有无数个声音从四面八方汇聚过来：

> 起来，不愿做奴隶的人们，
>
> 把我们的血肉筑成我们新的长城，
>
> 中华民族到了最危险的时候，
>
> 每个人被迫着发出最后的吼声！
>
> 起来，起来，起来！
>
> 我们万众一心，冒着敌人的炮火前进……

朱七身上的热血一下子沸腾起来，不行，我现在不能就这样回去，我要杀鬼子！我要为我死去的亲人和兄弟报仇！

热血激荡着他的血管，朱七几乎站不住了，跟跟跄跄地朝卫澄海的背影追去："卫大哥——我不走了，我要跟你回去！"

火车经过蓝村的时候，朱七的心抽得紧紧的，他不敢把头伸出去看窗外，那里有他熟悉的光景，他害怕自己哭出声来。

卫澄海想把陈大脖子曾经去朱家营找过桂芬的事情告诉朱七，害怕他再去东北找陈大脖子，便放弃了这个念头。

去年春上，卫澄海派郑沂去过朱七的家，因为他听孙铁子说，汉奸们还经常去朱七家骚扰，怕他们家再遭折腾。郑沂回来说，他们家还是那个样子，朱老大好了，张金锭也文静了许多，除了整天哼哼着唱戏，基本不往外面出溜了。朱老六找不着了，不知道去了哪里。朱老大说，陈大脖子又去了他家一次，这一次在他家住了好几天，乡亲们好说歹说才劝走了他。

下车的时候，两个人都没有说话，走出车站，雇了一辆黄包车，两个人直接奔了李村。

找到长利家，卫澄海打发长利的儿子去城防队喊回了长利。

长利一进门就埋怨卫澄海这么长时间也不来看他，兄弟感情都生疏了呢。

卫澄海不说话，只是笑。

午饭喝了点儿酒，吃饭的时候，卫澄海问长利："俾斯麦兵营里现在驻扎着多少鬼子兵？"

长利说："不一定，有时候多，有时候少，长驻的还是胶澳联队的那三百来个鬼子。"

卫澄海从贴身口袋里摸出一张纸，指着上面的条条框框问："这三百来个鬼子都住在哪几个营房？"长利用筷子一下一下地点："这里有，这里有，这里也有。"抬头扫了卫澄海一眼，"你决定要袭击兵营了？"卫澄海牙齿咬得腮帮子都鼓起来了，收起那张纸，猛一点头："我决定了。"长利继续盯着卫澄海看："你可得想好了。青保大队的实力那么大，他们也没敢去俾斯麦兵营，你能行？"卫澄海的口气不容置否："我能行！我的人比他们的人能干，何况现在我也有钢炮了。我都设计好了，先派人潜进去，找准目标就开火，打乱了他们的阵脚以后，我架在对面房顶上的炮就开始轰这些杂碎。那边的地形我熟悉，巴光龙也可以帮我。"长利说："退路呢？鬼子的壕沟都挖到了山东头，一旦不好，你们根本出不了青岛。""青岛不是日本鬼子的！"卫澄海斩钉截铁地说，"走不出青岛去的不是我，是他们！"

长利乜着卫澄海看了半晌，闷声道："我不是说这个，我的意思你明白。"卫澄海将身子倚到墙面上，胸有成竹地说："别担心，这个我有安排。从海上走，提前把船停在小湾码头，那边几乎没有鬼子的巡逻艇。打完了仗，一齐上船，只要是离开码头，我们就算胜利了。"长利说："鬼子的炮艇速度快，火力也猛，你们逃得脱吗？"卫澄海淡然一笑："认识唐明清吗？他是国民党的人，他也拉了队伍在崂山。我提前联系过他，他答应在海上接应我们，他们有一条火轮，尽管上面的小钢炮威力不如鬼子，但是狙击一下那是没有问题的。再说，我的兄弟大部分是当地的渔民，他们在海上闯荡几十年了……""澄海，"长利打断他道，"你不用多说了，我支持你干这事儿！还有什么需要我帮忙的？"

"先前我听说你一个表亲在兵营里当厨子？"卫澄海问。

"明白了，"长利灌了一口酒，"吃了饭我就去找他，让他再刺探一下鬼子的准确位置。"

"这是一方面。最主要的是，我想让他想办法带几个人进去。"

"带几个人进去？人进去了，武器呢？你们总不能空着手进去吧？"

"他不是经常出来买菜吗？武器容易带进去，就看他的本事了。"

"这事儿有点难度，"长利皱起了眉头，"这样，赶紧吃饭，完了我马上进城，先联系上他再说。"

"不管有多难，你必须把事儿给我办了。"

匆匆吃了饭，长利说声"等我的消息"，披上衣服闪出门去。卫澄海捏着酒瓶子，不停地喝酒。朱七说："我听福子说，你是因为董传德骂你是胡子才杀他的？""那只是一个理由，"卫澄海道，"他不但骂我是胡子，还骂我是汉奸……实话告诉你吧兄弟，卫澄海我从来就没做过胡子做的事情！尽管我在东北的时候曾经混在胡子堆里，可是我从来没有跟着他们去折腾百姓，我干的全是杀鬼子的勾当。后来我从东北回来……"笑了笑，摸着下巴说，"这你都知道的。我曾经折腾过百姓吗？没有，我不干那样的事情！我吃过大户，可是那是些什么样的大户？用我们共产党的话来说，那是些土豪劣绅，应该吃他们！他们的财产是从哪里来的？剥削、压迫！你都看出来了，打从日本鬼子侵占了中国，当汉奸的都是哪些人？都是这帮畜生。"

"当汉奸的什么人都有，"朱七说，"也有地痞流氓，也有被逼迫的穷苦人……"

"我说的是大部分，"卫澄海瞪了一下眼，"总之，当汉奸的都在我卫澄海的消灭之列。"

"我也是这么想的。"朱七不说话了，脑海里竟然泛出朱老六的影子，他不会是抗不住折腾，当汉奸去了吧？

"你六哥也是个性格刚强的人。"卫澄海似乎觉察到了朱七在想些什么。

"我没看出来。"朱七蔫蔫地说。

"尽管我跟他接触得不多，但是我看得出来，那也是一条硬汉子。"

"你快拉倒吧，"朱七的脸红了一下，"咱们不要提他了行不？来，说点儿痛快的。"

卫澄海笑了笑，将那瓶酒一口干了，抹抹嘴巴说："你跟大马褂去东北的时候，我带着和尚去龙口杀过一次汉奸。纪三儿上山告诉我一件事情，他说，鬼子讨伐队里有一个外号叫坏水的汉奸，龙口来的，是个小队长。这小子欺压百姓不说，整天像条狗似的到处抓抗日分子，有些没拉出来的兄弟经常被他们抓，抓到了就是一个死。那几天他带着几个汉奸去了龙口，据说是回家娶媳妇的，除掉他正是个机会。那阵子我正策划着挤兑董传德，办得差不多了，我想出门消遣消遣，也好让老董放松一下警惕。得到这个消息，我带上郑沂就去了龙口。没怎么费劲，我俩就摸清了他住在什么地方。一打听，这个混蛋在老家就是个无恶不作的混账，死在他手里的抗日好汉不少……隔了一天，我跟和尚就找上门去了。果然，这小子就是回家结婚的。我们去的那天上午，他们家张灯结彩，热闹得跟过年似的。我们俩直接就闯了进去……"

朱七哈哈笑了："你们也太不讲道理了，哪有大喜的日子杀人家新郎官儿的？"

卫澄海继续说："他们家的人还以为我们是远道而来的客人呢，点头哈腰地把我俩往里让……"

朱七打断他道："卫哥你别说了，我怎么觉得没啥意思？"

卫澄海探手摸了朱七的肩头一把："你呀……对待这些民族败类，是没有什么道义可讲的。"

不管朱七听不听，卫澄海继续说："既来之则安之，我们俩也没客气，直接上了正桌。酒喝到一半的时候，一个小子过来喊我们，说他们老大想见见我们。我俩就随他去了里面的一个房间。那小子以为我们是来吃白食的，丢到地下两块大洋，说，兄弟今天办喜事儿，麻烦二位不要搅和了，这就请回。我说，老子不要钱，老子是来要人的。那小子还是没觉察到我们是什么人，说，人是我的，你们是要不回去的。我这才知道，原来这个混蛋强抢民女呢。我说，人我要定了。那小子冲外面喊，来人来人！几个汉奸模样的家伙刚进门就被和尚一刀一个解决了。这时候这个小子才反应过来，拔枪想要反抗，被我一拳打歪了脖子，气没倒几声就完蛋了。等别的汉奸反应过来，我俩已经大摇大摆地出了村子。哈哈，有点儿意思吧？"朱七没有反应，已经睡着了，呼噜打得山响。

卫澄海苦笑一声，盘着腿闭上了眼睛。满脑子都是郑沂和大马褂的影像。

郑沂双手举着枪瞄准炸药包的那一刻在卫澄海的眼前挥之不去，卫澄海感觉自己似乎可以伸手拉住他。

往昔跟郑沂在一起的一幕一幕随着浓浓的硝烟，急速翻滚着晃过卫澄海的眼前。

卫澄海仿佛看见郑沂跟在自己的身后，一步一步地走在去劈柴院的那条路上，满天星斗照耀着他们。郑沂说，哥，打完了鬼子你要去哪里？卫澄海说，我也不知道。郑沂说，你不是说你要带领队伍跟随八路军解放全中国吗？卫澄海说，也许会吧。郑沂说，哥，我就不跟着你去了，我娘没人照顾，我要回家伺候老娘，等你们解放了全中国，我带着老娘去投奔你。卫澄海说，你的娘就是我的娘。郑沂说，哥，你得活着，不然我跟我娘就没有地方去了……卫澄海的眼睛湿润了，鼻子酸得让他不得不狠劲地搓脸，把自己搓成了关公。和尚，你好好睡着，等我打完了鬼子，我给你立一座碑，高高的，像一座塔那样，我要在上面刻上金色的字，人民英雄郑沂之墓……不对，我不能只刻郑沂一个人的名字，我应该再刻上华中的名字，还有左延彪、大马褂、张双、宋一民、棍子、张旺发……刻上所有跟随我打鬼子死去的兄弟的名字。

夜幕在不经意的时候降临了，屋子里的两个人睡得死猪一般沉。

长利推门进来了，一把一把地推卫澄海："起来起来，事情有变化，快起来！"

卫澄海一个激灵坐了起来："怎么了？"

长利把手在眼前猛地一挥："鬼子明天要去崂山扫荡，目标就是你和你带的队伍！"

卫澄海睁圆了眼睛："消息准确吗？"

长利说："准确，绝对准确！不然我不会到现在才回来……"大口喘了一阵气，急促地说，"我先是去找了我的那个表亲，没等把事情对他说完，他就说，晚了，鬼子半夜就要集合，全部去崂山，好像是因为崂山那边的游击队最近太猖狂。我赶紧去找了我在城里的一个妥实兄弟，那兄弟在警备队当文书。我问他有没有这事儿？他说，他们也是刚刚接到的命令，这事儿确实有！我直接赶去了俾斯麦兵营那边，站在一个楼顶上往下看，果然看见鬼子兵在往卡车上搬炮弹什么的……"

"我得马上走！"卫澄海一把拽起了还在迷糊着的朱七，"兄弟，带上家伙，马上回山！"

"这么晚了，出得去吗？"朱七嘟嘟囔囔地坐了起来。

"长利，你马上去找一下玉生，让他开车送我们出去。"

"不用了，我带你们出去……"

"太慢啦！"卫澄海一把将长利推了出去。

收拾停当，卫澄海和朱七刚点了一根烟，玉生就一头撞了进来："卫哥，用车吗？"卫澄海闪身出门："赶快把我安全地送到崂山，那里有几百个兄弟等着我！"玉生不敢多问，风一般冲到了前面。长利站在车门前猛地拉开车门，卫澄海拽一把朱七，双双跳进驾驶室，卡车嗡地一声冲了出去。卫澄海的眼睛里射出箭一般的光，直直地盯着前方，不住地催促："快，快！"

过了几个关卡，前面就是通往崂山的那条崎岖的山路了，卫澄海示意玉生停车："你赶紧回去，别暴露了自己。"

玉生不停车，猛踩了一脚油门："不要担心我。"

风从车窗的缝隙透进来，嘶嘶叫着往卫澄海冷峻的脸上扑，卫澄海的脸冷得犹如雕塑。

山脚下的路细了，卡车开不进去了，玉生停下了车，一推卫澄海："卫哥，一路顺风。"

卫澄海摸摸他的肩膀，打开车门，纵身跳上了路边怪石嶙峋的山坡，回头一拱手，豹子一般蹿上了山坡。

第十八章　痛痛快快杀鬼子

天即将放亮的时候，卫澄海摸着满是胡子茬的脸从一个道观里出来，冲着黑黢黢的大山喊了一嗓子，山谷回荡。

滕风华跟出来，轻声道："要不要通知山对面的唐明清?"

卫澄海回头对倚着一棵大榕树望天的朱七勾了勾手："你去。把情况通报一声，别跟上次似的，再出乱子。"

朱七犹豫了一下："我去不好吧? 熊定山……"

卫澄海横了他一眼："他不会怎么着你的! 这事儿你去最合适，你跟定山说得进话去。"

"我跟他说得进个屁话去……"朱七嘟囔着紧了紧裤腰，迈步向山对面走去。路上不时有惊鸟咕唧咕唧地叫，深山里显得越发寂静。翻过那道山脊，朱七打量了一眼被丛林包围着的几幢石头屋，摇着头叹了一口气，哈，我跟熊定山好像有过前世约定似的，走来走去又走到一起来了……心中有丝丝愧疚泛了上来。朱七感觉自己的脸有些发红，唉，你说我当年到底是咋了? 跟着孙铁子干了那么一出搬不上台面的事情。如果日本鬼子不折腾我们家还好，我用那些钱置买几亩地，过安生日子，可是现在我成什么了? 安生日子没过上，倒成了这副样子……猛地打了一个哆嗦，操他二大爷的，这个样子咋了？很好啊，我当了一个真正的爷们儿，我在替全中国人出气呢……朱七的心忽然硬了起来，硬得就像大山里阴冷的风。

跨过两块石头之间的一条小河，朱七攀着荆条上了通往那几幢屋子的一条石板路。

此时，天边已经泛出了橘黄色的光。

刚接近那几幢石头屋，朱七就被一个站岗的兄弟拦住了。

朱七介绍说，自己是熊定山的老乡，在对面跟着卫澄海"干活儿"，有事情过来找一下熊定山。

站岗的回头喊了一声："大哥，有人找。"

熊定山晃着膀子从一片树林子里转了出来："哈哈，原来是朱蝎子啊！来找我干什么？还我的银子？"

朱七尴尬地笑了笑："银子早晚会还你的……卫老大让我来找你和唐先生。"

定山搂着朱七的肩膀进了一间屋子。唐明清正在里面刷牙，回头一看朱七，吐了满嘴的白沫，冲朱七伸出了手："是年顺兄弟吧？我早就认识你，你大哥跟我是老相识了。你怎么有空过来？"朱七说："卫大哥让我过来跟二位老大通报一声，鬼子今天要来扫荡。"唐明清微微一笑："我已经知道了。卫澄海是什么时候知道的？"朱七说："刚刚得到的消息，正集合队伍呢。"唐明清歪头瞥了定山一眼："你瞧瞧，我说过的，抗日的队伍都心有灵犀呢……呵，卫澄海是个很大度的人，上次那事儿他是不会放在心上的。"朱七一怔："上次是你们先动的手？"熊定山哼了一声："是孙铁子这个混蛋！卫澄海一直怀疑是我呢，他以为是我故意把仗打乱了……哎，前几天你是不是跟卫澄海下山去了？"朱七说："是啊，我们去找巴光龙了。"

"还他娘的跟我耍心眼儿呢，"定山悻悻地踹了一脚墙，"你以为我不知道你们下山干什么去了？"

"我得回去了，"朱七笑了笑，冲唐明清哈了一下腰，"卫大哥怕咱们再出上次那样的事儿呢。"

"别着急走，"唐明清拉朱七坐到了凳子上，"你们还是在荆条涧东面埋伏？"

"这个我不知道，卫大哥说，这次摸不准他们从哪边上，正派人在山下候着呢。"

"他们不可能去荆条涧了，"唐明清用一条毛巾擦着嘴巴说，"这次他们要血洗左家庄，引咱们下山呢。"

"你是怎么知道的？"朱七随口问。

"我在汉奸那边有内线，"唐明清沉稳地说，"回去告诉卫澄海，让他把队伍拉到下竹林那一带。"

朱七说："那我回去转告一声。我觉得最好你能亲自去我们那边一趟……""卫澄海为什么不亲自来我们这里一趟？"熊定山恼怒地跺了一下脚，"这事儿是他卫澄海惹出来的，凭什么他不来？"朱七打个哈哈道："亲兄弟还讲究那些干啥？你跟卫大哥的关系就跟亲兄弟一样。""不一样，"唐明清把一根指头横在嘴巴上，浅笑道，"尽管我们都是在打鬼子，但是我们两家的主义不同。有些事情你是不会理解的……曾经有一年，卫澄海带人去机场抢夺国宝，紧要关头，是青保大队解救了他们，还需要我多说吗？"一顿，忽然转了话头，"年顺兄弟，你有一件古物啊……""是啊，今年收成不错，"朱七瞥一眼定山，慌忙打岔，"谷物，麦子都不错，我回过老家一趟，收成真不错。"唐明清沉一下脸，蓦然笑了："年顺是个有趣的人。"熊定山好像没听明白他们在说什么，闷声道："回去告诉卫老大，我们在瘤子沟埋伏，让他打第一枪好了。"

朱七走到门口，回头问："你们这就下去埋伏着？"

唐明清点了点头："是的。你们也应该动作迅速。"

朱七走出十几步远，皱着眉头又回来了："唐先生，咱们总不能跟鬼子在村子里开打吧？"

唐明清胸有成竹地摇了摇手："放心吧，鬼子不是冲村子来的，他们的目的是消灭我们，他们不会等很长时间。"

朱七来回倒腾着脚步："鬼子进村会杀人的。"

唐明清反着手挥了挥："我已经提前打过招呼了，正经百姓全躲起来了。"

回到道观，朱七将前面的情况对卫澄海一说，卫澄海一下子跳了起来："马上集合队伍，去下竹林！"朱七开玩笑道："你还真听他的？"卫澄海边往腰里插枪边回了一下头："他是不会害我的。再说，鬼子不走荆条涧，下竹林是咱们埋伏的最好地方！"队伍在滕风华的带领下，呼啦呼啦地往山下涌。朱七有些担心："鬼子也很有战术啊，他们难道看不出来下竹林是咱们有可能埋伏的地方？"卫澄海不屑地笑了："强龙难压地头蛇，这个道理你不明白？论熟悉地形，他小鬼子敢跟我卫澄海比？他们只知道杀人放火，然后以为咱们会沉不住气跟他们拼命，我就那么傻？"朗声笑了一气，说，"我早已经在左家庄到山里的路上埋了地雷，小鬼子就等着挨炸去吧！为什么咱们下山这么早？刚才我跟滕先生研究过了，凡是小鬼子有可能经过的地方，全给他埋上地雷！咱们的人就藏在下竹林后面的那条山峡里，不出来，就是一个枪打、炮轰！熊定山的人不是埋伏在瘤子沟吗？打乱了以后，鬼子连跑都跑不出去，定山他们有重机枪，连高射机枪都有呢，一锅端了这帮畜生。"

此时，一轮红日正从东方冉冉上升，猎猎晨风中，一面大旗迎风招展，"崂山游击队"五个大字鲜红刺目，淋漓如血。

卫澄海跟朱七说着话，队伍已经在山脚下停住了，东南天边越来越亮。

卫澄海跑到队伍前面，跟滕风华嘀咕几句，指挥扛着地雷箱子的兄弟四散出去，然后命令扛机枪的兄弟钻进了竹林。

在竹林里，卫澄海把大家召集到一起，沉声道："大家记住，小鬼子跟咱们不共戴天！该怎么打，我就不多说了。"

大家不言语，一律绷着脸，发声喊，扛着家伙扑进了那条弯弯曲曲的峡沟。

紧挨着卫澄海趴下，朱七问："怎么没见福子呢？"

卫澄海说："刚才我让他去青岛了，把巴光龙送我的枪拿回来。"

朱七惋惜地晃了一下脑袋："这次他又捞不着过瘾了。"

透过竹林缝隙，朱七看见唐明清的队伍急速地穿过竹林，一会儿就消失在左家庄村南头。埋地雷的兄弟陆续回来了，一个个脸上泛出兴奋的光。鸡鸣声响了起来，不多一会儿就有炊烟从村子里飘了出来。朱七嘟囔了一句："还真有不怕死的呢。"卫澄海道："那都是些汉奸的家，等着瞧吧，鬼子急了眼，连他们也不会放过。"朱七沉默了。大家都没有说话，眼睛紧盯着村口通往山脚的小路。天色大亮了，竹林上空有麻雀一群一群地飞过。时间在一分一秒地走着，空气仿佛停止了流动，朱七的耳边全是麻雀飞过的嗡嗡声……终于有汽车行驶的声音远远地传了过来。沟沿上趴着的兄弟全都探出了脑袋。一辆挂着膏药旗的卡车停在了村口，随即，后面隆隆地开过来两辆铁甲车，铁甲车的后面蝗虫似的鬼子兵冒了出来。这群鬼子兵大概有三四百人的样子，他们在村口密密麻麻地排成一个方阵，旋即散开，饿狼似的扑进了村庄。村庄里立刻腾起了漫天浓烟，几个人从村子里跑出来，挥舞着手臂冲鬼子们嚷着什么，没嚷几声，鬼子的枪就响了，那几个人木桩子一般往地上倒。

村子上空的浓烟与火光交织在一起，火光很快就冲散了浓烟，整个天空被染成了一片火海。

鬼子兵重新在村口聚拢，端着上了刺刀的长枪，呼啦啦往山这边涌来。

走在田野里的鬼子首先踩上了地雷，紧接着，地雷的爆炸声铺天盖地响成一片，田野、山坡、小路上躺满了鬼子兵。

鬼子兵停止了前进，一窝蜂地退到了卡车和铁甲车的后面。

卡车让开道，铁甲车轰隆轰隆地开了过来，一路碾压着横七竖八躺在路上的鬼子尸体。

铁甲车越开越近，卫澄海的眼睛瞪得血红，猫着腰蹿到了一架钢炮的旁边："瞄准它的轮子，给我打！"

炮弹呼啸着砸向了铁甲车，铁甲车上面那个鳖盖子模样的盖子随着一团火光被掀开了。铁甲车顿了顿，车上的炮忽地指向了这边。卫澄海大声喊："再给他一炮！"旁边的那架钢炮又射出了一发炮弹，呼啸而至的炮弹猛地钻进了铁甲车的轮子，铁甲车一下子瘫在了那里。后面的铁甲车被前面的挡住了，歪歪扭扭地将炮口指向了峡沟。一发炮弹在卫澄海身边不远的地方炸响了，炮弹爆炸溅起的铁片带着野兽般的嘶叫横空四散，沟底下立时躺倒了四五个兄弟，鲜血横飞。卫澄海跳到正在装炮弹的一个兄弟身边，一把推倒他，抱起一发炮弹填进了炮膛，旁边的兄弟没等瞄准，猛地一拉绳索，炮弹怪叫着射到了正涌上来的一群鬼子兵的正中间，泥土与尸块组成的雨哗地罩了下来。卫澄海破口大骂："操你娘的！打铁甲车呀！"

旁边的那架炮的炮弹射了出去，那辆正倒退着的铁甲车顿时湮没在一片火光之中。

后面的卡车轰轰地往后倒，刚到回路边就被横扫而去的一阵机关枪打成了蜂窝，也动弹不得了。

卫澄海疯狂地笑着，端起冲锋枪哗哗地扫射，随着一片弹雨，前面的鬼子兵砍稻草似的倒。

鬼子兵倒下一批，下一批不知从哪里又冒了出来，哇啦哇啦叫着往这边冲。

沟沿上的兄弟躺倒了不少，一个眼球耷拉在外面的兄弟跪着往正在扫射的朱七身边爬："爷们儿，给我枪，给我枪……"

朱七将自己的匣子枪丢给他，学卫澄海的样子，挺身站在石头上面，冲扑上来的鬼子猛烈扫射。

眼球掉出眼眶的那个兄弟又一次跌倒了，他翻一下身子，脸冲着天，一口一口地倒气。滕风华满脸血迹，扑过去一把抱住了他："同志，再坚持一会儿，再坚持一会儿……"那个兄弟说不出话来，一只手揪着滕风华的胸口，一只手艰难地摸滕风华拿枪的手，看样子是想让滕风华帮忙解决了自己。滕风华犹豫着，一扭头冲回了自己的位置，流着眼泪往前方打枪。那个兄弟的身子开始哆嗦起来，一只眼睛瞪着朱七，目光中有绝望也有哀求，朱七回头喊了一声："兄弟，我的子弹是留给鬼子的！对不起了……"一发炮弹轰然落在了朱七的身后，那个兄弟一下子就不见了。卫澄海看见了这一幕，丢下自己的冲锋枪，箭步跳到那个兄弟留下的机关枪旁边，咬着牙根没命地打。弹雨瓢泼一般砸向这边，子弹碰在石头上砸出来的渣子到处乱飞。前面的竹林已经变成了打谷场，成片的竹子躺倒在地上，横七竖八。枪声忽然稀落下来，眼前的鬼子少了，他们有的还在继续往前冲，有的沿着田野爬上了山坡，山坡上接二连三地爆响了地雷……透过滚滚硝烟，朱七看见提着一把卡宾枪的熊定山站在卡车的车头上，冲这边大声喊："赶快撤退！鬼子的飞机来啦——"说完，冲下面的鬼子扫了一梭子，纵身跳下了车。

朱七拽一把杀红了眼的卫澄海，趴在他的耳朵边使劲地喊："飞机来啦——赶紧撤！"

卫澄海将最后的一梭子子弹打光，站起来冲旁边一挥手："弟兄们，回山！"

有几个还在开枪的兄弟没有听见，朱七挨个将他们拽了下来。大家沿着沟底，迅速撤到了一座小山的背面。

枪声没有了，竹林那边静悄悄的，硝烟与火烧尸体的味道更加刺鼻了。

天边，有蚊子一般的飞机声隐约传来。

第十九章　锄奸

天气越来越热了，朱七的心情也越来越沉闷，桂芬的影子像是长在了他的心里面。

鬼子"扫荡"过那一次就消停了，他们似乎明白，崂山不"幺西"，那里驻着一群真正的中国人，那里有他们的噩梦。

山上清净了，朱七更加思念桂芬了，他再一次辞别了卫澄海。

朱七先是去了丰庆镇，在镇上找到了龙虎会的一个外线兄弟。

朱七告诉他，自己要去烟台，路上有鬼子的关卡，有没有自己的人可以从海上送他过去？

那个兄弟写了一个纸条给他，让他去找鳌山卫一个打鱼的兄弟，那兄弟有办法送他出去。

从丰庆镇出来，朱七沿着去朱家营的土路走了一阵，抬头看了看天，夕阳西下，云彩正在变黄。

眼前是一片枯黄的芦苇，一些灰色的野鸭贴着芦苇叶缓慢地飞。

朱七将枪从腰上抽出来，蹲下身子绑在裹腿里，跺两下脚，迈步进了毛毛糙糙的苇子丛。

钻出苇子，朱七刚看见刘家村南头的那条小河，迎头就碰上了一个人。

三叔？！朱七吃了一惊，不好，这是个维持会的人……想要藏到苇子里已经来不及了，三叔看见了他，嗓门一亮："呦！巧啊，这不是南庄他七哥吗？来找刘贵？"朱七抬头打个哈哈道："是啊，好几年没见着他了，过来看看他。三叔大清早的这是要去哪里？"三叔的脸红了一下："去镇上。贵儿让我帮他去镇上交'地保税'。"这个混蛋在帮刘贵做事儿？朱七一怔，看来刘贵是真的发达了，胡乱笑了笑："那你忙着，我一会儿就回家。"三叔笑得有些尴尬："听说他七哥在外面做大买卖？"朱七知道他是在说胡话，我在外面干什么谁都知道，你跟我装的什么糊涂？索性站住了："三叔还在维持会干着？"三叔警觉地看着朱七的手，似乎怕他冷不丁掏出枪来："早不干了……那什么，我干不来那样的活儿，得罪乡亲。不信你问刘贵去。"

朱七冷冷地看着他："我回来了，你不会去维持会告发我吧？"

三叔摸着头皮笑："乡里乡亲的，我哪能干那事儿？细论起来，咱们还是亲戚呢。"

朱七说："我可知道抓一个抗日分子皇军发三十块大洋呢。"

三叔笑不出来了："那是老皇历了……再说，你三叔是那样的人？现而今我给刘贵干着管家，不缺这点儿钱。"

朱七盯着他红一阵黄一阵的脸看了一会儿，稍微放了一下心："那就好，你忙着。"

三叔走了几步，倒头嚷了一嗓子："他七哥，我要是再帮鬼子做事儿，天打五雷轰！"

刘贵家的朱红大门大开着，一个长工模样的人在往一口大缸里添水。

　　朱七咳嗽了一声。那个长工问："先生来找哪个？"

　　朱七说："刘大户在家没？"

　　刘贵应声出来，撅着山羊胡子一愣，扯着朱七就进了正门。

　　在挂着"积善堂"牌匾的堂屋坐定，刘贵撇两下嘴巴，眼泪哗地流了出来："七哥，我娘，我娘她过去了……"

　　这小子也是个孝子，什么也不说，先提他娘，朱七拉他坐到旁边的太师椅上，安慰道："七十好几了，是喜丧呢。"

　　刘贵哼唧两声，猛地推了朱七一把："这些年你去了哪里？让我好找。"

　　朱七没有回答，笑笑说："刚才我在村口遇上三叔了，我担心他去维持会告发我呢。"

　　"没啥好担心的，"刘贵摇着手说，"维持会解散了，小鬼子现在顾不上你了。三叔是个精神人，不可能再干那样的事儿了……他知道自己的命要紧。""他现在当你的管家？"朱七舒口气，笑着问道。"什么管家，让他帮我管管账罢了，"刘贵红了脸，"听你这意思，我当个财主你还不乐意了？先别废话，你这几年去了哪里？"朱七简单将自己的事情对刘贵说了一遍，最后打个哈哈道："我是个被人掐了脑袋的苍蝇，到处乱撞……你行，不出三年，还真混成财主了。"刘贵不接茬儿，盯着朱七的眼睛问："你在崂山见过定山没有？"朱七说，见过了，他没怎么着我，就是想杀了孙铁子。刘贵忿忿地横了一下脖子："他还想杀我呢！你没去崂山之前他就来找过我，后来他又来了一次，把我娘给吓成了瘫子……那天我跑了。他们来的人可真多啊，全都扛着大枪，还穿着国军的衣裳……""这是什么时候的事情？"朱七岔话问。刘贵将刚刚搬到椅子上的脚拿下来，一个蹦蹿起三尺高："上个月！这次他是下了'死把儿'想要让我死，在我的炕上丢了好几颗炸弹呢……临走留了个纸条，让我把地全卖了，把钱亲自给他送到崂山去，不然我活不过腊八去。"朱七皱了皱眉头："别怕他，早晚我收拾了他，真的。"

　　"嗛，你会收拾他？现在你跟他是一路人了，都在打鬼子。"

　　"不一样。我跟的是共产党的队伍，他跟的是国民党的队伍，两道劲呢。"

　　"可是他碰上你了，为什么不杀你？你的脸大？"

　　"你不明白，"朱七笑道，"我有几个好哥们儿压制着他，他目前还不敢轻易动我。"

"他早晚会'插'了你！这我比谁都清楚。当年我鞍前马后地伺候他，他呢？"

"你不承认你现在混成这样是沾了人家的光？"朱七扑哧笑了。

"我沾他的光？我还说他沾我的光呢……也不是，我沾谁的光？应该是你和铁子的吧？你见没见着铁子？"

"没见着。"朱七的胸口堵了一下。

"见着了就让他到我这里来一趟，"刘贵将两只眼睛支成了螃蟹，"我想过了，既然熊定山想杀我，也想杀铁子，不如我俩联合起来跟他干！铁子尽管不是东西，可是他总归跟我没有什么仇恨，他的胆量也比我大，身手也比我强。我想让他回来帮我……"打嗝似的一卡壳，"对了，刚才三叔都对你说了吧？我联合几个村里的财主成立了一个'乡保队'，我们出钱，正愁没人操练呢，就让铁子来操练他们。""孙铁子？去你娘的……"朱七将刚喝进口的一口茶水喷了个满天飞，"让孙铁子操练乡保队？你没发神经吧？他会什么？他操练你们打家劫舍，偷鸡摸狗？那还不如让……"将后面的熊定山三个字咽回去，正色道，"你这个乡保队没什么名号吧？"

刘贵纳闷道："什么名号？就叫乡保队啊，保护各村各寨不受土匪无赖的侵扰。"

朱七说："我的意思是，你们这个乡保队打的是皇协军的旗号还是国军的旗号？"

刘贵摇了摇手："谁的旗号也不打，就是个民团。"

朱七微微一笑："这就好。我还以为你也想当汉奸呢，"话锋一转，"共产党的解放区离这里不远吧？"

刘贵不屑地摆了摆手："什么呀！去年还在莱州搞什么减租减息，今年就没有动静了，据说是拉着队伍上了大后方。前几天我一个兄弟回来说，连烟台那边的队伍都拉走了呢。"朱七吃了一惊："他们的队伍不是还在烟台的吗？"刘贵翻了个白眼："你不是就在共产党的队伍里干吗？连这个都不知道？早走啦，地盘让给国军了，国军把他们刚分给穷人的地又还给了地主们……哦，难怪你不知道，人家是正规军，你们是些胡子，无非是打着共产党的旗号罢了……"刘贵在一旁喋喋不休，朱七一个字也没听进去，心凉凉的……

"年顺，现在兄弟我是真的发了，"刘贵说得唾沫横飞，"我把焦大户在你们村后的那片熟地也买下来了……"

"什么?"朱七打了一个激灵,那片地在朱七的心里已经扎下了根,"你奶奶的,这下子你该满意了。"

"焦大户一家子全走了,他家老大在南京国民政府公干,据说人家搬到南京当老太爷去了。"

"贵儿,"朱七咽了一口唾沫,"我劝你别买那么多地,以后天下还不一定是谁的呢。"

"爱谁谁的!"刘贵气宇轩昂地拍了一下桌子,"老子纳税纳粮,奉公守法,哪朝哪代也折腾不着咱!"

"你听我说……"

"拉倒吧,"刘贵推了朱七一把,"你小子眼红了是吧?少来这套。"

"唉,你让我怎么说你呢?"桂芬的身影在眼前一晃,朱七不说话了。

刘贵的眼睛慢悠悠地瞟向窗户上的那缕阳光,阳光下,一株芍药开得姹紫嫣红。朱七将自己眼前的茶水喝干了,站起来摸了摸刘贵的肩膀:"本来我想好好跟你唠唠,这工夫你听不进去,我只好走了……还是那句老话,房是招牌地是累,攒下银钱是催命鬼。凡事多加点儿思量不吃亏……"走到门口又折了回来,"多谢你经常过去照顾我家,等我回来,好好报答你。我六嫂,就是你二表姐大银子她的脑子出了毛病,你经常过去看看。"刘贵撵过去,一把拉住了朱七的手:"你咋说走就走?刚才我那是跟你开玩笑呢……"用力一攥朱七的手,"别走,咱哥儿俩好好喝点儿,有些事情我还需要你帮我拿主意呢。"朱七把手抽了回来:"我不是不想跟你坐,我这心里有事情,坐不住。"刘贵说:"你不想听听张九儿的事儿?还有你六哥……""这些我都知道了,"朱七迈步出了门,"你好生生的,下次我回来再跟你好生聊。"

孤单地走在回家的路上,朱七望着瓦蓝瓦蓝的天,轻轻叹了一口气,感觉自己轻得就像一粒灰尘,一阵风就刮没了。

一行大雁无声地往南飞……天冷了,大雁要去南方过冬了,朱七想,大雁也知道在哪里舒坦,我呢?

望着渐渐变成人字形的大雁,朱七忽然感觉这行大雁就像一个箭头,嗖嗖地往自己的心脏里射。

不行,我必须去一趟烟台,即便是桂芬跟着队伍走了我也要去,起码我也应该打听到队伍去了哪里。

三叔不会跟我玩什么猫腻吧?朱七略一迟疑,转身进了去鳌山卫方向的芦苇荡。

就在朱七跟刘贵谈到少置买地的那一刻，朱老大被一个人喊出了家门。

这个人正是鬼头鬼脑的三叔。

三叔把朱老大喊到一条僻静的胡同里，笑眯眯地说："大先生，我见过你家兄弟了。"

朱老大作茫然状，摇头晃脑地说："身是菩提树，心如明镜台，时时勤拂拭，莫使惹尘埃……我家哪个兄弟?"

三叔说："是朱七。"

朱老大说："玩儿去吧你，他早已经死了，跟着老宫被鬼子打死在苞米地里。"

三叔说："跟我打马虎眼是吧? 你说的那是张九儿。"

朱老大想走，三叔一把拽住了他："大先生，我敬重你是个知书达理的人，所以我才专程赶来转告你一声的。实不相瞒，本来我想直接把这件事情报告给维持会，可是转念一想，你兄弟身上带着家伙，没准儿这一打起来就会伤人。不管是伤了谁，你兄弟这罪过可就更大了。所以，我想让你帮我一把，帮了我，也就是帮了你兄弟，甚至可以说是帮了你自己。你知道的，尽管大日本皇军现在战略转移了，可是这片土地还是大日本皇军的，谁也占不去。我这不过是在皇军走了的时候暂时收敛一下锋芒，等皇军回来，三叔我……不，兄弟我还是要投奔光明的。所以，我奉劝你也识点儿时务，配合兄弟一把。"

"我明白了，"朱老大装做恍然大悟的样子，猛一抬头，"你想让我怎样配合你?"

"这样，"三叔将脑袋往朱老大的耳朵边靠了靠，"就在家等着他，他一回来你就灌他喝酒，然后……"

"好! 古人云……"

"古人云这些鸡巴玩意儿干什么?"三叔怕他又来之乎者也那一套，在他的耳边断喝一声，"这叫大义灭亲!"

"大义灭亲，大义灭亲，"朱老大转身就走，"你也别在这儿呆着了，我兄弟很机灵的，别让他看见你。"

"光宗耀祖就在此一举啊，大先生。"三叔来回瞅了一眼，老鼠似的钻出了胡同。

朱老大蔽在自家的门楼后面，感觉三叔走远了，将长衫往腰里一别，撒腿往胡同北头跑去。三两步冲到胡同北头，朱老大看都没看，一步闯进了一个院落。卖豆腐的老钱正挑着担子要出门，一见惊惶失措的朱老大，连忙搁下担子拉朱老大进了屋子。朱老大上气不接下气地将刚才发生的事情对老钱说了一遍，末了说："我估计年顺是去了刘贵家，你快去刘贵家找他，让他赶紧走！没什么要紧的事情就不要回来了，方便回崂山的话就回崂山，不方便的话就带他去找朱老六，让他六哥送他回崂山！"老钱点点头，挑起担子疾步出了门。

　　老钱抄着村后的小路找到刘贵家的时候，朱七刚刚出门，老钱来不及对刘贵说什么，挑起担子就上了那条土路。

　　也算是凑巧，老钱将托板上的豆腐甩得没剩下几块的时候，一眼就望见了正要往芦苇荡里钻的朱七。

　　刚喊了两声"兄弟"，朱七就看见了他，一怔，站住了。

　　老钱不由分说地将朱七拉进苇子，急匆匆将前面的事情告诉了朱七，朱七一下子气笑了："哈，这个王八蛋……"

　　朱七对老钱说："你先回去告诉刘贵，让他注意着点儿三叔。然后就去找我六哥，你知道的，我六哥也在打鬼子。我今天不走了，就在苇子里等他。他来了你就让他去洼里村南边的那片苇子找我。"老钱跑了几步，丢了担子又回来了："我看你还是别在这里等了。一来是你六哥这当口不一定在哪儿，他们的队伍到处走，二来是三叔很精明，他如果抓不着你，就明白是咋回事儿了，你呆在这里不安全。"朱七想了想，开口说："那你也得去找我六哥一趟，告诉他抓紧时间除掉三叔，这个混蛋继续在这里晃荡，对乡亲，对我们家都没有好处。"老钱说："那行，我这就去。"见自己的豆腐没剩几块了，老钱索性掀了托板，挑着空担子走了。朱七在当地站了片刻，一闪身进了苇子深处。

　　在苇子里走了一阵，天忽然阴了下来，淡青色的天光掠过山峦，在苇子丛上面的天空聚集，像一群要去远方的老人。

　　朱七记得自己小的时候经常跟朱老六在这片苇子里捉迷藏、挖鸟蛋，累了就躺在苇子稀薄的泥地上睡觉。

　　那些陈年往事此刻竟然越来越清晰，鲜活如昨日刚刚发生一般，没有一丝时光的尘埃。

　　我六哥也走上打鬼子这条路了……朱七闷闷地笑了，那么胆小，那么老实的一个人现在也学会杀人了，呵呵。

一些灰色的光线小心翼翼地照进了芦苇荡，偶尔飞动的鸟群撕裂了光线。鸟群远去，光线重又复合起来。

三叔这个混蛋，朱七骂出了声，我以为小鬼子快要完蛋了，他会老实一些，谁知道他竟然还是这么扯淡……朱七将别在腰上的枪抽出来，在身边的苇子上噼里啪啦地砸。不行，老子得杀了他，不然我家又要出麻烦！朱七猛喘一口气，转身跳到一块干松些的草地上，先睡上一觉，天一黑就去找刘贵，让他带我去杀了三叔这个混蛋。干闭着眼睛躺了好长时间，朱七也没能睡着，脑海里一会儿是娘，一会儿是桂芬，一会儿是四哥、华中、左延彪、郑沂、大马褂，一会儿是硝烟弥漫的战场……朱七坐了起来，娘的，闲着也是闲着，这就去小路上等着，没准儿三叔回家经过那里，我直接"插"了他拉倒！朱七一个鲤鱼打挺跳了起来。刚刚站稳，就听见很远的地方有人走动的声音。朱七提口气，嗖地钻进苇子茂密的地方。那些声音越来越清晰，似乎有好几个人在扒拉着苇子往这边走，哗啦哗啦四处乱撞。朱七意识到这是来找自己的，这群人好像没有目标，东一头西一头。朱七半蹲在一个低洼处，静静地等待这几个人找过来。哗啦哗啦的声响离这里越来越近，有人在低声嘀咕，朱七已经走了吧？找这么长时间也没找着，恐怕已经走了。又一个声音呵斥道："闭嘴，当心他就在你的身边！"

听话口儿，朱七明白这几个家伙应该是维持会的人，三叔也应该在里面吧？

朱七的心异常平静，老子不管你们是几个人，既然来了，老子就打发你们个满意，全当棺材肉去吧！

那几个家伙好像都长了"雀古眼"，哗啦哗啦地从朱七的身边走过，看都不看这边一眼。

朱七有些失望，这帮人里面没有三叔……歪头看去，四个人，一水儿的黑绸褂子。

朱七忽地跳到了他们的后面："嘿嘿，哥儿几个，回头看看我是谁？"话音未落，枪响了，四枪全打在脑袋上！三个连晃一下都没晃，一头扎进了泥浆，一个回了一下头，不相信似的瞪了一下眼睛，头顶上喷出鸡冠花样的一溜血柱，扭着身子瘫倒了。朱七迅速跳过去，三两下抽出四把自来得手枪，重新跳回了刚才藏身的地方。四周除了被枪声惊起的飞鸟，什么声音也没有。朱七一手攥着刚缴获的枪，一手提着自己的匣子枪，朝着去刘家庄的方向，狼一般地钻。苇子刷刷地往两边倒，仿佛水被刀锋掠开了一道口子，刀锋走过，裂口很快就消失。

天继续阴着，一忽儿就落下了小雨，小雨很快就变成了豆粒般的大雨，落在苇子丛里，发出噼里啪啦的声音。

朱七钻出苇子，箭步跃上了河沿。

站在河沿上，朱七左右一打量，刘家庄湮没在一片雨中，分不清刘贵家的方向。

朱七沿着一条稍微宽敞些的路跑了几步，脱下褂子将四把自来得手枪包了，夹在腋下，一缩脖子钻进了一条胡同。

刚钻出这条胡同，朱七蓦地站住了，三叔正狗撒尿似的单腿支地，在一个门楼里跟刘贵嚷嚷着什么。

朱七的心一提，忽地贴紧了墙根。

雨声里，三叔大声喊："我这不是为你好吗？朱七是个干什么的？他出身胡子，还杀了不少日本人！就他这样的，你跟他继续联络能得好儿吗？三叔我这就够讲义气的啦，要是换了旁人，不一遭连你也告了？"刘贵也在扯着嗓子喊，声音粗得像破桶："你明知道我跟朱七是兄弟，你还在我这里干着，你咋就办了这样的事情？我不管你说他什么，我就是不答应你祸害他！"三叔还想说什么，刘贵跳起来，一把将他掐到了地上："叫你再狂气！你不知道我们两家是亲戚？他六嫂是我表姐……"朱七"啊哈"一声，提着枪慢慢走了过去："贵儿，七哥我又回来了。"

刘贵猛一抬头，整个脸就像一个吊死鬼："亲爹，你咋还不赶紧走？维持会的人到处抓你……"

朱七没理他，将枪筒慢慢顶在三叔的脑袋上，目光就像一只饿虎在打量猎物的喉管："三叔，麻烦你把头抬起来。"

三叔甩着满是泥浆的脑袋，脸上的雨水跟泪水混做一团："大侄子……不，七兄弟，你听我解释……"

"我没那些闲工夫听你胡咧咧，"朱七一把将他拽倒在泥浆里，踩住他的脖子，一字一顿地说，"你为虎作，作那什么……作汉奸！"对准他的脑袋就是一枪，"这一枪是为我们老朱家的，"对准他的胸口又是一枪，"这一枪是为我那些死去的兄弟，"用脚将他掀了一个个儿，对准后背又是一枪，"这一枪是为你吓唬我们哥儿俩……"满脸泪水，冲刘贵凄然一笑，"最后这一枪，我应该这么说吧？"

刘贵将两条胳膊拃挲成了上吊的羊："蝎子，你杀人了，你杀人了……"

朱七从三叔的背上抽回脚，一把将枪揣进腰里："没你什么事儿，人是我朱七杀的。"

刘贵哆嗦一下，伸出双手猛地将朱七的身子扳过去，就势一推："赶紧走！"

朱七回了一下头："你也走吧，刚才的事情你没看见，你啥也不知道。"

刘贵叫声"亲娘"，弓着腰扎进雨线，一眨眼就不见了。

朱七冷笑一声，胡噜一把脸上的雨水，轻唱一句"西北连天一片云"，转身出了胡同。感觉还没走几步，雨就停了，天光在一刹那亮了起来。眼前赫然是一个巨大的牌楼，朱七这才发觉自己在不知不觉之间已经窜到了自己家的村前。我咋糊涂了？这么狼狈？不就是杀了几个汉奸嘛……呼哧呼哧喘了几口气，朱七这才反应过来，自己不是害怕，自己这是跑顺腿儿了。往日的一些情景走马灯似的穿过眼前……太阳出来了，仿佛是从西面刚升上来，黄乎乎的没有一丝活力。牌楼背面带着被雨水冲刷过的痕迹，夕阳照射下，仿佛一道道井井有条的鼻涕。

朱七使劲摇晃了一下脑袋，拔脚折向了村东头的那条沙土路，他知道，这当口那条路才是最安全的。

路上一个人也没有，连以往匆匆跑过的马车都没有，夕阳西沉，晚霞染红了远处朦胧的山谷。

暮霭从山谷中升上来，悠悠地横在半山腰里，被火红的晚霞映照着，氤氲而迷幻。

多么美的景色啊……有硝烟从脑海里泛起，朱七的心莫名地忧伤起来。

第二十章　智取隆月丸

朱七在鳌山卫找到龙虎会那个兄弟介绍的朋友的时候已经是第二天傍晚了。

简单介绍了一下，朱七说自己要到烟台去见一个亲戚，问，烟台是不是还有共产党的部队？

那朋友说，共产党的部队已经开拔了，走了好长时间了。

朱七问，你知道他们去了哪里？

那朋友说，据说是去了徐州一带，共产党的大部队在那边集结，不知道要干什么。

晚上吃饭的时候，朱七的心情很糟糕，感觉自己就像一只断了线的风筝，忽忽悠悠没着没落。那朋友问他是不是有什么心事？朱七说，我老婆的兄弟在共产党的军队里当兵，我不在家的时候，她跟着她兄弟走了，现在共产党的部队走了，我老婆就不好找了。那朋友说，那肯定就不好找了，你想，她兄弟走了，她怎么会留在那里？朱七不停地叹气。那朋友说，要不你先在我家里住几天，我派人去烟台好好打听打听部队去了哪里，然后你再从我这里走。朱七说，这样也好，那就麻烦兄弟了。那伙计说，自家兄弟别说见外的话，你们龙虎会的人我都敬佩，这点小事儿谈不上麻烦。朱七说，我不在龙虎会了，我上山打鬼子去了。那伙计竖起了大拇指："大哥你行，这我就更佩服了，"诡秘地把脑袋往朱七的眼前一靠，"我认识龙虎会的一个兄弟，他也在打鬼子，估计你也能认识，他以前是个卖烟的小贩，叫彭福。"

朱七无精打采地说："认识，我跟他是好哥们儿。"

那朋友嘿嘿一笑："他来了我们这里。"

朱七打了一个激灵："你说什么？他来了你们这里？他来这里干什么？"

那朋友摇了摇头："我也不知道他来干什么，反正我昨天碰见他了，在镇上。"

"镇上有没有打鬼子的游击队？"朱七警觉起来。

"有，好几支呢，"那朋友掰起了指头，"马保三的武工队经常过来，还有城阳武工队，国民党的游击队也有……"

"国民党的游击队头儿是谁？"

"叫孙殿斌，是个青岛人。"

"我听说过他，"朱七有些醒酒，"彭福是不是来找他的？"

"不清楚，"那朋友摇了摇头，"我碰见他的时候，他走路急匆匆的，就一个人。"

"你跟他说话了没有？"

"说了。他说这几天就来找我，好像是要让我帮他弄一条船，不知道干什么用。"

朱七闭着眼睛想了一阵，开口说："这事儿千万别告诉别人，尽管鬼子已经是秋后的蚂蚱了，可是他们还有最后的一蹦跶，弄不好容易出事儿。这样，你抽空去找他一下，就说我来了，让他来见我，我有事儿告诉他。"那朋友憨实地一笑："朱大哥，你不用说我也知道，你们俩是一起的，是不是？"朱七瞅着他笑了："你猜对了。"那朋友说："行，明天我就去找他。"

昏昏沉沉地在这位朋友家睡了一觉，天不亮朱七就醒了，脑子里乱纷纷地跑着一些模糊的人影。

躺着抽了一阵烟，朱七喊起了那位朋友："兄弟，我等不及了，你这就去找彭福。"

那朋友起身穿好衣裳，带朱七出去吃了早饭，一个人去了镇上。

朱七在街上溜达了一阵，心忽然就烦躁得厉害，不知道什么时候溜达到了海边。

海面很平静，零星的几只海鸥贴着水纹样的浪花忽闪，几条小船在海里漂荡。

朱七找了一块礁石坐下，满眼都是粼粼的波光。一只海鸥落在不远的地方，脑袋一点一点地看朱七。朱七冲它傻笑，就像当年他冲坐在炕沿上做针线的桂芬傻笑一样。朱七家的院子里有一棵桂花树，秋天刚来便让整个院子笼罩在花香里，就算有雨飘过，落了一地小小的花朵，那些芳香也清清幽幽地在雨里弥漫。桂芬有时候会坐在那棵树的树阴里陪朱七他娘说话，细细的说话声就跟这些远远传过来的海浪声一样悠远。有时候朱七摸到她的背后，冷不丁捏她的肩膀一下，她会掩着嘴巴拿眼瞪他，惹得朱七他娘一个劲地唠叨朱七是个鳖羔子。我什么时候才能找到桂芬？朱七觉得桂芬也一直在找他，她的兄弟不喜欢朱七，一定会阻拦她，她没有办法，只好跟着她的兄弟……不对啊，桂芬不是那样的人……朱七猛地站了起来，蹲在对面礁石上的那只海鸥被朱七吓飞了，飞到半空哇哇叫了一声，似乎是在抗议朱七刚才的不恭。

太阳已经跃出了海面，一下子腾起老高，海面整个变成了红色。

朱七在礁石上站了一会儿，一横脖子跳下礁石，脚下几条长着腿的鱼出溜出溜钻进了浅浅的水湾。

刚走近朋友家的胡同，朱七就站住了——彭福站在胡同口正朝这边打量。朱七老远冲他招了招手，彭福一低头进了胡同。朱七快步跟过去，一把掀掉了他的毡帽："老小子，真没想到在这里能碰上你。"彭福说声"先进家再说"，狗撵兔子似的追他骨碌骨碌往前滚的帽子。

在炕上坐定，彭福摸出一根烟丢给朱七，面无表情地说："我知道你来了这里，龙虎会的兄弟告诉我的。"

朱七指了指站在旁边的朋友："是他吧？"

彭福摇了摇头："我比他知道得早，是丰庆镇的一个兄弟。"拉那朋友坐下，对朱七说，"老三，跟我是多年的兄弟。"

朱七冲老三点了点头，点上烟，问彭福："你不会是专门来找我的吧？"

彭福说："我以为你已经去了烟台，没想到你还在这里。"

朱七眯着眼睛看他："你是私自下山还是老卫派你下来的？"

彭福猛吸一口烟，目光在烟雾后面显得有些郁闷："是卫老大派我下来的。"闷了好长时间，彭福才说，卫澄海回崂山的一大早，就把他喊到了身边，告诉他不要参加今天的战斗了，让他下山去取巴光龙给的那几条枪。彭福要一个人去，卫澄海说一个人不安全，派了一个党员兄弟随他一起去。从下山到把枪带回来，那个兄弟寸步不离。彭福感觉很不得劲，问卫澄海是不是不放心他？卫澄海冷冷地说，我对谁都不放心。本来彭福想问问郑沂和大马褂去了哪里，见他这样，没敢开口。前天，卫澄海又找他，说有一条由日本人直接操纵的船，"隆月丸"满载细布、绒布和白糖，从青岛起航，要开往日本，路过这里。让彭福带几个兄弟从海上"别"了它，把货运到青岛小湾码头，那边有人接应。彭福说，带着人从崂山到这一带很麻烦，孙殿斌的游击队在这边，他认识游击队里的一个妥实兄弟，可以让他帮忙。卫澄海答应了。彭福连夜赶来了这里。朱七问，你找到那个兄弟了？彭福点了点头，找到了，他联络了几个兄弟，在一家旅馆里等着。

朱七舒了一口气："你娘的，我还以为你背叛了卫老大，投奔孙殿斌来了。"

彭福苦笑道："我还真有这个意思呢。暂时没脸回龙虎会了……卫老大怀疑我是个奸细，老巴可能也这样想。"

朱七心领神会，微微一笑："没法说了……哈，他连我都怀疑呢。"

彭福叹了一口气："我知道他为什么怀疑我，大牙死得很蹊跷。"

朱七摆了摆手："那是本糊涂账，也许是他多心了，"话锋一转，"我走的这几天，山上怎么样？"

"不怎么样，全乱了……"彭福摇了摇头，"熊定山死了，孙铁子和那个叫瞎山鸡的伙计也死了。"熊定山死了?!朱七一下子瞪大了眼睛："怎么回事儿？"彭福说："那天傍晚，荆条涧那边响起一阵枪声。我以为是哪帮队伍又跟鬼子干上了，带着几个兄弟就赶了过去。刚跑到一个山坡上就看见孙铁子拖着瞎山鸡往山坡的背面跑，熊定山一个人提着一把冲锋枪在后面追。追到一条河沟的时候，瞎山鸡被熊定山一枪撂倒了，孙铁子扛着他跑了几步也跌倒了。熊定山不开枪了，一路追了过去。瞎山鸡躺在沟沿上朝后面扫了一梭子，熊定山也躺倒了。孙铁子爬起来去拖瞎山鸡，拖不动，丢下他，瘸着腿继续跑。熊定山站起来，往瞎山鸡那边跑，瞎山鸡哭着喊，铁子快来救救我……”彭福的眼圈有些发红，“瞎山鸡死得好可怜啊……”彭福说，孙铁子听见瞎山鸡喊他，回头一看，也哭了，因为他看见熊定山已经用枪顶在了瞎山鸡的胸口上，瞎山鸡举着手在哀求熊定山别杀他。孙铁子想要往后冲，可是熊定山的枪又指向了他，他藏到了一块石头后面。趁这个机会，瞎山鸡站起来继续喊“铁子快来救我，铁子快来救我”，这时候，孙铁子突然从石头后面跳出来，一枪把瞎山鸡打死了。熊定山当时也发了蒙，举着枪呆了半晌。孙铁子好像疯了，挥着枪哭了几声，抱着腿滚下了山。熊定山回过神来，走到瞎山鸡跟前，搬起一块石头砸碎了他的脑袋，然后也跟着孙铁子滚下了山，时候不大，山下一声炸弹响……

“熊定山和孙铁子同归于尽了？不会吧，起码熊定山是不会跟他做这样的赔本买卖。”朱七吃了一惊。

“具体情况我也不清楚，”彭福说，“我估计是孙铁子趁他不注意，抱着他，拉了手榴弹。”

“估计是这样……你过去看了？”

“看了，孙铁子的脑袋没了，熊定山的胸口上炸了脸盆大的一个窟窿。”

“卫哥知道这事儿吗？”朱七的心小小地郁闷了一下，定山太狂气了，他一定是没把孙铁子瞧在眼里才被铁子抱住的。

“我告诉他了，他没说话，一个劲地抽烟。”

“唐明清那边没啥反应？”

“给熊定山收了尸，埋在他被炸死的地方，放了一通枪就回去了。我下山的时候，他正带着队伍往山北边开呢，不知道去干啥。”彭福说着，眼圈忽然红了，“唉，接二连三死了多少人啊……”抽搭两下，竟然摸着朱七的肩膀哭出了声音，“我知道山和尚和大马褂死了，张双也死了……还听说乔虾米和卢天豹也见了阎王。唉，说是不难受，能不难受嘛，前几天还好端端的……”朱七推了他一把：“别哼唧了，就跟你多么脆弱似的。来，我问你，那条船什么时候经过这里？”

“下午四点出发，傍晚就到了。”彭福的眼睛亮了一下，猛地擦了一把眼睛，“想不想跟我一起去？”

“见面分一半儿嘛，我既然知道了，哪能不去凑个热闹？”

“那我还真是来对了。你的水性怎么样？”

"没听说我是在哪里长大的？墨水河里的浪里白条啊。"

"你在这里等着，我把那几个伙计喊过来，歇息一下就出发，"彭福回头一瞅坐在旁边的老三，"船弄好了？"

老三点了点头："弄好了，在海上停着，是条机帆船，跑得很快。"

彭福说："不需要很快的船，摇橹就可以，我们上了那条大船就不管了。"说完，跳下炕，开门就走。

朱七问老三："鬼子运货的船一定会经过这里？"

老三不容置否地劈了一下手："绝对经过这里！如果走别处，得绕很大的一个弯子。"

朱七说："鬼子不会那么傻吧？他们不知道这一带常有游击队出没？"

老三说："我打听过了，鬼子在镇上有内应，他们先去找这几个人，感觉安全了才会走。昨天福子对我说，那几个内应里面有孙殿斌的人，是他的兄弟，这事儿万无一失。只要咱们的人上了船，那一船货物就是咱的了。"朱七的脑子有些乱："孙殿斌的人也惦记着这批货？"老三笑了："孙殿斌不知道。这事儿只有我跟彭福和有限的几个兄弟知道。我们不管你们游击队是啥意思，我们只想弄点结实的东西换点儿钱花。东西到手，我们就走。"朱七明白了，哈哈一笑："应该这样。"

胡乱打了一阵哈哈，彭福带着三个人进来了，一指身边的一个黄脸汉子："小七哥，这位你还认识吧？"

感觉有些面熟，朱七冲他笑了笑："见过，一时想不起来了。"

黄脸汉子伸出手来跟朱七握了握："还记得福子带咱们去澡堂救卢天豹，我顺便杀了一个小鬼子的事儿吗？"

朱七一下子想起来了，用力一握他的手："你不是投奔青保大队去了吗？"

黄脸汉子说："青保大队跟我们是一条线上的，人员经常换，"把头往彭福这边一歪，"福子知道这事儿，去年崂山游击队派人来这里抢电台，就是福子告诉我的，"见彭福猛地一拉脸，黄脸汉子倒吸了一口气，"是我知道了这事儿，然后带着人提前把电台运走了。我们没跟崂山游击队打，那天我们跟鬼子干起来了，杀得真过瘾啊。"朱七瞥彭福一眼，脑子里像是有一根线，一下子拽开了迷雾："哈哈，我知道了，福子真够哥们儿。"彭福的脸色变得焦黄："别听他胡说八道，"眼睛里仿佛射出两支箭，直刺黄脸汉子，"你他妈的整天喝酒，又喝迷糊了吧？上次你杀了一个日本孩子，没把哥儿几个给窝囊死，现在我想起来都替你难过。"黄脸汉子不高兴了："没有原因我会干那样的事情？我老婆怀孕了，鬼子闯进我家里，从炕上把她拖下来就……就她妈的糟蹋，老婆死了，孩子没了，你咋不替我难过？你少在我面前装善人。"

几个人喝了三瓶酒，彭福还要喝，朱七将酒瓶子掖到了被子里："不能再喝了，再喝就办不成事儿了。"

彭福喃喃地嘟囔了一声："一喝酒我就想起了和尚……有一次他喝大了，跟我一起去找巴光龙……"

朱七摇了摇手："别提和尚了，难受……睡一会儿吧。"

彭福甩了甩脑袋："睡不着，心里乱。你睡，我跟弟兄们再商量商量。"

朱七睡不着，脑子里乱七八糟地晃着一些纷杂的影像，耳朵边也全是嗡嗡嘤嘤的声音。一些熟悉和不熟悉的人正在离开，一些熟悉和不熟悉的故事也正在到来……四哥模糊的身影走过，随后是华中，后面紧跟着左延彪、郑沂和大马褂，张双、宋一民和史青云也慢慢地走过眼前。一群鬼子冲过来了，一阵硝烟漫过，鬼子消失了，又一群鬼子从遥远的天边围了过来，天上出现一个火球一样的炸雷，鬼子顷刻间灰飞烟灭……这些景像似曾相见，熟悉而又陌生。朱七看见自己孤单地站在朱家营村南头的河沿上，朝着河北吹来的风，背后是西北方向照过来的阳光。朱七看见自己飘起来了，一飘就飘到了荆条涧上面高高的山冈上，一边是涧底泛上来的风，一边是暖暖的阳光。朱七看见自己被埋葬在山冈上面，坟头上开满艳丽的紫荆花。

"小七哥，睡不着是吧？眼珠子在眼皮下骨碌骨碌地滚，"彭福在推朱七，"想什么心事儿？"

"没想什么，"朱七睁开了酸涩的眼睛，窗外已经泛黑了，"咱们是不是应该过去看看了？"

"这正要走呢，"彭福摸了摸朱七的腰，"家伙带着？"

"带着，"朱七伸个懒腰坐了起来，"你的呢？"

"带着，"彭福抓起一把崭新的卡宾枪，"卫老大送给我的，一次没用呢。"

"这次就用上了。"朱七穿好衣服，跳下炕跺了两下脚。

彭福将自己的枪丢到炕上的一堆枪里面，顺手一卷枪下面的一条麻袋，夹在腋下，冲左右一摆头："走着。"

一行人鱼贯出了大门。

天已经擦黑了，街道上没有几个行人，一阵风吹过，卷着尘土呼啦啦扑向乌蒙蒙的街头。

　　走了大约一袋烟的工夫，一行人来到了海边。夜晚的大海有一种凄凉的美。海天相接处有氤氲的雾气飘荡，偶尔泛起的浪花，风吹似的将雾气搅乱，海与天随即连成一片。近处的海面上孤单地漂着一条船，有海鸟从船舷旁箭一般掠过。老三跳到礁石下面，拽出一根绳子，用力一拉，船忽忽悠悠地靠近了岸边。老三涉水爬到船上，冲这边打了一声口哨："哥儿几个，帮我把海带拉过来。"彭福率先跳下去，拽起一根拴海带的绳子绑到了船头的一个橛子上，船离开海岸，一眨眼就变成了一个小黑点。过了一会儿，船重新驶了回来，彭福招呼大家上了船。船稳稳地泊在礁石后面的海滩上。彭福展开麻袋，将枪一把一把地丢给众人，沉声道："一会儿'隆月丸'过来，大家都听我的招呼。上了船尽量不要开枪，估计见到咱们，船上的兄弟把事情已经办得差不多了。完事儿以后你们就走。"转头问朱七："你跟我回崂山吗？"朱七想了想，对老三说："找我媳妇的事情还得麻烦你。我就不在这里等了，万一你打听到了她的消息就去朱家营找我大哥，他叫朱年福，是个教书先生。你把事情告诉他就可以了，他知道应该怎么办。"回头冲彭福一笑，"我跟你一起回崂山，咱哥儿俩还得绑成一块儿打鬼子呢。"

　　彭福低着头喘了一阵闷气，猛一抬头："我不想回崂山了，不是兄弟我不相信卫老大……以后你会明白的。"

　　朱七默默地摸了摸彭福的肩膀："我理解你。好，就这样吧。有机会我会去找你的，只要你还在青岛。"

　　彭福叹息一声，话说得有些沉重："恐怕咱哥儿俩再见面就有些困难了，我不一定在青岛呆了。"

　　朱七一愣："为什么？"

　　彭福张了张嘴巴，眼睛里闪过一丝忧伤："你是不会了解的……我不想说了，但愿咱小哥儿俩还有见面的机会。"

　　朱七知道自己再问，彭福也不会再说什么了，闷闷地叹了一口气："我没有几个好兄弟了，死的死，走的走。"

　　彭福似乎怕朱七继续唠叨，拉一把黄脸汉子道："完事儿以后你送老七回山。"

　　朱七哼了一声："不用了，我自己回去。"

　　海面上起风了，海风吹到脸上潮乎乎的，像是有人拿着一把湿刷子在脸上刷。

南边的海面上忽忽悠悠驶来一条巨大的乌龟模样的船，船头上的大灯直射在海面上，海面被船头劈开，海浪哗啦哗啦地往两边倒。船速很快，一眨眼的工夫就接近了海带遍布的地带。船速悠忽慢了下来。老三抓起船桨，骑马似的摇，全身的力气全压在了船桨上。小船绕到大船的后面，一点一点地靠近了黑漆漆的后甲板。一个黑影伏在后甲板的一块凸起的地方，轻声喊："福子！"彭福站起来冲他一挥手，黑影做了个一切正常的手势，弯腰抓起了一根绳索。老三嗨哟一声，一用力，小船忽地贴近了大船的船舷。黑影沿着船帮将那根绳子迅速续了下来。老三丢了船桨，三两下攀上了船。随后，彭福、朱七嗖嗖地攀上了甲板。那个黑影没等彭福站定，一把推了他个趔趄："这下子咱哥们儿发啦！"彭福挥手示意大家蹲下，悄声问："里面全利索了？"黑影猛一点头："前舱有六个鬼子在喝酒，汉奸们全都完蛋了，"伸出右手在彭福的眼前做了个点钞票的动作，"这玩意儿什么时候给我？"彭福微微一笑："等你回到孙殿斌那里，我把钱给他，让他给你，你立功了。"

黑影一下子耷拉了脸："不是说不告诉他这事儿的吗？钱给了他，我赚了个抗日的名声，钱归他了。"

彭福不理他，把手冲后面一挥："前舱！"

老三已经提着枪窜下了甲板，一伙人呼啦一下跟了上去。

彭福腾空跳起来，拦在老三和朱七的前面，沉声道："先别开枪，我解决不了你们再上。"一闪身不见了。

前舱的门闪了一条缝，彭福蹑手蹑脚地贴近了门缝。里面一片狼藉。六个鬼子赤条条地在跳舞，嘴里咿里哇啦地唱着，手里的酒瓶子舞得像扬场。朱七的枪已经伸进了门缝。彭福将朱七握枪的手往下压了压，悄悄将门缝推大了一点儿，提一口气，猛地扬起了手——六把刀子同时出手，咕咚咕咚跌倒了四个鬼子。两个脊梁上插着刀子的鬼子纳闷地转过身来，刚想扑到桌子上拿枪，彭福的手里又射出了两把刀子。两个鬼子用了艺妓舞步，一头扎到了一堆残羹里。

朱七冲进来，扯过一条被子包住枪，每个鬼子的脑袋上又补了一枪。

彭福冲朱七笑笑，回头对跟进来的老三说："好了，你们可以回去了。"扯着朱七往船头上跑。

接应他们的那条黑影架着一个船老大模样人挡在前面，闷声道："福子，这伙计不听话。"

彭福兜头给了他一枪托，一把匕首直接横在了他的脖子上："你这辈子遇到的全是善良人，是吧？"

船老大的嘴巴张得像是能戳进一只脚去，话都说不出来了，甩着一头鲜血，不住地点头。

老三扑通扑通地往小船上一包一包地丢东西，直到小船装满了，呼哨一声，大家跳下了大船。

大船慢悠悠地掉转了方向，前后晃悠两下，忽地冲了出去。

回到崂山营地，朱七随便找了个铺位，倒头便睡，一觉醒来已经是后半夜了，外面依旧有细雨的沙沙声。

朱七倚在墙上点了一根烟，细细地听这些沙沙的雨声，心情极度平静。

鬼子快要完蛋了，我也应该回家了吧？朱七想，我答应过桂芬要让她过一辈子安稳日子呢。

外面有轻轻的说话声。朱七支起了身子，没错，有两个人在外面说话，声音压得很低。

小雨已经停了。卫澄海背对着朱七，两条胳膊撑在一棵树上，将一个人圈在里面。那个人好像看见朱七了，一蹲身子钻了出来。卫澄海倒头一看，伸出一根指头冲朱七勾了勾。朱七看清楚了，站在卫澄海身边的那个小个子是纪三儿。纪三儿也认出了朱七，跳个高儿跑了过来："小七哥，还真的是你！什么时候回来的？"朱七推开他，冲卫澄海一笑："什么事情这么神秘？"卫澄海嘘了一声："小点儿声说话。纪三儿刚刚上来，我们还没说几句呢。你来了正好，咱们一起分析分析。"纪三儿在一块石头上坐下，用手一胡噜脸："卫大哥，这里不是你说了算吗，怎么说话还得背着旁人？"卫澄海笑了笑："我这是为你考虑，你不是还得回去嘛，知道你跟我联系的人多了不好。"

纪三儿把手在空中猛地一挥："这次我就不回去啦！前几天我就害怕，小山这个小鬼子的鼻子比狼狗还厉害呢。自从乔虾米死了以后，他整天往侦缉队溜，见了谁都得多打量几眼。前几天他把一个私自外出的伙计喊去了宪兵队，还没怎么着呢，那伙计就见了阎王，抬出来的时候，身上全是血窟窿，跟一个大芝麻烧饼似的……现在侦缉队的那帮杂碎全蔫了，撒泡尿都不敢亮出鸡巴来。幸亏咱机灵，见了鬼子就'哈依'，'哈依'完了就给他来上一句'幺西'，管他懂不懂呢……"

"好了好了，"卫澄海打断他道，"你接着说，说鬼子这几天要去哪里。"

"要去平度，"纪三儿吐了个舌头，"明天上午走，路过前登瀛村。"

"有多少人？"

"我也不清楚，反正俾斯麦兵营晚上就空了，估计人不会少了。"

"他们从李村走不了吗？"卫澄海皱紧了眉头。

"李村那一带全是青保大队的人，从那边走不顺溜。"

"他们可以先打青保大队啊。"

"你以为小鬼子还像前几年那样啊，"纪三儿翻了个白眼，"软和多了，这次好像不是去打仗的，是逃跑。"

卫澄海摸了摸月光下闪着亮光的脑袋："说的也是。"把手摸上了纪三儿的肩膀，"你决定不回去了？"纪三儿一挺干瘪的胸脯："不回去了！老子也要打鬼子！""觉得鬼子快要完蛋了，就跟着拔橛子？"卫澄海一摇头，笑了，"这样也行，不然街面上还真以为你是个汉奸呢。"

"你见过张铁嘴吗？"沉默片刻，卫澄海推了推纪三儿，问。

"我上山之前在路上碰见过他，他望着我笑，没说话，老小子好像知道我要来找你。"

"是啊，这家伙很有能耐，"卫澄海皱了皱眉头，"也许他也知道了这件事情。"

"我们以前也经常见面，"纪三儿说，"打扮得跟个老太监似的，卦也不算了，出门就是洋车，扇子扇得像唱戏。"

"那才是个真正的老狐狸呢，"卫澄海畅快地笑了，"他行，将来是个大官儿。"

第二十一章　勇士的鲜血

巍峨的崂山脚下，蜿蜒走着一支穿着各色衣装的队伍，这支队伍大约有三百来人，刺刀闪闪。队伍的前面，朱七高举一面火红的旗帜，大踏步地走，旗帜上用黄色丝线绣着一个镰刀加斧头的图案。卫澄海面色凝重，不时瞥一眼左边山路上的一支身穿土灰色军装的队伍。那只队伍大约有一百来人，前面也打着一面旗帜，上面有青天白日图案。威风凛凛的唐明清骑在一匹黑色的马上，冲卫澄海拱了拱手："卫兄，咱们又走到一起来啦！"卫澄海回拱了一下手，笑容狂放。

脚下的石头路在浓浓的绿荫中、在山谷的怀抱里渐渐远去，太阳已经完全升上了东天。

前方的农舍在丛林间闪出，间杂着鸡鸣犬吠，为这寂静的山野平添了几分烟火气息。

两支队伍很快便汇合在了一起。

唐明清下马，将缰绳丢给身边的一个人，冲卫澄海矜持地一笑："卫兄，这恐怕是咱们最后的一次合作了。"

卫澄海歪了一下头："是啊，小鬼子快要完蛋了，咱们也就快要分手了。"

唐明清嗯了一声，话锋一转："还记得你曾经对我说过，但愿以后能够跟我共事吗？"

卫澄海轻描淡写地问："是吗？当时你是怎么回答的？"

"我说，但愿如此，"唐明清笑得有些放肆，"我说对了是吧？咱俩还真的走到一起来了，只不过是咱们的主义不一样，你有你的主义，我有我的主义。"卫澄海张了张嘴："为民族求解放的都是好主义，你说呢？"唐明清噎了一下，微微一笑："那是那是。关于这个问题我不想多说，咱们各自心里都有一本账。"卫澄海不说话了，抓过朱七擎着的旗，呼啦呼啦地摇。唐明清闪到一边，冷冷地瞅着他："呵，卫兄心里的话都在这一举一动上了……对了，那批古董的事情我得谢谢你，没有当初你那么一下子，没准儿我还真就发这一辈子懵呢。"卫澄海将旗子丢给朱七，拧一把嘴唇笑了："当初你是个汉奸。"

"唐兄，我听说你的这支队伍划归了国民革命军？"见唐明清的脸在发红，卫澄海换了个话题。

"是啊，国民革命军第三混成旅，下个月就要开拔。"唐明清讪然一笑。

"是不是青保大队不要你们？"卫澄海故意激他。

"我们划归第三旅也是李先良将军的意思。"

"原来李先良是个将军？"卫澄海茫然问道。

"我不是十分清楚，大家都这么叫。青保大队现在叫保安师了，将来日本人投降了，他们接管青岛，这是上峰的意思。"

"李先良的队伍接管青岛？"卫澄海有些吃惊。

唐明清笑笑，把脸转向了远山："中国现行的合法政府是国民政府，国民党接管青岛，那是顺理成章的事情，咱们还是不要讨论这个问题了。你我只不过是抗战中的一个小卒是不是？"卫澄海捏着下巴笑了："是啊，我的弟兄都是穷哥们儿，不是滕先生要拉他们去找大部队，我还真想让他们全都回家种地呢。"唐明清跟着干笑了两声："八路军也收编了你们？"卫澄海淡然一笑："这支队伍本来就是帮穷人打天下的。"唐明清摇摇手不说话了。牵马的那个人将缰绳递给他，唐明清跨上马，一溜烟地赶到了前面。穿土灰色军装的队伍呼啦一下跟了上去。卫澄海大声喊："唐兄，你们去霞沟，我们在东面埋伏！"

翻过一座土山，一个山村出现在眼前。山村的东边横卧着一条弯弯曲曲的土路，一辆马车经过，车后拖起一溜尘烟。

卫澄海倒退着走到滕风华的身边，一指下面的那条小路："鬼子应该从这条路上经过。"

滕风华瞄了瞄已经穿过土路的唐明清的队伍，点了点头："很好。干掉这股鬼子，回山很容易。"

卫澄海挥手示意朱七带着队伍往路后面的一条狭长的山谷走，冲滕风华笑了笑："朱七打完了仗想回家。"

滕风华皱了一下眉头："动员士兵提高思想认识的工作需要做深，做透啊。"

卫澄海笑道："要不你再去动员他一下？"

滕风华瞅着朱七的背影摇头："我了解过他，典型的小农意识，这样的人是块榆木疙瘩，随他去吧。"

"你说得很对，"卫澄海仰起头笑了，"老婆孩子三分地，外加这每天的三饱一倒，你就是给他个皇帝座位他也不换！"笑完，把脑袋凑近滕风华，小声问，"咱们的大部队已经快要开过来了吧？""八路军南海军分区已经往这边集结了，估计夏天一过，就要到了，"滕风华说，"咱们这支队伍要配合南海军分区作好跟日寇最后一战的准备。"卫澄海问："大部队往这边靠近，国民党的部队不会等闲视之吧？"滕风华说："咱们的部队走的是北路，他们鞭长莫及。据可靠消息，日本政府已经惶惶不可终日了，估计很快就要投降，到时候关于接收的问题会有一些棘手的事情啊。"卫澄海笑道："那就抢。"

"随时听候指示吧。"滕风华一颠步跃上一块石头，手搭凉棚往下一看，"这真是个打伏击战的好地方啊。"

"四月份青保大队就是在这里消灭了鬼子黑须联队，杀了八十多个鬼子，还俘虏了五个呢。"

"青保大队是咱们崂山地区抗日的主力，"滕风华一挺胸，"咱们的队伍也属于中坚力量！"

　　"这都是在党的领导之下，"卫澄海拍拍滕风华的肩膀，笑道，"尤其是政委你的正确决策。"

　　滕风华谦虚地笑了笑："不能这样说，集体的力量是无穷的。"

　　卫澄海纵身跳下石头，疾步赶到朱七的前面，将旗子三两下卷起来，回头挥了一下手："弟兄们，全体进山沟！"

　　队伍一下子分散开来，呼啦呼啦钻进了那条寸草不生的山沟。

　　这条沟的东边是一面沟崖，陡峭的崖壁让这条沟显得深不可测。

　　沟崖的背面就是郁郁葱葱的崂山，此刻的崂山笼罩在一片云雾当中，犹如一幅水墨画。

　　卫澄海扛着一箱手榴弹，咣地丢在朱七趴着的地方，舒一口气，仰面躺下了。

　　两个人默默地抽了一阵烟，山下面就传来了一阵汽车的嗡嗡声。卫澄海的眼睛一下子亮起来，丢了烟头，左右扫两眼，两只手使劲地往下压。刚刚探出来的一片脑袋齐刷刷地伏下了。路南边的尽头，随着一阵苍蝇般的嗡嗡声，腾起一大片黄烟一样的尘土。几辆乌龟一般小的卡车忽忽悠悠地驶了过来，卡车上，一个一个钢盔在阳光下闪着耀眼的光芒。乌龟越来越大，周围的尘土也越来越大起来，遮天蔽日。尘土的后面，一队一队的鬼子兵，蝗虫似的往前方涌，不时有被挤到路边沟里的鬼子兵怪叫着被别的鬼子兵拉上来。十几辆卡车已经驶到了正面的路上，后面的鬼子兵还是看不到尽头。卫澄海的眼睛瞪得血红："全来了……好啊。"朱七焦急地歪了一下头："该开火了吧？"

　　卫澄海咬着牙摇了摇头："不急，让他们再走远一些，给唐明清留着点儿。"

　　滕风华猫着腰过来了："老卫，开始吧？"

　　卫澄海一推他："你带一连的兄弟去南边截住后面，"猛地一闭眼，"我数三声，大家集中火力，先打前面的车！"

　　滕风华招呼一声："一连跟我来！"提着一把勃朗宁手枪，贴着沟底蹿了出去。

　　时间仿佛凝固了，走得比天上的云彩还慢。

　　"弟兄们，听我的口令啊！一，二……"卫澄海猛然张大了眼睛，"三！"趴在沟底的兄弟全都站了起来，手榴弹、机关枪、三八大盖一齐轰响起来，小路上顿时腾起了滚滚的浓烟。卫澄海抓起身边的机关枪，跳到沟崖上面，一把扯掉已经被汗水湿透了的褂子，哇哇叫着，哒哒哒地朝下面一阵狂扫。朱七打了一阵，透过满眼的火光和硝烟看见，小路的西面有穿土灰色军装的人走马灯似的来回穿梭，子弹不时从那些人的枪口里射向乱作一团的鬼子兵。眼前的鬼子已经横七竖八地躺倒了不少，剩下的没头苍蝇一样往卡车的两边钻。东面来的子弹和西面来的子弹组成了两股火网，鬼子兵还没等靠近卡车就歪扭着躺到了尘土与硝烟之中。小路尽头的鬼子兵呼啦啦散进了路边的草地，有的忙着架迫击炮，有的举着枪没有目标地乱放。

朱七将自己冲锋枪里的子弹打光了，抓起箱子上的匣子枪瞄准一个躲在车轱辘后面的鬼子。

卫澄海跳过来，冲朱七大喊一声："快去支援滕先生！"

朱七干掉那个鬼子的同时，身子一跃，跳进峡沟，踩着一路血河蹿到了滕风华那边。

滕风华的眼镜片上全是灰土，他拽下眼镜，眯缝着眼朝下面打枪，侧面一个弓着腰的鬼子瞪着血红的眼睛悄悄靠近了他。

就在朱七抬枪瞄准的刹那，那个鬼子已经扑到了滕风华的身上，两个人翻滚着掉到了峭壁的下面。

朱七翻身跟着跳了下去，刚站住，那个鬼子的脑袋就被滕风华的子弹穿透了，鲜血和着脑浆直泼滕风华的胸口。

"滕先生，你快上去！"朱七推一把滕风华，腾身跃到一块石头后面，反手打倒了一个踉跄着扑向滕风华的鬼子。滕风华抓住崖壁上的一根藤条，晃悠着，奋力往崖上攀，子弹撞击出来的火星呼哨着在身边四处乱飞。朱七抬手冲子弹飞出来的方向打了一个点射，纵身贴上了滕风华头顶的一堆荆棘，抓住滕风华的手腕猛一用力，滕风华几乎是飘着翻上了沟沿。

朱七将枪咬到嘴上，腾出双手抓紧一块尖石，双腿嗖地弹到半空，就在即将撒手的瞬间，朱七看见刚才自己藏身的地方滚过去两个人。定睛一看，一个自己的兄弟半边脸几乎没有了，一块说不上来是脸皮还是筋肉的血块子耷拉在肩膀上，他躺在地上，双手用力撑着骑在他身上的一个鬼子的胸脯，嘴里发出嘶嘶的声音。鬼子的手里倒攥着一把三八枪上的刺刀，面目扭曲得犹如恶鬼，刺刀在一点一点地靠近那个兄弟的脖子。朱七拧转身子，当空一枪！鬼子猛然哆嗦了一下，没有回头，刺刀依然在那个兄弟的脖子上面晃。朱七落地的那个地方根本无法用枪准确地打中他，纵身向他跳了过去。一发炮弹在他的身边炸开，夹杂着弹片和沙土的气浪猛然将朱七掀到了两个僵持着的人的身边。朱七终于听清楚了自己兄弟嘴巴里发出的嘶嘶声："我不想死，狗日的……"朱七的胸口一堵，就地打滚的同时，手里的枪响了，鬼子的眉心炸开一个窟窿，身子往下趴的同时，刺刀深深地扎进了那个兄弟的脖子。

头顶上一声凄厉的号叫让朱七的汗毛挓挲起来了："兄弟——我陪你一起走！"

一条黑影掠过朱七的头顶，鹰一般扑向了一个刚刚端着刺刀冲过来的鬼子，两个人搂抱着向另一处山崖滚了下去。

朱七跳起来，朝着有黄色闪动的地方横扫了一梭子，冲到山崖边往下一看，下面深不可测，有云烟悠然飘过。

这里不能呆！朱七紧跑两步，蹬着一块石头跃上了崖壁的一处凸起，再一踩脚，翻身上了沟沿。

与此同时，卫澄海看见了朱七，哈哈一笑："爷们儿，杀吧！给小子们来点儿痛快的！"

朱七单手擎着枪，抓起身边的一颗手榴弹，一咬保险绳，嗖的扔了出去。

随着下面传上来的一声巨响，卫澄海硬硬地站了起来，双手端着机关枪冲下面蚂蚁一般涌动的鬼子兵一阵狂扫。

危险！朱七打出一个点射，猛地扑向卫澄海，卫澄海微微一笑："爷们儿，别担心我，老子有神灵保佑！"

朱七没听清楚他在说什么，风车一般冲过来想要按他趴下，刚接近怪叫着扫射的卫澄海，一下子愣住了。

朱七赫然发现，北边的一块石头后面有一个鬼子狞笑着用枪瞄准了卫澄海。

朱七的脑子空了，猛然打出这一枪去，偏了。几乎同时，那个鬼子的枪响了，朱七看见从鬼子枪筒里射出的那颗子弹越来越大地飞过来，一下子钉进了卫澄海结实如石头的胸脯。朱七的心咯噔一下，丢了枪，腾空跳起来，伸出双臂来接铁塔般往下倒的卫澄海，双手蓦地接空了！卫澄海在似倒非倒的刹那，一团身子跃到当空，大叫一声："来呀——"稳稳地立在了他起先站的那块洒满鲜血的石头上。妈的，吓了我一大跳！朱七擦了一把冷汗，我还以为老卫就这么完蛋了呢。

"傻愣着干什么？"卫澄海的胸口汩汩地冒着鲜血，边朝下面疯狂扫射边冲朱七喊了一声，"给我拿大刀片子！"

"不能下去！"朱七将一把装好弹夹的卡宾枪丢给他，喊破了嗓子，"跟小鬼子玩命不值得！"

"给我大刀片子！给我和尚的那把大刀片子——"此刻，卫澄海的脑子里全是郑沂的影子，"快给我！快给我！"

"你等等……"朱七知道自己劝不住卫澄海，转身来找郑沂留下的那把拴着红缨的大刀，身边又炸开了一个手雷。

"老子要杀光你们这帮畜生！"卫澄海等不及了，翻身跳上了另一块巨石，机关枪吐出一条愤怒的火蛇。

"危险！"朱七的这一声喊刚刚出口，铺天盖地泼过来的弹雨就将卫澄海笼罩了。

卫澄海端着的那挺机关枪像一根从半空中落下的树枝一样，慢慢掉进了脚下的峭壁，沿路砸出一道道火星。朱七想要抓住卫澄海的脚腕子将他拖下来，可是他的手还没来得及伸，又一排子弹带着鬼一般凄厉的喊叫泼了过来。卫澄海挺住身躯，回头冲朱七龇了龇粘满鲜血的牙，身子像触电一样剧烈地抖了一下，嘴巴里发出"啊哈"的声音。这声音畅快又压抑，仿佛被石头突然砸中的正在哈哈大笑的京剧老生。鲜血从卫澄海身上的枪眼里喷溅而出，滚烫的热血盖满了朱七的脸。朱七的眼前全是红色……模糊的红色里，朱七看见，卫澄海用尽全身力气回头望了望浮云笼罩中的崂山，魁梧的身躯轰然倒地。"卫大哥——"朱七猛扑到卫澄海的身边，抱起他的脑袋用力摇了两下，没有一丝反应……朱七抓起箱子里的手榴弹，发疯似的往山下扔，山下腾起一股又一股的烟柱。

枪炮声此起彼伏，下面全是滚滚的浓烟，依稀可辨有野兽一般乱撞的鬼子兵。

唐明清那边的人冲了出来，喊杀声响彻云霄。

山谷的南边，滕风华高举手枪猛力一挥："同志们，杀呀！"

游击队员们高喊"杀呀"，冲出山谷，沿着一处斜坡，潮水般涌向已经被硝烟和尘土弥漫住了的小路。

西边天上响起一阵飞机的轰鸣声。杀红了眼的朱七猛一抬头，一架土黄色的飞机犹如一只大鸟，怪叫着向这边扑来，机身上画着的一面膏药旗如同疾飞的子弹射向刚刚扑出战壕的游击队员。机身下探出的机关枪管喷出一股巨大的火舌，机关枪后面的那个鬼子狰狞的面目越来越近……冲在前面的游击队员斩草似的扑倒了一大片。飞机贴着山脊冲向了东边，带起的气流让朱七打了一个趔趄。滕风华大喊一声："机关枪！"一个抱着机关枪的兄弟冲过去，滕风华拽过机关枪，双手举起来瞄准又一次俯冲过来的飞机，飞机上扔下的炸弹在他的不远处爆炸了，爆炸声湮没了机关枪的声音。一串飞机上射出的子弹横扫向呼啦啦往山谷里跑的人群，又一批兄弟倒下了。朱七跳到刚刚从硝烟里站出来的滕风华身边，一把将他推到了一块巨石的后面："不能再打了，赶紧让队伍去山后！"转头一看，唐明清的人已经撤到了壕沟里面。

滕风华浑身血污，单手提着机关枪，挥着另一只手大声喊："同志们不要乱，快往山后面撤退！"

大家停顿片刻，一窝蜂地扎向了山谷。飞机嚎叫着又扑了过来，山谷里响起无数声炸弹的爆响。

滕风华瞥一眼朱七这边，倒提着机关枪，目光显得有些不知所措，仿佛是在自言自语："老卫呢，老卫呢，老卫呢？"

一个叫小八的通讯员扑通跪在滕风华的脚下，声嘶力竭地哭："大哥没了，大哥没了呀……"

滕风华遭了枪击似的浑身一颤，机关枪嘭的掉到了地上。

朱七冒着漫天石雨冲进山谷，抱起卫澄海的尸体扛在身上，刚走了两步，纪三儿不知从哪里冲了过来："卫哥咋了？"

朱七大吼一声："快跑！"纵身越过狭沟，躲到了一处荆棘遍布的乱石后面。

纪三儿脸色焦黄，拖着同样脸色的滕风华猫着腰往这边跑："卫大哥死了，卫大哥死了……"滕风华满是焦烟的脸上不知道是被泪水还是被汗水冲出了一道一道的杠子，看上去有些狰狞，摇晃两下，猛扑过来，一下子跪倒在卫澄海的旁边："老卫，老卫，卫大队长，你怎么了?! 你说话呀……"朱七推了他一把："赶紧喊弟兄们撤退，不然一个也剩不下啦！"滕风华疯子一般抓起横躺在朱七脚下的那把大刀片子，挥舞着往下冲去。朱七跳到前面拦住他，夺下大刀，将卫澄海留下的那把装满子弹的卡宾枪递到了他的手上。滕风华的眼睛下面全是泪水，一扭头冲到了一块石头后面，子弹潮水一般泼向敌阵。

轰鸣声又响了起来，飞机像是一只巨大的蝗虫，蛮横又莽撞地冲了过来，一排机关枪子弹扫过，嗖地扎向天边。

朱七喃喃地说声"他走了"，茫然四顾，遍地全是尸体，有的已经被炸成了碎块。

滕风华提着没有子弹的卡宾枪，跑马似的来回奔突："快，快，不能等了！

鬼子的飞机很快就会回来,马上撤退!"

山脊那边,唐明清挥舞着青天白日旗大声地呼喊着什么,朱七看见,唐明清的身边架起了一挺高射机枪。

滕风华停止了奔跑,箭步冲回山谷,摇着红旗跳了出来。

硝烟里,朱七回一下头,冲茫然地望着他的纪三儿笑了笑:"兄弟,没事儿了。来,搭把手。"

两个人合力将卫澄海抬起来,朱七冲纪三儿一歪头:"走吧,送大哥回家。"

朱七和纪三儿抬着卫澄海晃晃悠悠地走到山后面的那条石头路的时候,滕风华正在山坡上集结队伍。

朱七瞥一眼垂头丧气的纪三儿,冲山上喊了一声:"弟兄们,给卫大哥报仇啊!"健步往前走去。

天上飞机的轰鸣声又响了起来,两架飞机贴着山脊疯狂地冲向了红旗招展的地方。

巨大的炸弹爆炸声与高射机枪的哒哒声交织在一起,回荡在山谷里面。

朱七喊纪三儿停下,将卫澄海挪到了自己的肩膀上。刚走上通往崂山的那条大路,纪三儿就喊了一声:"鬼子的汽车追过来了!"朱七回头一看,一辆挂着膏药旗的黄色卡车从后面疾驶而来。玉生从驾驶室里伸出脑袋,大声喊:"是朱七哥吗? 是我,玉生!"朱七的腿一软,连同卫澄海一起歪到了地上。卡车擦着朱七横在路上的腿停下了,玉生跳下车,冲朱七哈哈一笑:"我是玉生,巴光龙和卫澄海的兄弟……"眼睛一下子直了,一指躺在地下的卫澄海,"卫大哥他怎么了?"朱七侧脸望了望硝烟弥漫的山谷,慢慢站了起来:"他死了。"玉生卡壳似的哦了一声,扑通跪倒,抱着卫澄海的脑袋放声大哭:"卫大哥,卫大哥,你不该啊,你不该就这么走了,你答应要带我一起杀鬼子的……"

朱七无力地搀起了玉生:"兄弟,别哭了。我问你,你咋来了?"

玉生擦了一把眼泪,喃喃地说:"张半仙让我来的……他说,卫老大今天要遭难,让我开车来接应你们。"

纪三儿忿忿地横了一下脖子:"娘的,他终于算对了一把。"

朱七不说话,示意纪三儿帮忙,将卫澄海抬上车厢,闷闷地拍了拍挡板:"开车,让大哥清静清静。"

卡车顿一下,箭一般地冲了出去。

纪三儿在后面遭了鹰撵的兔子一般猛追:"别走,别走! 还有我——"

卡车忽悠了两下，停下了。纪三儿嘟囔着，踉踉跄跄地往这边跑。头顶上赫然扑过来一架飞机，朱七的脑子陡然空了，他听不见飞机的声音，只看见捕食老鹰般的一颗炸弹兜头砸向了纪三儿，火光一闪，什么也看不见了。飞机掠过卡车，嗖地扎向了天际。卡车重新开动起来，耳边的风哗哗响，像是有无数的子弹飞过耳边。朱七的头顶被一截柴火似的东西砸了一下，那截东西顽固地粘在朱七的头顶上。朱七下意识地摸了一把头顶，一只苍白的手掉到了朱七的怀里，是纪三儿的……朱七将那只手丢出车外，定定地瞅着渐渐远去的那个被炸弹炸出来的大坑，那旁边什么也没有，只有几片枯树叶似的布片儿。

玉生从驾驶室里伸出脑袋，回头冲朱七龇着大牙笑："哈哈！刚才好险啊，幸亏车前面挂了鬼子旗……"话音未落，一排子弹当空泼了过来，打在地面上，溅起的泥土就像石子丢进水湾一样。

玉生望着远去的飞机，悻悻地骂了一句："操你奶奶的，连自己人都打？"猛一回头，"七哥你下去，车上危险！"

朱七跳到前挡板那边，大声喊："你呢？"

玉生挥了挥手："别管我，你先下去，"抬头一看天，"妈的，又来了！快跳车，不然来不及了！"

朱七一扒挡板，横着身子跳到了路边的一堆草丛中，茂密的茅草遮严了他。

随着一声巨大的轰鸣，一颗炸弹炸响了，朱七探出头来一看，卡车已经没有了，漫天飞舞着零散的碎片。

蜷缩成一团在草丛里抽泣的朱七，忽然听见了卫澄海铿锵的歌声：

壮士们，志昂扬！
拿起枪上战场，
杀日寇，荡东洋，
夺回我河山，保卫我爹娘，豪气似虎狼……

朱七瞪着空洞的眼睛四处找寻歌声的出处，当他知道自己再也见不着卫澄海的时候，禁不住撕扯着头发，哇地哭出声来，压抑在心头的悲怆如决堤的潮水般喷涌而出。飞机渐渐远去，拖出的声音蚊子一般微弱……泪水顷刻间迷住了朱七的双眼。

尾声

中华民国三十四年八月十五日，日本无条件接受投降。

同年八月二十三日，中华民国青岛市战后接收委员会在崂山成立。

九月十七日，国民党青岛保安司令部司令李先良率青岛保安总队进入市区，接管青岛行政。

十月九日，美国海军陆战队二万人在青岛港登陆。

十月二十五日，青岛地区受降仪式在汇泉跑马场举行。

朱七回家已经四个多月了，这漫长的四个月啊……朱七记得他孤独地走上村南边那一段长满茅草的河沿时，西边灿烂的晚霞将他与那些茅草裹在了一起。河沿北边的那条他曾经与桂芬牵手走过的小路被茅草遮盖了，那些曾经怒放着的花儿已经无影无踪。

朱七家的院子里，张金锭正端着一个脸盆往地上洒水，栓子坐在一只笆篓里咿咿呀呀地嚷。

朱七倚在门框上，定定地看她，他吃不准眼前的这个女人是自己的六嫂还是自己的媳妇。

张金锭看见了他，手里的脸盆"咣当"一声掉在地上。

朱七走过去，拣起脸盆笑了笑："我回来了。"

张金锭一拧身子，嘤嘤地哭了："年顺，你来家了……日本鬼子走了，他们再也不会欺负咱们了。"

朱七绕过张金锭，顺手摸一把栓子小小的脑袋，走进自己曾经住过的那间，摸到炕上，倒头就睡。

"小七终于还是回来了，这是落叶归根呢。"是朱老大的声音。

"大哥，年顺在哭呢。"是张金锭的声音。

"让他哭吧，哭出来就好了。"朱老大坐上了炕头，火镰击打火石的声音就像隆隆的炮声。

"我从来没见他哭过，"张金锭说，"我以为他不会哭呢。"

"他会，谁都会，"朱老大说，"之其所畏敬而辟焉，之其所哀矜而辟焉，之其所敖惰而辟焉……"

"他六哥就不哭，我从来没见他哭过……嗯，他六哥。"张金锭说。

"他在心里哭呢，"朱老大推了推朱七，"七，你起来。"

朱七坐了起来，眼前一片模糊。朱老大说："你六哥刚走，大清早就走了，他知道你媳妇桂芬在哪里。"朱七说："他应该知道的。"朱老大问："你咋知道你六哥应该知道？"朱七说："下山的时候，滕先生告诉我，我六哥带着他的人找到大部队了。"朱老大说："你六哥找到大部队了不假，可是桂芬怎么会在大部队里？你六哥是在烟台见到的桂芬……桂芬的兄弟撇下他投靠国民党去了，把她一个人留在了烟台。"朱七的脑子有些恍惚，竟然没有一丝激动，淡淡地笑了笑："我六哥碰上她了，我六哥为什么不带她回来？"朱老大说："你六哥让她在那里等着，可是你六哥再去找她的时候，她走了。街坊说，她跟着一个歪脖子的人走了。你六哥回来说，那个歪脖子叫陈大脖子，是桂芬的丈夫。"

朱七沙沙地笑："对，那个歪脖子的人叫陈大脖子，是桂芬的丈夫。"

朱老大说："你六哥说，你一直跟着的那个叫卫什么海的人，死了。"

朱七摇了摇手："他没死，他活在我的心里。"

朱老大叹了一口气："出师未捷身先死，长使英雄泪满襟。"

朱七茫然地扫了朱老大一眼："谁是英雄？"

朱老大打了一个激灵："不知道。"

朱七垂下头，淡然一笑："没有什么英雄，我知道的只有好汉，好汉永远都不会死，有神灵保佑呢。"

朱老大突然啊了一声："对，有神灵保佑！七，你带回来的丹书铁卷保佑着你呢。"

朱七抬起了头："那玩意儿还在吗？"

朱老大说："在，我保存得很好，我找人鉴定过了，是个真家伙。"

朱七不想说话，把头慢慢转向了窗外，窗台上有一只蝴蝶，烧过的纸灰一样虚弱。

西北方向吹来的风柔缓而轻灵，不紧不慢，不慌不忙地吹过朱七的身边，吹得朱七胡子拉碴，满脸皱纹。朱七走上了他曾经走过无数次的通往刘家村的那条小路，他看见以前属于焦大户，现在属于刘贵的那片熟地。风吹动田野里刚刚冒出绿色的麦苗，水波一样扇动，风吹起昨夜的残雪，雾一般往前翻滚。走到刘贵家南面的那座碾子的时候，朱七看见一个老人坐在碾盘上，他的大腿上横着一个睡觉的孩子，那个老人弯下腰将碾盘下面坐着的一个老女人的脑袋抱在自己的怀里，腾出一只手，在老女人的头上捉虱子，专心致志。风吹散了老女人的头发，老人就用手捏着老女人的一缕头发，用嘴巴寻找那里面的虱子。阳光照着他们，熠熠地放着光芒。朱七走过他们的身边，老人抬起头看了他一眼，埋下头又忙碌起来。朱七在他们身边站了片刻，转身往刘贵家走去。刘贵家门口的墙上贴满了标语，"欢庆抗日战争胜利结束!""日本侵略者没有好下场!"朱七吸口气，仰起头，咧着嗓子喊了一声："刘大户!"

刘贵穿着一身乌龟壳一样的皮袍子站在门口，稍一打量，哇地叫了起来："蝎子!"

朱七横着身子走过去，一膀子将他扛到一边，迈步进了刘贵家朱红色的大门。

刘贵搓着手跟了进来："英雄，你可想死我了。"

朱七踹腿坐到太师椅上，闷声道："下一步我就开始吃你的大户了。"

刘贵连连哈腰："没问题，没问题，你兄弟抗吃着呢。怎么，日本鬼子完蛋了，你再也不用回去了?"

哪能不回去? 我要帮穷人打天下呢。朱七笑了笑，敷衍道："不回去了。租给我几分地，我给你当佃户。"

刘贵一仰脸，哈哈大笑："拉倒吧你! 我的就是你的，还说什么佃户不佃户的?"脸色一正，沉声道，"七，我早就打算好了，既然你回来了，咱爷们儿还像以前一样。你要地，我给你，你要钱，我也给你。但是我有个条件，那就是谁想跟咱爷们儿过不去，你得出面跟他们干! 熊定山死了，孙铁子也死了，他们只要是不诈尸，我刘贵就不怕他们。现在我担心的是共产党……我听说了，共产党的解放区不搞减租减息了，又开始闹土改了，把地主的地分给穷人，不听嚷嚷的话就枪毙。这哪儿行? 你是知道的，我折腾到现在容易吗? 我他妈的……"

"你他妈的混蛋，"朱七想笑，可是笑不出来，"你说你不容易，我问你，你的钱是打哪儿来的?"

"日! 老子的钱是在东北辛辛苦苦挖棒槌、放木头挣来的!"刘贵的表情活像一个无赖。

"你……没法跟你说了。"朱七乜他一眼,起身往外走,外面有绚丽的阳光。

"你好好活着……"一阵风吹落一张四方形的标语,一个绿色的"日"字啪地糊在刘贵的脸上。

前方有一个骑着脚踏车的人在冲朱七招手,朱七认出来了,那是通讯员小八,他知道滕风华派人来通知他归队了。

朱七迎着小八往前走了两步,回头一望,碾子上的那三个人还在那里,阳光越来越强烈地照着他们。

刘贵扯掉脸上的"日"字,扑上来一拽朱七:"那是三叔他爹娘和他的孩子,他们家没有依靠了。"

朱七的心蓦地一沉,拔脚就走,脸上的刀疤陡然变得锃亮:"没有依靠了的不光是他家!"

远处响起隆隆的炮声,有歌声从天上,从四面八方罩了下来:

　　起来,不愿做奴隶的人们,

　　把我们的血肉筑成我们新的长城,

　　中华民族到了最危险的时候,

　　每个人被迫着发出最后的吼声!

　　起来,起来,起来!

　　我们万众一心,

　　冒着敌人的炮火前进,

　　冒着敌人的炮火,

　　前进,前进,前进,进!